本书系国家社科基金重大招标项目"我国四大古典文学名著维吾尔文、哈萨克文译本的接受、影响研究及其数据库建设"（项目编号为19ZDA283）的阶段性成果

光明社科文库
GUANGMING DAILY PRESS:
A SOCIAL SCIENCE SERIES

·文学与艺术书系·

《红楼梦》译本网络资源文献搜集整理

(1979-2020)

阿布都外力·克热木 | 主编

光明日报出版社

图书在版编目（CIP）数据

《红楼梦》译本网络资源文献搜集整理：1979—2020 / 阿布都外力·克热木主编. --北京：光明日报出版社，2022.3
ISBN 978－7－5194－6464－6

Ⅰ.①红… Ⅱ.①阿… Ⅲ.①《红楼梦》—文学翻译—网络信息资源—文献补充—研究—1979-2020 Ⅳ.①I207.411

中国版本图书馆 CIP 数据核字（2022）第 036651 号

《红楼梦》译本网络资源文献搜集整理：1979—2020
《HONGLOUMENG》YIBEN WANGLUO ZIYUAN WENXIAN SOUJI ZHENGLI：1979—2020

编　　者：阿布都外力·克热木	
责任编辑：杨　茹	责任校对：阮书平
封面设计：中联华文	责任印制：曹　净

出版发行：光明日报出版社
地　　址：北京市西城区永安路 106 号，100050
电　　话：010－63169890（咨询），010－63131930（邮购）
传　　真：010－63131930
网　　址：http://book.gmw.cn
E － mail：gmrbcbs@gmw.cn
法律顾问：北京市兰台律师事务所龚柳方律师

印　　刷：三河市华东印刷有限公司
装　　订：三河市华东印刷有限公司

本书如有破损、缺页、装订错误，请与本社联系调换，电话：010-63131930

开　　本：170mm×240mm	
字　　数：386 千字	印　　张：21.5
版　　次：2022 年 3 月第 1 版	印　　次：2022 年 3 月第 1 次印刷
书　　号：ISBN 978－7－5194－6464－6	
定　　价：99.00 元	

版权所有　　翻印必究

编委会

（按拼音顺序）
主编：阿布都外力·克热木
编者：阿布都外力·克热木
　　　阿米娜
　　　热合拉木·艾合买提江
　　　谭　月
　　　吴　桐

前　言

我国四大名著《红楼梦》《水浒传》《三国演义》《西游记》是中华民族优秀传统文化遗产，在传承与弘扬中国古典文学经典的过程中发挥着不可估量的作用。作为优秀古典文学佳作，四大名著的国内外翻译问题也是拓展四大名著研究领域的新型"分支学科"。为了国家社科基金重大招标项目"我国四大古典文学名著维吾尔文、哈萨克文译本的接受、影响研究及其数据库建设"（项目编号为19ZDA283）的研究需求，笔者汇编了我国四大古典文学名著多语种译本研究的相关文献，借鉴了其中的一些理论视野和研究方法，促进了四大名著维吾尔文和哈萨克文翻译研究工作。

笔者以中国知网数据库为主要资源，搜索和收集了我国《红楼梦》译本的相关研究文献，按照编年体方式加以汇编。本文献汇编具有一定的时代性、资料性和科学性等特点。据数据库分析，笔者发现四大名著译本研究是1979年开始正式起步的。改革开放40多年来，四大名著蒙文译本、藏文译本、满文译本、维文译本和朝鲜译本等我国多种少数民族译本研究取得了较为突出的成绩。这些论文从语言学、文化学和比较文学理论与方法角度论述了《红楼梦》翻译的一些好做法，同时指出了一些不恰当的翻译问题。随着对外开放渗入，我国四大名著的英译本、俄译本、德译本、法译本和日本译本及韩译本等多种外国语译本的研究得以全面开展和深入，取得了十分突出的成绩。从博士、硕士学位论文和期刊论文来看，《红楼梦》的少数民族语文译本和外国语文译本研究领域的科研成果十分可观。在21章研究资料汇编中，《红楼梦》译本研究占20章，300多页的内容，占据四大名著译本研究文献总数的80%以上。从这一数据来讲，我们有依据肯定《红楼梦》译本研究是文学翻译研究中的热门话题。

《红楼梦》译本研究涉及语言学及应用语言学、文化人类学、文学人类学、比较文学、符号学、接受美学、文艺学和修辞学等多种学科的综合性研究。首先，四大名著作为我国明清小说典范，原著研究属于中国古典文学学科。《红楼梦》译本作为原著的另一种存在形态，通过译者的创造性叛逆劳动和"再创作",从原本转移到另一种文化语境中。《红楼梦》译本虽然是创造性翻译的产物,但仍保留其古典文学形式,在第二种语文环境中仍属于古典文学研究领域。其次,《红楼梦》翻译是语言符号转换过程,从一种语言转换到第二种语言。这一转换不同于非文学作品的机器翻译方式,其属于坚持接受者审美鉴赏原则的艺术翻译过程。因此,其研究属于应用语言学和符号学研究的领域。再次,《红楼梦》翻译是一种文化交流和文化传播的手段。任何文学翻译离不开文化语境的约束和影响。为了第二语言环境的读者接受和欣赏,译者注重考虑如何翻译成目标语种的读者能够文学欣赏和文学接受的优秀翻译作品的技巧问题。译者绞尽脑汁地构思和安排原作在第二语言文化语境中的最佳形态。译者考虑语言组织、习语熟语恰当翻译、文化脚注、修辞对等译法和诗词翻译诸多问题。如果译者将原作趟译成第二语言读者所熟悉的文化语境,即异化翻译,这一译作将会受到对方读者的喜爱。相反,如果译者过于忠于原作,生搬硬套地归化翻译,即便原作意思能够表达出来,但大大降低原作的艺术魅力,不一定受到第二语言的读者的喜欢,甚至遭到他们对这一文学经典艺术水平的怀疑和异议。

《红楼梦》译本是一个跨语言、跨文化的翻译现象,其外国语译本的翻译是属于跨国、跨语言和跨文化的文化对话。这一现象需要文化阐释学和文化解构主义的阐释和解读,需要探讨两种文化的对话和交流。这一跨文化阐释现象是比较文学译介学研究的主要内容。需要从多学科角度论述四大名著译本的词汇、语法、修辞、审美、文化、接受和传播等综合问题,才能够较为客观地研究《红楼梦》译本的内在规律,为我国译介学打下坚实的基础。要以马克思主义辩证法为指导,坚持翻译学研究基础,拓宽四大名著译本的文学接受和文化阐释研究,得出符合科学事实的一个文化判断和价值观点。

目 录
CONTENTS

第一章　2020 年度《红楼梦》译本研究文献汇总 …………………… 1

第二章　2019 年度《红楼梦》译本研究文献汇总 …………………… 7

第三章　2018 年度《红楼梦》译本研究文献汇总 …………………… 18

第四章　2017 年度《红楼梦》译本研究文献汇总 …………………… 32

第五章　2016 年度《红楼梦》译本研究文献汇总 …………………… 44

第六章　2015 年度《红楼梦》译本研究文献汇总 …………………… 62

第七章　2014 年度《红楼梦》译本研究文献汇总 …………………… 81

第八章　2013 年度《红楼梦》译本研究文献汇总 …………………… 104

第九章　2012 年度《红楼梦》译本研究文献汇总 …………………… 131

第十章　2011 年度《红楼梦》译本研究文献汇总 …………………… 161

第十一章　2010 年度《红楼梦》译本研究文献汇总 ………………… 199

第十二章　2009 年度《红楼梦》译本研究文献汇总 ………………… 225

第十三章　2008年度《红楼梦》译本研究文献汇总 …………………… 246

第十四章　2007年度《红楼梦》译本研究文献汇总 …………………… 269

第十五章　2006年度《红楼梦》译本研究文献汇总 …………………… 289

第十六章　2005年度《红楼梦》译本研究文献汇总 …………………… 304

第十七章　2004年度《红楼梦》译本研究文献汇总 …………………… 313

第十八章　2003年度《红楼梦》译本研究文献汇总 …………………… 317

第十九章　2002—2000年度《红楼梦》译本研究文献汇总 …………… 321

第二十章　1990—1980年代（含1979）《红楼梦》译本研究文献汇总
　　　　　…………………………………………………………………… 325

后　　记 ………………………………………………………………………… 333

第一章

2020年度《红楼梦》译本研究文献汇总

［1］宋丹.林语堂《红楼梦》英译稿的日文转译本研究［J］.曹雪芹研究，2020（02）：144-158.

摘要：本文借鉴改写理论，结合汉字文化圈视域，考察该转译本的产生背景、出版社的宣传定位、译者的翻译操控及译本影响。

［2］刘爱军，冯庆华.《红楼梦》英译本中母语译者与非母语译者it使用情况对比分析［J］.西安外国语大学学报，2020，28（02）：81-86.

摘要：本文采用语料库的方法，以《红楼梦》的英译为个案，对霍译和杨译两个译本进行比较研究，发现相较于非母语译者，母语译者在译文中使用it的频率更高，这一特征增强了译文句式结构的复杂性和语篇的衔接性。

［3］王姝菲，禹瑶，徐婧玉，等.从《红楼梦》杨译本看民族服饰翻译中文化信息的传达［J］.内蒙古农业大学学报（社会科学版），2020（03）：1-6.

摘要：本文在文化翻译观视角下，通过分析《红楼梦》中服饰原文及其杨译本，探讨在进行服饰翻译时如何更好地体现中华文化，助推中华文化"走出去"。

［4］严苡丹.《红楼梦》满族民俗特色词英译策略研究：以霍克思译本为例［J］.黑龙江社会科学，2020（03）：119-123.

摘要：《红楼梦》是中国古典小说的巅峰之作，其对清代满族民俗的描写非常丰富。本文以《红楼梦》霍克思（一作霍克斯）英译本为案例，对中国古典文学作品中民俗特色词的翻译问题进行探究。

[5] 欧阳云静，王金安.《红楼梦》英译本人物外貌描写隐喻翻译策略对比研究［J］.齐齐哈尔大学学报（哲学社会科学版），2020（05）：151-155.

摘要：《红楼梦》在描写人物外貌时使用了大量的具有文化内涵的隐喻，在翻译这类语言时译者首先要扮演读者的角色对原文进行分析推理，以整合出基于自身知识背景的概念合成网络；其次再使用目的语将该合成网络以译文的形式呈现出来。

[6] 张春艳，刘海芳.杨宪益与霍克斯《红楼梦》译本中诗词英译的差异对比分析［J］.海外英语，2020（10）：62-63.

摘要：本文以杨宪益与霍克斯的译本为基础，选取部分章节诗词的翻译，从词汇、修辞、韵律三个层面对比分析诗词翻译的差异。其一，词汇选择的差异及所选词汇是否准确还原原诗意思；其二，原文修辞手法的保留度及译文采取的修辞手法是否达到效果；其三，采取韵律方式的不同及不同韵律方式所达到的不同效果。

[7] 金春丽，黄日龙，张心钰，等.有关中医药的日语表现特点：以《红楼梦》伊藤译本为例［J］.亚太传统医药，2020，16（05）：17-18.

摘要：以《红楼梦》为蓝本，针对伊藤译本中具有代表性的中医语言表达进行研究，总结有关中医药日语表现形式的特点，为中日中医药学术交流提供理论参考，为规范中医术语的日译做出贡献。

[8] 彭天琳，余高峰.论《红楼梦》杨、霍两个译本中饮食名称对比翻译［J］.戏剧之家，2020（12）：208，210.

摘要：本文通过对比分析杨译本（杨宪益、戴乃迭）的 *A Dream of Red Mansions* 和霍译本（David Hawks & John Minford）的 *The Story of the Stone* 两个《红楼梦》英译本中的饮食词汇，探讨了其中独具特色的中国菜肴名称的翻译，并提出一些翻译方法。

[9] 张蜜琳.生态翻译视角下《红楼梦》杨宪益译本之诠释新解［J］.惠州学院学报，2020，40（02）：68-73.

摘要：文章以生态翻译理论为指导，从语言维、文化维、交际维三方面分析了《红楼梦》杨宪益的译本以及译者在适应选择中的取舍。以此为基础，笔者将生态翻译理论与"天人合一"思想结合，通过对生态翻译的重思，思考翻译应如何顺应自然生态系统。

[10] 严苡丹，张秀明.《红楼梦》王际真译本西传研究 [J]. 理论界，2020（04）：103-108，14.

摘要：本文以《红楼梦》王际真译本为例，探究中国古典小说《红楼梦》西译动机。

[11] 张娜. 关联理论视角下《红楼梦》霍译本中副词类预设触发语翻译研究 [D]. 合肥：安徽大学，2020.

摘要：本文是对中国古典小说《红楼梦》中副词类预设触发语的英译研究。本研究在关联理论指导下，将预设理论与翻译相结合，从新的视角探讨霍译本中预设触发语的翻译，既能加深对英汉两种语言的理解，也可提高对霍译本中宝贵的翻译艺术的鉴赏能力，从而对中国文化的输出和接受产生一定的启发。

[12] 郝珍珍，刘颖.《红楼梦》德译本中文化负载词的翻译策略探析：以史华慈/吴漠汀译本为例 [J]. 江西电力职业技术学院学报，2020，33（03）：142-143，146.

摘要：本文选取德国汉学家史华慈和吴漠汀合译的《红楼梦》全译本，在翻译目的论关照下探析译者对文化负载词采取"归化""异化"等不同翻译策略的原因。

[13] 黄剑，王任坤. 变异学视角下《红楼梦》霍译本和杨译本对比研究 [J]. 江西师范大学学报（哲学社会科学版），2020，53（02）：138-144.

摘要：为了让西方读者在阅读《红楼梦》时感觉是在欣赏英文原版小说，而不是翻译作品，霍译本在文化意象词语、语言规则、副文本等方面匠心独运，在比较文学变异学视角下审视霍克斯翻译的创造性叛逆，并与杨译本进行对比，可以为中华典籍走出国门提供宝贵借鉴。

[14] 熊晶晶. 诠释学视阈下对《红楼梦》译本的赏析 [J]. 海外英

语，2020（06）：67-68.

摘要：本文在诠释学视域下对《红楼梦》中部分文化负载词英译本进行赏析，以读者感受与传播传统文化等为翻译标准，分析霍克斯译本与杨宪益译本在部分文化负载词上的翻译差异，并从诠释学角度分析其根源。

［15］张吉.浅谈文化负载词的英译策略——以《红楼梦》杨、霍两个译本为例［J］.海外英语，2020（06）：73-74.

摘要：本文基于中国古典名著《红楼梦》的两个英译版本做对比，分析了文化负载词的具体翻译策略，总结了几种常用方法，以期对该类词的翻译研究提供参考。

［16］李晓.刍议《红楼梦》两英译本回目翻译之对比研究［J］.海外英语，2020（06）：37-38，58.

摘要：本文以目的论为理论基础，从多个角度对比两英译本回目翻译之异同，旨在探究杨译和霍译如何用不同的翻译策略来翻译《红楼梦》的回目。

［17］王丽耘，吴红梅.《红楼梦》霍克思译本"红"英译问题辨析［J］.国际汉学，2020（01）：21-28，202.

摘要：本文利用"《红楼梦》汉英平行语料库"，细致比对原作前80回近500个"红"字以及霍克思译本的相应英译。

［18］李建萍，黄勇.《红楼梦》"节日习俗"的叙写及两个英译本对民族文化意象的传译：基于双语平行语料库的分析［J］.大连民族大学学报，2020，22（02）：172-177.

摘要：本文从叙事时间与叙事视角阐述了《红楼梦》中"节日习俗"叙写的特点，通过双语平行语料库的分析，发现杨译和霍译两个英译本均再现了原文的叙事特点，与原文达到了一定的默契与呼应。

［19］邝曦妮.术语学视角下《红楼梦》书名英译研究：以杨宪益译本和霍克斯译本为例［J］.成都理工大学学报（社会科学版），2020，28（02）：105-109.

摘要：本文从术语学的认知维、语言维、传播维三个维度对《红楼梦》书名英译的杨宪益译本和霍克斯译本进行对比分析，可以发现这两个译本分别采用了不同的翻译策略，从而造成不同的认知效果和传播效度，由此指出现代术语学理论对中国文学典籍书名翻译实践的重要指导意义。

[20] 郑延国. 钱锺书说《红楼梦》英译本 [N]. 中华读书报，2020-03-11（009）.

摘要：本文从翻译风格和翻译水平角度评价了霍克斯的《红楼梦》英译本与杨氏夫妇的《红楼梦》英译本，客观科学地得出霍克斯的英译本比杨氏夫妇英译本水平较高的结论。

[21] 亓子文. 语料库框架下《红楼梦》中"红"字的翻译策略分析：以杨宪益和霍克斯英译本为例 [J]. 海外英语，2020（05）：130-131.

摘要：本文以红楼梦汉英平行语料库为依托，将两个译本中"红"字的翻译，以书名、服饰用品、景观意象三类进行分析对比，探究其不同的翻译方式和翻译策略。

[22] 周天达. 目的论视角下的文学翻译研究：以《红楼梦》第28回两种译本为例 [J]. 智库时代，2020（08）：226-227，229.

摘要：本文以目的论为指导，对《红楼梦》第二十八回宝黛二人从赌气，互诉衷肠，最终和好如初的片段进行分析，总结半白话的翻译难点，希望对跨文化翻译有些许帮助。

[23] 曾威，卢佳. 基于平行语料库的汉语反义复合词英译研究：以《红楼梦》杨译本为例 [J]. 哈尔滨学院学报，2020，41（02）：86-90.

摘要：文章基于平行语料库，以杨宪益、戴乃迭两位先生翻译的《红楼梦》为例，研究汉语反义复合词的英译问题。

[24] 朱燕. 译者翻译元认知调控与主体性的体现：以《红楼梦》两译本为例 [J]. 重庆第二师范学院学报，2020，33（01）：37-41，127-128.

摘要：本文认为《红楼梦》两组译者元认知调控因子不同，其在语言和文化翻译方面的元认知调控能力也有差异，因此其主体性得到不同程度的体现。

[25] 赵长江，郑中求. 应鸣《红楼梦》英译本概貌与简析［J］. 红楼梦学刊，2020（01）：280-300.

摘要：2018年12月，美国出现了应鸣英译的《红楼梦》。该译本的特点是正文本以读者接受为中心，副文本以介绍中国文化为中心。

[26] 金洁，徐珺. 副文本视角下乔利《红楼梦》新旧英译本探析［J］. 红楼梦学刊，2020（01）：322-335.

摘要：本文选取2010年塔特尔出版公司发行的乔利《红楼梦》新版英文译本，以及1892年香港别发洋行发行的旧版英文译本所包含的副文本信息作为研究对象，比较因时代的不断变化其副文本信息所承载文化内涵的异同，并探究新旧不同版本的社会文化语境及其所反映的时代特征。

[27] 白芷萌. 简析《红楼梦》西班牙语译本中体现的翻译理论［J］. 文化创新比较研究，2020，4（02）：95-96.

摘要：翻译是一种社会实践，在与社会背景的复杂互动中，受到各种条件的制约和影响。文学翻译作为一种更加复杂的行为，更会受到多种因素的影响。在该文中，笔者将讨论赵振江的红楼梦译本中突出显现的翻译理论。

[28] 邱爽. 从目的论视角探析《红楼梦》霍译本中医术语的翻译策略［J］. 海外英语，2020（01）：146-147.

摘要：本文从目的论视角出发，通过直译、释义、替代和增译等翻译案例，对霍克斯的《红楼梦》英译本中的中医术语翻译进行研究，着重关注误读的情况，以期对中国文化的外译和对外交流做出贡献。

第二章

2019年度《红楼梦》译本研究文献汇总

[29] 朱天发, 吴艾玲. 《红楼梦》佛教文化用语英译探析：以霍克思译本为例 [J]. 常州工学院学报（社科版），2019，37（06）：86-91.

摘要：文章通过分析霍克思《红楼梦》英译本中佛教文化用语的翻译方法及翻译策略，探讨佛教文化对中华古典文学的影响，以及英语世界对中国佛教文化的解读与接受。

[30] 朱锦霞, 朱长贵. 汉语成语英译研究：以《红楼梦》杨译本和霍译本为例 [J]. 英语教师，2019，19（24）：43-46.

摘要：本文对《红楼梦》的杨译本和霍译本中的成语英译进行比较赏析，探讨两个译本在翻译策略、翻译风格、文化内涵处理、选词用词等方面做出的不同选择的原因，以促进翻译研究、翻译教学，达到教学相长、教研融通的目的，进一步探究翻译中"信、达、雅"的意义。

[31] 赵顺, 罗茜. 模因论视角下《红楼梦》两英译本中医文化翻译对比研究 [J]. 中国中医药现代远程教育，2019，17（24）：34-37.

摘要：《红楼梦》中大量篇幅涉及中医药文化，本文在模因论的视角下，借助"红楼梦中英文平行语料库"对比研究杨译本和霍译本，从中医基本原理、中药与方剂、病症与诊疗以及养生保健这4方面的实例入手，深入探讨译者的翻译策略，以期为中医文化翻译提供一个新视角，完善中医英译策略，促进中医文化的海外传播与发展。

[32] 张春阳. 清代涂瀛《红楼梦论赞》之满文译本初探 [J]. 满族研究，2019（04）：61-64，71.

摘要：清代涂瀛所著《红楼梦论赞》在一定程度上反映了《红楼梦》,及其批评类作品在清代旗人社会中的流通状态，对推定满文本《红楼梦》的成书信息具有重要的参考价值。

[33] 张粲.《红楼梦》盖尔纳法译本对宗教词汇的翻译策略[J]. 国际汉学, 2019 (04): 139-145, 203.

摘要:《红楼梦》对中国的宗教文化进行了全方位的描写, 书中大量的宗教词汇反映了中华民族的心理特质和精神风貌。因此,《红楼梦》译本对宗教词汇翻译的优劣在很大程度上关系到译本的成败。

[34] 田彦培, 王晓霞. 生态翻译学视域下《红楼梦》译本的"译有所为"研究[J]. 智库时代, 2019 (50): 232-233.

摘要: 本文以杨宪益、王际真以及李治华三位译者的译本为例, 从生态翻译学的"译有所为"视角来探究不同时期、不同地域的《红楼梦》译本的译有所为, 较为全面地考察三人译介活动的主观动机和客观效果。以此来说明, 任何翻译都是一种有目的的行为, 每个译本都是时代的产物, 是顺应了时代要求的结果。

[35] 赵朝永. 基于语料库的《红楼梦》英文全译本语域变异多维分析[J]. 翻译研究与教学, 2019 (01): 83-94.

摘要: 本研究运用多维分析法 (MF/MD), 对比考察《红楼梦》四个英文全译本语域特征的拟合度。

[36] 龚漪璞.《红楼梦》霍克斯译本中的方言翻译策略分析[J]. 译苑新谭, 2019 (02): 115-120.

摘要: 本文对《红楼梦》前八十回中的部分方言进行构词分类, 并将霍克斯的《石头记》译本中相关的翻译策略予以解析, 发现若干方言多次出现于文中, 有些译文却风格迥异。经过对比与分析, 探讨霍克斯对《红楼梦》中方言译文的处理策略, 归化中的变通与补偿、省略与转换等。

[37] 李怡然, 李梦茹, 王珊珊. 目的论视阈下《红楼梦》中的茶文化翻译效果评析: 基于杨宪益和霍克斯译本的对比[J]. 海外英语, 2019 (22): 27-28, 58.

摘要: 本文以杨宪益和霍克斯的两个《红楼梦》英译本为范本, 从目的论的角度对比分析了茶名、与茶相关的养生知识、茶诗和茶俗的翻译效果，以期对我国茶文化翻译提供有价值的参考。

[38] 张金霞，王梦莉. 功能对等理论下汉语呼语在维吾尔语中的功能表达：以维译本《红楼梦》为例 [J]. 开封教育学院学报，2019，39（11）：52-53.

摘要：在人际交往中，呼语的正确选取及使用对话题的进行有重要作用，本文通过分析维译本《红楼梦》的相关语料，发现呼语具有指代、礼貌、情感表达等功能，但通过考察发现，这些功能并不是一一独立、互不干扰的，而是相互交叉出现。

[39] 张逸琛. 论《红楼梦》法语全译本内副文本的作用 [J]. 曹雪芹研究，2019（04）：83-97.

摘要：由李治华夫妇主译、铎尔孟校阅的法语全译本《红楼梦》在《红楼梦》译介史上具有里程碑式的意义。本文通过对其内副文本的研究，阐释内副文本在该本传播中的作用。

[40] 刘晓天，孙瑜.《红楼梦》霍克思译本中的比喻添加研究 [J]. 红楼梦学刊，2019（06）：260-273.

摘要：霍克思在对《红楼梦》进行英译的过程中，添加了一些比喻。它们的使用和喻体的选取自有译者的一番用心。结合译者对作者、读者、原作负责的翻译理念，从作品的审美、人物形象的塑造、认知理解、文化传递四个方面对译者添加的比喻进行剖析，认为在一定程度上添加这些比喻有助于作品的理解与接受。

[41] 吴思佳.《红楼梦》翻译中的语域对等研究：以杨氏和霍氏译本中第四十一回对照为例 [J]. 山西能源学院学报，2019，32（05）：75-77.

摘要：本文运用系统功能语言学中韩礼德的语域理论分析了《红楼梦》第四十一回中三段对话的三个语域变量信息，比较了霍克斯和杨氏夫妇两个英译本中关于这三段对话所包含信息的得失。

[42] 黄颖. 目的论视角下《红楼梦》中委婉语的翻译策略：以霍克

斯译本为例［J］．新乡学院学报，2019，36（10）：47-51.

摘要：委婉语是一种重要的交际方式，在人类语言中广泛存在。本文从目的论出发，先分析霍克斯翻译《红楼梦》的目的，而后基于他的翻译目的，分析他在《红楼梦》中所使用的五种委婉语的翻译策略。

［43］林煜峰．从文化输出看《红楼梦》英译本翻译策略的选择［J］．开封教育学院学报，2019，39（10）：37-38.

摘要：本文以中国文化输出为研究基点，通过对比在翻译《红楼梦》时不同译者所使用的归化与异化、语义翻译与交际翻译的翻译策略，探讨杨宪益、戴乃迭夫妇及其他译者在翻译中对翻译策略的选择，从而得出如何通过翻译的途径实现中国文化强势输出的目的。

［44］刘芸，葛纪红．再论译者素养中的"博"：以杨宪益《红楼梦》英译本为例［J］．海外英语，2019（19）：145-146.

摘要：本文从杨宪益的英译本《红楼梦》入手，结合杨宪益的求学经历和翻译生涯，总结了作为译者，其素养重点要体现在"博"字上，即应具备广博的文化知识、渊博的人生阅历和博大的爱国情怀。

［45］梁金柱，罗嘉．目的论视角下《红楼梦》诗词杨译本、霍译本的翻译策略分析［J］．译苑新谭，2019（01）：83-87.

摘要：本文根据目的论的三个基本原则，从译者、委托人、目的语读者等方面分析两种译本的翻译目的，并以实例论证两位译者在《红楼梦》诗词翻译中使用的不同翻译策略的合理性。

［46］王之豪，王建国．从《红楼梦》两英译本中状语选择的差异看译文中译者母语的特色［J］．外语与翻译，2019，26（03）：26-32.

摘要：本文结合 Talmy 提出的宏事件理论，分析《红楼梦》的杨氏译本和霍氏译本中主要状语类成分的表达，指出两种译文间表达上的差异主要是由英汉语语用方式差异所导致的。

［47］杨方林，程玲．《红楼梦》杨译本与霍译本中医药文化翻译之比较［J］．安徽广播电视大学学报，2019（03）：76-80.

摘要：从中医基本原理、病症与诊疗、中药与方剂以及中医养生保健等四个方面的内容入手，对比分析杨译本和霍译本中医药文化翻译，发现杨译本和霍译本异大于同。

[48] 高源，聂轩. 瑞典文《红楼梦》译介源流考：兼驳霍闵英译本转译论 [J]. 红楼梦学刊，2019（05）：200-217.

摘要：结合新发现的史料，本文将回到白山人的译本原文来重新评估这样的"转译论"，从译者的评述角度来对瑞典文的译介源流进行文献学分析。

[49] 刘泽权，汤洁. 王际真与麦克休《红楼梦》英文节译本编译策略比较 [J]. 红楼梦学刊，2019（05）：218-235.

摘要：本文从删节、概括、补充、调整四个策略比较二者编译取舍的异同，发现王译本对宝、黛、钗三人主线故事之外的情节事件删减、概括、调整的幅度均大于麦译，前者删减了47%的情节、59%的事件，后者仅删减了34%的情节、44%的事件，前者不足11万个词，后者近26万个。

[50] 颜竞彦，顾雅琪. 从"神似"翻译理论看《红楼梦》霍克斯译本 [J]. 海外英语，2019（17）：158-159.

摘要：本文从由傅雷提出的"神似"翻译思想出发，从人物形象、情境对话、文化意象三个方面对《红楼梦》霍克斯译本进行分析、探讨。

[51] 邹珂. 文化语境视角下的《红楼梦》英、日译本翻译比较研究 [J]. 北极光，2019（08）：102-103.

摘要：《红楼梦》是我国古典文学的巅峰，本文主要以判词为例，探究了在不同的文化语境下不同的语言对《红楼梦》的翻译，来观察不同的文化语境对蕴含其中的中国古代特色文化内涵怎样的处理和补偿。

[52] 初良龙.《红楼梦》霍克思译本中的古诗词增译策略及启示 [J]. 红楼梦学刊，2019（04）：322-337.

摘要：《红楼梦》中引用和借用了大量古诗词，但是学界对于这部分诗词的翻译策略尚缺少较为深入的研究。通过霍克思译本中选取的例证，从增补诗人身份、诗词背景、语义空缺三个方面，可以分析霍克思译本使用的增译策略及原因，并探讨该策略对翻译工作者及中国文化外译的启示。

[53] 王寅. 体认语言学视野下的汉语成语英译：基于《红楼梦》三个英译本的对比研究 [J]. 中国翻译, 2019, 40 (04)：156-164, 190.

摘要：本文依据体认语言学的核心原则"现实—认知—语言"，认为成语可分别基于这三个层面择一（或二）进行翻译。笔者以《红楼梦》中三百个成语在三个英译本中的翻译实例解释了各层次上的翻译方式，比较汉语成语英译的认知过程及其效果，以期能对翻译实践有所启发。

[54] 高洁. 翻译暴力下的归化翻译与异化翻译：以杨宪益和霍克斯《红楼梦》译本为例 [J]. 山东农业工程学院学报, 2019, 36 (06)：162-163.

摘要：本文试图以杨宪益和霍克斯《红楼梦》译本为例，证明两者具有共同点，即都体现了翻译暴力。

[55] 刘诗瑶.《红楼梦》两种西语译本的委婉语翻译对比研究 [D]. 西安：西安外国语大学, 2019.

摘要：本文以苏珊巴斯内特的"文化翻译观"为理论框架，首先采用文献分析法对西汉、汉西委婉语翻译、红楼梦委婉语翻译等先行研究进行分析学习，并对《红楼梦》中的委婉语进行系统地分类整理与研究。其次采用数据统计法分别对两个版本使用的翻译技巧和委婉效果进行直观比较。

[56] 刘福芹.《红楼梦》霍克斯译本中的诗歌翻译：以林黛玉三首咏菊诗为例 [C]. 外语教育与翻译发展创新研究（第八卷）, 2019：547-551

摘要：本文以林黛玉的三首咏菊诗的翻译为例，从译诗体裁选择，诗歌翻译策略和诗意解读与呈现三个方面，分析霍克斯译本诗歌翻译的风格和特点，同时通过与杨宪益译本的对比，探讨该译本的得失。

[57] 孔丹阳. 从归化和异化的视角下对《红楼梦》三种英译本赏析 [J]. 现代交际, 2019, (10)：74-75.

摘要：《红楼梦》由曹雪芹创作，是我国四大名著之一，也是我国古典小说艺术的最高峰。它先后被译成多种文本。本文从归化和异化的视角着重对该作品的第六回的三个英译本片段进行赏析。

[58] 孙丹丹. 译介学视角下《红楼梦》德译本研究 [D]. 北京：北京第二外国语学院，2019.

摘要：本文的结构主要分三个部分——绪论、正文和结语。第一部分为绪论部分，介绍了选题由来和《红楼梦》译介研究现状，对《红楼梦》原著和德文译本及译者进行了介绍，并说明了笔者的研究方法；第二部分从比较文学视野下译介学的理论出发，介绍在研究中所使用的基础理论"创造性叛逆"和归化、异化的翻译策略，为论文提供理论支持；第三部分是本论文的主体部分，也是本文的研究重点。最后借《红楼梦》德译本分析中国文化该如何"走出去"，希望能为更多中国文学外译提供借鉴。

[59] 胡兴亮. 对《红楼梦》英译本中林黛玉形象的操控性重构研究 [D]. 泉州：华侨大学，2019.

摘要：本文从操控论三要素出发，分析译者对文本的操控，以及对外翻译过程中这种操控对人物形象的建构产生的影响。以《红楼梦》中林黛玉形象相关描写为语料，本研究对比评估霍克斯译本和杨宪益译本重构出的人物形象，并对其重构的好坏做评估，以期为典籍对外翻译中更好地重建人物提供一点建议。

[60] 岑群霞. 女性主义翻译视角下《红楼梦》麦克休英译本探析 [J]. 中国文化研究，2019（02）：161-170.

摘要：本文从女性主义翻译视角考察1958年美国出版的《红楼梦》麦克休英译本。

[61] 李新凤. 伽达默尔阐释学视角下《红楼梦》两个德语译本中的委婉语翻译对比研究 [D]. 济南：山东大学，2019.

摘要：迄今为止，《红楼梦》只有两个德语译本——库恩的节译本、史华慈和吴漠丁的合译本。通过对这两个不同德语版本的对比分析，本文试图证明伽达默尔阐释学的三大哲学原则在文学翻译中所起的举足轻重的作用。

[62] 安琦.《红楼梦》日译本中的林黛玉诗歌翻译 [D]. 北京：北京

外国语大学，2019.

摘要：本文以俞平伯校《红楼梦八十回校本》，伊藤漱平译《红楼梦》，富士正晴与武章利男合译《红楼梦》为蓝本，在功能对等理论的指导下，以《葬花吟》与《问菊》为例对两种译本中林黛玉所写的诗歌部分进行对比与分析，探讨译者在翻译过程中所使用的翻译策略，并分析哪个译本更为传神地向读者再现了林黛玉这一人物形象。最终得出结论，伊藤漱平译本更为自然地将原文文体转换为日本传统诗体，灵活运用日本人耳熟能详的惯用表达与文化要素，使读者获得与原文读者同样的审美感受，实现了功能对等。

［63］冷卉.生态翻译理论视域下中国文学"走出去"的新启示：以《红楼梦》两英译本为例［J］.海外英语，2019（10）：51-53.

摘要：本文从《红楼梦》的两个英文译本所处的翻译生态环境入手，在宏观环境和微观维度两个层面上来对比分析这两个译本。

［64］段利霞.《红楼梦》英日译本饮食词汇研究［D］.广州：广东外语外贸大学，2019.

摘要：本论文将《红楼梦》中的饮食词汇分为按原料命名、按制作方法命名和按文化命名三种，运用尤金·奈达的对等理论，从形式对等、动态对等和文化传播三方面来对霍克斯的英译本和伊藤漱平的日译本中的饮食词汇翻译进行分析比较。

［65］金银玲.《红楼梦》两种韩译本的比较研究［D］.延吉：延边大学，2019.

摘要：本篇论文把研究对象确定为最新出版的两种《红楼梦》韩译本，基于"归化与异化"理论，通过举例对比分析来探讨两种译本采取的翻译策略及方法。

［66］赵建.功能对等理论视角下文化负载词的翻译方法研究——以《红楼梦》第二十八回英译本为例［J］.现代交际，2019（09）：96-98.

摘要：本文节选《红楼梦》第二十八回的译文，对比杨宪益和霍克斯的两个译本在个别文化负载词上采取的不同翻译方法，并以功能对等理论为基础对译文质量进行一定的评价。

[67] 杨柳. 从英译本副文本看《红楼梦》本土性显现的历史特征[J]. 曹雪芹研究, 2019 (02): 122-132.

摘要：不同时期的《红楼梦》经典英译本对中国文化本土性的处理，清晰地反映出翻译活动具有的历史性与阶段性。从译本副文本出发，观察不同时期《红楼梦》英译本的译者对《红楼梦》文化本土性的不同阐释和处理，有助于人们认识在不同的文化势差之下，弱势文化向外传播的历史轨迹及阶段特征，从而对中国文学对外译介与传播的当前形势和未来走向有较为客观和理性的认识。

[68] 许辉龙, 杨永春. 红楼梦两英译本之对比研究[J]. 海外英语, 2019 (09): 144-145.

摘要：本文从《红楼梦》一百二十回回目中选取三例，对比杨宪益夫妇版本译本与霍克斯版本译本，探求在中国古典章回小说回目中不同译者的翻译艺术。

[69] 扎西南杰. 《红楼梦》藏译本文化意象翻译研究[D]. 兰州：西北民族大学, 2020.

摘要：本文由五个部节组成，各分部内容如下。第一部论述了意象的出处和概念，以及第一次将文化与意象结合提出文化意象概念的学者，通过对文化意象概念的分析与诗歌意象加以区分。第二部主要讨论了文学翻译中文化意象翻译的异化归化问题，从文化引进为翻译目的，阐述了文化意象归化异化各自的利弊和理论依据。第三部将《红楼梦》中出现的文化意象分门别类进行了阐述，论述了这些文化意象对整部作品的重要性。第四部主要探讨了三种藏译本中对原文中的某些文化意象的处理对整部作品的影响。第五部论述了《红楼梦》三种藏译本中对文化意象的翻译策略并对其进行了可行性分析。

[70] 杨方林, 韩桂敏. 《红楼梦》杨译本与霍译本中医方剂英译对比研究[J]. 科教文汇（中旬刊）, 2019 (04): 177-179.

摘要：通过对《红楼梦》杨译本和霍译本中医方剂名称英译的对比研究，发现两位译者在翻译中医方剂名称时有相同点，更有差别。由于译者不同的中西文化背景，杨译本偏向于异化策略，以直译为主，以期保留原文的中国文化色彩。霍译本则更偏向归化策略，以意译为主，更多考虑目的语读者的接受程度。同时由于中医药文化的认知和理解差异，两种译本中的中医方剂翻译均有误译和漏译的现象。

［71］王金波．杨宪益—戴乃迭《红楼梦》英译本后四十回底本考证［J］．红楼梦学刊，2019（02）：260-282．

摘要：杨宪益—戴乃迭《红楼梦》一百二十回英译本一直是国内《红楼梦》翻译研究的热点，但译本底本问题长期未能得到应有的重视，学界诸多谬论与出版乱象的根源之一在于底本意识欠缺。

［72］李丽．杨宪益、戴乃迭《红楼梦》英译本文化缺失研究［D］．温州：温州大学，2019．

摘要：本文从文化角度出发，以杨宪益、戴乃迭夫妇合作翻译的《红楼梦》中的典型文化元素的缺失为研究对象，运用文化翻译理论分析文化翻译过程中的文化缺失现象，并从主客观方面对造成文化缺失的原因及补偿策略进行探讨。

［73］吴珺．文体差异与典型人物阐释策略：以伊藤版和井波版《红楼梦》日译本为例［J］．日语学习与研究，2019（01）：118-127．

摘要：本文经考察得出伊藤版本的第一目标读者是"专家型学者"，译文的不断"改雅"现象都是此目标下的驱动，而井波版本则把年轻人作为目标读者。不同的读者意识也对两位译者的文体决策产生了影响。

［74］汪静．基于语料库《红楼梦》英译本中文化负载词的翻译策略：杨霍译对比研究［J］．海外英语，2019（04）：47-48．

摘要：本文基于语料库对杨霍两个版本的《红楼梦》译文中的文化负载词展开对比研究。

［75］吴珺．阐释间距与伊藤漱平《红楼梦》日译本的演化［J］．曹雪芹研究，2019（01）：129-144．

摘要：本研究通过考察伊藤《红楼梦》日译本中阐释间距的意识、逐步"雅化"的局部以及对文眼的阐释，概括出其阐释从局部到整体，又由整体回到局部，呈现出不断循环、从未完成的特征。其译本在一次次改译中得以完善和升华，实现了译文的演化。

[76] 高歌，卫乃兴. 汉英翻译界面下的语义韵探究：来自《红楼梦》英译本的证据［J］. 解放军外国语学院学报，2019，42（01）：48-56.

摘要：本文在汉英翻译界面下，通过对比研究"hear of"在《红楼梦》英译本与原创英语中的异同，探索语义韵在翻译过程中的作用及变化特征。

[77] 许文荣，孙彦莊.《红楼梦》马来文译本第一人称代词翻译问题探研［J］. 红楼梦学刊，2019（01）：300-313.

摘要：《红楼梦》马来文译本自2007年启动之后，耗费十年工夫，已在2017年出版。全世界约有两亿五千万使用者的马来文成为全球第十个拥有《红楼梦》全译本的语种。在实际的翻译与修订的过程中，发现与解决了一些具体的翻译问题，其中一项正是代词的翻译。

[78] 董宁，邓珊珊. 从《红楼梦》霍译本看中医文化图式及其对外传播策略［J］. 海外英语，2019（01）：93-94.

摘要：本文以霍译本《红楼梦》为出发点，研究中医文化图式传播策略。试图从文化图式三种翻译模式角度分析霍译法，总结其在中医翻译传播过程中的应用性价值。

第三章

2018年度《红楼梦》译本研究文献汇总

[79] 纪启明.《红楼梦》中典故翻译的厚重翻译法：以杨宪益《红楼梦》译本为例[J].青岛科技大学学报（社会科学版），2018，34（04）：115-118.

摘要：典故语言简练，但意义深远，其翻译一直为译界之难点。杨宪益译本采用厚重翻译法对《红楼梦》中的典故进行翻译，具体包括文中加尾注、注释性翻译等方法。厚重翻译法可以帮助英语读者理解原文，体会《红楼梦》中包含的中国文化。

[80] 徐佐浩，蒋跃.翻译里的意识形态标签：基于语料库的《红楼梦》两个英译本比较[J].外国语言文学，2018，35（06）：636-649.

摘要：本文基于《红楼梦》杨宪益译本和霍克斯译本构建的语料库，以意识形态为研究对象，量化比较两个译本在名物化、及物性、情态和衔接四个维度的意识形态标签频次，用批评话语分析的方法分析和讨论得出数据和事实。

[81] 王志红.翻译批评的语境化研究：以霍克斯《红楼梦》英译本为例[J].广西科技师范学院学报，2018，33（06）：80-83.

摘要：本文从翻译语境化切入，对霍克斯的《红楼梦》译本进行评介，从文本理解、翻译策略及译者风格层面研究霍克斯译本中的文化语境因素与译者主体性策略的表达。

[82] 赵紫渊.各有所长、瑕不掩瑜：从目的论看《红楼梦》两译本中寒暄语的翻译[J].甘肃高师学报，2018，23（06）：55-58.

摘要：本文以目的论为指导，以《红楼梦》中的寒暄语为研究对象，比较杨译本、霍译本在不同翻译目的的指导下，所采用的不同翻译策略和方法。从两种译本是否实现各自的翻译目的，是否遵循各自翻译目所决定的翻译原则和策略的角度，试析两种译本各自的得失。

[83] 吴珺. 作为"日本式翻译范式"的"逐语译"研究：以伊藤漱平《红楼梦》日译本为例 [J]. 日本问题研究，2018，32（06）：63-69.

摘要：日文当中对于"逐语译"并没有明确的概念界定，对"逐语译"评价也褒贬不一。在日汉翻译的语境下，"逐语译"既是一种翻译方法，即直译；也是一种翻译理念，即忠实于源文本、严谨细致的理念。作者以伊藤漱平《红楼梦》日译本作为参照物，探究其"逐语译"特征，认为"逐語訳"是训读法的衍生物，是"日本式翻译范式"的集中体现。

[84] 沈钟钟. "潇湘"意象英译的二重变奏：以《红楼梦》两个全译本为例 [J]. 绍兴文理学院学报（人文社会科学），2018，38（06）：78-82.

摘要："潇湘"作为经典的中国文化意象，在《红楼梦》中被用于林黛玉这一主要人物的形象塑造，针对现有的两个《红楼梦》全译本在潇湘意象翻译上存在的明显差异，通过对潇湘意象的文化与文学溯源以及文本语境的分析，在意象翻译的策略上比较了两者在翻译中存在的得失及其审美效果。

[85] 孙乐. 故事的再造：论王际真《红楼梦》英译本情节的改写模式 [J]. 名作欣赏，2018（32）：154-157.

摘要：本文从叙事结构层面对此过程进行描述和研究，并提出王际真可能采用的改写范式。王际真在全书结构、章节编排、单个故事块缩减三个层面上进行改写，改写模式丰富且巧妙，针对目标特殊读者群体强化了小说译本的主线情节。

[86] 刘洪. 基于概念隐喻下《红楼梦》两译本中指示身体特征的动物隐喻比较研究 [J]. 农家参谋，2018（21）：275-276.

摘要：本文对《红楼梦》霍译本与杨译本中指示身体特征的动物隐喻翻译进行比较研究，从而分析杨宪益夫妇和霍克斯在翻译方法与策略上的选择，以及影响他们翻译方法与策略的因素。

[87] 崔东丹, 辛红娟. 从杨译本《红楼梦》看中国典籍的对外译介 [J]. 广东外语外贸大学学报, 2018, 29（05）: 88-93.

摘要: 国内学者对《红楼梦》的杨译本与霍译本进行比较研究, 大都认为杨译本与霍译本在艺术成就上不分上下, 然而在西方专业及普通读者中, 霍译本的声望远远高于杨译本。面对这一不同结论, 怎样看待和解释杨译本《红楼梦》在国内外受众中的差距成为一个值得思考的问题。

[88] 巫元琼. 试论《红楼梦》英译本底本不明现象及其对相关出版物的影响 [J]. 翻译论坛, 2018（03）: 77-81.

摘要: 本文回顾了《红楼梦》复杂版本现象对英译的影响, 梳理了杨宪益、戴乃迭《红楼梦》译本和霍克思、闵福德《红楼梦》译本的底本探讨问题, 指出在底本不明的前提下出版汉英对照本必须慎之又慎, 否则错误在所难免。

[89] 李庆明, 习萌. 文化负载词英译策略探索: 以邦斯尔与杨宪益《红楼梦》英译本为例 [J]. 海外英语, 2018（18）: 29-31.

摘要: 以目的论为指导, 分别对比邦斯尔与杨宪益《红楼梦》英译本在不同翻译目的下对语言、物质、社会文化负载词所采用的翻译策略进行分析, 从而对典籍翻译中文化负载词的英译策略进行探索总结, 以期能为促进中西文化交流贡献绵薄之力。

[90] 刘晓天, 孙瑜.《红楼梦》霍克思译本中习语英译的跨文化阐释 [J]. 红楼梦学刊, 2018（05）: 236-253.

摘要: 在分析霍克思译本中习语英译跨文化阐释的理念和原则基础上, 探讨解释补偿、替换补偿和零补偿这三种跨文化阐释方法的运用, 及其如何加深目标语读者对源语及其文化的理解、扩充自我文化、延展他者文化、融合自我文化和他者文化。

[91] 孟冬梅, 夏秀秀. 从译者主体性角度对比《红楼梦》两大英译译本——以茶名和人名的英译为例 [C]. Singapore Management and Sports Science Institute（Singapore）, Information Engineering Research Institute（USA）. Proceedings of 2018 3rd ICMIBI International Conference on Applied Social Science and Business（ICMIBI-ASSB 2018）. 2018: 507-512.

摘要：本文以《红楼梦》中的茶名和人名翻译为例，从译者主体性角度对两大版本做出对比分析，为后者研究该译著提供些许理论参考。

[92] 童童. 浅谈维译本《红楼梦》中"红"字的翻译 [J]. 汉字文化, 2018 (16)：149-151.

摘要：文章通过汉维文化中对红色的不同认知，从归化、异化角度分析《红楼梦》中"红"字的维译方法及技巧，旨在说明翻译过程应重视文化因素，了解两种语言内在的文化内涵，灵活、辩证地处理文化词，而不是逐字翻译。

[93] 杨国兰. 浅析典籍中词汇翻译策略：以《红楼梦》英译本中地名为例 [J]. 济南职业学院学报, 2018 (04)：110-112.

摘要：通过分析《红楼梦》英译本中地名和一些特定称谓翻译的异同，探讨典籍中词汇翻译策略。

[94] 廖春兰. 戴维·霍克斯《红楼梦》译本中文化意象的传递与误译 [J]. 英语教师, 2018, 18 (15)：135-137, 152.

摘要：分析文化意象的概念及表现，概述误译现象的概念及分类。从《红楼梦》中的人名、别号、颜色分析霍译《红楼梦》在译介过程中出现的文化意象。

[95] 部海渟, 韩松. 《红楼梦》英译本中勒菲弗尔改写理论的应用：以《红楼梦》中建筑文化翻译为例 [J]. 辽东学院学报（社会科学版）, 2018, 20 (04)：92-95.

摘要：本文旨在运用勒菲弗尔的改写理论，对《红楼梦》两个英译本中建筑文化翻译进行举例分析研究，以促进东西方文化的交流与融合。

[96] 姜宁. 听话人设计理论视域下《红楼梦》两译本中王熙凤话语语体变化的对比研究 [J]. 遵义师范学院学报, 2018, 20 (04)：61-63.

摘要：本文拟以程雨民语体正式度测量表为研究方法，以 Bell 的"听话人设计理论"为理论指导，对红楼梦两译本中王熙凤话语的语体变化进行定量和定性相结合的分析，从新的视角对《红楼梦》两译本中的人物对话进行比较、分析。

[97] 刘扬敏. 三方面对比《红楼梦》不同译本中的茶文化 [J]. 福建茶叶, 2018, 40 (08): 405.

摘要: 本文尝试对《红楼梦》当中的茶文化进行对比, 主要的对比方向是茶文化的认可度、茶文化的表现特征、茶文化的寓意所在。通过这三方面的对比, 展现了不一样的茶文化。

[98] 钦文. 德译本《红楼梦》的前世今生 [N]. 文汇报, 2018-07-09 (W01).

摘要: 本文介绍了从《红楼梦》的节译本到《红楼梦》的全译本的翻译过程, 着重介绍了首位将这部作品节译的德国传教士郭士立 (Karl Friedrich August Gützlaff) 和库恩以及翻译《红楼梦》全文的两位译者史华慈 (Rainer Schwarz) 和吴漠汀 (Martin Woesler)。

[99] 蒋丽平. 从《红楼梦》两译本对文化差异的处理看译者的主体性 [J]. 江苏外语教学研究, 2018 (02): 78-82.

摘要: 本文以两个译本 (大卫霍克斯和杨宪益、戴乃迭译本) 的翻译策略作为研究, 通过对比两个译本对《红楼梦》文化内容的处理, 以及对译者的主体性进行比较研究, 试图发掘更多影响译者对文化内容翻译的因素, 以期达到提高文学作品翻译质量的目的。

[100] 石纯英, 朱伊革.《红楼梦》中"把/将 NP-V"句的英译对比研究: 以霍克斯和杨宪益的两个英译本为例 [J]. 现代语文, 2018 (06): 124-129.

摘要: 本文旨在以非典型性"把"字句——"把/将 NP-V"句为切入点, 以中国古典文学名著《红楼梦》以及霍克斯和杨宪益的两个英译本为语料, 借助平行语料库对《红楼梦》中"把/将 NP-V"句的英译文进行对比研究, 从而找出两位译者的翻译异同以及此类句式的翻译规律, 为这类句式的英译提供借鉴。

[101] 罗丹. 目的论视角下《红楼梦》英译本茶词语翻译研究 [J]. 福建茶叶, 2018, 40 (07): 417.

摘要: 本文主要研究的是在目的论视角下的红楼梦英译本茶词语翻译的

内容。

[102] 谢璐，段薇. 从目的论谈《红楼梦》译本中的茶文化翻译 [J]. 福建茶叶，2018，40（07）：438.

摘要：本文从目的论的角度出发，对《红楼梦》译本中茶文化翻译进行几点研究。

[103] 尚永梅. 基于平行语料库的递进连词翻译隐化研究 [D]. 北京：中国石油大学（北京），2018.

摘要：本文从译文对比的角度，基于《红楼梦》汉英平行语料库，对霍译本和杨译本中递进连词的翻译进行对比分析，旨在考察翻译隐化现象，丰富翻译隐化研究。另外，本文通过总结两译本递进连词英译的异同点，对比考察不同译者在同一个递进连词上的不同翻译策略，并结合目的论对翻译策略的使用进行阐述。

[104] 石高原. 对日译本《红楼梦全一册》的研究 [D]. 开封：河南大学，2018.

摘要：本文欲探讨其中一个日语节编本，即日本著名译者佐藤亮一翻译的《红楼梦全一册》。而这一节译本的更为独特之处在于它的底本依据是林语堂的英译稿。

[105] 张玥.《红楼梦》双关语韩译本中出现的问题及其解决办法 [D]. 桂林：广西师范大学，2018.

摘要：本文基于 Delabastita 双关语翻译理论，通过对照《红楼梦》1978 年延边出版社出版的朝鲜语译本和 2009 年版韩国语译本，对《红楼梦》中出现的人名双关意义进行分析和研究，归纳总结翻译过程中使用的方法和技巧。

[106] 赵雨柔. 霍克思译本《红楼梦》诗词意象翻译研究 [D]. 广州：广东外语外贸大学，2018.

摘要：本文以《石头记》诗词意象翻译为中心，通过分析霍克思针对不同语境下意象的翻译方法，探究中西方文化差异及其翻译方法的文化起源。

[107] 刘加贝. 跨文化视阈下的《红楼梦》俄译本分析［D］. 哈尔滨：哈尔滨工业大学, 2018.

摘要：到目前为止,《红楼梦》的俄译本共有三个, 分别是科瓦尼科译本和帕纳休克1958年译本、1995年译本, 其中科瓦尼科的《红楼梦》译本仅有第一回前半部分, 帕纳休克的1958年译本则是《红楼梦》外译史上第一部全译本。本文在跨文化视域下对三个版本展开分析。

[108] 汤洁. 基于语料库的《红楼梦》两个英文节译本风格对比研究［D］. 开封：河南大学, 2018.

摘要：本文通过自建《红楼梦》英文节译本小型单语语料库, 利用语料库检索软件WordSmith 5.0对王际真和麦克休1958年《红楼梦》节译本的标准类符/形符比、词汇密度平均词长、平均句长、语篇衔接、文本可读性等方面进行整体语言特征的对比和分析。

[109] 喻佳. 认知语法视角下《红楼梦》诗歌译本意象对比分析［D］. 南昌：江西师范大学, 2018.

摘要：本文关注了兰盖克的认知语法观点, 正因为言语构造与概念结构的差异息息相关, 所以言语构造在某种程度上便是概念结构。除了概念结构, 语言表达还包含对该内容的识解方式, 即意象。换言之, 意象即是概念在实现过程中的一种特殊形式。基于此, 本文认为翻译实践应该脱离传统的赏析方式而将其置于认知语法层面上进行考察。在理论框架部分, 本文根据兰盖克提出的四个重要参数, 总结出表述意象的四种方式。

[110] 秦宇倩. 论文学翻译中的创造性叛逆［D］. 西安：西安外国语大学, 2018.

摘要：本文以赵镇江、加西亚用西班牙语翻译的《红楼梦》为例, 分析创造性叛逆的内涵, 寻找译者对原文叛逆的原因, 旨在从文学翻译创造性叛逆的角度进行分析, 探讨其成功背后的原因, 从而找出更有效的翻译策略推动中国文学更好地"走出去"。

[111] 任柏玉. 论《红楼梦》埃多阿尔达·玛西意大利语译本中佛教词汇的翻译及佛教文化的再现［D］. 北京：北京外国语大学, 2018.

摘要：意大利女汉学家埃多阿尔达·玛西在1964年出版的《红楼梦》意大利语译本Il sogno della camera rossa，是迄今为止唯一由汉语直接翻译成意大利语的译本，对汉意翻译研究具有很高的参考价值。笔者的研究重点为佛教专属名词的翻译，包括人名法号、地点名词和佛教典籍；佛教教义的翻译，运用翻译理论，跨文化理论和比较文学理论，逐一进行分析，将原文与译文进行对比，分析作者所采用的翻译技巧和所达到的翻译效果，评价翻译的折损情况。

[112] 温玉斌. 从陌生化美学的视域审视语音辞格翻译假象等值：兼评《红楼梦》两译本的回目翻译[J]. 牡丹江教育学院学报，2018（05）：9-11.

摘要：语音修辞是文学作品的重要修辞方式，给人以听觉和视觉上的陌生化美学感受。在文学翻译中能有意识地传达语音修辞的陌生美，对避免假象等值翻译有着现实的指导意义。

[113] 吴昊. 现代性的因缘[D]. 上海：华东师范大学，2018.

摘要：《红楼梦》是中国古代白话小说发展的最高峰，其思想价值在于具有初步启蒙精神的人文现代性。主人公的哲思、女性意识、悲剧意蕴都寄予了作者对礼教制度和象征秩序的质疑和委婉批判，表现出对婚恋自由、信仰自由的向往，其核心是人的主体意识的觉醒，亦即本研究所言的《红楼梦》的现代性。

[114] 杨安文，冯家欢.《红楼梦》邦斯尔译本中的诗歌翻译：以香菱咏月诗为例[J]. 红楼梦学刊，2018（03）：303-322.

摘要：本文以香菱学诗所作的三首咏月诗的翻译为例，从译诗体裁选择、诗歌翻译策略运用及诗意解读与呈现三个方面，分析邦斯尔译本诗歌翻译的风格和特点，同时通过对比杨宪益译本和霍克思译本，探讨该译本的得失，并探析背后的原因。

[115] 再纳汗·阿不多，阿布都外力·克热木，冯瑞.《红楼梦》维吾尔文译本述评[J]. 红楼梦学刊，2018（03）：323-332.

摘要：本文对《红楼梦》维吾尔文译本译者阿布都克里木·霍加、伊敏·吐尔松、热合曼·马木提、热合木吐拉·加里、郝关中做了介绍，对译本版本状况、翻译背景、翻译策略、研究现状、价值意义进行了简要述评。

[116] 谢梦慧. 关联理论视域下《红楼梦》英译本研究 [J]. 佳木斯职业学院学报, 2018 (05): 402.

摘要: 本文通过对杨宪益、戴乃迭所译版本的《红楼梦》的第一百零二回章节的实例分析, 探讨不可译性、对等原则和文化缺省这三个翻译问题在实际翻译过程中的情况。

[117] 卢立程. 后殖民翻译视域中的"杂合": 《红楼梦》杨译本例析 [J]. 乐山师范学院学报, 2018, 33 (05): 48-53.

摘要: 文章从词语、成语和谚语、句子以及诗歌翻译四个方面分析杨宪益和戴乃迭夫妇的《红楼梦》译本 *A Dream of Red Mansions* 中的"杂合"特征, 并提出相对于之前的译本, 杨译本以异化为主的"杂合"特征是对殖民主义翻译的一种抗争, 保护了原作中的中国文化特征, 维护了中国文化的话语权。

[118] 常璐, 马王储, 翟云超. 《红楼梦》杨、霍两译本中匾额翻译对比 [J]. 华北理工大学学报 (社会科学版), 2018, 18 (03): 126-129, 136.

摘要: 本文以《红楼梦》大观园中的匾额为例, 从文化传播的角度出发, 运用功能对等理论分析了两译本中的匾额翻译。

[119] 武斌. 中国文化特色词汉英翻译策略的研究: 以《红楼梦》两译本为例 [J]. 疯狂英语 (理论版), 2018 (02): 164-165.

摘要: 本文以《红楼梦》两译本为例, 对中国文化特色词进行探究, 实例分析一些行之有效的翻译策略。

[120] 李嘉渝. 杨宪益英译本《红楼梦》的翻译亮点 [J]. 文学教育 (上), 2018 (05): 148-149.

摘要: 本文将重点分析和论述英译本《红楼梦》在翻译技巧方面的主要亮点。

[121] 张晶晶. 《红楼梦》霍译本中人物对话等效翻译探索 [D]. 镇江: 江苏科技大学, 2018.

摘要: 本文选择对《红楼梦》霍译本中人物对话的等同效果进行研究, 旨在从西方译者的角度出发探讨西方读者的接受心理，从而探索出适应当今全球化语境的翻译策略和方法，以便为其他中国经典文学和现当代文学作品的外译提供借鉴。

［122］丁文凤.《红楼梦》两英译本中话语标记语 anyway 语用功能比较研究［D］.合肥：安徽大学，2018.

摘要：本研究从关联理论角度出发，研究了霍译本和杨译本中话语标记语 anyway 的语用功能。该研究旨在为《红楼梦》译本研究及其对外传播的进一步发展做出贡献。

［123］朴洗俊.现代《红楼梦》韩译本熟语翻译研究［D］.上海：华东师范大学，2018.

摘要：本文以现代《红楼梦》四种韩译本为研究对象，对其中熟语的翻译展开研究，通过这份论文，笔者希望以后的翻译者能从此研究得到启发，期待出版更完善以及更易懂的《红楼梦》韩译本。

［124］许丹.认知视阈下《红楼梦》中的植物隐喻英译研究：以霍克斯译本为例［J］.现代语文，2018（04）：117-122.

摘要：本文以《红楼梦》原文以及霍克斯英译本为语料，梳理出其中较为典型的植物隐喻，以"人是植物"为主要隐喻类型，以人与植物相似的成长历程为依据，划分出"人的生命是植物的根""人的后代是植物的种子""人的状态是植物形态""人的繁衍是植物结果""人的死亡是植物凋落"等五个子隐喻。通过汉英语料的对比，从地理、历史、社会风俗等方面分析植物隐喻以及译者行为背后的认知动因。

［125］何晓瑞.从文学文体学角度分析翻译中的"假象等值"［D］.大连：大连理工大学，2018.

摘要：本文以申丹就小说翻译中的"假象等值"提出的理论为依据，以杨宪益和霍克斯英译《红楼梦》为研究对象，拟解决以下两大问题："假象等值"在《红楼梦》译本中是否存在？如果存在，其原因和表现形式是什么？如何识别以及如何更好地避免"假象等值"？

[126] 吴珺. 伊藤漱平《红楼梦》日译本研究述评 [J]. 北京第二外国语学院学报, 2018, 40 (02): 62-75.

摘要：笔者通过对国内外文献进行考察后发现，首先，尽管最近五年有一些成果问世，但从总体来看无论是国内还是国外，对伊藤漱平《红楼梦》日译本本身的研究力量薄弱，成果较少；其次，缺乏通过翻译学和其他相关学科新的研究方法和研究思路对其译本的新探索。

[127] 张粲, 王婷婷. 从目的论视角探析李治华《红楼梦》法译本道教术语翻译策略 [J]. 明清小说研究, 2018 (02): 176-188.

摘要：本文拟从目的论视角，通过直译法、释义法、注释法、增译法、替代法等翻译案例，探析李治华《红楼梦》法译本对道教术语的翻译策略及其利弊，以期对中国古典文学和传统文化的外译有所助益和启示。

[128] 杨柳. 翻译特性视域下的汉语文化负载词英译探析：以杨宪益、霍克斯《红楼梦》英译本为例 [J]. 英语教师, 2018, 18 (07): 118-121.

摘要：本文结合杨宪益、霍克斯《红楼梦》英译本中文化负载词的文化背景和历史内涵，探讨在符号转化、文化补偿及语境再造等翻译策略下对比分析两个译本的可借鉴之处，研究在翻译时如何做到最大限度地减弱文化差异，旨在为后续研究《红楼梦》中文化负载词语英译提供借鉴。

[129] 田方, 赵翰生. 刍议《红楼梦》两种英译本的风格——以锦的翻译为例 [J]. 海外英语, 2018 (06): 144-145.

摘要：本文以"异化"和"归化"翻译策略为依据，通过对最为翻译界和读者认可的两个《红楼梦》英译本中的"锦"及其关联服饰词语实例的不同译法加以比较，分析两个译本的风格，以及哪个更能反映中国传统服饰所蕴含的文化底蕴。

[130] 朱薇, 何中市.《红楼梦》邦斯尔译本的学术性特征研究 [J]. 中南民族大学学报（人文社会科学版）, 2018, 38 (02): 177-180.

摘要：《红楼梦》第一个一百二十回英文全译本——邦斯尔神父译本迄今未能正式出版，使其长期得不到应有的重视。此译本体例完备、副文本使用充分，文化对比意识强烈,注重用考证结论指导翻译,学术型翻译特点明显,体现了译者严谨的翻译态度,值得学界关注。

[131] 郭洁洁,吴妮.女性主义翻译理论视角下《红楼梦》霍克斯译本的翻译策略研究 [J].长春师范大学学报,2018,37(03):125-127,153.

摘要:本文以女性主义翻译理论为视角,以《红楼梦》为个案,以霍克斯及闵福德的译本为切入点,选取林黛玉、薛宝钗、王熙凤、史湘云这四位典型的人物进行以点带面的典型性研究,探讨了女性主义翻译理论对人物形象的再现产生的深刻影响。

[132] 郭薇,谢贶颖.从汉译外重新审视中国典籍的传播:以《红楼梦》杨、霍译本为例 [J].城市学刊,2018,39(02):102-107.

摘要:《红楼梦》作为中国古典小说的巅峰,其英译本是文化传播、读者接受研究中的重要着力点。当今世界,中国文化的重要性不容小觑,在文化如何"走出去"的道路上,凸显了中国文化谁来译的问题,翻译的方向极大地影响着文化传播的效果。中国文化"走出去"首先要求译者要了解、理解、认同中国文化,因此树立本土译者在汉译外的话语权便尤为重要。

[133] 傅翠霞.生态翻译学视阈下动物习语的翻译研究:以《红楼梦》两译本为例 [J].吉林省教育学院学报,2018,34(03):138-142.

摘要:本文以生态翻译学视角下"三维"转换的翻译方法为理论基础,通过对比分析《红楼梦》两英译本中四种不同类型的动物习语,即重合、冲突、全空缺与平行习语的具体翻译实例,以找到动物习语翻译新的方法。

[134] 刘泽权,石高原.林语堂《红楼梦》节译本的情节建构方法 [J].红楼梦学刊,2018(02):231-259.

摘要:本文以林氏英译时所参照的王希廉评本《红楼梦》为底本,通过佐藤亮译本的汉语回译,对二者进行情节、事件对照,廓清林译本在情节架构上的取舍、重置结果,探究其编译方法和理据。

[135] 赵科研.《红楼梦》不同译本中的茶文化对比 [J].福建茶叶,

2018, 40 (03): 380.

摘要：随着《红楼梦》译本在国外的传播，也加强了我国茶文化在全球的传播，不同的《红楼梦》译本中对于茶文化的翻译有所不同，所以本文对《红楼梦》不同译本中的茶文化进行了对比研究。

[136] 王文权. 话语分析视角下杨、霍《红楼梦》译本中茶语域翻译研究 [D]. 大连：大连理工大学，2018.

摘要：本文从话语分析视角出发，把翻译从传统的语言层面置入更为广阔的社会、文化语境，对比分析了杨宪益和霍克斯的两个《红楼梦》英文译本中茶文化相关内容的翻译，以期为中国茶文化翻译提供更多理论和策略上的支持。

[137] 胡玉明，刘钰蓉. 从杨宪益夫妇译本看《红楼梦》中的提示语翻译 [J]. 皖西学院学报，2018，34 (01)：121-124.

摘要：作为一部通过人物会话塑造人物形象的文学巨著，《红楼梦》中富含大量的提示语，如果译者一味地只做简单的字面处理，译文将显得平淡无新意，也不符合英语用词多样性的语言习惯。通过对原文提示语的位置变换和结构转换，以及归化翻译策略的使用，杨宪益夫妇不仅实现了译文措辞的多样性，也成功地实现了翻译的跨文化交际的功能。

[138] 周红英.《红楼梦》不同译本中的茶文化对比 [J]. 福建茶叶，2018，40 (02)：386-387.

摘要：本文首先对我国茶文化进行简单介绍，其次对《红楼梦》中的茶文化进行简要的说明，最后结合《红楼梦》的两个译本对其中的茶文化翻译进行比较分析，希望能够推动我国茶文化的对外传播。

[139] 贯丽丽. 中国元素在霍克斯《红楼梦》英译本中的翻译策略分析 [J]. 佳木斯职业学院学报，2018 (01)：373.

摘要：本文从中国元素的定义和内涵入手，理论结合实践，探讨了中国元素在霍克斯《红楼梦》英译本中的抽象化和具体化体现，并通过具体分析直译法、意译法等翻译方法，详细论述中国元素在霍克斯《红楼梦》英译本中的翻译方法和翻译技巧，旨在充实翻译方面的相关理论依据，从而使中国元素在跨文化交流翻译的过程中得到更好的传播。

［140］杨立云.《红楼梦》俄译本中语言误译现象解析［J］.外语教育研究，2018，6（01）：44-48.

摘要：本文主要从语言入手研究《红楼梦》俄译本中的误译现象。

［141］袁平.霍译本《红楼梦》中文化空缺翻译研究［J］.名作欣赏，2018（03）：163-165.

摘要：本文基于文化空缺的视角，分析霍克斯对《红楼梦》中文化空缺的翻译补偿策略及翻译方法，进而探究译者的跨文化意识在译著中的体现与作用，帮助读者从文化空缺的视角更好地鉴赏霍译本，同时为涉及文化空缺的翻译实践和研究提供借鉴。

［142］彭爱民.基于汉英平行语料库的翻译语义韵探究：评《基于语料库的〈红楼梦〉说书套语英译研究——以杨、霍译本为例》［J］.中国教育学刊，2018（01）：130.

摘要：语义韵这种语言现象是语料库语言学家辛克莱（J. Sinclair）最早发现的，它是一种特殊的词语搭配现象。近年来，语义韵受到学术界的广泛关注，也成为语言学研究的一个重点。

第四章

2017年度《红楼梦》译本研究文献汇总

[143] 侯羽.《红楼梦》两个英译本中的名词化与隐/显化关系分析[J]. 外语与外语教学, 2017 (06): 123-133, 149.

摘要：本研究旨在分析《红楼梦》两个英译本中名词化的使用特点及其与隐/显化之间的关系。研究将英语名词化界定为由限定性动词经过转换生成，并将名词化结构界定为由限定性小句结构通过句法派生而成。

[144] 王彬愉. 语义翻译在《红楼梦》英译本中的应用[J]. 佳木斯职业学院学报, 2017 (12): 333-334.

摘要：本文以大卫·霍克斯的英译本《红楼梦》为例，通过文献分析法，具体分析语义翻译和交际翻译在翻译实践中的应用。

[145] 姚琴. 语言思维习惯下译者的翻译词汇选择研究：基于语料库的《红楼梦》霍、杨译本和BNC原创小说amid/amidst/midst 离合性对比[J]. 名作欣赏, 2017 (35): 5-7.

摘要：本文借助语料库，探索不同语言思维习惯下译者的翻译词汇选择的离合性。通过对比《红楼梦》的霍、杨译本，发现译者语言思维习惯不同的霍译和杨译在翻译选择上的差异，然后对比BNC的英文原创小说库来验证语言思维习惯对译者翻译词汇选择的深层影响。

[146] 王烟朦，许明武.《红楼梦》威妥玛译本窥探[J]. 红楼梦学刊, 2017 (06): 279-295.

摘要：本文介绍了文仁亭与其译评以及威妥玛的主要生平事迹，进而参考《红楼梦》乔利译文与霍克思译文的描述和解读威氏译文，在此基础上，审视和评价了具有争议性的《红楼梦》威妥玛译本，以期丰富《红楼梦》英译史和

《红楼梦》翻译研究。

[147] 李晶.《红楼梦》三种英文全译本底本差异性管窥[J]. 红楼梦学刊，2017（06）：251-278.

摘要：本文拟从具体的中英文文本对照分析出发，进一步考察底本差异及译者的相关处理，分析译者在底本选择与译文处理中体现出的文化理念，尤其是杨译本中彰显的对于中国传统文化内涵的坚守及其折射出的文化自信。

[148] 姚琴.《红楼梦》霍译本中的贾宝玉形象探微：基于语料库的研究[J]. 名作欣赏，2017（33）：5-7.

摘要：本文通过对《红楼梦》的程乙本原著与霍译本进行平行语料库的源语/目标语语际对比和分析，考察《红楼梦》的霍译本中有关贾宝玉的人物形象的翻译特征。

[149] 姚琴.《红楼梦》霍译本和杨译本中"凤辣子"的言语形象：基于语料库的译者风格翻译研究[J]. 名作欣赏，2017（33）：8-10.

摘要：本文采用语料库的研究方法，对《红楼梦》的霍译本与杨译本中王熙凤的语言特征的翻译进行研究，并对比两个译者的翻译风格。

[150] 都玉姣. 浅谈翻译策略中的归化与异化：以《红楼梦》英译本作对比[J]. 中国校外教育，2017（30）：77-78.

摘要：通过比较《红楼梦》两个英译本，从诗歌、称谓语和习语方面进行对比分析。得出结论：归化与异化作为翻译中处理文化因素的两种策略，是辩证统一的两个对立面。

[151] 王珊珊，翟书娟. 从生态翻译学视角解读霍克斯《红楼梦》英译本中的中医药文化翻译[J]. 亚太传统医药，2017，13（20）：19-21.

摘要：本文以生态翻译理论的"三维转换"原则为指导，解读霍克斯译本中的中医药文化翻译，以期从新的视角探讨霍克斯的中医药文化翻译策略。

[152] 杨柳. 弗朗茨·库恩《红楼梦》德译本译后记研究[J]. 河南理工大学学报（社会科学版），2017，18（04）：74-80.

摘要：本文通过这篇译后记，细致考察库恩在向西方读者译介《红楼梦》的过程中突破西方主流价值对中国文化的偏见、颠覆刻板的中国形象、发掘《红楼梦》的现代价值、构建多元文化视角的种种努力，并探究库恩通过译介《红楼梦》而建构的中国形象，对西方现代"自我形象"的影响和作用。

[153] 马沛虹. 从风格翻译视角看《红楼梦》两大英译本中人物言语的风格传递 [J]. 佳木斯职业学院学报, 2017（10）：275-277.

摘要：本文中，笔者尝试以刘宓庆的风格翻译理论为理论基础，运用风格符号标记来系统对比《红楼梦》两大译本——杨宪益和霍克斯版本中人物语言风格的传递之异同。

[154] 赵建国. 《红楼梦》杨宪益和霍克斯的英译本差异及影响因素 [J]. 连云港师范高等专科学校学报, 2017, 34（03）：27-31.

摘要：《红楼梦》杨宪益英译本、霍克斯英译本在用词、句式、翻译风格、民俗风情等方面存在差异，造成这些差异的主要因素包括社会文化、审美观念、语用习惯和翻译策略。

[155] 吕萌. "否则"类连词翻译研究：以《红楼梦》及其英译本为例 [J]. 现代语文（语言研究版），2017（09）：150-152.

摘要：本文基于浙江省绍兴文理学院《红楼梦》汉英平行语料库，采用定量分析和定性分析相结合的方法，以《红楼梦》及其两个英译本为例，通过数据统计和对比分析，探究总结"否则"类连词的翻译策略。

[156] 张岩，陈建生. 《红楼梦》两个英译本中物质文化负载词的语料库翻译学研究 [J]. 牡丹江大学学报, 2017, 26（09）：130-133.

摘要：本研究的目的是使用语料库工具，采用定量和定性的研究方法，重点从类符/形符比、平均词长和词汇密度等方面来比较和分析杨宪益、戴乃迭和霍克斯的两个英文译本在《红楼梦》物质文化负载词的翻译上所体现的语言特点。

[157] 李大博. 海外译本与《红楼梦》海外传播的关系探析 [J]. 白城师范学院学报, 2017, 31（09）：56-60, 64.

摘要：本文通过全面梳理《红楼梦》海外译本的现状及存在问题，进而阐述《红楼梦》在译介过程中所要着力关注的三大领域，即文化、美学、人学，并力图以此为《红楼梦》的海外传播提供全新的视角。

[158] 王金波，王燕. 杨宪益—戴乃迭《红楼梦》英文节译本研究[J]. 红楼梦学刊，2017（05）：216-233.

摘要：本文从描写译学的视角探讨该节译本，描写译本特点、解释译本成因，并揭示流传与接受情况。

[159] 顾晶钰.《红楼梦》王际真英译本中的自我东方主义情结[J]. 大众文艺，2017（17）：182，40.

摘要：本文旨在分析《红楼梦》王际真英译本中的自我东方主义倾向，揭示他在自我东方主义思维下对于文本内容的取舍以及翻译策略的选择，以此更进一步地理解东方主义及后殖民主义翻译理论。

[160] 杜洋. 语料库视角下《红楼梦》诗词的翻译风格对比研究：以《葬花吟》两英译本为例[J]. 齐齐哈尔大学学报（哲学社会科学版），2017（09）：145-148.

摘要：本文选取《红楼梦》中的经典诗歌《葬花吟》为研究对象，基于语料库研究手段，从词汇、句子和语篇三个层面对《葬花吟》两个英译本进行翻译风格研究。

[161] 王娅妮. 从《红楼梦》的两个英译本分析文化差异对翻译的影响及译者的处理[J]. 智库时代，2017（09）：178-179，181.

摘要：本文以东西方文化差异为出发点，从《红楼梦》的两个英译本中选取部分译例进行对比，分析在亲属称谓、东西方思维模式、东西方社会习俗和宗教观等方面所折射出来的文化差异以及传递出的不同的文化信息，并指出文化差异对翻译造成的影响，以及译者在翻译过程中所采取的不同的处理方法。

[162] 牛倩. 翻译中译者的主体过滤性对译文的影响：以《红楼梦》第三回的两个英译本为例[J]. 长治学院学报，2017，34（04）：74-77.

摘要：本文以《红楼梦》第三回最广为流传的两种译本作为素材，从不同的文化背景、译者的翻译目的及翻译观念，以及由于译者理解的偏差等方面着手，对影响翻译质量的因素进行探究。从译者的主体过滤性出发，分析作为翻译活动主体的译者，由于自身的因素而对译文质量产生的影响。

[163] 吕世生.《红楼梦》跨出中国文化边界之后：以林语堂英译本为例[J]. 外语与外语教学，2017（04）：90-96，149.

摘要：本文通过对林译本的叙事结构、文本立意的分析，认为多年来中国文学"走出去"面临的问题之一是对中西文化关系格局、对中国文本进入西方文化的屏障机制，对文本文化语境改变与其经典化的关系等认识不足。

[164] 毋娟. 从语用学角度谈《红楼梦》的英译本语言特色[J]. 语文建设，2017（21）：79-80.

摘要：本文认为《红楼梦》的语言从语用学角度看具有宝贵的文学价值，所以研究《红楼梦》的语言具有重要意义。

[165] 高玮莹. 试论《红楼梦》三个英译本中人物角色姓名的翻译[D]. 深圳：深圳大学，2017.

摘要：目前，三个最具有代表性的《红楼梦》英译本分别是最早的亨利·本克拉夫特·乔利（H. Bencraft Joly）节译本，杨宪益、戴乃达夫妇全译本和大卫·霍克斯（David Hawkes）、约翰·闵福德（John Minford）全译本。作者结合中文原文《红楼梦：脂砚斋批评本》，将红楼梦前五十六回出场的人物姓名依据人名背后的文化含义划分为四大类，探讨译者在翻译过程中对原文的适应以及对译文的选择。

[166] 范予. 从译者文化态度角度分析《红楼梦》译本[J]. 英语广场，2017（07）：15-17.

摘要：本文以第二十八回为例，对比杨宪益、戴乃迭和霍克斯两种译本，从译者文化态度角度分析译文差异及其在翻译中所带来的影响。

[167] 刘艳瑛.《红楼梦》俄译本中人称指示语映射现象的顺应性考察[J]. 安徽文学（下半月），2017（06）：3-4.

摘要：本文集中篇幅，以顺应论为理论框架，结合我国古典名著《红楼梦》

俄译本中的语料,探究人称指示语映射现象顺应的语境因素,以期对言语交际中语用意图的实现以及言语交际的顺利进行起到一定的指导和借鉴作用。

[168] 陈明芳,刘文俊.影响《红楼梦》第十七回两英译本风格存续的因素[J].外国语文研究,2017,3(03):74-82.

摘要:从文学文体学视角对《红楼梦》第十七回霍克斯和杨宪益、戴乃迭两英译本的语言表达进行分析,发现全知视角的评价介入、叙事张力的译者操控和基于认知的逻辑改写等三个方面是影响该小说风格存续的重要因素。

[169] 陈益彤,张家悦.《红楼梦》日译本中亲属称谓语翻译对比分析:以"林黛玉进贾府"章节为中心[J].才智,2017(17):233-234,255.

摘要:本文以伊藤漱平及井波陵一《红楼梦》日译本"林黛玉进贾府"一章中的亲属称谓语翻译为分析对象,分别从"母系亲属的称谓翻译""父系亲属的称谓翻译""合称称谓语翻译"三个方面对比两译本中亲属称谓翻译语的优缺点与差异。

[170] 吴珺.伊藤漱平《红楼梦》日译本隐喻翻译研究[J].中国文化研究,2017(02):170-180.

摘要:为了考察伊藤漱平《红楼梦》日译本中喻体转换模式,描述伊藤漱平《红楼梦》日译本隐喻翻译策略,笔者收集了伊藤漱平《红楼梦》日译本中三百个隐喻词条,建立了伊藤漱平三个译本隐喻语料库。并在此基础上归纳出伊藤漱平《红楼梦》日译本隐喻翻译策略的七种类型以及各自所占比例。

[171] 聂莉.从接受美学谈杨译本、霍译本《红楼梦》茶名翻译[J].海外英语,2017(11):137-138.

摘要:本文以杨宪益、戴乃迭与霍克斯、闵福德的英译本为基础,从接受美学角度探讨两个译本中茶名的翻译,以期对我国茶文化翻译提供有价值的参考。

[172] 高天.建构主义翻译学视角下文化负载词的翻译研究[D].成都:西南石油大学,2017.

摘要：本文从建构主义翻译观的视角出发，以《红楼梦》中文化负载词为研究本体，采用定性分析和比较的方法，以建构主义翻译观的尊重知识的客观性、理解的合理性与解释的普遍有效性，以及尊重原文作品的定向性三原则为依据，通过对比分析《红楼梦》三个英译全本，即杨宪益、戴乃迭的 *A Dream of Red Mansion*（杨译本），大卫·霍克斯、约翰·闵福德的 *The Story of the Stone*（霍译本）及 B. S. 邦斯尔的 *The Red hamber Dream*。对前八十回中文化负载词进行对比分析，以探讨建构主义翻译观指导下不同类型的文化负载词在翻译策略选择上的可行性及有效性。

[173] 甘小蕊. 两个泰文译本（红楼梦）词语对比研究 [D]. 扬州：扬州大学，2017.

摘要：本论文主要以《红楼梦》泰文译本中的词语为研究对象，收集并整理《红楼梦》汉文原文本与泰文译本两个版本中的词语，并进行对比统计，再在此基础上对其特点和规律进行分析研究。

[174] 王静. Delabastita 翻译理论在带双关语义人物姓名翻译策略的选择中的运用：以《红楼梦》英译本为例 [C] //外语教育与翻译发展创新研究（第六卷）. 四川西部文献编译研究中心，2017：257-261

摘要：通过分析两个译本所使用的不同翻译策略，探析两位译者的翻译观。通过比对数据可以看出，两位译者都综合运用了多种翻译方式，相比较而言，霍克斯译本以读者的接受度为主，倾向于归化，杨宪益译本以原文本为导向，倾向于异化。

[175] 郑品红. 从社会符号学角度研究转喻翻译 [D]. 南京：南京大学，2017.

摘要：本研究从社会符号学语义理论的视角探讨汉语转喻的翻译，其对象是《红楼梦》中的转喻及上述两个《红楼梦》英译本中对应的转喻翻译，旨在通过原文和译文的比较阅读来收集数据。

[176] 董召锋. 民俗风情及民俗文化的翻译：以《红楼梦》译本为例 [J]. 语文建设，2017（15）：71-72.

摘要：《红楼梦》涵盖了丰富的民俗文化，是中国文化向世界传播的重要载体。然而，由于翻译者文化背景、个人思维习惯、文化传统和背景的不同，在翻译《红楼梦》的过程中往往会对我国民俗文化造成一定的误译甚至是歪曲。

［177］陈利.接受美学视角下四个《红楼梦》全译本中《孟子》典故的英译比较［D］.成都：西南交通大学，2017.

摘要：本文在接受美学理论指导下，对比分析《红楼梦》四个英文全译本中共二十六处《孟子》典故翻译特点的差异，在此基础上，进一步探究译者如何影响译文翻译特点差异，以期为《红楼梦》和《孟子》典故英译对比研究做一点补充。

［178］张丹丹.被忽视的《红楼梦》缩译本［J］.红楼梦学刊，2017（03）：298-319.

摘要：本文对《红楼梦》英语缩译本进行了概览，指出目前学界对《红楼梦》缩译史料的挖掘和研究均有待进一步提升，并提出对今后《红楼梦》或其他典籍缩译复译之借鉴需要引起关注的问题，希望对中国文化"走出去"有所借鉴。

［179］谢萌.功能语篇分析视阈下《红楼梦》英译本比较研究［J］.山东理工大学学报（社会科学版），2017，33（03）：77-83.

摘要：本文依据系统功能语言学语篇元功能理论，从主位结构、信息结构和衔接三个方面比较《红楼梦》两个英译本，即杨宪益、戴乃迭夫妇的 *A Dream of Red Mansions* 和大卫·霍克斯（David Hawkes）的 *The Story of the Stone*。

［180］严钰.生态翻译学视角下《红楼梦》两个英译本的对比研究［J］.攀枝花学院学报，2017，34（03）：83-86.

摘要：生态翻译学是一种生态学视角的翻译研究，从生态翻译学角度对比分析《红楼梦》的这两个英译本将是一个全新的视角，也会给译者以新的启示。

［181］王金权，贺学耘.《红楼梦》诗词翻译批评与赏析：以《好了歌解注》两译本为例［J］.海外英语，2017（07）：126-128.

摘要：文章对红楼梦中的诗歌《好了歌解注》的经典两译本进行分析。

[182] 姜美云. 从接受美学角度浅析探春"花笺"之雅译：以霍译本《红楼梦》第三十七章为例 [J]. 山西财经大学学报，2017，39（S1）：80-81.

摘要：文章选取霍译本第三十七回作为研究对象，运用接受美学的理论分析探讨《红楼梦》霍克斯译本在英语读者群的接受性。

[183] 许孟杨. 评析《红楼梦》两个英译本中刘姥姥的个性话语翻译 [D]. 武汉：华中科技大学，2017.

摘要：本文基于纽马克的交际翻译与语义翻译理论，分别从宗教词语、称呼语、俗语、俚语以及正式语五个方面对比总结，分析了杨译本和霍克斯译本在处理刘姥姥个性话语方面的不同策略选择，以及影响他们翻译策略的不同因素，并详细分析了译本的优劣。

[184] 杨梅. 汉法动量对比研究 [D]. 昆明：云南大学，2017.

摘要：本文旨在研究汉法动量的异同点。从语义、句法方面对中国古典小说《红楼梦》及其法译本中的例子进行描写，并归纳出异同点，然后从认知的角度做出相关解释。

[185] 周振东.《红楼梦》英译异化翻译方法的研究 [D]. 大连：辽宁师范大学，2017.

摘要：本文主要以杨宪益夫妇的《红楼梦》英译为研究对象，研究其在翻译中是如何实现奈达的功能对等原则的异化思想及文化传播的。

[186] 佟星. 金陵十二钗判词翻译比较 [D]. 武汉：武汉大学，2017.

摘要：本文从诗歌翻译原则出发，对比研究1958年版和1995年版俄译《红楼梦》《金陵十二钗》判词翻译情况，并分析两版本差异产生的原因。

[187] 朱丽丹. 从关联翻译理论看《红楼梦》两个英译本中金陵判词的翻译 [D]. 天津：天津商业大学，2017.

摘要：本文拟在关联翻译理论的框架之下，通过文本分析和对比分析的方法，对《红楼梦》两个英译本中金陵判词的翻译进行对比分析，探索两个译者分别采用什么翻译方法来传递判词中的意象，以实现译文与原文之间的最佳关联。

[188] 李萌. 基于语境层次理论的翻译质量评估研究 [D]. 长沙：湖南师范大学，2017.

摘要：本文以语境和翻译的密切关系为入手点，运用语境层次理论，对比分析译文的质量。所选分析素材为我国经典著作《红楼梦》中的第二十回及其两个对应的英译本（霍克斯译本和杨宪益译本）。

[189] 霍珠珠. 麦克休姐妹英语转译本《红楼梦》汉语回译实践报告 [D]. 开封：河南大学，2017.

摘要：本翻译报告是以纽马克的交际翻译理论为指导，以对美国麦克休姐妹《红楼梦》英文节译本的中文回译实践为基础撰写而成。

[190] 崔灿. 文化翻译观下汉语习语英译研究 [D]. 成都：西华大学，2017.

摘要：本文从文化翻译观角度，对汉语习语英译进行研究，并对著名学者和翻译家霍克斯的《红楼梦》英译本中的习语翻译进行详尽地分析和论述。

[191] 黎志萍. 阐释学观照下译者的创造性叛逆——以《红楼梦》霍克斯英译本为例 [J]. 开封教育学院学报，2017，37（03）：55-57.

摘要：本文以阐释学核心概念"前理解""偏见""视域融合"为理论视角，结合霍克斯英译《红楼梦》的案例分析，探讨译者"创造性叛逆"的必然性和表现形式。

[192] 任显楷. 包腊《红楼梦》前八回英译本"序言"中译及研究 [J]. 国际汉学，2017（01）：104-108，204.

摘要：本文对包腊《红楼梦》前八回英译本"序言"进行中文翻译及研究。包腊译本"序言"成文时间较早，内容非常典型地体现出19世纪欧洲对于《红楼梦》以及中国文化传统的"东方主义"式想象。

[193] 郭娇. 从人际隐喻角度对比分析《红楼梦》杨宪益译本与霍克斯译本 [D]. 南京：南京师范大学，2017.

摘要：本文以韩礼德的系统功能语法为理论框架，试图研究以下三个问题。第一，《红楼梦》杨宪益译本和霍克斯译本在人际隐喻的翻译上有何异同？第二，产生这些异同的原因有哪些？第三，两译本对原文人际隐喻的再现程度如何？本文首先对《红楼梦》英译本近二十年的研究进行整体回顾，其次将《红楼梦》中的重要人物平儿的所有对话作为语料，同时采用定性分析和定量分析相结合的方法对两译本的人际隐喻翻译进行对比研究。

［194］李奇. 翻译语境下的文化缺省问题研究［D］. 广州：广东外语外贸大学，2017.

摘要：本文从认知语用学视角围绕文化缺省问题本身的识别和解决，探讨以下三个研究问题。第一，为何文化缺省是一种翻译问题？第二，翻译中的文化缺省问题有何表征？第三，解决文化缺省问题时译者需遵循何种原则和策略？

［195］高静. 从归化和异化两种翻译策略的角度看《红楼梦》英译本［J］. 内蒙古科技与经济，2017（05）：147，149.

摘要：笔者认为异化翻译方法优于归化翻译方法，因为异化翻译方法更能将中国传统文化原汁原味地展现给英文读者；而归化翻译方法的使用，虽然更易于被英文读者所接受，但在某种程度上失去了原作想要表达的意境。

［196］王金波. 库恩《红楼梦》德文译本误译分析［J］. 红楼梦学刊，2017（02）：245-271.

摘要：本文参照其他《红楼梦》英文与德文译本，依据库恩译本所使用的中文原本，对库恩译本误译进行分类剖析并探讨误译产生的原因，尝试全面评价库恩译本。

［197］耿瑞超，王冬竹. 《红楼梦》杨/霍译本的翻译策略及规范研究［J］. 齐鲁学刊，2017（02）：140-144.

摘要：针对《红楼梦》杨/霍两译本中的文化负载词，定量统计异化和归化的翻译策略，推导翻译规范的理据性，并试图论证"特定的翻译策略是因为其遵守了特定的翻译规范"这一观点的正确性。

［198］杨艳艳. 文学翻译中的文化缺省补偿策略研究——以《红楼梦》

杨译本为例 [J]. 职大学报, 2017 (01): 74-79.

摘要：本文以《红楼梦》杨译本为例探析三类文化缺省的翻译补偿策略：绝对文化缺省的补偿手段主要有直译、意译、文内解释等，相对文化缺省的补偿手段主要有直译、意译、替代等，对应文化缺省主要使用直译和音译来补偿。

[199] 奚向男.《红楼梦》霍译本中习语的英译策略分析 [J]. 常州工学院学报（社科版），2017, 35 (01): 61-65.

摘要：霍克斯先生是著名的翻译家，一生翻译了许多优秀的作品，他翻译的《红楼梦》译本 The Story of the Stone 是《红楼梦》在英语世界的第一个全译本，也是认可度最高的译本。文章对《红楼梦》霍译本中习语的翻译进行分析，总结其中采用的翻译策略，希望为以后的习语翻译，甚至文化翻译提供一些启示。

[200] 白银河.《红楼梦》中《西江月》三英译本及物性分析 [J]. 鸡西大学学报，2017, 17 (02): 91-96.

摘要：本文运用系统功能语言学中的经验功能，对《红楼梦》中的《西江月》（无故寻仇觅恨）及其三个英译本进行及物性深度剖析，可加深读者对这首词的理解。

[201] 程瑾涛，司显柱.《红楼梦》两个英译本的对比分析：系统功能语言学途径 [J]. 语言与翻译，2017 (01): 69-76.

摘要：文章以系统功能语言学中的纯理功能和语域理论为依据，分别从概念、人际、语篇功能和语旨、语式角度对《红楼梦》两个英译本进行分析对比，试图通过功能语言学分析来审视翻译中的对等问题，并对翻译批评提出参考建议。

[202] 刘萍，刘晋. 话语标记 Well 语用功能在汉译英中的再现：以《红楼梦》霍克斯译本为例 [J]. 广东外语外贸大学学报，2017, 28 (01): 24-30.

摘要：本文以《红楼梦》原著及霍克斯译本前四十回为语料，分析并阐述霍克斯在英译本中如何使用 Well 来再现源文本中隐含的语用功能。

第五章

2016年度《红楼梦》译本研究文献汇总

[203] 杨柳. 有色的西洋镜，误读的《红楼梦》：乔利、王际真《红楼梦》英译本序文研究 [J]. 河南教育学院学报（哲学社会科学版），2016, 35 (06): 8-15.

摘要：《红楼梦》各种英译本的序文不仅呈现了《红楼梦》在向西方传播的过程中被西方人理解和接受的历史，折射出近现代百年间西方世界看待中国文化态度的改变，还展示出西方学者阐释《红楼梦》时所采用的不同视角以及得出的不同结论，从而反映出《红楼梦》在西方不同时期的文艺美学视域中呈现出的不同面貌。

[204] 刘宗贤.《红楼梦》英译本与翻译欠载探究 [J]. 吉林工程技术师范学院学报，2016, 32 (12): 79-81.

摘要：本文根据英国翻译家彼得·纽马克提出的翻译欠额理论，建议译者在翻译时应充分考虑作品源语与目的语之间的联系，灵活采用归化与异化方法，结合文化补偿手段，最大限度地实现文学作品的有效翻译。

[205] 姚婷婷.《红楼梦》两种英译本的翻译接受美学研究 [J]. 赤峰学院学报（汉文哲学社会科学版），2016, 37 (12): 101-102.

摘要：本文从翻译接受美学的视角研究《红楼梦》霍克斯和杨宪益夫妇两种译本的读者接受性问题，探讨译文与目标语读者之间的动态联系，为中国古典文学翻译提供新的思路和策略，提高中国古典文学的世界认同，进而促进中国优秀古典文化在海外的传播。

[206] 刘继锋. 从红楼梦的英译本看文学翻译策略的选择 [J]. 兰州教育学院学报，2016, 32 (12): 146-148.

摘要：《红楼梦》的译本多样，以杨、霍译本最为著名，从二人英译翻译策略的选择可知，策略选择并不是固定不变的。无论选择什么策略，都会受到译者的文化功底、读者的接受预想以及文化的不对等程度等因素的影响。这些因素最终受制于译者目的，文化"走出去"战略要成功，就要考虑译入语读者对文化的接受情况。

[207] 张柏兰. 社会符号学对汉语习语英译的解释：以《红楼梦》杨译本为例 [J]. 课程教育研究，2016（37）：103.

摘要：社会符号学翻译法是社会语言学与符合学的有机融合，其所强调和注重的是跨语言、跨文化的交流与互动。在语言学中，翻译的过程通常被视为在译语进行的过程中寻求功能的对等，以求最大限度地满足意义与功能忠于原语。习语是一种相对比较独特的语言表达方式，是在长期的社会发展过程中所形成的一种具有地域文化特色的翻译内容。

[208] 代红. 霍译本《红楼梦》中文化负载词的变译 [J]. 安顺学院学报，2016，18（06）：31-34.

摘要：本论文运用变译理论对霍译本的文化负载词传译进行分析，意在证明变译发挥译者主体性，以译语读者为导向，通过表达形式的改变来实现文化信息的有效传译。

[209] 王玉静.《红楼梦》两个英译本中茶名的目的论翻译策略 [J]. 福建茶叶，2016，38（11）：304-305.

摘要：本文以茶文化翻译为视角，在介绍《红楼梦》中茶文化的基础上，探究杨译、霍译本《红楼梦》中茶名的翻译策略。通过对比和总结，为中国茶文化对外翻译提供参考和借鉴，以期促进中国茶文化的对外传播。

[210] 李照明. 从目的论视角下看《红楼梦》霍译本的茶文化翻译 [J]. 福建茶叶，2016，38（11）：340-341.

摘要：本文从目的论视角探讨了霍译本《红楼梦》的茶文化翻译，首先对目的论理论的阐释以及相关研究进行了分析，其次探讨了中国与《红楼梦》中的茶文化，最后从茶名、茶具、茶俗三个方面研究了目的论视角下《红楼梦》霍译本的茶文化翻译策略。本文的研究成果将为优化文学翻译效果提供良好借鉴。

[211] 诺拉·琪列娃.《红楼梦》第一个保译本述略：以"译者序"为研究中心[J].曹雪芹研究，2016（04）：119-132.

摘要：本文作为系列论文之一，主要对《红楼梦》保加利亚译本的译者、出版社、底本等情况进行介绍，并就译者所撰写的序言做比较详细的分析。这将有助于中国研究者对《红楼梦》在海外的影响和发展有进一步的了解和认识。

[212] 王宛宜.《红楼梦》两英译本情态系统对比研究[D].沈阳：东北大学，2017.

摘要：本研究以人际功能理论中的情态体系为基础，以《红楼梦》中刘姥姥的话语为源文本，分析对比两英译本——霍克斯和杨宪益译本，是如何通过情态体系再现人际意义的。同时，本文以 AntConc 和 ParaConc 为工具，主要研究以下三个问题。第一，在杨宪益和霍克斯的英译本中，情态体系是如何实现人际意义的？第二，两个译本中人际意义的再现方式有何不同？第三，产生这种不同的因素有哪些？

[213] 居丽萍. 三英译本中《红楼梦》回目在功能翻译理论下的赏析评估[J]. 海外英语，2016（17）：3-4，14.

摘要：本文借助功能翻译理论对中国古典文学名著《红楼梦》的三个英译本（杨宪益、戴乃迭译本，乔利译本和霍克斯译本）中的回目翻译进行对比研究，分析杨译本、乔译本和霍译本对回目所选择的不同翻译策略和方法。

[214] 丁闯.《红楼梦》英译本中文化翻译策略的多样性与互补性分析[J]. 山东农业工程学院学报，2016，33（10）：176-177.

摘要：本文主要探讨《红楼梦》英译本中文化翻译策略的多样性与互补性，通过分析《红楼梦》英译本译者的文化翻译对比、译者的翻译策略，指出两种译本翻译中存在的多样性、互补性。

[215] 杨艳艳. 目的论视角下《红楼梦》两种译本的翻译策略分析[J]. 连云港职业技术学院学报，2016，29（03）：40-44.

摘要：本文根据目的论从翻译委托人、译文读者、原文地位等方面分析了《红楼梦》两种英译本的翻译目的，阐明了翻译目的对译者策略选择的影响。霍克斯为了使英美读者欣赏小说，享受阅读的乐趣，倾向于归化；而杨宪益夫妇为了介绍中国文化，主要使用了异化策略。最后以宗教文化、习语和典故三个方面为例对比分析了两种译本翻译策略的不同。

[216] 袁翔华. 试论跨文化翻译中译者的抵制：以《红楼梦》杨宪益夫妇译本为例 [J]. 英语广场，2016（10）：25-26.

摘要：本文借鉴法国思想家米歇尔·德塞都的抵制理论，从跨文化交流视角，探讨杨宪益夫妇译本《红楼梦》中译者在源语文化、意识形态、接受读者等因素制约下的主体抵制，以期为跨文化翻译中抵制西方文化霸权以及发扬中华文化的译者研究开拓新的思路。

[217] 尤夏，江滨. 劳伦斯·韦努蒂的异化翻译理论在中国文化因素英译实践中的可行性与应用价值探讨：以《红楼梦》的杨宪益夫妇英译本为例 [J]. 英语广场，2016（10）：28-30.

摘要：本文以《红楼梦》杨宪益及其夫人戴乃迭的译本为例，探讨该理论在中国文化因素英译实践中的可行性和应用价值。

[218] 段瑞芳.《红楼梦》英译本中的人名翻译艺术 [J]. 海外英语，2016（15）：101-102.

摘要：本文拟从人名的重要价值出发，分析《红楼梦》中的人名特点，探讨英译本《红楼梦》的人名翻译艺术。

[219] 任显楷. 包腊《红楼梦》前八回英译本"序言"研究之二：视域之阈与文化盲见：从《红楼梦》到《孔子项讬相问书》[J]. 红楼梦学刊，2016（05）：238-254.

摘要：本文首先从中西语境的角度讨论语词在翻译过程中存在的问题；其次从"序言"所引《孔子项讬相问书》为例，讨论"序言"在处理超出西方经验的中国对象时的问题；最后试图从学理层面，对中西文化对话做出理论思考。

[220] 胡杨. 宗教翻译中译者主体的概念整合机制：以《红楼梦》霍译本为例 [J]. 华北理工大学学报（社会科学版），2016，16（05）：164-170.

摘要：本文以《红楼梦》霍译本为例，结合宗教翻译中译者主体的概念整合，从佛教文化、道教文化、儒教文化三方面探究译者主体在翻译过程中的思维加工过程，发现：霍译本中，佛教、道教及儒教文化内涵可分别借助新的知识框架、具象化、整合等认知方式得以阐释；译者主体无意识地在认知上凸显译语读者的心理认知，然而译文文本中却丢失了部分宗教专有项内涵，造成不同程度的文化失落。

[221] 杨艳艳. 归化还是异化：目的论视角下《红楼梦》两种译本的翻译策略分析 [J]. 包头职业技术学院学报，2016，17（03）：23-26.

摘要：《红楼梦》两种英译本采用了不同的翻译策略，杨译本主要使用的是异化策略，霍译本以归化为主。本文根据目的论从译者、翻译委托人、译文读者、原文地位等方面分析两种译本的翻译目的，论证两位译者使用的不同翻译策略的合理性。

[222] 肖健. 茶文化在杨宪益英译本《红楼梦》中的处理 [J]. 福建茶叶，2016，38（08）：305-306.

摘要：《红楼梦》是中国古典四大文学名著之一，书中涉及大量的传统茶文化内容。杨宪益的《红楼梦》译本在海内外的影响力很大，在茶文化翻译问题上，杨宪益充分采用了辩证方法，根据实际情况，实际问题，制定有效的翻译策略，从而取得了非常良好的翻译效果。

[223] 房芸菲. 大卫·霍克斯《红楼梦》英译本之外国读者影响力及翻译问题：基于英国、美国亚马逊读者书评数据分析 [J]. 新闻研究导刊，2016，7（15）：89-90.

摘要：本文通过分析英国和美国亚马逊读者评论，试图探究《红楼梦》英译本在外国读者中的影响力，分析翻译及对外传播问题，以及其为中国经典文化"走出去"带来的启示。

[224] 陈燕凝，康艳. 计算机辅助下的《红楼梦》乔利译本词汇研究 [J]. 赤峰学院学报（汉文哲学社会科学版），2016，37（07）：225-228.

摘要：本文认为乔利五十六回译本的整体翻译风格偏口语化，字字对译的翻译方式使译文平实得以致有些粗糙，体现出他的翻译功力比较薄弱。但乔利译本是首个具有真正全译性质的英译本，极大地超越了之前零散的《红楼梦》

摘译片段，同时对后来的译者也有所启示。它起到了承上启下的重要作用，在《红楼梦》英译史上具有独特的意义。

[225] 王颖慧. 诗歌翻译鉴赏：读《红楼梦》2个英译本对比[J]. 语文建设，2016（21）：53-54.

摘要：本文就两个译本从信息功能、美学功能、文化传递功能等方面进行对比分析，以期通过对译本的研究进一步促进中国文化走向世界。

[226] 吕世生. 林语堂《红楼梦》译本的他者文化意识与对传统翻译观的超越[J]. 红楼梦学刊，2016（04）：1-15.

摘要：本文尝试分析林语堂《红楼梦》译本的叙事结构，发现林译《红楼梦》文本体现了跨文化实践的他者文化意识，超越了传统翻译观念。

[227] 侯羽，朱虹.《红楼梦》两个英译本译者使用括号注的风格与动因研究[J]. 红楼梦学刊，2016（04）：56-73.

摘要：本文对《红楼梦》乔利和霍克思英译本中括号注使用的异同点及其动因进行了初步考察。

[228] 邵英俊，陈姗姗，李福东. 从《红楼梦》英译本部分章节看中医脉症术语英译[J]. 当代教育实践与教学研究，2016（07）：126-127.

摘要：本文参照世界中医药学会联合会以及世界卫生组织出版的中医名词术语英译规范，对比分析了两个译本中部分章节中对脉症术语的英译，并探讨文学作品中中医药术语的翻译。

[229] 朱超威.《红楼梦》译本与同期英文小说到底有多不同？：基于语料库的翻译共性检验新证据（英文）[J]. 亚太跨学科翻译研究，2016（01）：59-73.

摘要：本文用《红楼梦》的三个英译本及四本英国古典小说构建了一个类比语料库，并在此基础上对比了《红楼梦》译本与英文原著在词法和句法上的特色。

[230] 黄敏旋. 注意力视窗的开启在翻译中的再现：以红楼梦两译本

49

为例[J].湖北函授大学学报,2016,29(12):166-167.

摘要:文章从认知语言学的角度出发,在注意力视窗的视角下分析对比了《红楼梦》两个英译本对原著里位移事件的翻译,以探讨如何实现原文与译文最大限度的对等,诠释了注意力视窗视角对译者工作的重要引导作用。

[231] 刘瑞.目的论视角下的文学翻译策略研究:以《红楼梦》两个英文译本为例[J].英语广场,2016(07):28-29.

摘要:本文以目的论为指导,通过对《红楼梦》的两个英文译本进行对比研究,进而总结出文学翻译中的一些翻译策略,从而促进跨文化交际和中外文化交流。

[232] 刘娟,覃芳芳.不同译本下《红楼梦》"茶语"翻译效果对比分析[J].福建茶叶,2016,38(06):337-338.

摘要:本文通过对茶名称、茶具和烹茶之水三个方面,主要对杨宪益和霍克斯《红楼梦》两个英译本中关于茶文化词语的翻译效果进行研究。

[233] 李雪.《红楼梦》霍译本的副文本解读[J].牡丹江大学学报,2016,25(06):95-97,100.

摘要:文本试以企鹅出版社的霍克斯译本为例,分析其第一卷的边缘或书内副文本,试以归纳出副文本的功能和作用。

[234] 李卫丽.谦语的英译研究:以杨宪益《红楼梦》英译本为例[J].海外英语,2016(09):113-114.

摘要:本文对《红楼梦》杨氏译本中谦语的翻译进行研究。笔者认为,谦语的英译要采用多种翻译策略,尽可能传达出原文作者的意图,又要成功保留谦语的语言特色和文化内涵。

[235] 范旭."詈语"非"詈"语言现象及其翻译研究:以《红楼梦》及其三译本为例[J].辽宁工业大学学报(社会科学版),2016,18(03):54-56.

摘要:本文以《红楼梦》及其三个英译本为例,阐释了亲情类、友情类和爱情类中"詈语"非"詈"语言现象的翻译特点,以期为其翻译研究提供借鉴。

[236] 石威. 关联翻译理论视角下《红楼梦》俄译本成语翻译研究 [D]. 呼和浩特：内蒙古师范大学，2016.

摘要：本文将以关联翻译理论为指导，研究《红楼梦》俄译本 Сон В Красном Тереме 中成语俄译的翻译策略，以及成语翻译未能取得最佳关联效果的原因。本研究主要使用文献查阅的方法，通过对小说《红楼梦》的原文和俄译本进行分析性的细读，从关联翻译理论的视角评析译者翻译四字成语的情况，归纳总结其主要的翻译策略及具体方法。

[237] 李小霞. 文学典籍中的文化因素及其翻译：以杨宪益夫妇《红楼梦》译本为例 [J]. 文教资料，2016（16）：22-23，36.

摘要：本文以杨宪益、戴乃迭夫妇翻译的《红楼梦》为依托，探讨译者在文学典籍中常用的翻译策略和方法，以期给典籍外译带来些许启示。

[238] 苏丽薇. 社会文化因素对诗歌翻译的影响 [D]. 长春：吉林大学，2016.

摘要：本论文主要是根据俄罗斯语言学派和文艺学派的翻译理论以及诗歌的翻译理论，对 1958 年版和 1995 年版《红楼梦》俄译本中的"芦雪庵即景联句"诗歌译文进行对比研究，并从翻译差异上探讨社会因素对翻译的影响。

[239] 任显楷. 包腊《红楼梦》前八回英译本"序言"中译笺释 [J]. 华西语文学刊，2016（01）：51-64，224.

摘要：本文将"序言"翻译成中文，之后对"序言"中所出现的文化传统、文学典故做出笺释，同时在笺释文字中对相关问题做出学术探讨，以期为学界的后续研究奠定基础。

[240] 苏梦洁.《红楼梦》维译本中的饮食词汇研究 [D]. 乌鲁木齐：新疆师范大学，2016.

摘要：本文认为只有采用归化异化的翻译策略，重点分析汉维两个不同的民族在饮食文化上的差异，才能更准确地将饮食名称词所包含的文化内涵剖析清楚。

51

[241] 程璐璐. 从翻译审美角度对《红楼梦》两个英译本的翻译风格对比研究 [D]. 绵阳：西南科技大学，2016.

摘要：本文运用刘宓庆的翻译审美理论来比较和分析霍克斯与杨宪益的《红楼梦》英译本。根据翻译审美理论，译者根据不同的翻译审美会采用不同的词句、段落及翻译策略。

[242] 任显楷. 包腊《红楼梦》前八回英译本"序言"研究：《红楼梦》的艺术价值 [J]. 红楼梦学刊，2016（03）：257-272.

摘要：本文从文类和中西文学潮流的角度，首先分析《红楼梦》同19世纪英国文学的异同，其次讨论"序言"对《红楼梦》艺术价值所持的观点，最后提出中西文化比较有效性的学理思考。

[243] 冀沙沙. 图里翻译规范视角下两个《红楼梦》译本的对比研究 [D]. 济南：山东大学，2016.

摘要：本文的主体部分就是对《红楼梦》两个全译本的这两类资源进行对比研究，从而发现这两个翻译（过程和产品）中的规范，并在结论部分用图里描述翻译的四步法对两个译本进行总结性描述。

[244] 武虹. 霍克思《红楼梦》英译本中贾宝玉诗词翻译的创造性叛逆 [D]. 武汉：华中科技大学，2016.

摘要：本文拟以"创造性叛逆"为理论框架，分析霍克思英译本中贾宝玉诗词翻译的创造性叛逆。

[245] 杨文飞. 顺应视角下《红楼梦》霍译本章回标题翻译探析 [J]. 宿州学院学报，2016，31（05）：67-69.

摘要：以顺应论为基础，以英国汉学家大卫·霍克斯的《红楼梦》译本为蓝本，从词汇、句法、委婉语、典故、宗教等方面对霍克斯《红楼梦》英译本中章回标题的翻译进行探讨，以期提高对章回体小说回目翻译方法的认识。

[246] 陈晥. 杨宪益、戴乃迭《红楼梦》英译本中国文化元素缺失研究 [D]. 荆州：长江大学，2016.

摘要：本文从文化角度出发，以文化翻译理论为基础研究并探讨文化翻译过程中的文化缺失现象，并对现象背后的原因进行探讨。本文的研究对象为著名学者和翻译家杨宪益先生及其夫人戴乃迭女士合作翻译的《红楼梦》中的典型文化元素的缺失。本文选取与传统中国文化密切相关的典型案例，探讨在将原著《红楼梦》中一些类型的文化负载词和短语翻译成英语时所遇到的难点，并分析这些文化缺失现象背后的原因。

[247] 黄秋菊. 从概念隐喻角度评析《红楼梦》菊花诗的两个英译本 [D]. 北京：北京外国语大学，2016.

摘要：本文将结合概念隐喻的观点分析我国文学瑰宝《红楼梦》中的十二首菊花诗，揭示十二首菊花诗的内在暗示，并通过对比杨宪益和霍克斯的译本，比较何种译本能更好地表达原文的暗示内容。

[248] 李颖. 目的论视角下《红楼梦》王际真译本中的省译现象研究 [D]. 合肥：安徽大学，2016.

摘要：本文以功能派目的论为理论框架，以《红楼梦》王际真复译本（1958）为研究对象，统计分析了王译本在句子、段落、章节层次及诗歌翻译过程中的省译现象，并试图从读者期待、委托人要求、诗学主张、中国新红学影响等方面探讨省译现象背后的成因。

[249] 龚吉惠.《红楼梦》第二十七回两个译本的比较分析 [C] //外语教育与翻译发展创新研究（第五卷）. 四川西部文献编译研究中心，2016：367-369

摘要：本文以《红楼梦》第二十七回为例，对两个译本中章回目录、人物姓名和典故的翻译进行比较分析。

[250] 余涛. 基于语料库的礼貌原则对比研究：以《红楼梦》两个英译本中的拒绝言语行为为例 [J]. 淮北师范大学学报（哲学社会科学版），2016，37（02）：61-67.

摘要：基于Brown和Levinson的面子理论和顾曰国的礼貌原则，利用《红楼梦》平行语料库搜集霍克斯和杨宪益翻译的《红楼梦》的两个英译本中的拒绝言语行为的译文，按照拒绝的类型将其分为拒绝请求、拒绝邀请、拒绝给予和拒绝建议四类分别比较，分析说话人对听话人的相对权势和社交距离对两个译本产生的影响以及其他的影响因素，试图发现汉语中的拒绝策略被翻译成英文时是否符合西方礼貌原则，旨在通过翻译的对比研究探讨礼貌产生影响的因素以及文化因素的影响。

［251］陈仪.《红楼梦》英译本中菜名翻译的异化与归化［J］.语文建设，2016（12）：75-76.

摘要：本论文以杨宪益先生所翻译的版本为具体研究对象，从其中菜名的翻译进行异化和归化两个角度的深入研究，试图在翻译文学和比较文学中，得出相应的中英翻译原则与细节规律。

［252］李艳春，邓丽娟.《红楼梦》俄译本中饮食文化内涵的翻译技巧及误译［J］.牡丹江教育学院学报，2016（04）：41-42.

摘要：《红楼梦》的内容包罗万象，书中描述了许多中国古典文化传统和习俗，其中有很多章节涉及饮食文化。在《红楼梦》俄译本中，译者凭着扎实的翻译功底和技巧将其准确地译成俄语，保证了原文文化内涵在译语中的等值传递。但是由于中俄饮食文化存在差异，导致译文存在一些误译现象，文章拟就其中的翻译技巧及误译加以分析。

［253］殷岩锋.《红楼梦》两个英译本中双关语的翻译研究［D］.济南：山东大学，2016.

摘要：本文以双关语研究学者德克·德拉巴斯蒂塔提出来的双关语翻译理论和翻译策略为指导，对比研究和分析了《红楼梦》两个英译本中有关双关语翻译的实例。在对两个译本的双关语翻译策略进行描述性研究的基础上，结合奈达先生的功能对等理论，分析和总结了不同译本的翻译方法与翻译思想，以及它们产生的不同翻译效果，并评价了不同译文翻译策略的实用价值和意义。

［254］温腾.基于语料库的《红楼梦》霍克斯译本显化研究［D］.济宁：曲阜师范大学，2016.

摘要：本文进行了语际和语内的对比，即把霍克斯的译作分别与原文和杨宪益的译作进行对比，在此基础上对霍克斯的翻译语言进行研究并探寻显化背后的原因，以期能对汉译英的翻译实践有所启迪。

［255］朋毛当知.《红楼梦》两种藏译本的比较研究［D］.拉萨：西

藏大学，2016.

摘要：本文以《红楼梦》两种藏译本比较为主，评析译文中出现的错误，如脱离原文的本意、文化空缺的翻译等。以自我批评、实事求是的原则来寻求翻译的发展。

[256] 张莹. 认知诗学视域下《红楼梦》两英译本诗性特征对比分析A [D]. 青岛：中国石油大学（华东），2016.

摘要：本文选取意象和意境作为研究对象，并以认知诗学为指导对霍克斯和闵福德译本、杨宪益和戴乃迭译本进行了对比分析。

[257] 陈雅琴. 从伽达默尔哲学阐释学视角看霍译本《红楼梦》中的诗歌翻译 [D]. 重庆：四川外国语大学，2016.

摘要：本文运用伽达默尔哲学阐释学原理中理解的历史性和视域融合等观点，分析霍克斯译本中的诗歌翻译，试图论证霍译本之所以能够取得相对的成功在于译者霍克斯本身所带有的合理性偏见。

[258] 赵明子. 阐释学视角下史华慈《红楼梦》全译本第五回翻译策略探析 [D]. 重庆：四川外国语大学，2016.

摘要：《红楼梦》是中国古典四大名著之首，已被翻译成20多种语言。直到2010年，德国才第一次出版了史华慈和吴漠汀合译的《红楼梦》全本。《红楼梦》的第五回是全书的总纲。第五回以画册、判词、歌曲的形式，含蓄地交代了书中许多重要人物的发展和结局。本部的翻译质量，直接影响着德国读者对于后文的理解，因此，《红楼梦》第五回的翻译至关重要。

[259] 王丹. 目的论视角下《红楼梦》两英译本回目翻译策略比较研究 [D]. 长春：吉林大学，2016.

摘要：本文以中国四大名著之首的《红楼梦》为研究范本，并选用《红楼梦》众多英译本中较为著名的霍克斯和杨宪益、戴乃迭的两个译本为研究对象。在理论上以德国功能学派的目的论为指导，探究译者使用何种翻译策略，译者选择相应翻译策略的原因以及使用不同翻译策略所完成的两个英译本又达成了怎样的效果。

[260] 孙岩. 目的论视域下杨译本《红楼梦》中文化负载词的翻译策略研究 [D]. 长春：吉林大学，2016.

摘要：本文将以目的论为理论框架，分析杨宪益和戴乃迭《红楼梦》译本中文化负载词的翻译。根据美国翻译理论家奈达的观点将《红楼梦》中的文化负载词分成五个类别，即生态文化负载词、物质文化负载词、社会文化负载词、宗教文化负载词和语言文化负载词，列举出部分作者认为比较有代表性的词语的翻译。旨在通过详细的案例分析，在目的论三原则的指导下，探讨译者为了达到翻译目的如何选择翻译策略，从而阐明翻译目的是如何影响翻译过程的。

[261] 叶晨.《红楼梦》伊藤漱平日译本（1980）的熟语翻译研究 [D]. 北京：中国艺术研究院，2016.

摘要：本文以《红楼梦》伊藤漱平全译本为底本，选取部分熟语译例，考察了熟语的本义、比喻义、引申义以及文化典故等信息在日译本中的保留情况，并对比熟语在源文化语境中的特定阐释与外延信息，从情节的逻辑性和思维的完整性等方面出发，对汉日语读者的审美体验进行比较，寻找中日熟语翻译中容易造成信息缺失的成分。

[262] 杨德明，景萍. 维译本《红楼梦》翻译研究文献综述 [J]. 民族翻译，2016（01）：17-25.

摘要：本文遵循宏观与微观、共时与历时相结合的原则，通过对维译本《红楼梦》研究文献的统计分析，对维译本《红楼梦》的翻译研究状况进行多层次、多角度的梳理和总结，以期为今后维译本《红楼梦》翻译研究的新领域和新途径提供线索。

[263] 李潭. 文学翻译应意形兼备：从纽马克的翻译理论试析《红楼梦》译本 [J]. 安徽文学（下半月），2016（03）：105-106，135.

摘要：语义翻译和交际翻译是彼得·纽马克对翻译理论所做出的突出贡献，它发展了"直译"和"意译"的翻译理论，为翻译实践提供了很好的指导。但根据文本体裁和风格的不同，译者在翻译策略上应有所偏重，文学翻译不仅要传达原文的意象和内容，对形式和风格也不能忽视，内容应与形式齐头并进，实现"意形兼备"。

[264] 陈静. 从目的论对比分析《红楼梦》两个英译本中茶名的翻译[J]. 福建茶叶, 2016, 38 (03): 362-363.

摘要: 本文基于目的论的角度, 对《红楼梦》两个英译本中茶名的翻译进行几点对比分析。

[265] 陈夏临. 异语语境下的翻译策略在比较文学译介学中的运用: 以《红楼梦》前80回杨宪益与大卫·霍克思英译本为例[J]. 宁德师范学院学报 (哲学社会科学版), 2016 (01): 51-58.

摘要: 本文在翻译策略研究上, 以杨宪益与戴乃迭夫妇和英国汉学家大卫·霍克思对《红楼梦》前八十回英译为例, 将两位翻译家的生平、译介理念与译本对照特点研究译介学如何从文本中"走出"; 再以细节对照个案研究译介学对"走进"文本的要求。

[266] 范圣宇. 从校勘学角度看霍克思《红楼梦》英译本[J]. 国际汉学, 2016 (01): 86-94, 203.

摘要: 本文尝试借用史学家陈垣在《校勘学释例》中所提出的方法论, 来考察霍克思如何组织《红楼梦》英译本的底本。胡适总结出校勘学的工作有三个主要的成分。一是发现错误, 二是改正, 三是证明所改不误。霍克思的英译本所体现出来的他在翻译之前的校勘工作, 确实说明他发现了底本的错误并且加以改正。本文则试图通过双语版《红楼梦》的校勘来说明霍克思所改无误。

[267] 刘华荣. 俄汉"死亡"委婉语对比研究[D]. 哈尔滨: 黑龙江大学, 2016.

摘要: 本文以张拱贵的《汉语委婉语词典》、谢尼齐金娜的《俄语委婉语词典》以及《红楼梦》帕纳秀克俄语译本为语料, 从产生、定义和分类角度对俄汉两种语言中"死亡"委婉语进行研究。

[268] 刘梦.《红楼梦》"第一回"两种英译本的对比鉴赏[J]. 安徽工业大学学报 (社会科学版), 2016, 33 (02): 81-83.

摘要: 对《红楼梦》"第一回"两种译本进行比较, 杨宪益多用异化的方法, 试图将原文作者的风格和意图充分表达出来; 霍克斯以归化的翻译方法, 用英文的艺术表达法和熟悉的方式来满足读者。

[269] 王金波. 库恩《红楼梦》德文译本的流传与接受：以德语世界为例 [J]. 红楼梦学刊, 2016 (02): 282-315.

摘要：本文利用第一手文献, 深度探索网络资源、专题数据库以挖掘获取大数据, 融合定量分析与定性评价, 尝试全面深入揭示该译本1932年至2015年在德语世界的流传与接受状况, 尽可能客观、公正地评价译者及译本。本文认为, 廓清经典译本的流传与接受对"中国文学走出去"战略不无启示与借鉴。

[270] 陈颖. 杨宪益《红楼梦》译本双关人名的翻译探讨 [J]. 陕西学前师范学院学报, 2016, 32 (03): 73-76.

摘要：《红楼梦》作为我国古典文学的最高峰, 各种英译本争奇斗艳, 原文中众多双关人名的译法成了欣赏评论译本的一个重要指标。杨宪益夫妇的译本中以音译为主, 辅以注释或者增译, 以及有意识地意译, 以独特的方式阐述了对原文人物的理解, 值得人们探讨和学习。

[271] 魏泓. 论文学翻译中召唤空间的再创造：以《红楼梦》两英译本为例 [J]. 北京航空航天大学学报（社会科学版）, 2016, 29 (02): 96-101.

摘要：为了重建原文的召唤空间, 译者要透彻把握原文的召唤结构与目标语读者接受水平, 注意在选词组句中重构原文的语境、语义场。译者应根据读者的审美接受情况来重建或另建原文的召唤空间, 可以适度地扩展原文的召唤空间, 但要防止召唤空间随意缩小、缺失、变形的情况。

[272] 何佳文, 贺爱军. 语篇功能对等视角下的《红楼梦》英译本对比研究 [J]. 浙江外国语学院学报, 2016 (02): 58-64.

摘要：文章以韩礼德的语篇元功能为理论依据, 主要援引常用的主述位推进模式分类方法, 分析杨宪益和霍克斯的两大《红楼梦》译本是如何实现翻译中的语篇功能对等的。

[273] 马学英. 文化差异对《红楼梦》两个英译本的影响 [J]. 英语教师, 2016, 16 (05): 106-108.

摘要：本文举例评析了杨宪益与霍克斯两位译者在文化词汇与文化意象两方面所采用的不同翻译策略, 并探究两位译者不同的民族文化内涵对翻译策略运用所造成的影响。

[274] 宋园园. 认知诗学视阈下《红楼梦》诗词两英译本比较研究 [D]. 南京：东南大学，2016.

摘要：本研究尝试将该理论应用于《红楼梦》诗词霍译本和杨译本比较研究，探讨认知诗学在文学翻译中如何实现，并指导"译出源语作者的意图、文本的意象美，并帮助目的语读者获得类似的阅读快感"这一议题。

[275] 李海洁. 读者意识、译者介入与翻译思维：《红楼梦》两个英译本的比较 [J]. 新乡学院学报，2016，33（02）：41-45.

摘要：本文从思维的角度来认识翻译、解析译文，能够更明确地把握翻译的本质，为提高翻译的质量打好基础。译者不仅要忠实于原作，重现原文的精彩，还要更好地服务于读者，这样才能达到翻译的目的。

[276] 张利华. 从语用学角度谈曹雪芹《红楼梦》的英译本语言特色 [J]. 语文建设，2016（06）：37-38.

摘要：曹雪芹先生的《红楼梦》作为中国的国学经典，一直受到人们的关注，不管是它的语言还是它的内容，几百年来征服了许许多多海内外读者。笔者尝试从语用学的角度来探究曹雪芹《红楼梦》中英译本的语言特色，为翻译存在的语用障碍解惑。

[277] 杨丽丽，季敏，彭祺. 横看成岭侧成峰：浅析《红楼梦》两个全英译本 [J]. 疯狂英语（理论版），2016（01）：152-154.

摘要：笔者通过列举《红楼梦》两个全英译本中的译例，对比分析这两个译本对文化信息的翻译以及译者所采用的翻译策略，以进一步探讨译者的翻译特点。

[278] 林俐，盛君凯.《红楼梦》霍克思译本翻译策略的当下启示 [J]. 当代外语研究，2016（01）：65-70，77.

摘要：中国古典小说《红楼梦》因其悠久的翻译历史、种类繁多的译本、流畅传神的翻译风格一直走在中国文化对外译介的前沿。霍克思在《红楼梦》英译中，从读者接受、美学角度、意识形态出发，创造性、补偿性、艺术性地重构了《红楼梦》，使其在异国土壤焕发出独特的魅力，为我国文学外译的策略提供了可研究的范式，为中国文化"走出去"提供了重要的借鉴和启示。

[279] 乔锐. 浅析文本类型理论视角下的《红楼梦》英译本 [J]. 英语广场，2016（02）：36-37.

摘要：卡特琳娜·赖斯在书中首次提出文本类型理论主要就是把各种语篇分为四种不同类型，分别为信息型文本、表情型文本、操作型文本和视听类语篇。《红楼梦》家喻户晓，如何翻译出其文学特色是一大难题，本文依据文本类型理论中信息型文本的特征展开分析。

[280] 高姣姣. 转折关系结构句子的翻译探讨：以《红楼梦》维（克）译本中为例 [J]. 湖北科技学院学报，2015，35（10）：132-134.

摘要：本文主要研究《红楼梦》中转折关系结构句子的翻译情况，在汉语中转折关联词主要有"虽然……但是，即使……也，虽则……可是，虽……却，尽管……却，虽说……然而，可是、不过、而、就是……"维语中主要通用连词 ɛmma, lekin, biraq, 连词 ɛmɛs, 虚拟式，mu 等形式来表示，通过对转折关系句子翻译情况的描述，本文认为在翻译时有些表示转折意义的结构虽相似，但翻译结果不大相同，因为翻译要考虑形式、意义、风格等各方面的因素。

[281] 张艳娟，邓丽娟，曹雪瑞.《红楼梦》俄译本中称谓语误读的原因分析 [J]. 白城师范学院学报，2016，30（01）：45-48.

摘要：文学翻译作品中的误读现象是跨文化交际和比较文学中不可避免的现象，因而《红楼梦》俄译本中的误读译例同样在所难免。本文从语言误读和文化误读、有意识误读和无意识误读等方面着手分析《红楼梦》俄译本中称谓语误读的原因。

[282] 常璐，王治江. 服饰文化与翻译——《红楼梦》杨、霍两译本第三章贾宝玉服饰翻译对比 [J]. 河北联合大学学报（社会科学版），2016，16（01）：112-115.

摘要：《红楼梦》为中国古代四大名著之首，在国内外都有着巨大的影响力，被翻译成许多种语言。《红楼梦》的两个英译本最为著名，David Hawkes 译本 *The Story of the Stone* 与杨宪益、戴乃迭译本 *A Dream of Red Mansions*。本文以

第三章为例,对这两部英译本中贾宝玉的服饰翻译进行对比分析。

[283] 孙亚迪.《红楼梦》英译本中模糊语的语用分析 [D]. 天津:天津工业大学,2016.

摘要:本文认为,在人物对话中,说话者可以通过模糊语与以言行事行为所产生的言外之意的结合来表达其真实的意图。

第六章

2015年度《红楼梦》译本研究文献汇总

[284] 肖海. 翻译美学视角下《红楼梦》译本的审美再现 [J]. 语文建设, 2015 (36): 57-58.

摘要：本研究为了进一步探究翻译美学视角下《红楼梦》译本的审美再现，依据相关的文学翻译理论以及美学原理，在探究研究现状的基础上，分析该著作的研究价值，继而阐述在翻译美学视角下对《红楼梦》译本的审美，探析译者对原著的翻译水准，对审美规律进行分析，将译者对原著的译作直接显现出来，以期实现研究的最终价值。

[285] 张娅. 翻译美学视角下霍译本《红楼梦》的人名英译浅析 [J]. 湖南税务高等专科学校学报, 2015, 28 (06): 52-53, 56.

摘要：本文从翻译美学视角对霍译本《红楼梦》人名英译的审美进行再现分析。

[286] 王岩.《红楼梦》英译本对原著语言的创造性叛逆 [J]. 郑州航空工业管理学院学报（社会科学版），2015, 34 (06): 132-135.

摘要：创造性叛逆在文学翻译活动中的存在具有其客观必然性，一方面，英汉两种语言文化的固有差异决定了绝对忠诚的译作几乎为不可能；另一方面，由于译者自身双语语言文化素养的差异以及翻译目的的不同，译者往往会采取不同的翻译方法，具体表现形式主要有意译、增译、减译、等化、深化、浅化等。

[287] 王岩. 从《红楼梦》两个英译本看文学翻译的"信、达、雅" [J]. 社科纵横, 2015, 30 (12): 142-145.

摘要：本文梳理了中国传统翻译理论有关"信、达、雅"的主要论争，并通过取样分析《红楼梦》两个英译本的得与失，证明"信、达、雅"是相辅相成的辩证统一体，因此，文学翻译对三者的追求不能绝对化。

［288］常璐.《红楼梦》两译本中配饰翻译的对比研究［D］.唐山：华北理工大学，2016.

摘要：本文在研究中使用了功能对等理论来对两个译本中的配饰部分进行对比研究。

［289］张春晨，赵鹤娟.浅谈文化负载词的英译策略：以《红楼梦》杨、霍两个译本为例［J］.现代交际，2015（11）：56-57.

摘要：本文将中国古典文学名著《红楼梦》的两个英译本做对比，逐一评析物质文化负载词、社会文化负载词、制度文化负载词和精神文化负载词的翻译，并从两位译者处理的得失中，总结翻译文化负载词的几种常用方法。

［290］张丹丹，刘泽权.多译本平行语料库的汉英文化辞典的价值——以《红楼梦汉英文化大辞典》为例［J］.河北大学学报（哲学社会科学版），2015，40（06）：58-64.

摘要：以正在编纂的《红楼梦汉英文化大辞典》为例，探讨基于多译本平行语料库的汉英文化辞典的宏观价值，包括文化性、比较性和描述性，以及微观价值，包括对文化的理解、表达形式、翻译策略、翻译普遍性等四方面。

［291］李宁.论《红楼梦》中丫鬟名字在四个英文节译本中的翻译［J］.华西语文学刊，2015（01）：201-205，258.

摘要：本文对比分析了《红楼梦》四个节译本中各丫鬟名字的翻译，并探究了四个译本中是否丢失了丫鬟名字的文化内涵，以及分析译者如何对人名翻译中文化内涵的缺失做出弥补。

［292］冯全功.英语译者对汉语死喻的敏感性研究：以四个《红楼梦》英译本为例［J］.外语与外语教学，2015（05）：80-85.

摘要：本文选取《红楼梦》前五十六回中的一百二十个死喻及其对应的英译为语料，通过对比分析四家译文探讨英语译者对汉语死喻的敏感性，以及汉语死喻在英语语境中复活的条件与功能。

[293] 郭勇.《红楼梦》霍克斯译本之文化缺失浅析：以贾迎春判词为例[J].白城师范学院学报，2015，29（10）：44-47.

摘要：本文提出可以在译著中采用英汉结合、图文注释的方式以加强中国文化输出，使外国读者更好地理解《红楼梦》。

[294] 张艳娟，邓丽娟.《红楼梦》俄译本多义称谓语误读浅析[J].白城师范学院学报，2015，29（10）：48-51.

摘要：《红楼梦》俄译本作为第一个流传海外的完整外译本开创了《红楼梦》完整外译的先河，其意义不可小觑。帕纳休克倾注一生的心血先后两次翻译《红楼梦》，对原文中各类称谓语采用不同的翻译方法，其翻译手法成为翻译界的精华，但笔者也发现了他对个别称谓语，尤其是多义称谓语的翻译存在着一定的误译现象。

[295] 朱英英，贾立平.基于语料库《红楼梦》中美食名称的翻译研究——以霍译本为例[J].佳木斯职业学院学报，2015（10）：394.

摘要：本文以霍克斯的《红楼梦》英译本为例，以功能目的论为理论基础，以《红楼梦》中全一百二十回的美食名称以及在霍克斯英译本中全一百二十回的美食名称翻译为研究语料，以浙江绍兴文理学院语料库中汉英平行语料库为辅助工具，帮助分析《红楼梦》中一些典型的美食名称的翻译。

[296] 章小凤.《红楼梦》俄译本中文化空缺现象的补偿策略[D].北京：北京外国语大学，2015.

摘要：本文主要以文化空缺理论为指导，探讨《红楼梦》俄译本对文化空缺现象的补偿策略，考察其中的优劣得失，分析归化与异化的关系，尽可能提出自己的想法和建议，以期服务于以《红楼梦》为代表的中国古典文学俄译工作。

[297] 王硕.从纽马克的翻译二分法看《红楼梦》两种译本的服饰翻译：以第三回之王熙凤服饰翻译为例[J].名作欣赏，2015（30）：157-159.

摘要：本文从纽马克的翻译二分法角度，以杨宪益、戴乃迭译本和霍克斯先生译本中关于第三回王熙凤的服饰翻译为例，对两种译本的译者翻译手法进行比较、探究，从而得出中国传统服饰文化翻译的一些启示。

[298] 隆涛.分析《红楼梦》英译本中的民俗文化翻译 [J].语文建设，2015（27）：55-56.

摘要：小说《红楼梦》的翻译主要有两大版本，一为英国牛津大学汉学家霍克斯和闵福德的翻译本，二为我国学者杨宪益、戴乃迭夫妇的翻译本。文章通过对比这两种翻译本，探究在民俗文化翻译中哪一翻译本更能原汁原味地还原我国的民俗风情，以及两译本在民俗文化翻译中使用的策略。

[299] 凌曦，龚敏杰，谈雅皓.从功能对等角度看自然意象英译的补偿策略：以《红楼梦》两个译本中对联的翻译为例 [J].安徽文学（下半月），2015（08）：122-123.

摘要：文章根据杨宪益夫妇及大卫·霍克斯两个版本的英译《红楼梦》，从尤金·奈达的"功能对等"视角出发，通过对联中自然意象的作用来分析翻译的文化缺失现象和相应的补偿策略，对如何翻译文中的对联，使其中的意象能为译语读者理解而又保留原文的美感进行讨论。

[300] 雍薇.从德译本看《红楼梦》的外译与世界性意义：胡文彬与吴漠汀对谈录 [J].曹雪芹研究，2015（03）：52-59.

摘要：2015年3月，在徐州"纪念曹雪芹300周年诞辰"的学术研讨会上，北京曹雪芹学会顾问、本刊编委胡文彬先生与德文版一百二十回本《红楼梦》译者之一吴漠汀（Martin Woesler）先生，就德译本及其他有关《红楼梦》的外译与世界性意义等问题进行了深入交流。

[301] 王文臣.《红楼梦》译本之比较赏析 [J].科技视界，2015（23）：142-143.

摘要：《红楼梦》的译本有十余种，其中杨氏夫妇和霍克斯的译本最为有名，影响也最为深远。本文通过对两个译本第三回的部分译文进行对比，旨在深入理解译者翻译策略的不同取向。

[302] 黄勤，陈蕾.《红楼梦》中养生膳食品名英译探析：基于霍克斯与杨宪益译本的对比 [J].中国科技翻译，2015，28（03）：39-42.

摘要：本文选取《红楼梦》前八十回中十处有养生功效的膳食品名，分析各自的养生文化内涵，对比霍译本和杨译本对其所采取英译方法的异同点，探讨各自翻译方法的适切与否，以期对中国传统养生膳食品名翻译有所启示。

[303] 王敏. 试论俄译本《红楼梦》中"痴"字的翻译 [J]. 齐齐哈尔大学学报（哲学社会科学版），2015（08）：127-128，139.

摘要：本文旨在分析俄译本中对"痴"字的翻译处理方式，并分析其中的意义得失。

[304] 李菁，王烟朦.《红楼梦》英译本研究的副文本视野：以霍译本为例 [J]. 东方翻译，2015（04）：50-56.

摘要：本文以《红楼梦》霍译本为例，采用杰拉德·热奈特提出的副文本理论对该译本进行全面历时性考察，对霍译本的产生和创作进行全面、客观地认识，也从内副文本和外副文本两方面探讨《红楼梦》霍译本的成功译介和传播。

[305] 侯丽. 林语堂《红楼梦》英译本现身日本 [N]. 中国社会科学报，2015-07-31（003）.

摘要：作者介绍和评论了林语堂翻译的《红楼梦》英译本打印稿在日本的发现之事。此稿共859张，厚约9厘米。据说，有林语堂不同时期用黑笔、蓝笔和红笔修改的大量笔记，还有两页英文手写稿。本文还论述了林语堂打印稿的翻译风格，尤其对他的《红楼梦》译编做法进行了评论。

[306] 黄斐霞. 杨宪益与霍克斯《红楼梦》译本的叙事对比 [J]. 福建师大福清分校学报，2015（04）：74-77，73.

摘要：《红楼梦》的叙事特征在杨宪益和霍克斯笔下得到不同程度的保留与转换。段落划分上，杨宪益折中了两种语言的划分方式，而霍克斯则主要以英语的段落模式代替，体现在杨译本的段落数量比原文多，比霍克斯译本少；视角方面，杨宪益更加能够在双语对比的基础上，转化汉语多样的视角，以英语稳定的视角代替，霍克斯则一般忠于原文，所以体现出来的视角仍然多样；文化方面，霍克斯的译文更胜一筹，全在于他在翻译过程中会适当添加解说，而杨宪益虽把握了字面意义，却没能译出文化内涵，从而降低了原文的叙事效果。

[307] 于睿. 浅谈《红楼梦》英译本中的文化缺省现象 [J]. 漯河职业技术学院学报, 2015, 14 (04): 136-137.

摘要: 翻译不仅是一种双语活动, 更是一种双文化活动。由于不同语言产生不同的文化背景, 在翻译中两种语言的文化沉淀相互冲突, 就出现文化差异的现象, 使读者对不同文化现象的解读产生了困难, 这就是所谓的文化缺省带来的文化交流过程中的"意义真空"现象。

[308] 胡静文. 基于霍译本《红楼梦》景物描写的编译"可变度"研究 [D]. 西安: 西北大学, 2015.

摘要: 本文是基于变译理论中的编译策略, 以霍克斯《红楼梦》英译本中的景物翻译为例, 以译者在受限因素下进行的再创造为前提, 分析原作、译者主体性、读者等主客观因素影响编译"可变度"的程度。

[309] 张琨. 关于《红楼梦》法语全译本中人名翻译效果的一些思考 [J]. 文教资料, 2015 (18): 34-35.

摘要: 在小说《红楼梦》中, 人物姓名多具深意。作为现有的唯一法语全译本的译者, 李治华先生在文中一律采用意译的方法翻译人名, 有的翻译得比较到位, 有的则不尽如人意。本文具体分析李治华译本中人名的意译效果。

[310] 郭斐.《红楼梦》最新韩语译本中的诗歌翻译分析 [J]. 吕梁教育学院学报, 2015, 32 (02): 88-90.

摘要: 本文以崔溶澈、高旼喜两位韩国当代学者的《红楼梦》最新韩语全译本为例, 具体分析《红楼梦》中诗词的韩语译文, 进而了解中韩语言文化的差异。

[311] 周阳. 认知参照点视域下中西修辞对比探究: 以《红楼梦》及霍译本中隐转喻修辞为例 [J]. 哈尔滨学院学报, 2015, 36 (06): 88-91.

摘要: 文章以《红楼梦》中的隐喻和转喻为例, 指出中西修辞的不同, 并从认知参照点的角度分析产生该差异的原因。

[312] 巴合提古丽·沙肯. 浅谈哈萨克文译本《红楼梦》翻译熟语的策略 [J]. 伊犁师范学院学报 (社会科学版), 2015, 34 (02): 19-23.

摘要：翻译熟语时，译者必须根据译文读者的认知和接受能力，采用适当的翻译方法把熟语再现出来。在这方面，哈萨克文译本《红楼梦》的熟语翻译是一个成功的范例。

［313］朱芳. 从"神仙"的翻译看《红楼梦》两个译本的翻译策略：基于平行语料库的语义分析［J］. 重庆交通大学学报（社会科学版），2015，15（03）：136-140.

摘要：本文基于杰弗里·N.利奇的语义划分理论，将语义分为七种类型，借助语料库研究方法，探讨《红楼梦》"神仙"一词的语义特点，通过对"神仙"语义概念的划分与界定，以杨宪益、戴乃迭夫妇和戴维·霍克斯的两个译文为例进行对比研究，从中找出两位译者在翻译"神仙"一词时的异同，并考量二者的翻译得失。

［314］方志丹. 文化语境视角下《红楼梦》诗词两英译本对比研究［D］. 株洲：湖南工业大学，2015.

摘要：本文以《红楼梦》中三十八首具有文化代表性的诗词翻译为例，从译本差异的分析出发，挖掘探讨译本差异背后的文化语境因素，并通过数据对比的形式分析出两译本各自的主要翻译策略及其原因，提出在翻译这种跨文化传播中，译者既应关注两种语言文化的客观差异，又应照顾好目的语读者对异域文化的接受能力。

［315］刘洪. 从概念隐喻角度比较《红楼梦》两译本中动物隐喻翻译［D］. 成都：西南石油大学，2015.

摘要：本文尝试对《红楼梦》杨译本与霍译本中有关动物隐喻的翻译进行比较研究，并对其翻译方法进行统计，从而比较他们在翻译动物隐喻、传递动物隐喻文化内涵等方面的得与失，并归纳总结他们翻译动物隐喻时采用的翻译方法、翻译策略的异同、最终取得的效果，以及影响翻译方法与翻译策略的因素，以期为以后的动物隐喻翻译提供借鉴。

［316］苑趁趁. 从移动事件的词汇化模式看《红楼梦》的两个译本［D］. 郑州：郑州大学，2015.

摘要：本文以《红楼梦》及其两个经典译本为例，选取一百二十例移动事件及其对应翻译，进行了定量研究。

[317] 刘会. 目的论视角下《红楼梦》两英译本中典故翻译对比研究 [D]. 延安：延安大学，2015.

摘要：本文以目的论为理论框架，通过对杨译本和霍译本中的典故翻译方法进行对比研究，意在为以后的研究者研究典故，特别是典故的翻译方法提供一些借鉴。

[318] 冯玮. 共文化视角下霍译本《红楼梦》中译者主体性研究 [D]. 哈尔滨：东北农业大学，2015.

摘要：本论文从共文化角度，对霍译本《红楼梦》的译者主体性进行了研究，以期探究不同的文化语境和文化背景如何影响译者主体性的发挥，并由此探究译者主体性对翻译文本传播的深层意义。

[319] 赵茜玥. 隐喻翻译的认知主体差异性研究 [D]. 上海：上海师范大学，2015.

摘要：本文拟结合概念隐喻理论和概念整合理论，并将其运用于海棠诗社诗歌中的隐喻以及隐喻翻译的分析之中。

[320] 谈雅皓，施倩文，龚敏杰. 对《红楼梦》中金陵十二钗判词英译本对意象处理的对比分析 [J]. 英语广场，2015（06）：19-21.

摘要：本文从目的论出发，对比分析了《红楼梦》十二钗判词两大英译本在处理意象英译时的异同与优劣。

[321] 闵亚华. 习语翻译异化论：以霍克斯《红楼梦》译本中习语翻译为例 [J]. 海外英语，2015（10）：130-131.

摘要：本文以《红楼梦》中的习语翻译为例证，认为在习语翻译的处理中，为保留其文化意义，且能更好地传达文学作品的文化内涵，异化翻译应该作为习语翻译的主要策略。

[322] 周丽丽. 从《红楼梦》两译本看翻译的归化与异化 [J]. 学理论，2015（15）：104-105.

摘要：本文从归化翻译与异化翻译策略角度出发，对比杨宪益与霍克斯所译的两版《红楼梦》，探讨这两种策略在标题、成语、俗语和诗句翻译中何者更适用，也有助于揭示《红楼梦》中用语的深刻含义。

[323] 赵朝永.《红楼梦》邦斯尔译本误译考辨［J］. 红楼梦学刊，2015（03）：274-302.

摘要：本研究根据译文失误的类型，将其细分为笔误、语言误读、文化误读、情节误读及死译与硬译五个部分，尝试系统梳理和考辨译本误译特点，通过译者的思维痕迹解读译者主体性与误解误译形成的关系，以期更加深入和详细地认识邦译本，进一步推动该译本研究的新发展。

[324] 宋丹. 试论《红楼梦》日译本的底本选择模式：以国译本和四种一百二十回全译本为中心［J］. 红楼梦学刊，2015（03）：303-333.

摘要：本文以翻译了《红楼梦》前八十回的国译本与四种一百二十回全译本这五种日译本为代表，探讨《红楼梦》日译本的底本选择模式。结合各译本产生时中国的《红楼梦》版本情形、出版状况、红学研究进展和日本的《红楼梦》翻译情况、译者对中国红学研究进展的掌握，以及译者的身份等的背景分析，试图探明日译者们底本选择背后的诸种影响因素，并总结《红楼梦》日文全译本的底本使用特征。

[325] 张静静. 中国文化输出的顺应策略：《红楼梦》两英译本中麻将等游戏情节的语言翻译对比研究［J］. 安徽工大学学报（社会科学版），2015，17（03）：72-77.

摘要：本研究选取被誉为"中国文化大百科全书"的《红楼梦》中中国传统文化的瑰宝——麻将等游戏，根据顺应论，从语境关系及语言结构的顺应角度，对比研究杨宪益夫妇和霍克斯两译本中麻将文化的翻译策略，以期为中国译者确立正确的翻译价值取向、选择恰当的文化输出策略提供一定的启示和借鉴。

[326] 冯怿之. 从关联理论角度分析［D］. 北京：北京外国语大学，2015.

摘要：本文将文化负载文本《红楼梦》的霍译本 The Story of the Stone 作为

研究案例，以关联理论及其指导下的关联翻译理论为依据，分析译者对于文化专有项的翻译处理方式。通过分析发现，关联翻译理论从认知和交际的角度出发，评价译者的同时作为听话人和说话人的推理—明示行为，具有较强的解释力，可以作为衡量译作的标准。

[327] 孙超. 从传播学的角度看翻译策略的有效性 [D]. 北京：北京外国语大学，2015.

摘要：本文通过三个主要的评价传播效果模型，即说服模型、使用和满足论模型和一致论模型，对《红楼梦》英韩译本归化异化翻译策略进行评价和分析，并试图总结出若干值得借鉴的观点。

[328] 刘金花. 文化翻译问题探讨 [D]. 广州：广东外语外贸大学，2015.

摘要：本文在借鉴各红楼梦研究专家和学者的研究成果，以及参阅中法版本《红楼梦》文本的基础上，首先，为加深对传统民娱活动的灯谜和《红楼梦》中灯谜的了解，将从其形成发展及特点，尤其是小说中灯谜的特点入手；其次，本文将阐述 Peter Newmark 教授提出的语义翻译和交际翻译两大翻译方法理论；再次，结合上述翻译理论，本文将对句子、曲、诗歌三种形式的灯谜分别从音、形、意三个方面进行中法版本的比较和分析；最后，在语义翻译和交际翻译的框架范围内，本文将针对原文灯谜中存在的文化因素，对李治华夫妇在翻译过程中采取的翻译策略进行简单总结。

[329] 杜莹梅. 基于语料库的《红楼梦》中的元话语标记语"只是"与其在两英译本中的翻译对比研究 [D]. 武汉：华中科技大学，2015.

摘要：本文借助平行语料库检索软件的帮助，建立了包括《红楼梦》原文和两个英译本在内的汉英平行语料库，对语料进行收集，结合定量和定性分析，探讨"只是"的功能分类和翻译再现。

[330] 谢晨霞.《红楼梦》两英译本中王熙凤所用称呼语翻译的对比研究 [D]. 武汉：华中科技大学，2015.

摘要：本文对霍克斯英译本和杨宪益、戴乃迭英译本中王熙凤所使用的称呼语的翻译情况进行对比研究，旨在利用英国语言学家约翰·莱昂斯的语境变量理论，对比王熙凤所使用的称呼语在两英译本中的再现情况，分析两英译本中王熙凤所使用的称呼语的翻译是否忠实于原文。

[331] 刘露. 阐释学视角下三个《红楼梦》全译本中《论语》典故的英译比较 [D]. 成都：西南交通大学，2015.

摘要：本文以理雅各的《论语》英译本做为参考，比较分析三个《红楼梦》英文全译本（彭寿、霍克思翁婿、杨宪益夫妇译本）在《论语》典故翻译方面的异同，并以阐释学理论尝试揭示造成差别的原因所在。

[332] 张秀明. 翻译规范理论视角下的《红楼梦》王际真译本研究 [D]. 大连：大连海事大学，2015.

摘要：本论文以王译本为个案研究，将王译本置入社会文化的宏观语境中，以切斯特曼的翻译规范理论为框架，对译本篇章内的微观语言因素和篇章外的宏观社会因素进行描述分析，旨在重建成功译本所遵循的期待规范，并通过分析译者在翻译过程中为遵循相应的专业规范而采取的不同翻译策略，对译本中特有的翻译现象做出合理的解释。

[333] 陈康利.《红楼梦》两译本中医术语英译比较 [D]. 湘潭：湖南科技大学，2015.

摘要：本文从术语翻译学的角度，建立《红楼梦》中医术语库。通过分析两译者关于中医术语翻译概念的对应、命名的规范性，以及译者的中医文化意识和翻译倾向，探讨中医术语翻译的原则跟策略。

[334] 宋丹.《红楼梦》日译本研究（1892—2015）[D]. 天津：南开大学，2015.

摘要：本文重点探讨了荷风的父辈与《红楼梦》的渊源、荷风本人与《红楼梦》的接触、其在小说《濹东绮谭》中引用的《秋窗风雨夕》和翻译该诗时用到的底本、译文采用的和歌七五调文体等问题。

[335] 罗涛. "三美"视角下《红楼梦》乔利译本中人物塑造诗歌翻译评论 [D]. 成都：电子科技大学，2015.

摘要：本文以《红楼梦》乔利译本为研究对象。本文的分析方法是许渊冲提出的"三美"原则。

[336] 姜美云. 差异性伦理视角下, 韦努蒂异化翻译研究 [D]. 兰州: 兰州交通大学, 2015.

摘要: 本文通过杨译本《红楼梦》在国外的接受性, 来探讨差异性伦理视角下韦努蒂异化翻译理论在弱势文化传播方面的指导作用, 具有一定的实践意义。

[337] 纪莉霞.《红楼梦》英译本隐喻的翻译方式初探 [J]. 语文建设, 2015 (12): 44-45.

摘要: 霍克斯的《红楼梦》全译本比较具有代表性, 本文用其译本作为研究对象。本文不仅要把隐喻作为一种修辞现象, 更视为一种翻译方式进行探讨, 用译者翻译隐喻的文化底蕴的方法, 探讨他在创造性叛逆下的文化共性和个性对译本的正负调节作用。

[338] 康凯. 从范畴化视角对比《红楼梦》两个译本文化词汇的翻译 [J]. 河南商业高等专科学校学报, 2015, 28 (02): 91-93.

摘要: 范畴化理论是认知语言学研究的核心内容之一, 以认知为基础的词汇翻译在本质上是一个认知范畴移植的过程。范畴化是人类认知的高级活动, 由于人类对事物进行分类, 并形成不同范畴的心理过程有等级特点, 因此, 范畴化可以分为基本等级范畴、上位范畴和下位范畴。《红楼梦》霍克斯英译本和杨宪益夫妇英译本文化词汇的翻译, 很好地解读了范畴化理论。

[339] 蔡新乐. 霍克斯英译本《红楼梦》刘姥姥的戏剧性形象塑造的失误 [J]. 外语研究, 2015 (02): 65-70, 112.

摘要: 刘姥姥一进大观园时的走路姿态关乎这一智慧人物形象的刻画, 但从霍克斯的译本 The Story of the Stone 对相关段落的处理发现, 这一译文以及其他三个译本在刘姥姥形象刻画上都存在着问题。第一, 对原文文本的选择没有注意; 第二, 忽略原本中关乎刘姥姥的两个场景的反差性。所导致的结果是, 刘姥姥成了一个胆小怕事甚或爱说谎的人物, 其形象在一定程度上被扭曲了。

[340] 林昊, 冯洋, 何森. 基于语料库的《红楼梦》两种英译本的翻译风格研究 [J]. 沈阳建筑大学学报 (社会科学版), 2015, 17 (02): 211-216.

摘要：基于现代语料库的技术，通过自建小型语料库，利用语料库检索软件 Ant Conc3.2.1w 对霍克斯译本和杨宪益译本的类符/形符、形符数、平均词长、高频词、平均句长、语篇衔接等方面进行对比和分析。

[341] 吴筱杰. 以修辞手段为例看《红楼梦》库恩译本及史华慈译本[D]. 北京：北京外国语大学，2015.

摘要：本文首先对《红楼梦》中的文字游戏和隐喻翻译进行定性分析，通过例证研究考察两位译者的具体翻译特点。其次通过定量研究对两位译者的翻译策略及风格进行探讨，并得出初步结论——库恩译本重视译本可读性，主要采用归化策略；史华慈译本更加注重对原著的忠实，异化趋势更加明显。然而库恩译本的可读性在很大程度上建立在对原文的大量删节上，对这些在节译本中被删除文本的翻译是史华慈译本具有强烈的异化色彩的一个重要原因。

[342] 郭珍珍. 从"三美"角度看《红楼梦》中《好了歌》的两个译本[J]. 海外英语，2015（07）：153-154.

摘要："三美论"是著名翻译家许渊冲先生提出的翻译标准，主要用于诗歌翻译。《红楼梦》是中国古典小说艺术的集大成者，是中国小说的巅峰。其中文采斐然的诗词韵文集中体现了这部作品的艺术性与文学性，但也给《红楼梦》的翻译增加了很多难度。本文将结合"三美论"来分析杨宪益、戴乃迭夫妇和霍克思和闵福德译本中关于《好了歌》的翻译。

[343] 付佳. 英汉亲属称谓文化差异对比分析[D]. 新乡：河南师范大学，2015.

摘要：本文选取杨宪益夫妇英译本《红楼梦》为主要考察对象，主要基于以下设想。第一，汉语亲属称谓系统复杂多样，不是一篇论文所能详细阐述的。着眼于该类词语应用中的真实面貌，有典型的范例做依托，最易于将对特定现象的认识落在实处，而不至于散漫无际，泛泛而言。第二，和我们的专业特征紧密相吻合。亲属称谓是基本词汇里边的重要组成部分，汉语尤其表现得典型。

[344] 马晓红，马海国. 汉语与维吾尔语比喻辞格差异原因探析：以《红楼梦》维译本为例[J]. 新疆教育学院学报，2015，31（01）：108-114.

摘要：文章以维译本《红楼梦》为例，试从语言体系和认知心理两个角度探索造成汉、维两个民族比喻差异的原因。

［345］马晓红，马海国.汉语与维吾尔语比喻辞格喻体来源比较：以《红楼梦》维译本为例［J］.喀什师范学院学报，2015，36（02）：52-55.

摘要：本文主要以维译本《红楼梦》为参照对象，对汉、维比喻中一些常见的喻体和喻义进行梳理、比较，以对汉、维设喻的共性和个性做以简要总结。

［346］何笑荧，宫丽.从英汉语言对比看《红楼梦》中《好了歌》的英译本［J］.现代语文（语言研究版），2015（03）：139-141.

摘要：本文以《红楼梦》第一回中跛足道人所作《好了歌》及其两个权威译文——杨宪益、戴乃迭夫妇的译本与 David Hawkes、John Minford 翁婿的译本为研究对象，从英汉语言对比的角度，以形合与意合、繁复与简短、抽象与具体作为分析依据进行探讨，旨在得出杨与霍在翻译过程中各自注重的翻译目的，同时也希望能反映出母语思维对翻译过程中语言使用的影响。

［347］梅薏华，姚军玲.我对德译本《红楼梦》的几点看法：访德国汉学家梅薏华［J］.国际汉学，2015（01）：14-17.

摘要：当笔者开始关注《红楼梦》的德文译本时，发现要找到一个经历《红楼梦》德文节译本和全译本的出版发行、本人也参与其中，并且至今仍然活跃在德国汉学界的人，并非易事。而笔者幸运地找到了这个人——德国汉学家梅薏华（Eva Müller）。梅薏华1933年5月10日出生在东普鲁士，1951年，18岁的她开始在莱比锡外语学校（Fremdsprachenschule Leipzig）学习汉语，在此期间，作为旁听生在莱比锡大学东亚学院聆听了来自中国南京的诗人赵瑞蕻的讲座，从此执着于中国文学之路。

［348］李少平.《红楼梦》维吾尔语译本的语用学分析［J］.双语教育研究，2015，2（01）：65-70.

摘要：文章从语用学视角，通过对《红楼梦》维吾尔语译本中的称谓语、委婉语和熟语的分析，浅析语用学理论在汉语和国内少数民族语言之间的跨文化翻译中的应用，阐述语用学理论对翻译研究的重要指导作用，对汉语—维吾尔语文化负载现象的翻译具有强大的解释力。同时还讨论了语用学视角下的翻译不仅应追求形式和语义的等值，更应根据语境寻求语用意图的等同。

[349] 任伟. 接受美学视角下《红楼梦》邦索尔译本中灯谜的翻译[D]. 绵阳：西南科技大学，2015.

摘要：本文首先具体阐述接受理论的起源和主要观点以及其对文学翻译的启示；其次考察《红楼梦》中灯谜的特征和作用，及翻译灯谜时可能会碰到的困难；最后作者从再现源语文本的形式美、音韵美和意义美三方面分析了邦索尔在两次视野融合过程中的不同表现，并得出结论。

[350] 范琼琼.《红楼梦》两部英译本翻译差异探究：以《红楼梦》第三回为例[J]. 信阳农林学院学报，2015，25（01）：91-94.

摘要：本文将以此书的第三回即"贾雨村夤缘复旧职　林黛玉抛父进京都"为例，从书名、人名和称谓、人物描写、"笑道"和翻译风格等方面对两种译本进行赏析，分析其采用的翻译策略和方法。

[351] 沈炜艳，吴晶晶. 接受美学理论指导下的《红楼梦》园林文化翻译研究：以霍克斯译本为例[J]. 东华大学学报（社会科学版），2015，15（01）：8-14.

摘要：本文试图结合霍克斯版的《红楼梦》译文，以园林文化翻译为主题，从接受美学理论角度出发，探讨译者对读者语言习惯、文化背景、审美习惯三个维度的关照，借此来阐释接受美学理论在文学翻译中的运用。

[352] 殷悦. 浅析《红楼梦》第二十八回英译本的翻译补偿策略[J]. 戏剧之家，2015（05）：253-254.

摘要：本文结合翻译补偿理论与《红楼梦》第二十八回的两个英译本，探寻两位译者采用的补偿策略，并分析译者采用不同策略的原因。

[353] 阎锐.《红楼梦》中谶谣的英译本对比研究[J]. 海外英语，2015（05）：180-181，189.

摘要：读过《红楼梦》，值得惊叹的不仅是人物关系之复杂，小说情节之曲折，更让人赞叹的是曹雪芹创作之精妙。文学创作中对于隐语的使用从来就不少，但是可以像曹雪芹这样应用得如此得心应手者实在是为数不多，本文主要就《红楼梦》中谶谣——正册人物判词的运用加以举例分析，赏析并对比杨宪益、戴乃迭夫妇同霍克斯（Hawkes）译本就此谶谣翻译的异同。

[354] 刘铭. 从交际翻译与语义翻译看英译俗语翻译：析《红楼梦》的霍、杨译本 [J]. 商，2015（09）：285.

摘要：本文以纽马克的语义翻译和交际翻译为指导，对两种《红楼梦》英译版本中俗语的翻译进行对比分析，从而帮助理解两种译本的语言特点，以及两种翻译方法在具体实践中的应用。

[355] 谢意. 申丹叙述视角下《红楼梦》英译本比较研究 [D]. 合肥：合肥工业大学，2015.

摘要：本文选取《红楼梦》译本研究鲜少涉及的叙事角度进行译本比较研究，力求分析比较两译本对原著叙事视角处理的异同及得失优劣，并从深层探讨这些问题产生的原因，对于加深对原著的理解具有创新意义。

[356] 刘真如.《红楼梦》中医术语翻译：以霍克斯译本为例 [J]. 湖北函授大学学报，2015，28（04）：173-174.

摘要：中医是中国的文化精髓，中医术语源于生活，具有丰富的文化内涵。跨文化交际理论可以有效解决中医术语英译中的许多障碍，从而更好地传播中医知识及中国文化。《红楼梦》中存在大量中医术语，这些案例对研究中医术语的英译具有重要意义。霍克斯的《红楼梦》英译本为中医术语翻译研究提供了重要的素材，其翻译方法值得借鉴。

[357] 张岩，高研. 从《红楼梦》两英译本看文化因素的翻译策略 [J]. 边疆经济与文化，2015（02）：94-95.

摘要：在当今世界文化一体化的背景下，翻译者们应在翻译时尽量保留各种文化的原汁原味。本文从物质文化和社会文化两个方面对杨宪益夫妇和霍克斯的两种《红楼梦》英译本的部分译例进行对比分析，并通过分析译者的文化背景等因素来阐述文化因素对于翻译策略的影响。

[358] 王惠萍. 关联理论视域下《红楼梦》四个英译本对话特殊含义的重构 [J]. 现代语文（语言研究版），2015（01）：147-151，2.

摘要：本文以格赖斯的会话含义理论和斯珀伯和威尔逊的关联理论为基础，

对《红楼梦》对话的四个英文译本进行比较和分析，从而揭示不同译者的翻译策略和最佳关联的实现效果。

[359] 刘明. 评《红楼梦》第三回两个英译本：从翻译策略与读者反应论分析文化因素的处理 [J]. 现代妇女（下旬），2015（01）：264.

摘要：笔者试对《红楼梦》著名的两个英译本的第三回进行对比，从读者反应论出发，通过翻译策略的比较，分析二者在处理文化内涵过程中的不同。

[360] 王丽耘. 不可忽视的"雕琢"：论大卫·霍克思生前对《红楼梦》译本的最后修改 [J]. 红楼梦学刊，2015（01）：293-312.

摘要：2012年，大卫·霍克思、约翰·闵福德《红楼梦》英译五卷本汉英对照版由企鹅书局授权，上海外语教育出版社承印，在中国出版发行。该版本前八十回，霍克思亲自进行了审慎的雕琢，涉及排版布局、人名误读、译文细节、添漏译和误译等诸多方面，凝聚了译者生前的最后心力，实不可忽视。

[361] 王金波. 库恩《红楼梦》德文译本底本四探：兼答姚珺玲 [J]. 红楼梦学刊，2015（01）：260-292.

摘要：本文回应姚珺玲博士发表于2010年的文章，在认可其主要贡献的同时，借助语言学、翻译学、红学专业知识与新证据，逐一披露其在理解与翻译库恩译后记文字、推断两个底本身份方面的主要问题与错漏。本文认为，库恩所依据的两个底本是1832年的双清仙馆本（王希廉评本）与王希廉、姚燮合评本（两家评本），笔者2007年所发表论文的结论没有问题。

[362] 王之豪. 《红楼梦》两英译本状语结构对比研究 [D]. 上海：华东理工大学，2015.

摘要：本文通过详尽分析《红楼梦》的杨氏译本和霍氏译本中各状语类成分的来源及分布特点，结合Toury提出的翻译规范理论与话题—述题的汉语长句切分方法，探讨两种译本间所体现出的英汉语言表达差异，以此来更好地理解两种译本的翻译策略，并进一步加深对英汉语间异同的理解。

[363] 刘丽敏. 翻译规范视角下英语定语的选择：以《红楼梦》第三回译本为例 [D]. 上海：华东理工大学，2015.

摘要：本文的研究重点是汉英翻译中英语定语的选择。定语作为英汉两种语言中重要的句法成分，其形式在英汉两种语言中存在异同。本文以大卫·霍克斯和杨宪益的《红楼梦》两个英译本的第三章出现的定语为语料，主要考察定语的翻译。

［364］周慧梅. 描述性翻译研究视角下汉英翻译中的宾语选择［D］. 上海：华东理工大学，2015.

摘要：本文选取名著《红楼梦》及杨宪益和霍克斯的两个译本为材料（主要是第三回），拟以相关的汉英宾语语法知识为基础，同时借助图里的描述性翻译研究以及汉语重过程、英语重结果的理论，根据原著对比论证两个译本在汉译英过程中宾语选择的异同点。

［365］蔺以念. 描述翻译学视角下汉译英中英语主语的选择［D］. 上海：华东理工大学，2015.

摘要：本文拟借助图里描述翻译学研究，以《红楼梦》原文及杨宪益和霍克斯的两个译本（第三回）为例，详尽分析汉译英中英语主语的选择规范。本文研究结合了定量和定性分析，首先在对照原文本和两个英译本的基础上描写了英语主语的选择方式；其次再对照两个英译本，描写了两译本英语主语选择的相似点和不同点；最后基于图里翻译规范对上述各例证进行分析，从而概括译者的决策过程并获得主语的选择规范。

［366］安然. 从翻译规范视角研究英语谓语的选择［D］. 上海：华东理工大学，2015.

摘要：本文以《红楼梦》原文及杨宪益和霍克斯两个译本的第三回为语料，运用图里的三段式研究方法，通过原文与两译文之间的两两对比来研究汉英翻译中英语谓语选择的规范。

［367］王丽耘，熊谊华，程丽芳. "归化"与霍克思《红楼梦》译本的评价问题［J］. 外语学刊，2015（01）：95-100.

摘要：霍克思及其《红楼梦》译本遭到了越来越多的质疑，陷入了众说纷纭、褒贬不一的怪圈。其根本原因在于我国译论者忽视"归化"概念的中西差别，在进行翻译批评时混淆传统归化概念与韦努蒂特定论域中推出的归化概念，从而造成评价混乱。

[368] 寇芙蓉.《红楼梦》第三回霍克斯、杨宪益译本之对比分析[J]. 才智，2015（01）：308-309.

摘要：本文主要对比红楼梦第三回霍克斯、杨宪益译本在人名称谓、创造性翻译及口语化语言翻译方面的具体差异。

[369] 罗俊. 从接受美学角度分析《红楼梦》英译本中文化负载词的翻译[D]. 北京：华北电力大学，2015.

摘要：本文运用接受美学的期待视野、文本的不确定性、隐含读者和读者的主观能动性等概念，来对比分析《红楼梦》英译本中的文化负载词的翻译方法。

第七章

2014年度《红楼梦》译本研究文献汇总

[370] 张婧涵.“假象等值”现象在《红楼梦》第三回两个译本中的体现［J］.忻州师范学院学报，2014，30（06）：42-46.

摘要：文章从文学文体学的角度出发，引用申丹的"假象等值"的说法，分别从内容层面和语言形式层面对《红楼梦》第三回两个英译本中存在的"假象等值"问题进行研究，并试图分析其产生的原因，旨在为文学作品的翻译提供一定的参考意见。

[371] 顾晓波.《红楼梦》英译本后缀派生名词化对比研究［J］.常州工学院学报（社科版），2014，32（06）：70-73.

摘要：文章从词汇派生层面对《红楼梦》两个译本中的动词名词化、形容词名词化和名词再名词化现象进行了统计与对比分析，结果发现霍克思、闵福德译本在行为动作名词化、形容词名词化和名词化的使用方面均高于杨宪益、戴乃迭译本，且具有统计显著性。相对而言，霍克思、闵福德译本中语言的表达更加凝练和集中，语篇更正式、简洁，信息密度更大，用词灵活性更高。

[372] 于金红.从《红楼梦》英译本看文化对翻译的影响［J］.安徽文学（下半月），2014（12）：12-13.

摘要：本文以《红楼梦》的两个经典英译本（杨宪益本和霍克斯本）为例，选择一些翻译事例来分析研究文化对文学翻译所产生的影响。

[373] 于佳颖，曲晓慧.从《红楼梦》两英译本看文化翻译策略的选择［J］.继续教育研究，2014（12）：125-126.

摘要：文章以《红楼梦》两部出色的完整英译本：杨宪益夫妇合译的 *A Dream of Red Mansions* 和霍克斯及其女婿闵福德合译的 *A Story of the Stone* 为例，试图对文化翻译策略的选择与应用进行探索。

[374] 王淑雯, 刘洪. 从隐喻角度看杨译本《红楼梦》中的动物习语[J]. 陕西学前师范学院学报, 2014, 30 (06): 62-65.

摘要：以认知语言学中的概念隐喻为理论基础，对杨宪益夫妇《红楼梦》英译本中的动物习语进行隐喻分析与评价，对杨宪益夫妇所采用的隐喻翻译方法以及他们在跨文化交流方面的得与失进行探讨，从而促进中西方文化的交流。

[375] 范旭. 《红楼梦》三个英译本中詈骂语"蹄子"的翻译探析[J]. 才智, 2014 (34): 332-333.

摘要：本文对比分析了《红楼梦》三个英文全译本中高频詈骂语"蹄子"所包含情景变体的再现情况，试图探讨三位译者的詈骂语翻译策略以及异同、得失。

[376] 黄媛媛. 以等效原则论汉语俗语的翻译：以《红楼梦》杨译本和霍译本为例[J]. 许昌学院学报, 2014, 33 (06): 81-84.

摘要：本文选取《红楼梦》两个经典译本中有代表性的俗语，从"等效"原则出发对其进行比较和分析，得出俗语的翻译应该遵从一定的原则，强调译文效果的对等性，信息的传达是首要的，表达形式在必要时可以灵活取舍的结论。

[377] 张海燕. 从功能对等理论看《红楼梦》英译本中的汉英翻译[J]. 湖北成人教育学院学报, 2014, 20 (06): 136-138.

摘要：本文拟从功能对等的角度出发，结合文学翻译的特点，对其翻译方法进行探究。在深刻理解原文的含义和精神的基础上，灵活运用增译、省译和意译等翻译方法，才有可能使文学翻译达到令人满意的效果。

[378] 臧国宝, 张小波, 万金香. 功能目的论关照下杨氏夫妇《红楼梦》英译本中委婉语翻译：以原著的因果句为例[J]. 长春教育学院学报, 2014, 30 (22): 14-15.

摘要：本文运用功能目的论分析杨宪益、戴乃迭夫妇《红楼梦》英译本中委婉语翻译，撷取原著中经典因果例句，分别对禁忌语与自谦语、敬语加以讨论。

[379] 孔莎，张礼贵.《红楼梦》英译本中酒文化缺省的翻译策略 [J]. 酿酒，2014，41（06）：123-126.

摘要：本文以《红楼梦》最具有代表性的霍克斯与杨宪益夫妇的两译本作为具体实例，来分析、探讨这两个伟大的全译本的译者应对中国酒文化缺省问题时的翻译策略及处理方法，以期对在当今时代研究中国酒文化外宣翻译的译者有所启发。

[380] 王岩."三美论"下的《红楼梦》"雪景联诗"两英译本赏析 [J]. 西安航空学院学报，2014，32（06）：50-54.

摘要：许渊冲教授提出的"三美"翻译理论对于诗歌翻译具有重要的指导作用。从"三美"原则出发，分别以 Hawks David 及杨宪益、戴乃迭的《红楼梦》译本中"雪景联诗"为研究对象，通过对比分析探讨其得与失，旨在为中国古典诗歌翻译提供一些可供借鉴的方法。

[381] 廖治敏. 概念隐喻视角下薛宝钗诗歌的隐喻对比研究：以曹雪芹《红楼梦》原著和霍克斯译本为例 [J]. 湖北广播电视大学学报，2014，34（11）：101-102.

摘要：本文运用 Lakoff 提出的概念隐喻理论，从结构隐喻，方位隐喻和本题隐喻三个角度出发对比分析《红楼梦》原著和霍克斯译本中薛宝钗诗歌的典型隐喻，探讨在概念隐喻模式下隐喻的文化对等度。

[382] 陈艳. 顺应论视阈下《红楼梦》两英译本中医原理翻译对比研究 [J]. 普洱学院学报，2014，30（05）：85-88.

摘要：本文从《红楼梦》及其两个英译本及《红楼梦》汉英平行语料库中搜集了相关语料并进行分析。本研究从顺应论的角度对比了《红楼梦》杨译和霍译两个英文版本的中医原理翻译方法，并对中医原理的翻译做了详细的分析，指出只有在源语和译入语之间找到一个动态平衡点，才能实现中医文化的有效传播。

[383] 赵守玉. 改写理论视域下《红楼梦》两译本中诗歌翻译的个案研究 [D]. 南京：南京财经大学，2015.

摘要：本文基于改写理论，选取了这两个译本中的诗词翻译作为个案，从三个操控因素方面对其进行了比较。本文的研究视角突破以往拘泥于对原文和译文或不同译本之间的优劣与否的讨论，强调在一个特定的社会文化背景下，译文存在的合理性以及社会文化因素对译者翻译策略的操控。

[384] 赵朝永.《红楼梦》邦斯尔译本体例风格探析 [J]. 现代语文（语言研究版），2014（10）：130-132.

摘要：本文尝试较为全面系统地介绍和描述该译本的体例风格，以期能够概括其全貌，使其以更加翔实和完整的形式示人，引起学界重视。

[385] 方金明，王新龙. 模因论视角下《红楼梦》中菊花诗翻译技巧探究——以霍译本《忆菊》为例 [J]. 湖北函授大学学报，2014，27（17）：167-168.

摘要：本文认为在模因论的指导下，能在很大程度上达到既能准确无误地表达原作的内容，同时又能使译入语读者深刻理解原作文化的目的。

[386] 许崇钰. 中国古典名著英译本中译者主体性的体现：霍克斯与杨宪益夫妇《红楼梦》译文对比分析 [J]. 戏剧之家，2014（13）：254-255.

摘要：本文从对比语言学中的语言与语篇研究和总体与策略研究方面，探讨杨宪益、戴乃迭夫妇与霍克斯作为译者主体在《红楼梦》英译本中的体现。

[387] 方志丹. 宗教文化语境对翻译的影响：以《红楼梦》诗词两英译本为例 [J]. 湖北广播电视大学学报，2014，34（10）：93-94.

摘要：本文拟从宗教文化语境着手，对杨宪益夫妇和霍克斯的英译本进行对比，分析两种英译本因译者各自所处的宗教文化语境不同而对原文宗教文化的翻译进行的不同处理。

[388] 杜阳. 论价值学视域下的翻译批评标准：以《红楼梦》两个英译本为例 [J]. 南阳理工学院学报，2014，6（05）：69-71.

摘要：笔者在吕俊教授《翻译批评学引论》一书的基础上，反思翻译批评研究的本体，分析当前翻译批评研究存在的问题，提出以价值学评价体系为基础的具体的具有操作性的翻译批评标准。同时结合《红楼梦》两个英译本的对

84

比分析，指出该标准的优越性。

[389] 张倩. 小说不可靠叙述的翻译：以《红楼梦》杨戴译本为例[J]. 英语广场（学术研究），2014（10）：10-12.

摘要：本文以《红楼梦》杨宪益、戴乃迭译本为例，考察了不可靠叙述作为小说叙事类型的重要组成部分在原文中的作用和在译文中的再现，从而成功保持了原文的风格和语言特色。

[390] 石佳. 基于译者的文化主体性和制约性的翻译研究：以《红楼梦》两个译本为例[J]. 开封教育学院学报，2014，34（09）：41-42.

摘要：本文以《红楼梦》两译本为例，研究译者在多元文化系统内的文化主体性和制约性。

[391] 包玉慧，方廷钰，陈绍红. 论《红楼梦》英译本中的中医文化误读[J]. 中国翻译，2014，35（05）：87-90.

摘要：《红楼梦》是我国古代文学的巅峰之作，涉及很多学科，其中中医文化是不可忽视的部分。由于译者囿于本身文化背景等，难免会造成中医文化的误读和误译，在某种程度上影响了文化交流。笔者选取三个代表性英译本中的平行句子或段落进行分析和修正，旨在促进中外文化交流和传播。

[392] 何玲，郭娜. 试析霍克斯《红楼梦》译本对"风流"一词的处理[J]. 湖北函授大学学报，2014，27（14）：154-155.

摘要：本文运用社会符号学翻译法理论，分析评判霍克斯《红楼梦》译本对"风流"一词的处理，探讨其艺术得失。

[393] 杨方林. 试析霍译本《红楼梦》中医药文化的翻译[J]. 辽宁医学院学报（社会科学版），2014，12（03）：126-129.

摘要：本文从中医基本原理、病症与诊疗、中药与方剂以及养生保健等四个方面的内容入手，分析霍克斯《红楼梦》英译本中医药文化的翻译策略与方法，发现霍克斯并没有拘泥于异化或归化的翻译策略，而是采取灵活多变的翻译方法，包括音译、直译、意译、增译和减译等。

[394] 赵朝永.《红楼梦》三个英文全译本章回目录风格对比 [J]. 语文学刊（外语教育教学），2014（08）：41-42.

摘要：本文通过自建小型语料库，对比分析《红楼梦》章回目录在三个英文全译本中的译者风格特点。

[395] 薛冬.《红楼梦》两译本中委婉语翻译策略对比研究（英文）[J]. 语文学刊（外语教育教学），2014（08）：69，75.

摘要：本文以杨宪益、戴乃迭的《红楼梦》英译本与霍克斯、闵富德的《红楼梦》英译本为研究对象，分析研究了其对委婉语翻译策略的不同见解，及所呈现的不同效果。

[396] 白阳明. 基于语料库的杨宪益、戴乃迭《红楼梦》英译本的译者痕迹研究 [C] //中国英汉语比较研究会. 中国英汉语比较研究会第 11 次全国学术研讨会暨 2014 年英汉语比较与翻译研究国际研讨会摘要集. 中国英汉语比较研究会，2014：74-75.

摘要：本文采用基于语料库的方法来描写、分析和解释杨宪益、戴乃迭在翻译《红楼梦》时留下的"译者痕迹"。

[397] 黄俊燕. 从语言教材走向文学译作：乔利《红楼梦》英译本介评 [C] //中国英汉语比较研究会. 中国英汉语比较研究会第 11 次全国学术研讨会暨 2014 年英汉语比较与翻译研究国际研讨会摘要集. 中国英汉语比较研究会，2014：96.

摘要：本文从译者其人、翻译动机、翻译策略、译本的影响几方面对乔译进行了评介，通过多译本比对的定性分析和基于语料库的定量统计探寻乔译本的特点，试图提出解释，并描述译本的影响。

[398] 骆玮. 由道与逻各斯的比较：看中西思维差异在《红楼梦》译本中的体现 [C] //中国英汉语比较研究会. 中国英汉语比较研究会第 11 次全国学术研讨会暨 2014 年英汉语比较与翻译研究国际研讨会摘要集. 中国英汉语比较研究会，2014：127.

摘要：本文通过对中西哲学核心词"道"与"逻各斯"源流演变的探索，总结归纳两者差异对中西思维方式的影响。选择《红楼梦》杨、霍两个经典译本的具体译例,对总结加以佐证。

[399] 王丽耘. 归化、文化霸权与《红楼梦》霍译本的评价问题[C]//中国英汉语比较研究会. 中国英汉语比较研究会第11次全国学术研讨会暨2014年英汉语比较与翻译研究国际研讨会摘要集. 中国英汉语比较研究会,2014:152.

摘要:我国有关霍克思《红楼梦》英译全本的翻译批评至今已有三十多年的历史,21世纪随着西方新兴翻译理论的东进,尤其是意大利裔美国翻译理论家韦努蒂归化异化理论的影响,霍克思及其《红楼梦》译本遭到了越来越多的质疑,陷入了众说纷纭、褒贬不一的怪圈。其根本原因在于我国译论者忽视"归化"概念的中西差别,在进行翻译批评时混淆传统归化概念与韦氏特定论域下推出的归化概念,从而造成评价混乱。

[400] 赵朝永. 《红楼梦》英译本述略[J]. 时代文学(下半月),2014(08):143-145.

摘要:1812—2010年,将近两年时间里,出现过约二十次《红楼梦》英译活动,成为中国文学英译史上一道独特的风景。伴随英译本的诞生和流传,对译本与译者的研究也悄然兴起,逐渐形成继"红学"之后的"红楼译评"研究潮流。英译本发展历程的梳理有利于厘清《红楼梦》英译活动发展脉络,为三个英文全译本研究奠定历时的史料基础。

[401] 胡静文. 从译者主体性角度探析霍克斯《红楼梦》英译本的文化翻译[J]. 渭南师范学院学报,2014,29(16):37-40.

摘要:译者作为翻译主体的身份越来越受到文学界和翻译界的重视,译者的主体性在翻译过程中起到举足轻重的作用,我国著名古典长篇小说《红楼梦》是中国传统文化各方面的真实写照,霍克斯的《红楼梦》英译本中对于各种文化意象的翻译不仅展示了中国传统文化的精髓,也凸显了译者主体性的重要性。

[402] 廖治敏. 评价系统下薛宝钗诗歌的人际意义对比研究:以曹雪芹《红楼梦》和霍克斯译本为例[J]. 新疆职业大学学报,2014,22(04):32-34.

摘要:运用澳大利亚学者马丁等发展的评价系统理论,评价系统有三个子系：态度、介入和级差，从这三方面尝试性地探讨薛宝钗诗歌在源语和译语中的人际意义异同，以期发现薛宝钗诗歌的文化意义在评价系统下的保留与缺失。

[403] 王亚群. 从读者反映论的角度看信息变异的必然性：分析霍克斯《红楼梦》英译本 [J]. 英语广场（学术研究），2014（08）：37-38.

摘要：本文将对霍克斯《红楼梦》英译本进行分析，从读者反映论的角度审视文学翻译中信息变异的必然性。

[404] 薛雨. 意识形态操纵下的主位推进模式：以《红楼梦》及其霍译本为例 [J]. 湖南科技学院学报，2014，35（08）：157-160，166.

摘要：本研究认为，《红楼梦》原文语篇主位推进模式灵活多变，译文因翻译意识形态操控，其模式呈现出简化、单一的特点，语言特征及风格符合目的语读者的语言心理习惯。

[405] 陈梦婷. 高玉兰. 解构主义视阈下的文化翻译研究：以《红楼梦》英译本为例 [J]. 华西语文学刊，2014（01）：230-234，283.

摘要：本文抓住文化研究的热点——文化翻译研究，结合解构主义宏观视角对两个版本《红楼梦》译本中的文化翻译策略不同的方法进行微观诠释。

[406] 潘枝花. 基于"意、情、格"美学原则的文学人物语言翻译：以《红楼梦》英译本对林黛玉的语言处理为例 [J]. 安徽文学（下半月），2014（07）：28，31.

摘要：本文通过对林黛玉的语言（书面语及诗词除外）进行分析，对比霍克斯、杨戴夫妇两个译本中相应的处理，以期探索到更好的翻译途径，最大限度地保留原作的意、情、格。

[407] 李雁.《红楼梦》法译本的"深度翻译"及其文化传递 [J]. 外语教学与研究，2014，46（04）：616-624，641.

摘要：本文以《红楼梦》法译本为研究对象，从"深度翻译"理论角度分析法译本中透显的文化现象，分析译者如何将中国古典文化展示给法语读者，并根据"realia 理论"和"副文本"理论总结出"深度翻译"的类型和具体实施方法，使这种新兴的翻译理论具有可操作性。

[408] 宋丹. 日本第四个一百二十回《红楼梦》全译本简介 [J]. 红楼梦学刊，2014（04）：327-330.

摘要：日本的《红楼梦》翻译始自1892年，这一年4月，被誉为日本明治时期汉诗坛第一人的森槐南摘译了第一回楔子，并附简单注释及《赞辞》，署名"槐梦南柯"，发表在《城南评论》第1卷第2号上。6月，日本近代著名诗人、自然主义文学代表作家岛崎藤村摘译了第十二回"贾瑞正照风月鉴"的故事，署名"无名氏"，发表在《女学杂志》第321号上。

[409] 卢静. 从目的论看《红楼梦》杨译本中的习语翻译 [J]. 内蒙古民族大学学报（社会科学版），2014，40（04）：49-51.

摘要：本文从德国功能主义目的论的相关理论出发，分析杨宪益夫妇合译的《红楼梦》中习语的翻译。首先介绍目的论的相关理论，指出翻译目的在翻译过程中的主导作用。其次从目的论三原则的角度详细分析杨氏夫妇在习语翻译过程中如何体现目的论的精髓。最后通过实例分析，阐述杨译本中是如何通过多样的翻译方法，保留了中文习语的特色。杨氏夫妇对《红楼梦》中习语翻译的处理，体现了其旨在对外宣传中国文化特色的目的。

[410] 马欣. 汉英连词衔接对比及文化阐释 [D]. 西安：西安外国语大学，2014.

摘要：本论文以篇章衔接及文化语言学理论为指导，将曹雪芹所著的《红楼梦》与杨宪益、戴乃迭的英译本的相关语料分韵文和散文进行对比，而连词作为衔接手段在汉语中的使用数量远远少于英语，在英译本中，表示增补关系和转折关系的连词的使用数量较表示原因和时间的连词多。这些现象可以从中西文化的比较中得出。

[411] 李琴. 译者的文化主体性和制约性在翻译中的体现：以《红楼梦》两译本为例 [J]. 湖北函授大学学报，2014，27（10）：140-141，143.

摘要：本文通过探讨翻译过程的复杂性和译者在每一个环节的主体性与制

约性的体现，论述了译者在多元文化系统内运作所具有的文化主体性和制约性，以《红楼梦》两个译本为例，从主客体两方面分析翻译过程中译者的文化主体性和制约性。

[412] 曲明媚. 伽达默尔的哲学解释学及其对文学翻译的影响：以《红楼梦》两英译本为例［J］. 吉林工程技术师范学院学报，2014，30（06）：15-17.

摘要：伽达默尔提出的解释学的三大哲学原则，即"理解的历史性""视域融合""效果历史"，对文学翻译产生了极其深远的影响。

[413] 张艳娟.《红楼梦》俄译本中称谓语误读浅析［J］. 湘南学院学报，2014，35（03）：79-82.

摘要：在这部巨著中，帕纳休克对称谓语的翻译采用了不同的翻译方法，有些翻译精彩之极，但从中笔者也发现了一些误读之处。

[414] 范琼琼. 关联理论视角下《红楼梦》霍克斯译本中人名的翻译［J］. 郑州铁路职业技术学院学报，2014，26（02）：61-62，72.

摘要：本文从Gutt的翻译观出发，用关联理论来分析《红楼梦》霍克斯译本中人名的翻译。

[415] 张艳娟，邓丽娟. 俄译本《红楼梦》诗词、对联译文的文化背离现象［J］. 白城师范学院学报，2014，28（01）：44-47.

摘要：《红楼梦》的俄译本共有1958年和1995年两个版本，其中小说的主体部分均由ПанасюкВ. А. 一个人主译。诗歌部分则分别由孟列克夫和戈卢别夫翻译，两个人的翻译风格在一些诗句上存在着区别，本文着重比较分析二人在《红楼梦》俄译本中对一副对联翻译的不同风格。

[416] 张映先，廖晶. 视觉化：创造性翻译的有效途径：以霍克斯与杨宪益《红楼梦》英译本为例［J］. 吉首大学学报（社会科学版），2014，35（S1）：159-166.

摘要：本文对霍克斯与杨宪益《红楼梦》英译本典型例句的剖析表明，视觉化可以帮助译者准确理解源语文本，恰当地选取目标语的表达方式，及时地发现翻译中出现的偏差。此外，视觉化还能有效地发现语言的抗译性，通过文化移植，为翻译的成功找到有效的途径。

[417] 白延平, 武宁.《红楼梦》两个英译本的"三维"转换比较[J]. 安顺学院学报, 2014, 16 (03)：35-37.

摘要：文章将译者对翻译环境的适应与选择作为切入点，从生态翻译学的角度比较杨宪益英译《红楼梦》和霍克斯英译《红楼梦》在语言维、文化维和交际维三维转换上的翻译策略。

[418] 王琼.《红楼梦》英译本文化负载词翻译研究[J]. 杭州电子科技大学学报（社会科学版）, 2014, 10 (03)：74-78.

摘要：文章以两个英译本中文化负载词的释译为研究对象，通过对两位译者不同的文化取向和翻译策略的分析和探讨，提出有助于中国文化"走出去"的途径和方法。

[419] 安然, 王建国. 汉译英中英语谓语的选择：以《红楼梦》第三回的两个译本为例[J]. 外文研究, 2014, 2 (02)：95-103, 108.

摘要：本文以《红楼梦》原文及杨宪益和霍克斯两个英译本的第三回为语料，运用对比和量化分析的方法，从词类、句法成分和句型三个角度来综合研究汉译英中英语谓语的选择。

[420] 张佳安. 分析《红楼梦》杨宪益与戴乃迭译本中的习语翻译方法[D]. 北京：北京外国语大学, 2014.

摘要：本文认为，中文习语翻译需要重视源语言和目的语之间的自然文化关联性，译者应该从文化、语境、以及受众等多个方面来考虑翻译的方法。语言文化交流性和相应翻译方法应用的协调性是作为评量和修改汉语习语翻译的基准。

[421] 刘会. 从伽达默尔的"视界融合"评析《红楼梦》两英译本[J]. 长春教育学院学报, 2014, 30 (09)：15, 54.

摘要：本文旨在以伽达默尔的"视界融合"理论为指导，从意义和文化两个角度对《红楼梦》两个英译本进行阐述评析。

[422] 郭挺. 基于语境理论的《红楼梦》四个英译本中称谓语误译的比较研究 [D]. 成都：西南交通大学，2014.

摘要：本文中，笔者将其与语境理论相联系，得出以下结论。首先，以语境理论为基石，通过将语境理论中的三种语境以及其各自的特点与翻译活动相结合，并且兼顾称谓语翻译研究中体现出的称谓语的特点，证明语境理论可以被用来作为评判称谓语误译的标准；其次，该理论在作为评判标准的同时，还可以对称谓语的误译进行合理的分类；最后，在此基础之上，通过对《红楼梦》的四个常用英译本中所出现的称谓语误译进行比较研究可以找出其共有的特点。其一，四个译本中称谓语的误译基本都集中在女性称谓上；其二，四个译本中都出现了对指代"王熙凤"的称谓语的误译。

[423] 彭飞. 认知文体学视域下《红楼梦》两个经典译本中金陵判词的翻译研究 [D]. 兰州：西北师范大学，2014.

摘要：本研究选用杨宪益和霍克斯的两个经典译本中的判词翻译进行对比研究，依据翻译认知文体学理论中的"前景化"和翻译是"概念整合物"的观点，探究两个译者的译文是否达到了认知文体学视角下文学翻译的评判标准，即让读者自己去寻找意义（Search for the Meaning）。

[424] 马杰. 从接受美学看霍克斯《红楼梦》英译本接受过程 [D]. 保定：河北大学，2014.

摘要：本文以接受美学为指导分析霍克斯英译本《石头记》的接受过程。分析了译者自身的接受过程。译者的接受过程是读者接受过程的前提。译者选择文本的过程是接受过程的开端，解读文本的过程是接受过程的重要环节，对文本的再创造过程是接受过程的延续及升华。

[425] 顿旭. 等效翻译观下汉语双关语的翻译策略研究 [D]. 南宁：广西师范学院，2014.

摘要：本文旨在以曹雪芹《红楼梦》中的双关语为例，选取霍克斯和杨宪益夫妇的英译本，对比两个不同译本采取的翻译策略，以等效翻译观为指导，从文化等效的角度重点总结归纳汉语双关语的翻译策略和方法，并分析具有不同文化背景的译者在翻译时会受到哪些因素的影响而采取不同的翻译策略。

[426] 袁媛.《红楼梦》及其两个英文译本中的投射动词研究 [D]. 南昌：南昌大学，2014.

摘要：通过研究，笔者认为导致两译本投射动词翻译差异的主要因素是译者的文化背景、对原著的理解程度以及翻译的目的。两译本在投射关系转化和使用嵌入投射方面的一致性是受目的语特点及目的语读者接受性的影响。

[427] 王程程.《红楼梦》三个译本中鸳鸯的语言之翻译对比：基于关联理论 [D]. 青岛：中国海洋大学，2014.

摘要：本文欲以相对受关注较少的奴婢阶层为切入点，并选择大观园中较具代表性的丫鬟之一——鸳鸯为研究对象，运用关联理论，对三个不同译本中鸳鸯的语言对话翻译进行比较分析，进一步分析展示了三个译本在翻译风格及关联主义方面对翻译的解释力。

[428] 王兴伟. 试论跨文化翻译的文化传播作用：以杨宪益、戴乃迭的《红楼梦》英译本为例 [J]. 兰州教育学院学报，2014，30（05）：147-148，151.

摘要：本文以杨宪益、戴乃迭夫妇的《红楼梦》英译本为例，分析评述了杨译本对中国宗教、神话、成语、谚语、俗语以及中国独特事物和概念的翻译，着力探讨了跨文化翻译中立足源语文化，传播源语文化所需要的翻译策略和方法。

[429] 于庆伟.《红楼梦》维译本中园林建筑的翻译方法分析 [D]. 乌鲁木齐：新疆师范大学，2014.

摘要：本文以史震天、马维汉的汉维翻译教程为理论指导，在参考了前辈的大量图书及期刊论文后，本文对维译本《红楼梦》中的园林建筑的翻译进行归类，并对其进行仔细推敲研究。

[430] 余文都. 归化异化理论下《红楼梦》两英译本岁时节令的翻译 [J]. 教师教育论坛，2014，27（05）：74-78.

摘要：本文以归化与异化翻译理论为基础，选取中国古典名著《红楼梦》为个案，对中国岁时节令的英译进行尝试性研究。

[431] 赵鹏. 从交际翻译角度对比赏析《红楼梦》英译本 [J]. 黑龙江生态工程职业学院学报, 2014, 27 (03): 153-154.

摘要: 本文从交际翻译视角入手, 在《红楼梦》英译本对比分析的基础上深入探讨"交际翻译"理论对翻译的启示作用, 提出人们不能用静止、单一的视角看待翻译, 而必须考虑翻译发生的语境、目标读者的阅读期待以及翻译所要达到的效果等因素。

[432] 刘晓华. 接受美学视角下影响译者主体性的因素分析 [D]. 呼和浩特: 内蒙古大学, 2014.

摘要: 本论文尝试从接受美学的角度出发, 通过对比分析霍克思及杨宪益、戴乃迭夫妇的《红楼梦》译本, 来对影响译者采取某种翻译策略的各方面因素做一深入探讨, 并试图从接受美学的三个代表观点, 即"读者的期待视野""译文的召唤性结构""隐含的读者"来分别进行分析, 找出霍克思和杨戴夫妇译本形成的深层背景原因, 从而帮助读者更客观地理解两种译本, 并为今后进行更全面、客观地翻译评论提供新的视角。

[433] 刘艳红, 张丹丹. 邦斯尔译本及之前的《红楼梦》译本 [J]. 红楼梦学刊, 2014 (03): 291-315.

摘要: 本文追根溯源对《红楼梦》主要译作的社会历史背景进行梳理, 围绕译者翻译意图对各种译本进行简要分析, 以期推动《红楼梦》英译研究的全面发展。

[434] 李丽娟, 高海玲.《红楼梦》中拟声词的翻译补偿研究: 以霍克斯译本为例 [J]. 科教导刊 (中旬刊), 2014 (05): 193-194.

摘要: 本文单从翻译方法中的翻译补偿入手, 采用直译加释义、增益补偿、替换补偿三种补偿方法对霍克斯译本《红楼梦》中拟声词的翻译补偿进行研究分析。

[435] 刘婷婷. 基于语料库的元话语标记语"再"在《红楼梦》与两英译本中的对比研究 [D]. 武汉: 华中科技大学, 2014.

摘要: 本文是对元话语标记语"再"在《红楼梦》与其两英译本中使用情况的对比研究。基于平行语料库索引软件 ParaConc, 建立《红楼梦》的汉英平行语料库，采用语料库驱动的研究方法，对平行语料库中的元话语标记语"再"进行识别和统计，得出结果。

[436] 黄少静.《红楼梦》两译本中的生态文化翻译研究 [D]. 荆州：长江大学，2014.

摘要：本研究以文化翻译理论为支撑，以生态文化翻译研究为重点。根据刘宓庆的文化翻译理论，试图从一个更加全面和系统的角度来探究生态文化的翻译，并且提出生态文化翻译的方法和观点。而后以《红楼梦》两译本中的生态文化翻译作为实证研究，来验证和补充自己提出的生态文化翻译方法和观点，从而丰富生态文化翻译的研究。

[437] 秦彦萍. 顺应论视角下《红楼梦》两英译本中王熙凤语言的翻译 [D]. 贵阳：贵州师范大学，2014.

摘要：本文以杨宪益夫妇和霍克斯的英译本作为语料库，以维索尔伦的顺应理论作为本文的理论框架，从语境顺应、结构顺应的角度来分析《红楼梦》中较为成功的人物形象之一——王熙凤语言的翻译。通过分析来理解和阐释顺应论在对话翻译中的解释力，并进一步探索顺应论在王熙凤形象再现中的作用。

[438] 林文茵. 接受美学理论视角下李治华法译本《红楼梦》中人名和习语的翻译策略 [D]. 南宁：广西民族大学，2014.

摘要：本文试图从接受美学理论的视角来分析李氏法译本《红楼梦》中人名和习语的翻译策略和技巧。通过对比和研究，不难看出译者在翻译过程中以目标语读者为考虑对象，为了满足不同读者的"阅读期待"和接受水平，译者对原文中具有文化特色的人名和习语采取直译、直译加注释等翻译策略；对那些不为目标语读者熟知的文化信息或者由于文化缺省而找不到所指的信息，译者采取的是意译的翻译策略。

[439] 包凤英. 从文化视角对比分析《红楼梦》英、蒙译本中习语的翻译 [D]. 西安：陕西师范大学，2014.

摘要：本文以杨宪益、戴乃迭夫妇翻译的英译本和一些蒙古族译者（钦达木尼、吉达、丹森尼玛、赛音巴雅尔、丁尔甲和旺吉勒）所译的蒙译本为例，从文化的视角对中—英和蒙—英习语翻译进行比较研究。

[440] 赵坤. 中国饮食名称异化翻译策略研究 [D]. 西安：西安工业大学，2014.

摘要：本论文以饮食名称的翻译为切入点，作者选取《红楼梦》的两部英文全译本，即霍克斯和闵福德合译的 *The Story of The Stone*，以及杨宪益与夫人戴乃迭共同翻译的 *A Dream of Red Mansion*，对比研究两个英译本对《红楼梦》中出现的饮食名称的翻译。

[441] 段秋月. 从语法隐喻角度对比分析《红楼梦》两个英译本 [D]. 齐齐哈尔：齐齐哈尔大学，2014.

摘要：本研究采用文献资料法、对比分析法和实例分析法，以韩礼德的语法隐喻为理论依据，以《红楼梦》原著和具权威性的杨宪益夫妇和霍克斯的两个英译本为语料，对比分析《红楼梦》的两个英译本。通过采用文献资料法，对语法隐喻和《红楼梦》英译本的国内外研究现状进行研究，从而确定本研究的创新点。

[442] 耿欣. 转喻视角下"V-起来"构式的翻译策略研究：以《红楼梦》杨译本与霍译本的对比分析为例 [J]. 淮海工学院学报（人文社会科学版），2014，12（04）：62-64.

摘要：认知语言学认为，转喻源于人的基本认知能力，并且作为一种识解方式和概念化方式存在于语言运用中。"V-起来"构式是汉语中常见的一种构式，根据其动词运用的不同有着不同的意义和效果。本文从转喻理论的视角，分析和研究"V-起来"构式的翻译问题，提出"V-起来"构式的翻译方法，以期找到能够应用于翻译研究和翻译实践的新思路。

[443] 武华慧. 从目的论看《红楼梦》两个英译本中诗词的翻译 [D]. 北京：北京外国语大学，2014.

摘要：本文以目的论作为理论框架，对《红楼梦》两个英译本中诗词的翻译进行研究。论文第一部为引言部分；第二部为文献综述、理论框架和研究方法；第三部选取了十三首诗词，从目的论的视角，分析了诗词翻译中的佛教思想、典故和修辞手法等几个方面；第四部为本文结论。

[444] 赵贝贝. 简析《红楼梦》杨宪益译本中的衔接与连贯 [J]. 山

西师大学报（社会科学版），2014，41（S2）：116-118.

摘要：本文以红楼梦杨宪益译本为例，回顾译作中的经典片段的同时，对之进行分析，讨论译作作者是如何运用各种手段达到连贯通顺，使本译文成为研究衔接与连贯的范例，进而学习与借鉴各种手段的合理应用。

[445] 宋华. 译者对原著文化身份的认同与重构：以《红楼梦》英译本为例 [J]. 现代语文（语言研究版），2014（04）：139-142.

摘要：本文在《红楼梦》英译本中发现，译者一方面不得不认同异族文化；另一方面，他的民族记忆却时时与新的文化体验发生冲突，进而达到某种程度的交融。这正是译者对原著的文化身份既认同又建构的心路历程。

[446] 韩雪.《红楼梦》英译本否定范畴翻译研究 [J]. 现代语文（语言研究版），2014（04）：147-149.

摘要：本文对《红楼梦》三种英译本中否定的翻译策略进行了对比，归纳了译者的汉英否定转换规律，发现霍克斯、伯索和杨宪益、戴乃迭三个英译本对否定翻译采用了三种方法——直译、转译和反译。

[447] 刘蛟. 从译者主体性视角对比分析《红楼梦》英译本中文化负载词的翻译 [D]. 成都：电子科技大学，2014.

摘要：本文将通过对比研究霍译本与杨译本中文化负载词的翻译，探讨译者在文学翻译过程中如何发挥自身主体性；分析文学翻译中译者主体性与文化内涵再现的联系；研究译者文化倾向、意识形态、翻译思想等主体性因素如何体现于翻译过程中。

[448] 曲秀莉.《红楼梦》中酒文化的翻译：以杨译本和霍译本为例 [J]. 开封教育学院学报，2014，34（04）：26-27.

摘要：笔者以杨宪益、戴乃迭和霍克斯译本为例，对其中的酒文化翻译进行研究，旨在探讨两个译本的不同翻译策略，对比中西方文化差异，希望能给翻译学习者和爱好者提供一些参考和借鉴。

[449] 周茜. 试论国学名著《红楼梦》海外英译本的翻译特色 [J]. 陕西教育（高教版），2014（04）：13-14.

摘要：《红楼梦》的英文译本有十余种，霍克斯于1973年的译版本，既忠于原意又有别于原语言的独创性，同时富有对宗教内容异化处理、再创造等翻译特色。

[450] 李庆庆，李艳.《红楼梦》英译比较研究——基于霍克斯和杨宪益译本 [J]. 湖北经济学院学报（人文社会科学版），2014，11（04）：94-95.

摘要：本文通过两种霍译和杨译译本对《红楼梦》习语、人物语言、修辞艺术的比较研究，能让人更深切地领会《红楼梦》英译的艺术魅力。

[451] 陈夏临. 中国古典小说中东方"完美女性"形象的译介策略：以杨宪益、戴乃迭《红楼梦》译本中的薛宝钗形象为例 [J]. 读与写（教育教学刊），2014，11（04）：71.

摘要：文学的真挚感是它得以引发读者共鸣的内质，也是译作引发异语语境下读者共鸣的根源。译作是否能够传递真挚感，考验着译者的理解和翻译这两个方面能力的高低，同时也决定了译本是否有价值。以汉译经典作品杨宪益、戴乃迭《红楼梦》中的薛宝钗形象细读为切入点，剖析杨译本中对东方"完美女性"形象的译介，展示译者的译介策略。

[452] 韦文娟. 小人物，大讲究：试论《红楼梦》两英译本中丫鬟姓名的文化内涵 [D]. 兰州：兰州交通大学，2014.

摘要：本文以奈达的文化翻译理论为框架，通过对比杨、霍两个英译本在处理丫鬟姓名英译的翻译技巧以及方法策略的不同，试图探究译者在处理丫鬟姓名文化内涵方面的得失以及英译加注的必要性。

[453] 张晨曦. 女性主义翻译理论视角下《红楼梦》两译本的对比研究 [D]. 济宁：曲阜师范大学，2014.

摘要：本文作者从女性主义翻译的角度考察了杨宪益、戴乃迭夫妇与霍克斯及闵福德的两个英译本。本文从《红楼梦》的两个英译本中挑选一定数量的具有女性主义特色的句子或段落，从女性形象与情感的翻译等方面进行对比分析，试图探索两位译者在再现女性性格层面是否存在差异，译者是否在翻译中有意或无意识地拔高或贬低著作中的女性形象。

[454] 张鹏. 文化语境视角下《红楼梦》英译本研究 [D]. 沈阳：辽宁大学，2014.

摘要：文章基于文化语境的视角，对《红楼梦》的两个英译本，即杨宪益夫妇和霍克斯两个译本，进行对比分析，提出对文化语境应有的认识以及对文化语境应有的应用，即对文化语境应有更深刻认识并给予更灵活的应用，由此可以得到更好的翻译效果。

[455] 许海燕. 从《红楼梦》称谓语翻译方法和翻译策略看文化对等理论 [D]. 南京：南京工业大学，2014.

摘要：本文主要解决以下三个问题。第一，杨宪益译本和霍克斯译本分别采用了哪些翻译方法翻译称谓语？这些翻译方法属于归化策略还是异化策略？第二，杨宪益译本和霍克斯译本中，哪种策略更符合文化等值理论？第三，什么样的因素会影响译本采用归化策略或异化策略？

[456] 李少平.《红楼梦》维吾尔语译本的文化翻译 [J]. 喀什师范学院学报，2014，35（02）：61-64.

摘要：本文从谚语、成语等文化词语的角度观察分析了《红楼梦》维吾尔语译本中文化现象的处理，并讨论了汉维语翻译中归化和异化的选择，认为需要防止两种极端倾向，以异化为主，归化为辅，两者互为补充，达到两种文化"恰恰调和"。

[457] 陈银春. 从"蒙"字被动式英译看礼貌文化传播：以《红楼梦》及其三个英译本为例 [J]. 语文建设，2014（09）：63-64.

摘要：本文以《红楼梦》前五十六回的"蒙"字被动式及其三个英译本中的对应翻译为语料，对《红楼梦》中的"蒙"字被动式所体现的礼文化意蕴进行探讨，并对比分析译者再现这一特殊的中国式礼貌所采取的方法，及译文所包含的文化价值观念，以便为翻译实践或翻译教学提供借鉴。

[458] 段秋月，王晓丽. 从语气隐喻角度对比分析《红楼梦》英译本中人物语言的翻译 [J]. 理论观察，2014（03）：121-122.

摘要：借助语法隐喻的语气隐喻理论，对比分析中国经典文学《红楼梦》的两个英译本中人物语言的翻译，旨在表明语气隐喻理论对文学翻译具有一定的说服力和可操作性，并为文学翻译提供新的研究视角。

[459] 杜淑萍. 英文译本《红楼梦》的语言研究 [J]. 语文建设，2014（08）：67.

摘要：《红楼梦》是中国文化的一个"藏宝箱"，囊括了文化的各个方面。本文试图通过杨宪益与霍克斯《红楼梦》英译本的分析，略述文学翻译应灵活运用语言。

[460] 时亚丽. 解构主义视角下归化与异化翻译策略比较研究 [D]. 大连：辽宁师范大学，2014.

摘要：本文通过介绍解构主义及理论发展，分析了在解构主义视角下的归化和异化。并对比杨宪益和霍克斯的《红楼梦》译文归化异化翻译策略的运用，对归化和异化翻译策略的利弊进行进一步探索。

[461] 薛蓉. 中国英语在翻译作品中的交际有效性研究 [D]. 银川：宁夏大学，2014.

摘要：本文主要探究中国英语在跨文化交际翻译中的交际有效性。在跨文化交际翻译中，有效的交际指读者能够领会原著者所传达的信息。译者作为读者与原著者间的媒介，其翻译应忠实于原文，同时保证读者能够理解其译文。

[462] 王爱珍. 从阐释学理论论《红楼梦》中典故性成语在杨、霍译本中的翻译 [J]. 牡丹江大学学报，2014，23（02）：123-125.

摘要：本文从阐释学理论出发，对《红楼梦》中的典故性成语翻译进行了研究探讨。杨译本对这些典故性成语基本采用异化译法、直译法和语义译法，霍译本基本采用归化译法、意译法和交际译法。但是无论哪种译法，两个英译本对这些典故性成语都采用了阐释的方法。而在阐释学翻译观中，理解是翻译的核心，只要读者能理解（虽然效果略有差异），哪种译法都可以接受。

[463] 周婷婷. 跨文化翻译中的文化缺省及翻译策略：以杨译本《红楼梦》为例 [J]. 吉林省教育学院学报（中旬），2014，30（02）：16-17.

摘要：本文以杨译本《红楼梦》为例，试对翻译中的文化缺省现象进行分析。

[464] 周维. 从目的论看《红楼梦》两个英译本中茶具的翻译 [J]. 衡阳师范学院学报, 2014, 35 (01): 90-93.

摘要：本文从目的论的角度对比分析了杨宪益和戴维·霍克斯翻译的《红楼梦》两个英译本中有关茶具的翻译效果，让读者在欣赏这些精美茶具的同时，领略我国饮茶的情趣。

[465] 符晓晓. 浅析文化负载词的英译策略——以《红楼梦》两个译本为例 [J]. 海外英语, 2014 (03): 113-114.

摘要：本文对《红楼梦》杨译本和霍译本中文化负载词的翻译进行对比研究，探讨不同类型文化负载词的翻译方法。

[466] 黄丹. 《红楼梦》杨霍译本中生态文化用词的翻译对比研究 [D]. 北京：华北电力大学, 2014.

摘要：本文以奈达的功能对等理论为指导，旨在通过分析与对比，帮助读者更好地欣赏《红楼梦》杨霍两个译本中对具有代表性的中国生态文化用词的翻译，评估两个译本分别达到的功能对等程度，并对双方译者在翻译这些生态文化用词过程中所采用的翻译策略与方法进行比较，最后分析决定其翻译策略的重要因素。

[467] 安然. 从社会符号学角度评析《红楼梦》的杨译本——以第三回为例 [J]. 唐山学院学报, 2014, 27 (01): 94-99.

摘要：以《红楼梦》第三回为例，结合社会符号学的翻译标准"意义相等，功能相似"，分别在指称意义、言内意义和语用意义三个方面对原文和译文进行对比。通过揭示这三种意义在译文中的具体体现和得失，旨在找出社会符号学翻译法对文学翻译的指导作用，为汉英翻译提供一种方法。

[468] 江帆. 文学外译的助力/阻力：外文社《红楼梦》英译本编辑行为反思 [J]. 中国比较文学, 2014 (01): 50-65.

摘要：本文比较了英语读者对外文出版社和企鹅出版社出版的两种《红楼梦》英文全译本的悬殊反应，揭示了外文出版社的出版初衷与译本实际接受效果之间的巨大反差，认为外文社相关编辑行为是造成《红楼梦》英译本在英语世界遇冷的主要原因。

[469] 张艳娟, 邓丽娟.《红楼梦》俄译本人名误读浅析 [J]. 黑龙江教育学院学报, 2014, 33 (01): 161-163.

摘要: 俄罗斯著名汉学家帕纳休克于 1958 年将《红楼梦》翻译成为俄文, 这是《红楼梦》首次在欧洲出版的外译本。帕纳休克在这部书中, 对多达 950 个人名的翻译采用了不同的翻译方法, 有些翻译精彩之极, 但同时对人名也有误读、误译的地方。其中的精彩之处值得赏析, 误读、误译之处值得借鉴。

[470] 刘朝晖. 评《红楼梦》两个英译本的可接受性——以美国亚利桑那州立大学学生的抽样调查为例 [J]. 中国翻译, 2014, 35 (01): 82-87.

摘要: 本文以接受理论和奈达的测试理论为依托, 取材《红楼梦》最著名的两个英译本设计了两套完形填空测试并附加了问题, 目的语读者即接受测试者是美国亚利桑那州立大学人文学院主修或辅修中文的大学生和两位从事电影传媒教学和研究的教授, 研究目的是对两个译本的可接受性做定量分析。

[471] 刘泽权, 王若涵. 王际真《红楼梦》节译本回目研究 [J]. 红楼梦学刊, 2014 (01): 306-323.

摘要: 本文尝试用系统功能语法重点对王际真《红楼梦》英文节译本的回目进行概念和语篇功能分析。研究发现, 王氏回目体现了高度凝练的叙事性, 译者独具一格地将"In which…And/But/Nor…"结构用于回目对句的衔接, 归化、异化手段的结合也使其回目在一定程度上再现了原著回目的诗性特征, 趣味灵活的语言有助于激发读者的阅读兴趣, 为回目英译提供了一种值得借鉴的方式。

[472] 张丹丹, 刘泽权.《红楼梦》乔利译本是一人所为否?——基于语料库的译者风格考察 [J]. 中国外语, 2014, 11 (01): 85-93.

摘要: 本文通过对《红楼梦》乔利译本前 24 回与后 32 回在韵式、句子(句子数量、句子长度、翻译模式)、语境(报道动词与爱称的翻译)等三个层面进行考察, 并以《红楼梦》另外三个英译本做参照进行对比分析, 发现乔译本前后风格迥异, 所以推断乔译本很可能不是由同一译者完成。

[473] 唐丹. 从三美角度看红楼梦中《好了歌》的两个译本 [J]. 海

外英语，2014（01）：155-156.

摘要：该文针对红楼梦第一部中的《好了歌》，基于许渊冲的"三美说"，深入对比分析杨宪益、戴乃迭夫妇译本和大卫·霍克斯与约翰·闵福德译本，并由此探讨两个译本的优劣势。

[474] 张洁. 从文学翻译批评"六条标准"，评析《红楼梦》回目霍克斯译本和杨宪益译本 [J]. 英语广场（学术研究），2014（01）：11-12.

摘要：本文根据王宏印教授提出的"文学翻译批评"，从语言要素、思想倾向、文化张力、文体对应、风格类型、审美趣味六方面对霍克斯译本和杨宪益译本对比研究，从而总结出译者可借鉴之处。

[475] 左尚君，戴光荣. 基于 Wmatrix 的《红楼梦》两英译本文体对比研究 [J]. 嘉兴学院学报，2014，26（01）：60-66.

摘要：从翻译文体分析角度，对《红楼梦》的两个经典译本，即杨宪益夫妇和英国汉学家霍克思英文全译本进行对比分析，采用 Wmatrix 进行深层次语义特征等标注，实现语料数据自动提取与对比分析，重点关注词频、词性和语义范畴等在两译本中的分布特征。

第八章

2013年度《红楼梦》译本研究文献汇总

[476] 李坤.《红楼梦》霍译本翻译方法刍论（英文）[J]. 语文学刊（外语教育教学），2013（12）：31，33.

摘要：霍克斯在翻译《红楼梦》时运用多种翻译方法来传旨达意，文内解释是其中一种有效的翻译方法。将解释放入文章正文内，一则可以增补信息，有效传播源语文化，二则可以避免打扰读者，使译文更具可读性。

[477] 孙春园.《红楼梦》中称谓语"兄"和"先生"三个英译本比较 [J]. 现代语文（语言研究版），2013（12）：138-141.

摘要：称谓语是中国文化的重要组成部分。《红楼梦》中出场人物多达数百人，人际关系复杂，称谓众多，几乎完全涵盖了中国传统称谓文化。本研究基于《红楼梦》及三个英译本（霍译、杨译、彭译），就《红楼梦》前十回中的"兄"和"先生"二词研究三个译本的翻译策略和译本价值，以期充实红学研究。

[478] 王岩. 从译者主体性看《红楼梦》两译本对探春形象的再现 [J]. 濮阳职业技术学院学报，2013，26（06）：111-113.

摘要："霍译本"和"杨译本"是受到国内外广泛认同的两个《红楼梦》英译本。《红楼梦》最突出的艺术成就之一，就是塑造了一个个鲜明生动的人物形象。本文将以探春这个人物形象在"霍译本"和"杨译本"中的再现与塑造为个案，探讨译者主体性对表现原著人物形象的影响。

[479] 刘潇遥. 英汉翻译中互文意图的实现 [D]. 上海：华东理工大学，2014.

摘要：本文旨在通过对比研究各语言层面的互文性翻译，探讨保留互文符号、再现互文意图的翻译方法。本文结合文本细读和案例分析深入研究互文性的意图再现问题。通过对比分析《红楼梦》的两个英译本中的互文指涉，作者在各个层面分析研究互文意图的翻译。

[480] 刘贻婷. 论《红楼梦》杨译本中的模糊美 [J]. 佳木斯教育学院学报，2013（12）：324.

摘要：本文拟从《红楼梦》杨宪益译本中的模糊语言出发，发掘红楼梦译本中的模糊美，以便见微知著，对弘扬中国传统优秀文化有一定的参考价值。

[481] 吴丹. 从杨、霍译本看《红楼梦》人名的翻译 [J]. 佳木斯教育学院学报，2013（12）：90-91.

摘要：本文主要是讨论《红楼梦》中人名的翻译。到目前为止，比较完整的英译本有两个，一个是杨宪益夫妇的，他们主要采用了音译人名的办法，另一个是霍克斯的，他则采用了主要人物音译，次要人物意译的方法。

[482] 王程程，邹卫宁. 从三个《红楼梦》全译本中鸳鸯性格的处理看译者主体性 [J]. 西安石油大学学报（社会科学版），2013，22（06）：103-108.

摘要：本文通过对杨宪益、霍克斯、邦斯尔三人的《红楼梦》英文全译本中丫鬟鸳鸯的不同性格进行研究，揭示了译者个体在翻译实践中能动性的发挥对译本生成的影响。

[483] 吴妮.《红楼梦》英译本中"气"的情感隐喻的类型及翻译 [J]. 皖西学院学报，2013，29（06）：62-64.

摘要：本文选取杨宪益夫妇的译本，从认知语言学中概念隐喻的视角出发，通过对"气"的情感隐喻的确认、分类，概括出情感隐喻在《红楼梦》译本中的三种类型：大多数隐喻是结构隐喻，而方位隐喻和实体隐喻使用频率很少。

[484] 淦丽霞. 从后殖民主义视角看《红楼梦》两英译本中文化因素的翻译 [J]. 长沙铁道学院学报（社会科学版），2013，14（04）：209-211.

摘要：本文通过对比分析两译本中译者对文化专有项的不同翻译处理方式，来探析其中透露的后殖民翻译色彩。

[485] 杨静雅，周晓曼. 目的论视角下《红楼梦》两个译本的对比研究 [J]. 海外英语，2013（23）：178-179.

摘要：目的论由德国的费密尔（HJ. Vermeer）于20世纪70年代提出。在目的论视角下，翻译过程中首先要遵循的就是"目的法则"，因为翻译目的决定整个翻译过程。为了实现不同的翻译目的和翻译功能，译者在译文中所采用的翻译手段和方法会有不同。根据目的论，霍克斯和杨宪益在翻译《红楼梦》这一著作时，采用了不同的翻译手法，满足了不同读者群的需求，从而成功地达到了各自的翻译目的。

[486] 袁旖锶. 翻译操纵理论视角下《红楼梦》王际真译本的浅析 [J]. 海外英语，2013（23）：192-193.

摘要：《红楼梦》这一中国古典文学的巅峰之作已有一百多年的翻译史。在众多英译本中，学者王际真的两个译本在西方颇受欢迎。该文作者试图借助操纵理论，从赞助系统、诗学美学观念、意识形态这三个方面对其译本进行浅析，其中包括了译者在章回选择上的取舍，对诗词歌赋以及对人物名称的翻译这三个方面。

[487] 童斯琴. 无灵主语句在《红楼梦》双译本中的使用分析 [J]. 海外英语，2013（23）：280-282.

摘要：该文考察了两类无灵主语句——修辞型无灵主语句和句法型无灵主语句在《红楼梦》霍克斯译本和杨宪益、戴乃迭译本中的使用及功能，折射了两个译本语言上的差异，对英译汉语典籍、有效弘扬中华文化也是一种启示。

[488] 雷颖颖. 基于语料库的《红楼梦》两英译本中翻译普遍性研究 [D]. 南京：南京工业大学，2013.

摘要：本文以绍兴文理学院所建的《红楼梦》汉英平行语料库为工具，从简略化、明晰化和规范化三个角度对杨宪益和霍克斯翻译的《红楼梦》两英译本中翻译普遍性展开对比研究。具体研究以下两个问题：1. 翻译普遍性是否存在于杨宪益和霍克斯的《红楼梦》英译本中？2. 简略化、明晰化和规范化如何分别在两译本中体现出来？其中有无相似或不同之处？

[489] 吴向歌. 操纵论视角下《红楼梦》两个节译本的情节取舍与改

写初衷研究[D].秦皇岛：燕山大学，2013.

摘要：本文通过对麦译本和王译本的情节异同进行宏观和微观对比，运用操控理论的意识形态、赞助人与诗学分析两译本在情节取舍方面的异同，探索各自的改写动机，以期对《红楼梦》翻译研究做出贡献。

[490] 任小璐.论文学翻译中的写译——基于《红楼梦》英译本对比分析[J].新乡学院学报（社会科学版），2013，27（06）：116-118.

摘要：文章以《红楼梦》英译本对比为例，翔实论述写译的内涵与实践。提出对于文学翻译，译者可以根据原语和译入语在方方面面的差异，以译文读者的反应为中心，充分利用自己的妙笔，合情合理地增加信息，使译文丰满起来，消除译文读者的阅读障碍，从而使得译文更加趣味盎然，清晰易懂。

[491] 宋健.《红楼梦》法译本文化负载词翻译策略研究[J].法语学习，2013（06）：38-43.

摘要：本文以《红楼梦》法译本为研究对象，通过文化负载词的翻译探讨跨文化翻译，以及翻译策略对翻译方法和翻译结果的影响。

[492] 闫丹.语言前景化视角下对《红楼梦》译本的解读[J].语文建设，2013（32）：63-64.

摘要：本文将围绕前景化视角理论进行分析，并阐述《红楼梦》译本的文学特色，进而探讨语言前景化视角下对《红楼梦》译本的解读方式，从更多角度阐述《红楼梦》译本的整体风格。

[493] 付红丽.感官隐喻的翻译浅探——以《红楼梦》两种英译本为例[J].云梦学刊，2013，34（06）：140-142.

摘要：作为深深植根于民族文化中的隐喻，其翻译和表达既需要从语言意义上来理解，更要从文化范畴上来探究。《红楼梦》两个著名英译本——杨宪益夫妇与霍克斯（David Hawkes）的英译本中译者对感官隐喻的翻译处理表明：感官隐喻的翻译离不开文化的土壤——其翻译很大程度上基于译者的文化认知体验。这种体验重叠的程度决定了译者翻译策略的取舍。

[494] 徐晨龙.论杨宪益、戴乃迭之《红楼梦》译本中动物类文化负

载词的英译策略［J］．宿州学院学报，2013，28（11）：64-66，71.

摘要：本文从文化负载词之于翻译的困难出发，论述了文化负载词的定义及特征。在此基础上，对《红楼梦》中出现的部分包含动物形象的句子进行整理，对其中出现的以动物形象为喻体的文化负载词进行分析，结合杨宪益、戴乃迭《红楼梦》译本中对于这些动物类文化负载词的翻译方法，得出翻译该类词汇时必须要结合原文，译出其隐含的文化含义，并总结出了三种翻译动物类文化负载词的方法，即保留动物原有形象直译、根据动物意向内涵意译以及只译出部分动物形象。

［495］谭卫国．翻译目的·文本类型·翻译策略——以《红楼梦》的两个译本为例［J］．求实，2013（S2）：257-259.

摘要："归化"和"异化"作为两种主要翻译策略，在翻译过程中广为运用。关于归化与异化的选择问题，郭建中于1998年提出了四个制约因素：翻译目的、文本类型、读者要求和作者意图。德国学者雷斯（KatharineReiss）认为，文本类型是影响译者选择恰当翻译策略的首要因素，然而，译者在翻译实践中选择翻译策略时往往受翻译目的影响。

［496］袁卓喜．《红楼梦》中数字成语的英译研究——基于杨、霍英译本的译例分析［J］．重庆文理学院学报（社会科学版），2013，32（06）：66-71.

摘要：本文在对《红楼梦》中数字成语的考察基础上，较为深入地分析、比较了杨、霍英译本中数字成语的翻译译例。分析发现，杨、霍译本中对数字成语主要采取意译法和直译法，直译法译例中还可分为完全直译和部分直译等。

［497］张翔娜．《红楼梦》伊藤漱平译本的译注形式［J］．才智，2013（31）：250-251.

摘要：本文以伊藤漱平译《红楼梦》中的译注为例，通过译文例子对译者的注释策略进行讨论，以《红楼梦》日译实例为依据，考察王忠亮提出的译注的释源、深化和追加三种功能在译文中的具体体现。

［498］戴欣．《红楼梦》中的秦氏故事与两种英译本相关译文分析［J］．国际中国文学研究丛刊，2013（00）：219-228.

摘要：本文的讨论范围，主要聚焦在杨、霍两种译本有关秦可卿的译文比较研究方面。如王鸿尹先生所言，我国的红学以及《红楼梦》的翻译研究，已经走过了把文本当作社会历史史料阅读的外部研究时期，正在全方位然而也是逐步地返回到文学文本自身，即进入了以文本分析为基本焦点的红学研究时期。

[499] 冯凌. 图形背景理论视角下仿拟修辞格的翻译标准探究——《红楼梦》三个英译全译本的对比研究 [D]. 成都：西南交通大学, 2013.

摘要：本文引入了西方格式塔心理学的"图形背景"理论，从"图形背景"理论视角研究仿拟翻译的问题。更重要的是，本文尝试性提出了基于图形背景理论的仿词翻译标准，并且希望通过本文的分析，能对仿词修辞的翻译研究提供新的视角。

[500] 王岩. 后殖民语境下《红楼梦》两译本的文化与翻译 [J]. 赤峰学院学报（汉文哲学社会科学版）, 2013, 34（10）：218-220.

摘要：20世纪80年代，翻译研究领域发生的"文化转向"使得人们对翻译本质的理解更为深刻、全面。翻译是一项复杂的文化交流活动，译者在面对出发语文化和目的语文化时，应该采取怎样的态度和沟通方式是翻译研究中不可忽视的一个方面。后殖民语境下分析《红楼梦》两译本的文化与翻译，对当下的中外文化交流，特别是中国文化和文学的对外传播，具有一定的启迪意义。

[501] 黄勤, 王佳怡. 基于语料库的《红楼梦》中的元话语"不过"与其两英译本对比研究 [J]. 外国语文, 2013, 29（05）：100-106.

摘要：本文是对《红楼梦》中的元话语"不过"与其两个英译本的对比研究。在对《红楼梦》汉英平行语料库中的元话语"不过"依照功能进行识别和统计的基础上，详细探讨了元话语"不过"的各种功能在两英译本中再现的异同，并试图从多个角度阐释这些异同存在的可能原因，以期丰富元话语研究以及《红楼梦》的翻译研究。

[502] 杜文彬. 从英汉比较视角分析杨译本《红楼梦》中拟声叠词的翻译 [J]. 剑南文学（经典教苑）, 2013（10）：149, 151.

摘要：本文从英汉语比较的视角分析《红楼梦》，以及杨宪益译本中拟声叠词的翻译情况。通过分析省译、改译、音译以及音译加意译四种不同的翻译方法，发现音译加意译更优于其他三种，可以在今后的小说翻译中进一步加以利用。

[503] 邓晶. 互文性在翻译中的丢失与体现——以红楼梦英译本（前四十回）中俗语翻译为例 [C]. 中国比较文学学会翻译研究会，中国翻译协会翻译理论与翻译教学委员会，教育部全国 MTI 教育指导委员会，广西翻译协会. 中国翻译学学科建设高层论坛摘要. 重庆：四川外国语大学翻译学院，2013：6.

摘要：本文认为，俗语翻译中的互文现象可以分为两种：一种是与原语互文，另一种是与译入语互文。两种互文的实际阅读效果有一定的差别。本文以《红楼梦》两个全英译本中的俗语翻译为例，结合两个译本在国外的接受状况，从互文性的角度探讨俗语翻译。

[504] 江帆. 文学外译的助力/阻力：外文社《红楼梦》英译本编辑行为反思 [C]. 中国比较文学学会翻译研究会，中国翻译协会翻译理论与翻译教学委员会，教育部全国 MTI 教育指导委员会，广西翻译协会. 中国翻译学学科建设高层论坛摘要. 重庆：四川外国语大学翻译学院，2013：22.

摘要：本文比较了英语读者对外文出版社和企鹅出版社两种《红楼梦》英文全译本的悬殊反应，揭示了外文出版社的出版初衷与译本实际接受效果之间的巨大反差，认为外文社相关编辑行为是造成《红楼梦》英译本在英语世界遇冷的主要原因。

[505] 王韶凡. 目的论视角下《红楼梦》两个英译本的比较研究 [J]. 文史博览（理论），2013（09）：17-18.

摘要：20 世纪 70 年代德国的费密尔提出了目的论。翻译的"目的论"认为，所有翻译要遵循的首要法则就是"目的法则"。翻译行为所要达到的目的决定整个翻译行为的过程。译文为了达到预期的目的或功能，在翻译过程中所采用的处理方式也不同。依据"目的法则"，杨宪益和霍克斯在他们各自的《红楼梦》英译本中分别采用了不同的翻译策略，成功地达成了各自的目的。

[506] 粟宏. 从中英文化差异视角探析《红楼梦》两个英译本中骂詈语的翻译 [J]. 焦作师范高等专科学校学报，2013，29（03）：24-28.

摘要：运用美国翻译理论家尤金·奈达对文化的分类法，从宗教文化、社会文化、生态文化、语言文化、物质文化五个方面对《红楼梦》两个英译本中骂詈语的翻译进行对比研究，探讨译者在骂詈语的英译上由于不同文化的取向所采用的不同的翻译策略和方法，以便促进跨文化的交际，消融翻译中出现的文化缺失和错位，更好地指导翻译活动。

[507] 刘迎姣.《红楼梦》霍译本第一卷底本析疑 [J]. 外语教学与研究，2013，45（05）：766-775，801.

摘要：本文以第一卷的前言、《〈红楼梦〉英译笔记》、"The translator, the mirror and the dream"和"西人管窥《红楼梦》"为根据，细读译本并查询原著多个版本，得出如下结论：霍克思英译《红楼梦》以人民文学出版社于1964年第三版简体直排本为主要底本，同时出于对事体上和时间上的一致性以及艺术效果的考虑，不时地参考了9种其他版本（以第一卷为限）或自行修订，从而创造了一个英文的"霍校本"。

[508] 李美婷. 动态对等理论下《红楼梦》两英译本中刘姥姥语言对比研究 [J]. 哈尔滨学院学报，2013，34（09）：68-72.

摘要：文章以动态对等作为理论基础，对比《红楼梦》两个权威英译本中刘姥姥的语言翻译，提倡在考虑译文读者感受的同时，适当译入原文特色，从而真正达到"等效"的效果。

[509] 于丽丽.《红楼梦》两译本中称呼语翻译对比研究 [D]. 济南：山东大学，2013.

摘要：本文以罗杰·布朗和阿尔伯特·吉尔曼的权势平等理论和韩礼德的人际功能理论为依托，用定量分析和对比分析的研究方法分析王熙凤话语中的称呼语翻译。

[510] 刘娟.《红楼梦》的魔幻现实主义色彩在翻译中的淡化——以杨宪益和戴乃迭夫妇英译本为例 [J]. 海外英语，2013（17）：136-137.

摘要：本研究将该文学术语同中国古典小说《红楼梦》相结合，并以杨宪益和戴乃迭夫妇英译本为例，基于柳鸣久总结的魔幻现实主义的三个特征，即现实主义的特征、非现实主义的特征和反现实主义的特征，探讨《红楼梦》中三个魔幻现实主义特征是如何在翻译中淡化的，并随之分析其成因，以期《红楼梦》该研究领域可以引起更广泛的关注。

[511] 管先恒.《红楼梦》及译本欣赏与当代大学生跨文化意识输入[J]. 世界文学评论（高教版），2013（02）：212-216.

摘要：本文研究并揭示了《红楼梦》及其英译本在诸多方面凸显出的跨文化交流的特质。在此基础上，论文试图运用李克特量表设置的相关问卷，调查学习者对《红楼梦》及相关英译课程的心理认同度。

[512] 高雅古丽·卡德尔，甘春霞. 语用适应论视角下《红楼梦》俄译本中形象的翻译策略[J]. 中国俄语教学，2013，32（03）：55-57.

摘要：本文以翻译中的语义对等为核心，以语用适应论为视角，分析《红楼梦》中的不同语言文化形象，揭示 B. A. 帕那休克在对原作中形象翻译过程中所采取的不同语用调整策略。

[513] 陈美容. 从异化和归化角度论《红楼梦》两个英译本的人名翻译[J]. 吉林广播电视大学学报，2013（08）：130-131.

摘要：本文从异化和归化的角度，对杨、霍两个译本中人名的翻译进行比较和分析，认为两个译本在对人名因素的处理上，有很大区别：杨译本主要采用异化原则，目的在于向外国读者传递原汁原味的中国传统文化，而霍译本主要采取归化原则，目的是让译本更容易为外国读者所接受。

[514] 黄云.《红楼梦》英译本的显化翻译研究[J]. 湖北科技学院学报，2013，33（08）：74-76.

摘要：本文从译者的主体性、文化的异同处理以及这种显化翻译的特征上进行深入浅出的讨论。

[515] 蔡陶.《红楼梦》回目杨霍译本的翻译策略探微[J]. 文学教育（上），2013（08）：92-93.

摘要：本文从《红楼梦》120 回回目中选取 3 例作为 3 种辞趣类型，即意趣、音趣、形趣，对照杨译与霍译再现三种辞趣的情况，通过对比研究看杨译和霍译对归化、异化翻译策略的选用。

[516] 郭韦宏，崔惠珍. 论文学翻译中译者的创造性叛逆——以《红

楼梦》库恩德译本为例［J］．重庆理工大学学报（社会科学），2013，27（07）：103-108.

摘要：谈到文学翻译，人们会立即想到"翻译者，叛逆也"这一说法。由于中西方语言体系之间存在极大的差异，而文学翻译的目的是进行文化传播与信息交流，所以在文学翻译过程中，译者势必会发挥主观创造性，甚至是叛逆性，对原著进行变通。本文结合《红楼梦》库恩德译本对"创造性叛逆"这一文化现象进行分析，探讨其内涵意义以及表现形式。

［517］杨凯．从"三美论"看《红楼梦·葬花词》的两个英译本［J］．开封教育学院学报，2013，33（03）：48-50.

摘要：运用"三美"理论对比赏析《红楼梦》两个经典英译本对《葬花词》的"意美""音美""形美"的传达，探讨两位译者所采取的不同翻译策略，便于论证许渊冲先生的"三美论"在中国古典诗词翻译领域的适用性。

［518］姬昆生．中西方翻译策略差异之研究——以杨、霍《红楼梦》英译本为例［J］．湖北经济学院学报（人文社会科学版），2013，10（07）：116-117.

摘要：本文以杨氏和霍氏英译本《红楼梦》的不同译法为例，围绕翻译策略以及翻译与文化的关系来探究中西方不同的翻译策略。

［519］杨安文，胡云．《红楼梦》四个英语节译本中的习语翻译比较研究［J］．西南交通大学学报（社会科学版），2013，14（04）：40-47.

摘要：从翻译等值理论和接受美学理论视角考察《红楼梦》四个节译本中的歇后语、成语和俗语等习语的英译情况，发现其多数译例，或省略未译，或采用简单直译、意译的方式，因而未能有效传递习语的文化内涵和文学韵味。

［520］张乐园．拟声词的翻译补偿——以《红楼梦》霍克斯译本为例［J］．语文学刊，2013（13）：18-19.

摘要：本文尝试从翻译补偿角度对《红楼梦》霍克斯译本拟声词进行研究，对于完善拟声词的翻译具有一定的实用价值。

［521］孔祥仪．论法译本《红楼梦》的文化翻译策略［D］．西安：西

安外国语大学，2013.

摘要：在本文中，作者首先介绍了小说《红楼梦》及其法语译本的基本信息，并分析阐述了该作品在法国的传播译介情况。随后作者通过对原文选段与法语译文的对比分析品评，归纳了李治华在翻译中采用的多种翻译策略。最后，通过上文中的分析，作者总结了在跨文化翻译，尤其是在文学作品翻译中常见的文化差异及其影响，以及译者应采取的应对翻译策略。

[522] 薛小红. 从目的论视角看《红楼梦》中委婉语的翻译——以杨译本中委婉语为例 [J]. 科技信息，2013（18）：185-186.

摘要：本文将从翻译目的论出发，对《红楼梦》杨译本中委婉语的翻译方法进行探讨，进而分析目的论对于委婉语翻译的指导作用。

[523] 远思. 浅析《红楼梦》库恩德译本"太虚幻境"一部分的翻译方法 [J]. 牡丹江师范学院学报（哲学社会科学版），2013（03）：126-128.

摘要：本文分析库恩在《红楼梦》第五章"太虚幻境"这一情节中使用的两种翻译法——归化与异化。分析结果表明：归化的使用比异化的翻译方法更容易适应德国读者的理解和思维习惯。由于中德两国文化背景和文学传统等方面相差太大，异化的翻译方法不易引发德国读者的正确联想，从而造成文化理解的障碍。

[524] 刘露露，屈琼. 基于语料库的《红楼梦》两译本词汇特征的对比分析 [J]. 三峡大学学报（人文社会科学版），2013，35（S1）：81-84.

摘要：本文利用语料库检索工具，从词汇层面的四个方面分别对《红楼梦》的英译本——杨、戴的译本和霍克斯的译本进行比较分析，试图发掘不同译者的用词特征，更加客观地了解译文，体会不同译文的独特魅力。

[525] 周莹，王国英. 粉白黛绿——杨宪益、戴乃迭《红楼梦》英译本中的服饰颜色词翻译 [J]. 河北工程大学学报（社会科学版），2013，30（02）：108-110.

摘要：在《红楼梦》中，曹雪芹运用大量颜色词使其作品富于美感，他通过准确、生动、具体、灵活地描写服饰，成功地塑造人物个性，使读者达到身临其境的效果。将杨宪益《红楼梦》英译本中的服饰颜色词翻译实例进行分类，讨论服饰颜色词的翻译。其中包括基本颜色词、实物颜色词和其他不同概念的特殊颜色词翻译。

[526] 魏淑遐.《红楼梦》三个全译本回目翻译对比 [J]. 华侨大学学报（哲学社会科学版），2013（02）：122-131.

摘要：《红楼梦》迄今有三个全译本，但是学界只关注霍克斯和杨宪益的两个译本，邦索尔译本一直鲜为人知，论者更是寥寥。引入邦索尔译本，相当于引入一个参照系，将三者的前80回回目相互参照比较，发现霍译灵活，杨译严谨，邦译刻板，相互衬托出各自的特点与不足，在一定程度上颠覆了前人对三个译本的偏颇见解。

[527] 顾晓禹，徐凤利. 中外《红楼梦》译本比较研究 [J]. 中外企业家，2013（16）：248.

摘要：《红楼梦》是翻译史上的奇迹，在其诞生不过百多年的时间内，《红楼梦》的翻译已历经百余年，已有全译本、外文译本二十多种。作为中国经典文学作品，《红楼梦》不仅在中国文学史上享有较高的荣誉和地位，在世界文学中也受到高度重视。19世纪初，海外就出现了一大批《红楼梦》摘译本。

[528] 马哲文. 从改写理论解读霍克斯版《红楼梦》英译本 [D]. 青岛：中国海洋大学，2013.

摘要：本篇论文主要以霍克斯版《红楼梦》英译本为研究对象，来进一步探讨意识形态、诗学以及赞助人对翻译的重要影响。

[529] 贺靓娴. 委婉语翻译的语域功能对等 [D]. 湘潭：湖南科技大学，2013.

摘要：本研究选取最具代表性的两个英译版本，即《红楼梦》作为研究文本，运用系统功能语言学中的语域三要素，来实现译本中委婉语翻译的语域对等。

[530] 肖斌.《红楼梦》霍克斯译本章回标题翻译顺应研究 [D]. 株洲：湖南工业大学，2013.

摘要：本文结合顺应理论，以《红楼梦》一百二十回章回标题译本作为研究材料，以1986年英国汉学家大卫·霍克斯和约翰·闵福德的全译本为参照，展开了对《红楼梦》章回标题翻译顺应现象的探讨和研究。

［531］陈晶晶. 以《红楼梦》译本为例谈文化翻译［J］. 湖南科技学院学报，2013，34（06）：182-183.

摘要：近年来，翻译中的文化因素越来越受重视。本论文以《红楼梦》译本为例，分析文化因素在翻译中的重要性，并进一步提出提高文化翻译水平的策略，以期给相关研究提供有益借鉴。

［532］李玲. 论《红楼梦》杨宪益英译本中诗歌的翻译补偿策略［D］. 南宁：广西师范学院，2013.

摘要：本文在国内外翻译补偿理论研究成果的基础上，精选部分诗歌，试探索了译者在诗歌翻译过程中在词汇、语篇和审美三个层面所采取的翻译补偿策略。

［533］杨硕. 基于平行语料库的《红楼梦》两个英译本中委婉语翻译的对比研究［D］. 无锡：江南大学，2013.

摘要：本文试以红楼梦平行语料库为基础，以杨译本和霍译本为语料，以Gutts的关联翻译理论为依据，对红楼梦中的委婉语翻译进行对比研究，具体回答以下几个问题：1)《红楼梦》中委婉语的使用情况如何？2) 在关联理论下，杨译本和霍译本中的委婉语翻译有何异同？3) 杨译本和霍译本对于委婉语的翻译策略不同的原因何在？

［534］卿萍. 关联理论视角下《红楼梦》维译本中隐喻的翻译［D］. 喀什：喀什师范学院，2013.

摘要：全文共分为五个部分。第一部分简要介绍了研究背景、研究目的、意义及方法；第二部分介绍了隐喻的定义、功能、分类以及关联理论的兴起、明示—推理交际、语境和语境预设及最佳关联相关原则，并介绍了如何从关联理论的角度看翻译学；第三部分主要以翻译中汉维两种文化的差异为依据把《红楼梦》一书中的隐喻分为喻体形象和寓意完全对应，寓意一致、喻体形象不同及缺乏相应的表达方式三类，同时针对这三种类型的隐喻提出相应的翻译策略；第四部分主要介绍了影响汉维隐喻翻译的相关因素；第五部分是结语。

[535] 马艳玲.《红楼梦》杨译本中俗语英译的社会符号学研究 [D].兰州：西北师范大学，2013.

摘要：本文尝试在社会符号学翻译理论的指导下，以杨宪益夫妇翻译的《红楼梦》英译本为语料来源，深入探讨《红楼梦》中汉语俗语的英译，以期理清俗语翻译过程中的主要障碍及应对策略，为汉语俗语翻译提供有益指导。

[536] 彭湖. 诗词歌赋翻译中的不定点及其具体化 [D]. 成都：西南交通大学，2013.

摘要：本文从现象学美学的观点出发，基于罗曼·英伽登提出的文学作品中的不定点及其具体化观点，尝试探索诗词歌赋翻译中的不定点及其具体化。

[537] 金欣鑫，刘明景. 从多元系统看《红楼梦》两种译本的习语翻译 [J]. 文史博览（理论），2013（05）：35-36.

摘要：在杨宪益和霍克斯的两种《红楼梦》译本中，本文选择了比较容易引起争议的中国特色习语的翻译作为研究对象。联系了翻译理论中的新领域——由佐哈尔提出的多元系统理论，来剖析在这两种版本中，译者是如何使自己的译本达到其翻译的目的并使读者接受。

[538] 姚琴. 基于平行语料库的《红楼梦》意义显化翻译考察——以霍译本林黛玉人物特征为例 [J]. 外语教学与研究，2013，45（03）：453-463,481.

摘要：本文通过对《红楼梦》的霍译本与其所据原著程乙本进行平行语料库的源语/目标语语际对比和分析，考察《红楼梦》霍译本中有关林黛玉人物描写的翻译特征。本研究的观察点是平行语料库中 Dai-yu's 后面的人物特征名词。

[539] 亢冬菊. 从变译角度分析《红楼梦》麦克休译本 [D]. 石家庄：河北师范大学，2013.

摘要：本篇论文以麦克休姐妹的英文节译本作为研究对象，研究目的在于加深对这一译本的理解，特别是对译本中删减、编译和阐译的认识，从整体上对《红楼梦》麦克休节译本进行系统性的研究。

[540] 廖冬芳. 从推理空间等距原则看戏曲文化英译——兼评《红楼梦》的两个英译本[J]. 牡丹江教育学院学报, 2013 (03): 44-45.

摘要：本文以推理空间等距原则为指导，以《红楼梦》的两个经典译本为研究对象，探讨戏名、戏中角色和术语的翻译。

[541] 高雅古丽·卡德尔, 甘春霞.《红楼梦》俄译本中俗语翻译问题研究[J]. 新疆大学学报（哲学·人文社会科学版）, 2013, 41 (03): 154-156.

摘要：科米萨罗夫提出的语用适应理论，要求在翻译过程中进行语用适应性的调整，使译作的语用影响与原作一致。俄罗斯著名汉学家帕那休克翻译的《红楼梦》俄译本在俗语俄译过程中采取了不同的语用适用策略，即保障对等理解、传达情感效果、完成"翻译外最高任务"等原则，较好地表达了《红楼梦》中俗语所蕴含的丰富的语用意义。

[542] 刘泽权, 侯羽.《红楼梦》两个英译本中强调斜体词的使用及其动因研究[J]. 红楼梦学刊, 2013 (03): 227-242.

摘要：本文对《红楼梦》两个英译本各60回中强调斜体词使用的异同以及原因进行了初步考察。考察发现，霍译本中强调斜体词的使用在诸多方面均明显超过杨译本，译者们使用强调斜体词均受到了原文强调语义的影响。

[543] 黎诗薇.《红楼梦》法译本翻译策略初探[J]. 红楼梦学刊, 2013 (03): 285-297.

摘要：本文旨在通过该法译本就人物姓名、人物个性语言及熟语的翻译三方面来窥探译者的翻译策略，并初步探讨该译本有待完善的薄弱之处。

[544] 彭德清. 论文学作品的不可译性[D]. 广州: 广东外语外贸大学, 2013.

摘要：该论文共分三章，第一章简要分析了可译不可译之争和不可译论的历史追溯；第二章以红楼梦的俄译版本为实例，从语言和文化两方面论证文学作品的不可译性；第三章以红楼梦的两个英译版本为例，探讨了文学作品翻译的方法；结语对本论文进行了概括性的总结。

[545] 刘二利. 汉语文化负载词的英译策略探究——以王际真的《红楼梦》英文节译本为例 [J]. 科技信息，2013（13）：220，195.

摘要：本文拟以跨文化交际的角度出发，以王际真（Chi-chen Wang）的《红楼梦》英文节译本（*Dream of the Red Chamber*）中文化负载词的翻译现象为例，根据奈达对文化因素的分类方法，定性定量地分析译文中汉语文化负载词的英译策略，以期对未来的翻译实践和翻译研究提供参考。

[546] 吴倩倩. 王际真与麦克休《红楼梦》英译本中的宝黛形象对比分析 [D]. 秦皇岛：燕山大学，2013.

摘要：在重写理论的指导下，本文尝试以文化翻译观来探讨宝黛人物形象的构建，从肖像、语言、动作及心理活动四个方面入手，通过具体的例证，在充分理解原作思想的基础上，分别对比两个节译本中的宝黛人物形象，并分析两位译者是如何对各个方面加以斟词酌句、最终成文的，进一步推测两位译者在怎样的翻译制约机制下对原文人物形象进行缩节整合。

[547] 王若涵. 王际真《红楼梦》英文节译本回目语言特色研究 [D]. 秦皇岛：燕山大学，2013.

摘要：本文尝试用系统功能语法重点对王际真《红楼梦》四十回英文节译本的回目进行概念、语篇和人际三大元功能的分析，基于红楼梦原著回目的研究成果，必要时辅以与其他译本异同、得失的比较，旨在探索王氏回目的语言特色及译者在回目翻译和改写过程中应用的策略和技巧，以期对回目英译起到借鉴作用。

[548] 范旭. 基于语料库的《红楼梦》三个英译本的詈骂语翻译对比研究 [D]. 秦皇岛：燕山大学，2013.

摘要：本文以韩礼德的语域理论为基础，从源语詈骂语的语场和语旨两方面出发，提出了影响詈骂语翻译的两项情景变体，即詈骂语的文化内容和詈骂功能。本文借助语料库统计结果对比分析了《红楼梦》三个英文全译本中高频詈骂语所包含情景变体的再现情况，试图探讨三位译者的詈骂语翻译策略以及异同、得失，以便为今后詈骂语翻译研究及实践提供借鉴。

[549] 刘二利. 汉语文化负载词的英译策略探究 [D]. 秦皇岛：燕山

大学，2013.

摘要：本文拟以跨文化交际的角度出发，以《红楼梦》英文节译本中文化负载词的翻译策略现象为例，根据奈达对文化因素的分类方法，定性定量地分析译文中汉语文化负载词的英译策略，并探讨其翻译策略选择的限制因素，以期对未来的翻译实践和翻译研究提供参考。

[550] 张利伟. 詈语翻译对比研究 [D]. 南宁：广西大学，2013.

摘要：本论文在众多英译本中选择杨宪益、戴乃迭及霍克斯、闵福德的译作进行对比研究。该研究采用定性分析的方法，对两版本中的詈语英译梳理进行分析，对其合理之处及有待改善之处进行探讨，旨在寻找更恰当的策略和方法，以便在向西方介绍中国文化时，尽量减少逆差现象。

[551] 王佳怡. 基于语料库的元话语标记语"不过"在《红楼梦》及其两英译本中的对比研究 [D]. 武汉：华中科技大学，2013.

摘要：本文是对《红楼梦》中的元话语标记语"不过"及其在两个英译本中的翻译情况进行的对比研究，旨在发现"不过"在《红楼梦》中的具体功能以及其在两个译本中的再现情况。

[552] 张烨. 《红楼梦》邦索尔英译本研究 [D]. 北京：北京大学，2013.

摘要：本文分为译本地位、译者身份、译文特征、译介策略四部分，通过对文本外部资料的广泛搜集和对文本内部信息的深入挖掘，完成对《红楼梦》邦索尔英译本的初步研究。

[553] 朱祯.《红楼梦》两英译本谦敬称谓翻译的对比研究 [D]. 青岛：青岛大学，2013.

摘要：本文从谦敬称谓的定义、特点以及中西文化因素的制约等方面入手，对比英语和汉语中谦敬称谓的差异，以霍译和杨译的两个《红楼梦》版本为研究对象，采用美国翻译家兼翻译理论家韦努蒂以文化为导向的"异化"与"归化"的翻译策略，分析两位译者翻译这些谦敬称谓时采用的主要策略，发现译文在再现汉语谦敬称谓这一特殊文化现象及其价值观念上的得失，并从译者的文化立场、翻译目的和翻译思想三方面分析影响译者翻译策略选择的因素。

[554] 赵洁.生态翻译学视角下的《红楼梦》英译本研究［D］.桂林：广西师范大学，2013.

摘要：本文运用生态翻译学为理论指导，对《红楼梦》的两个英译本进行了比较分析、探讨论证，意在为《红楼梦》的英译研究探讨提供一个新视角，同时也论证了生态翻译学的可行性。

[555] 曲明媚.《红楼梦》两种英译本比较研究［D］.太原：中北大学，2013.

摘要：本文拟从伽达默尔的这一哲学解释学的全新视角出发，对《红楼梦》的两个英译本进行比较和分析。本文共五章。第一章简要论述本论文研究的目的意义。第二章为文献综述及红楼梦两个英译本。第三章简要介绍本文的理论基础，介绍伽达默尔哲学解释学及其应用价值，及对红楼梦两译本对这一理论的应用。第四章介绍《红楼梦》及两个英译本产生的文化背景及翻译的难度问题。运用哲学解释学关于理解的历史性、视域融合、效果历史结合《红楼梦》翻译对比两个译本的得失。第五章归纳全文提出的有待解决和探讨的问题。杨译本与原作视域融合最为贴近，霍译本与目标语言读者视域更为恰当。两译本也同时显示了历史的效果。

[556] 肖珠.改写理论视角下的《红楼梦》王际真译本研究［D］.成都：西南交通大学，2013.

摘要：本文以安德烈·勒费弗尔的改写理论为框架，对王际真的两个《红楼梦》英语节译本进行分析。本论文对改写理论的研究具有一定的现实意义，并通过对王际真节译本的探索，希望能使人们更好地了解《红楼梦》在西方国家的传播历史，从而丰富和拓宽《红楼梦》的翻译研究。

[557] 刘春苗.从关联翻译理论看双关语的翻译［D］.郑州：郑州大学，2013.

摘要：本论文以关联翻译理论为理论框架，以霍译本中双关语的翻译为研究对象，分析《红楼梦》中双关语的翻译。本文作者认为，在翻译双关语时，译者应首先进入原语读者的认知语境选择正确的语境信息，从而正确理解原文双关语并形成自己的交际意图。

[558] 胡云. 从乔治·斯坦纳翻译四步骤看《红楼梦》邦索尔译本中的习语翻译 [D]. 成都：西南交通大学, 2013.

摘要：本文共有五章。第一章主要介绍研究的对象、研究目的和意义、研究方法，以及部节安排。第二章为本文的理论框架，厘清了阐释学的起源及发展，阐释学和翻译的关系以及乔治·斯坦纳的翻译四步骤理论。第三、四章为文章的主体。第三章主要介绍了习语，《红楼梦》中的习语以及邦译中习语翻译的基本情况；第四章从乔治·斯坦纳的翻译四步骤理论——信赖、侵入、吸收和补偿出发，结合具体例子分析邦索尔在习语翻译过程中采取的翻译处理方式。第五章为结论，希望通过本文能增进读者对邦索尔译本中习语翻译的理解和认识，且为今后的文本翻译分析或者相关研究者提供一定的借鉴。

[559] 杨丽华. 论文学翻译中译者对文化预设的处理——以《红楼梦》的杨译本和霍译本为例 [J]. 山西大同大学学报（社会科学版），2013, 27（02）：62-65.

摘要：《红楼梦》涉及中华传统文化的方方面面。本文根据奈达文化分类法，以《红楼梦》的杨译本和霍译本为例，比较分析两译本对文化预设的处理：杨译本倾向于尽可能传达原文的文化预设信息，霍译本则倾向于消解原文的文化预设信息，两译本不同的处理策略主要受到译者文化心理、社会文化语境和赞助人的影响。

[560] 周维.《红楼梦》茶文化词语的翻译效果评析——基于目的论视角和两个英译本的比较 [J]. 湖南农业大学学报（社会科学版），2013, 14（02）：86-91.

摘要：从目的论视角对比分析杨宪益和霍克斯《红楼梦》两个英译本中有关茶名、茶具和茶水的翻译，发现两位译者基于不同的文化背景和对文本的理解差异，对这些茶文化词语做出了不同的翻译处理，以方便目的语读者对原文蕴含意义的理解，其翻译效果亦是各有千秋。

[561] 谭洪英. 译者主体性在文化翻译中的研究——以《红楼梦》两个译本为例 [J]. 福建工程学院学报，2013, 11（02）：190-193.

摘要：译者是翻译的主体，由于诸种原因，其文化地位在中国多元文化系统中却一度被边缘化。其实，在文化翻译活动中，译者的地位是举足轻重的。

文章以《红楼梦》两种译本为例，探究在翻译活动中译者如何进行文化改写，论证译者的主观能动性受到意识形态、政治动机以及语言文化等因素的影响，创造性地将原作中的源语转化成目的语。译者即如架在源语文化和译语文化之间的桥梁。

[562] 张建春，刘莉. 归化还是异化——《红楼梦》的两个英译本对比分析（英文）［J］. 语文学刊（外语教育教学），2013（04）：55-56,154.

摘要：英语的翻译方法可以分为两种模式：一种是基于源语文化的，即归化；一种是基于目标语言文化的，即异化。通过对比研究杨宪益和霍克斯的两个《红楼梦》的英译本在小说标题、宗教术语、亲属称谓和称呼语方面的不同，从而得出结论：两个翻译方法都有各自的优劣，翻译时，译者应根据原作者、翻译的目的、读者和文本类型做出正确的选择。

[563] 邵静. 论文学翻译中的归化和异化——以《红楼梦》两种译本为例［J］. 语文学刊（外语教育教学），2013（04）：59-61.

摘要：归化（Domestication）和异化（Foreignization）是两种常用的翻译策略，本文以《红楼梦》的两个英译本作为研究对象，通过对两个英译本中若干实例的对比，简要分析了归化与异化翻译策略在该部文学译本中的体现与应用，由此提出在翻译过程中两个策略在三个层面上的运用规律和要求。

[564] 巫元琼. 论《红楼梦》人名英译——从三种英语全译本对比分析出发［J］. 鸡西大学学报，2013，13（04）：69-71.

摘要：《红楼梦》人物众多，且命名颇具特色：谐音取名、诗词成语取名是其典型特点，且排列整齐。这些人名特点应当在翻译中得到体现。本文通过对《红楼梦》三种英语全译本人名翻译进行对比分析，有助于我们认识译者在翻译富有汉语言文化特色的文学作品人名时所采取的方法与翻译目的之间的联系，并有助于我们客观认识翻译行为。

[565] 卢智慧.《红楼梦》儒家孝道思想在霍克斯译本中的变异研究［D］. 长沙：湖南大学，2013.

摘要：论文首先采用描写的方法，从霍克斯在面对儒家孝道思想时所采用的方法入手，分析了儒家孝道思想在霍译笔下变异的表现，然后从翻译所处的社会环境、霍克斯本人的文化背景和翻译目的等方面对这些变异的根源进行了解释。

[566] 闫爱花. 典籍英译中汉语文化负载词的异化翻译研究——以《红楼梦》英译本为例［J］. 郑州航空工业管理学院学报（社会科学版），2013，32（02）：126-128.

摘要：文章以杨宪益夫妇和霍克斯所译的《红楼梦》英译本为例，探讨了典籍英译中汉语文化负载词的异化翻译策略，以达到传播和弘扬中国传统文化的目的。

[567] 谭业升. 基于认知文体分析框架的翻译批评——以《红楼梦》两个经典译本的批评分析为例［J］. 外语研究，2013（02）：72-77.

摘要：文章首先回顾了国内外已有的翻译批评研究，指出在多元化、多维度发展的总趋势下，越来越多的翻译批评研究开始重视对译者主体的考察。接下来，文章借鉴认知文体学的分析框架，以《红楼梦》两个经典译本为例，对译者主体的认知处理策略和原则及其所取得的文体效果进行了批评性分析，并对新的批评分析框架的价值和优势进行了具体阐述。

[568] 姜虹伊.《红楼梦》越译本文化翻译策略选择研究［D］. 广州：广东外语外贸大学，2013.

摘要：本文共分四章。第一章绪论简要介绍了《红楼梦》在越南的传播与译介，分析了其越译本面世较晚的原因，阐述了选题原因、研究方法与前人研究成果。第二章主要阐述了语言、文化与翻译之间的关系以及翻译研究的文化转向。第三章阐述了文化翻译策略中的归化与异化，对《红楼梦》越译本中文化内容的处理方式进行具体分析，总结其文化翻译策略应用情况。第四章是结论，对《红楼梦》越译本文化翻译策略的选择与应用情况进行了总结，认为其译者在实践中根据文化信息含量多寡灵活选择翻译策略，由于《红楼梦》全本文化信息含量较多，译者采用了以异化为主、归化为辅的综合文化翻译策略。

[569] 周亮亮.《红楼梦》两英译本中人际功能建构对比研究［D］. 成都：西南民族大学，2013.

摘要：本研究以韩礼德的人际功能理论为基础，比较了英语和汉语人际功能表达的异同，以《红楼梦》中人物对话为文本，分析对比杨宪益译本（下面简称：杨译本）和霍克斯译本（下面简称：霍译本）翻译中人际功能的建构。

[570] 王春花. 从语用预设的角度评杨宪益《红楼梦》译本 [D]. 沈阳：辽宁大学，2013.

摘要：本论文由导论、正文和结论三部分组成。第一部分是导论。此部分主要是对预设这一理论的研究国内外现状以及杨译本《红楼梦》做简要介绍。导论的最后提出了本论文的观点以及本论文的研究方法，旨在让读者对本论文有一个概括性的认识。第二部分是正文，由三部分组成：第一部分主要对语用预设这一理论进行概述；第二部分首先是对杨宪益和戴乃迭的合译本 *A Dream of Red Mansions* 的分析。第三部分是本文的中心篇章。主要讨论在语用预设的特征的指导下，杨宪益和戴乃迭夫妇所采用的翻译策略。本论文最后一部分为结论。

[571] 李星颖. 从操纵理论的视角分析《红楼梦》的王际真英译本 [D]. 成都：电子科技大学，2013.

摘要：本论文通过对中国四大名著之一《红楼梦》的王际真英译本的个案分析，运用操纵理论解读《红楼梦》英译本背后所隐藏的操纵因素。

[572] 刘佳佳. "Over" 的意象图式、隐喻意义及跨语言映射规律研究 [D]. 成都：电子科技大学，2013.

摘要：本论文的目的是研究 over 作为一个空间词的意象图式、隐喻意义及跨语言映射规律，是一项基于杨宪益的英译本《红楼梦》语料库的研究。本文将 over 置于一个完整的语篇中进行分析，解决了以往研究中对于 over 举例的随意性。

[573] 张文杰.《红楼梦》杨、霍译本中医术语英译的对比研究 [D]. 桂林：广西师范大学，2013.

摘要：本文借助"《红楼梦》中英文平行语料库"对比研究这两个英译本中医术语的翻译，分析归纳其不同的翻译策略和翻译方法，试图回答以下三个问题。对比两个译本的翻译方法，有哪些异同点？哪些因素影响了译者翻译策略的选择？两译本的中医英译可以为中医英译提供哪些借鉴？

[574] 胡亚平. 描写译学视角下的《红楼梦》库恩译本 [D]. 重庆：四川外国语大学，2013.

摘要：本文首先对《红楼梦》德文译本进行描写，考察其对原本所进行的删节和变通处理，然后深入到译者所处的社会文化环境解释译本形成的根本原因。通过上述分析研究，本文得出结论：库恩在翻译《红楼梦》时受到了赞助机制、意识形态和文学观念等因素的制约。所有这些因素决定了译者不可能进行全译而只能采取节译的翻译方法。

[575] 张增艳. 翻译模因论视角下的文化空缺现象研究 [D]. 兰州：兰州大学，2013.

摘要：这篇论文在模因论的基本理论以及切斯特曼的翻译模因论的指导下，从模因传播的角度出发，研究了翻译中的文化空缺现象以及文化模因突破文化空缺的阻碍，在异域文化中得以复制传播的方式，目的在于探究译者的翻译风格以及译者在解决文化空缺问题时选用翻译策略的原则，以期能从一个新的角度对《红楼梦》的英语翻译进行研究。

[576] 李晓妹. 东方主义视野下的《红楼梦》王际真译本研究 [D]. 成都：西南交通大学，2013.

摘要：本文通过对王际真《红楼梦》两个译本中情节取舍、回目翻译、人名翻译以及诗词歌赋翻译进行详细的分析，探究译作中的东方主义色彩，以此进一步认识东方主义及后殖民主义翻译理论，同时也是将东方主义理论运用到我国经典文学著作海外传播的一个尝试。

[577] 周莹，王国英. 试析杨宪益、戴乃迭《红楼梦》英译本中的服饰文化翻译 [J]. 河北工程大学学报（社会科学版），2013，30（01）：116-117.

摘要：《红楼梦》中的服饰描写传递了我国传统文化，并反映出当时封建社会的风貌。本文从杨宪益、戴乃迭的《红楼梦》英译本中的服饰文化翻译入手，举出多处译例，从服饰的材质、图案和样式三方面，探究译者的翻译手法及原因。

[578] 吴倩倩，王欢.《红楼梦》两英译本中宝黛语言的节译及动机研究［J］.科技信息，2013（09）：245，286.

摘要：本文通过对王际真和麦克休《红楼梦》节译本宝黛语言进行分析，尝试研究宝黛语言描写的节译对人物塑造起到的作用，从翻译的文化视角探讨人物语言的节译动机。

[579] 周维.舌尖上的茶味——从目的论对比分析《红楼梦》两个英译本中茶名的翻译［J］.时代文学（下半月），2013（03）：176-177.

摘要：本文从目的论的角度对比分析了杨宪益和戴维·霍克斯翻译的《红楼梦》两个英译本中有关各种茶名的翻译效果，以便让读者在欣赏《红楼梦》中各种茶的同时，还可以理解我国独特的茶文化。

[580] 侯羽.《红楼梦》英译本中缩略形式的使用及其动因研究［J］.长春工业大学学报（社会科学版），2013，25（02）：130-133.

摘要：本文对《红楼梦》三个英译本中缩略形式使用的异同点及其动因进行了考察。考察发现，乔译本和霍译本在缩略形式的使用上表现出相近的风格特点；杨译本在诸多方面均明显超过前两个译本，也更为接近原创英语中该形式的使用特征。

[581] 胥瑾，张小红.会话合作原则视觉下显化与隐化翻译——以《红楼梦》霍克斯英译本为例［J］.兰州学刊，2013（03）：191-193.

摘要：翻译是译者与原文作者及意向读者之间的交流过程，有鉴于此，文章立足于格莱斯会话合作原则，以《红楼梦》霍克斯英译本为例，讨论译者在确保"质"的前提下，如何显化或隐化地处理信息的量、信息的关联性和表达方式，以便译文读者获取理想的认知效果。

[582] 赵瑾.《红楼梦》缅甸语译本赏析［J］.红楼梦学刊，2013（02）：263-276.

摘要：《红楼梦》缅甸语译本是唯一一部由缅甸本土翻译家翻译完成的中国古典名著，这部译著获得了缅甸"国家文学翻译奖"，在缅甸文学界和翻译界有较大影响。《红楼梦》的缅甸语译本在翻译策略上采取了音译与意译相结合的译法，既忠实原文，也融入了一些缅甸文化和语言的元素，尤其是佛教元素。该译著中有很多独特的成就，其中最大的成就是诗词曲赋的翻译。

[583] 钱亚旭，纪墨芳.《红楼梦》霍克思译本中佛教思想翻译的策略[J]. 湘潭大学学报（哲学社会科学版），2013，37（02）：88-92，161.

摘要：《红楼梦》多语种翻译研究促进了中国古代文学研究和翻译学研究的相互结合，拓展了红学的传统研究领域，有助于中华文化进行世界性传播，也可为中国其他典籍的多语种译介提供典型参考模式。

[584] 华少庠. 论《红楼梦》德译本中国宗教词汇意蕴的再现——以"空门""神仙"和"识通灵"的德译为例[J]. 湘潭大学学报（哲学社会科学版），2013，37（02）：93-95，161.

摘要：本文基于两个颇具代表性的《红楼梦》德译本，考察某几个典型重要宗教语汇的深刻意蕴在德语语境中如何跨越异质文化鸿沟加以再现的问题。

[585] 曹梦月.《红楼梦》中《好了歌》两英译本之差异分析[J]. 文学教育（中），2013（03）：15-16.

摘要：《红楼梦》在思想内涵和语言成就等方面都是中国古典小说的一座丰碑。自其问世以来，许多翻译家都致身于它的翻译与研究，致使它的译本繁多。其中被广泛使用和受普遍好评的有两个版本：由杨宪益、戴乃迭夫妇翻译的版本和由英国汉学家戴卫·霍克斯和约翰·闵福德合译的版本。这两种版本的翻译各有千秋，难分上下，但它们在许多方面确实存在着一定的差异。本文旨在分析两个版本对《好了歌》的翻译在语义保真、与上下文的关联性和翻译方法上所体现出来的差异性。

[586] 罗薇.《红楼梦》霍译本部分仿词翻译实例分析[J]. 长春教育学院学报，2013，29（05）：30-31，49.

摘要：本文通过运用合成空间理论分析《红楼梦》中仿词的生成路径，以及霍译本中对仿词的翻译文本，探索仿词是否能被成功翻译及其多种翻译策略。

[587] 任艳. 文化翻译视角下的《红楼梦》两译本中节日翻译的策略对比研究[D]. 齐齐哈尔：齐齐哈尔大学，2013.

摘要：本论文从译界对翻译策略的争论出发，探讨《红楼梦》两译本中节日文化翻译策略的选择应用。通过对《红楼梦》中节日文化的分析比较得出结论：由于制约翻译策略的文本、译者、读者这些因素时刻处于动态变化之中，因此"归化"和"异化"这两种翻译策略不是完全绝对的、静止的，二者各有所长。过分依赖一种翻译策略而忽略另一种翻译策略是不科学的，我们要用辩证的观点来评价这两种策略的优缺点。

[588] 李玲. 霍克斯《红楼梦》英译本解析——以生态翻译学为视角 [J]. 长江师范学院学报，2013，29（01）：85-87.

摘要：翻译生态环境是指由原文、源语和译语所构成的环境，它是译者进行选择性适应与适应性选择的依据。霍克斯的《红楼梦》英译本中译者根据所处的生态环境对其中的语言进行了巧妙的处理，使读者易于理解与接受。

[589] 赵丽娟. 金陵十二钗判词中人物姓名的英译本解读——浅谈霍克斯《红楼梦》版本主要人物命名 [J]. 语文建设，2013（06）：51-52.

摘要：本文以霍克斯对《红楼梦》译本中人名的翻译为蓝本，以金陵十二钗判词中所暗含的人名含义为研究对象进行阐述，认为符合人物特征的翻译才是合理的、值得推崇的。

[590] 胡欣裕. 浅议作为礼貌策略的零主语的翻译——以《红楼梦》及其英译本为例 [J]. 现代语文（语言研究版），2013（01）：138-140.

摘要：本文通过对比分析《红楼梦》及其英译本的一些例子对这类比较特殊的零主语的翻译做了探讨。

[591] 冯宁，李静. 韦努蒂异化翻译理论指导下《红楼梦》杨译本的个案分析 [J]. 文学界（理论版），2013（01）：48-49.

摘要：本文通过对韦努蒂异化翻译理论的解读，以《红楼梦》杨译本为个案，探讨其理论在我国经典文学汉译英实践中的应用价值，为将来的中国传统经典文学翻译积累有用的经验。

[592] 张帆. 大卫·霍克斯，杨宪益与戴乃迭翻译风格浅析——《红楼梦》第28回两种译本的研究 [J]. 文学界（理论版），2013（01）：122-123.

摘要：本文将从宗教文化词语的翻译，诗词的翻译和其他一些语句的翻译入手，浅析这两个译本中的一些翻译技巧。

[593] 肖斌.《红楼梦》霍译本章回标题翻译的顺应研究［J］.无锡职业技术学院学报，2013，12（01）：65-66，70.

摘要：本文结合顺应理论从词汇、句法、修辞以及物理世界、社会世界和心理世界等方面对语料《红楼梦》章回标题的翻译进行了分析。在《红楼梦》章回标题的翻译中，译者顺应了与语言相关的内外因素，为了达到交际目的，译文中存在对原文的增加、减少或改变。

[594] 余青青.汉英时空性特质对比研究［D］.宁波：宁波大学，2013.

摘要：本文以《红楼梦》与《名利场》的中英两个版本中的外貌描写为例，探索汉英语言的本质差异，即汉语具有空间性特质，英语具有时间性特质。而这两个特质则是源自汉民族的空间思维偏好和英民族的时间思维取向。这在理论和实践上为语言学研究、英汉对比研究、英语教学、对外汉语教学、英汉互译等领域提供了有益的借鉴。

[595] 盛文忠.从《红楼梦》伊藤漱平（1969）日译本看中日认知模式差异［J］.红楼梦学刊，2013（01）：308-326.

摘要：本文将《红楼梦》与伊藤漱平（1969）日译本进行对比，发现汉日语在句式、动词、主语和形式名词的使用情况方面存在以下差异：在名词谓语句使用方面日语多于汉语，而在动词谓语句使用方面汉语则多于日语；日语在句中较多省略动词，汉语则往往要求明示动词；日语经常省略主语，汉语则较少省略主语；日语经常使用形式名词，汉语则没有这一词类。

[596] 王利红.《红楼梦》中古董词汇的翻译——分析《红楼梦》两个译本［J］.科教文汇（上旬刊），2013（01）：131-132.

摘要：《红楼梦》两译本对中西之间文化交流做出了重要贡献。本文通过比较杨宪益夫妇和霍克斯两个译本，从功能翻译的角度分析《红楼梦》中古董的翻译以促进古董翻译发展，并为中国对外文化宣传做出贡献。此外，小说中的古董词汇不但烘托出了大家族钟鸣鼎食的奢侈生活，而且其本身也有很高的文化价值和重大的历史意义。

第九章

2012年度《红楼梦》译本研究文献汇总

[597] 月玲芳. 李治华夫妇《红楼梦》法译本《五美吟》典故翻译之探究 [J]. 华西语文学刊，2012（02）：129-140，251.

摘要：笔者选取了《红楼梦》第十六回林黛玉所作的《五美吟》，分别探讨其中的五首诗歌，并对其中出现的西施、虞姬、明妃、绿珠和红拂的典故进行个别分析；同时，运用许渊冲的"意美、音美、形美"的"三美"理论重点分析《红楼梦》李治华法译本《五美吟》，探讨译者在翻译过程中的主体性以及典故的翻译策略。

[598] 唐均.《红楼梦》锡伯文译本述略 [J]. 满语研究，2012（02）：110-117.

摘要：通过对《红楼梦》锡伯文译本特征的梳理，专名类型移译的探讨，文字舛误和翻译问题的整理可了解锡伯文翻译方面的特点，为翻译学的跨语种理论建设提供新的材料支持。

[599] 汪凯茹，余高峰. 从归化和异化角度析《红楼梦》杨宪益译本 [J]. 语文学刊（外语教育教学），2012（12）：74-75，100.

摘要：《红楼梦》是一颗璀璨的明珠，在文学史上占有重要地位。其杨宪益译本更加真实全面地译出原著的韵味。译者以较高的文学素养及翻译技巧运用英文生动再现了《红楼梦》里的文化意象。本文篇幅有限，仅对其诗歌翻译，习语翻译略做探究。

[600] 宋健. 跨文化翻译 [D]. 上海：上海外国语大学，2012.

摘要：本文以《红楼梦》的法译本为研究对象，通过探讨其文化负载词的翻译来研究如何进行跨文化翻译，以及不同的翻译策略对翻译方法和翻译结果的影响，并以此为基础，研究该类翻译对文化传播和跨文化交际的重要性。

[601] 栾晓虹. 从《红楼梦》两个译本看对联翻译的限度 [J]. 安徽广播电视大学学报, 2012 (04): 84-86, 102.

摘要: 本文根据杨宪益、戴乃迭夫妇以及大卫·霍克斯的两种《红楼梦》英译本, 比较研究了其中数副对联的英译, 从译者的文化背景和思维方式以及对联中包含的典故和隐喻两个方面分析了对联翻译的限度问题。

[602] 吴继红. 翻译伦理视角下《红楼梦》译本对比 [J]. 邢台学院学报, 2012, 27 (04): 124-126.

摘要: 文章从翻译伦理的视角, 从成语典故、宗教文化、习语文化翻译三个方面, 对《红楼梦》两译本进行比较和分析, 探索两译本所采用的不同翻译伦理模式。

[603] 赖祎华, 欧阳友珍. 跨文化语境下的中国典籍外译策略研究——以《红楼梦》英译本为例 [J]. 江西社会科学, 2012, 32 (12): 239-243.

摘要:《红楼梦》英译本翻译策略选择的解读, 以及译本在目的语社会的接受和反应证实了文化翻译观关于翻译与权力、意识形态的关系。钱钟书的"化境论"中的"诱"对我们今天的典籍外译很有启迪作用。在现有的接受环境下, 中国典籍外译不必拘泥于译本的形式和深度, 应先做出适度妥协, 顺应目的语读者的审美习惯和心理期待, 提供他们可以接受的跨文化产品, 从而译出异化程度更高的作品。

[604] 张纯一. 科勒等值理论视角下的《红楼梦》麦克休英译本转译问题研究 [D]. 成都: 西南交通大学, 2012.

摘要: 本文以王希廉评本为基础, 以 Werner Koller (科勒) 提出的等值翻译理论下五种原则为框架, 对库恩译本与麦克休译本进行了比较阅读、语料收集, 以及对比分析。文中指出了麦克休译本中的一些问题, 包括错误及欠妥之处; 并根据 Werner Koller (科勒) 的等值理论, 对麦克休译本中出现的错误从外延对等、内涵对等、美学对等三个方面进行了研究; 其中外延对等又从词法及句法层面进行了具体分析讨论, 并提出了相应的修正方式。

[605] 米虹. 从饮食及服饰方面浅析红楼梦不同译本中体现的译者主

体性［D］. 天津：天津理工大学，2012.

摘要：本文以译者主体性理论为基础和依据，对《红楼梦》两个英译本中所涉及的饮食及服饰部分的翻译进行分析。通过对两个英译本的对比，我们还会发现为了达到两种不同文化之间的交流以及增进文化间相互了解，译者主体性对译文本身以及对译文读者的影响至关重要，这样才能更大程度地忠实再现《红楼梦》这部历史巨著的文化内涵，真正起到中西文化交流的目的。

［606］张晓红. 接受美学视角下《红楼梦》三个英译本中灯谜翻译的比较研究［D］. 成都：西南交通大学，2013.

摘要：本文首先具体阐述了接受理论的起源和主要观点以及其对文学翻译的启示，进而把接受理论引入《红楼梦》的灯谜英译研究中。然后考察了《红楼梦》中灯谜的特征和作用，及翻译灯谜时可能会碰到的困难。紧接着，作者对比分析了三位译者在两次视野融合过程中的不同表现。

［607］刘柯宏. 帕尔默文化语言学视角下邦索尔神父《红楼梦》英译本的诗歌意象翻译［D］. 成都：西南交通大学，2012.

摘要：本文探讨在帕尔默文化语言学视角下邦译本的诗歌意象翻译，尤其从理解意象的基本原则出发，试图探索该理论在其译文中的指导意义。以该译本中的诗歌意象为案例，围绕两个问题展开分析：邦索尔是怎样翻译红楼梦诗歌意象的？如何将帕尔默关于心理意象的四项原则运用到邦译本诗歌意象的翻译分析中？

［608］蔡宝祎.《红楼梦》三个英译本注释对比研究［D］. 秦皇岛：燕山大学，2012.

摘要：本文以"深度翻译"作为理论框架，从音注、字面注、意注、文化注和话语注五个方面对《红楼梦》霍译本、杨译本和邦译本中的注释进行对比，试图探讨各个译者处理不同类别文化负载词所采取的注释策略及文内注与文外注的得与失。

［609］雷建. 灯谜翻译对比研究［D］. 秦皇岛：燕山大学，2012.

摘要：本文以许渊冲的"三美"理论为翻译指导，以冯庆华的灯谜翻译三个原则为评价标准，比较分析四个译本在保留原语灯谜音、形、意方面的得失。

[610] 孙小灵. 语义翻译和交际翻译 [D]. 上海：华东理工大学，2013.

摘要：本文着力于运用语义翻译和交际翻译从社会符号学的三个层面——指称、语用和言内——对比分析这两个译本。通过比较，我们发现就社会符号学的三种意义杨宪益夫妇更多地采用了语义翻译，忠实于原语言和原文化，有益于保留原语言的特色，传递原语言的文化，而霍克斯倾向于交际翻译使其译本通俗易懂。

[611] 袁金. 文化翻译策略的选择 [D]. 上海：华东理工大学，2013.

摘要：本文从译界对文化翻译策略的争论出发，以我国古典著作《红楼梦》的两个英译本（杨宪益和戴乃迭译本和霍克斯和闵福德译本）中颜色词为例，对文化翻译策略的选择进行了探讨。通过对比分析，旨在探寻隐藏在两个译本背后的翻译策略和翻译倾向。

[612] 秦好好. 语篇修辞目的在翻译中的再现 [D]. 上海：华东理工大学，2013.

摘要：本文通过对杨宪益夫妇和霍克斯的《红楼梦》两译本的比较分析，得出语篇修辞目的的三个维度在两译本中的实现存在类似和不同。

[613] 张瑞娥.《红楼梦》中国少数民族语种译本研究探析 [J]. 广西民族大学学报（哲学社会科学版），2012，34（06）：159-162.

摘要：本文采用微观与宏观、历时与共时相结合的原则，选择相应的参数和指标对《红楼梦》中国少数民族语种译本研究状况（自1979至2010年）进行了描述性的探讨，总结相关研究成果和存在的问题，展望其对"红学"、翻译学和民族文化融合与传播方面的意义。

[614] 李慧敏. 谈汉语修辞格的可译性限度——以《红楼梦》的两种英译本为例 [J]. 河南机电高等专科学校学报，2012，20（06）：67-70.

摘要：可译性限度是翻译中不可避免的问题。文章对《红楼梦》两种英译本中的汉语修辞格翻译进行了对比研究，认为翻译工作者只有深入了解各种语言文化的不同特点，提高自身素质，才能缩小这种限度。

[615] 冯宁. 论韦努蒂的异化翻译理论[D]. 长沙：中南大学，2012.

摘要：通过对韦努蒂异化翻译理论的解读，本文总结了其贡献和局限性，并结合《红楼梦》杨译本进一步探讨其理论在我国经典文学汉译英翻译实践中的具体应用。本文不仅分析了韦努蒂异化翻译理论的贡献和局限性，而且以《红楼梦》杨译本为个案探讨了其理论在汉译英实践中的应用价值。其写作目的是为将来的中国传统经典文学翻译提供开放的视角，积累有用的经验。

[616] 胡文莉. 框架语义学视角下霍译本《红楼梦》中熟语的超额与欠额翻译的研究[D]. 长沙：中南大学，2012.

摘要：本论文以认知框架理论及框架语义学理论为理论指导，从《红楼梦》前八十回熟语这一最具文化特征的方面给予实例分析说明，提出应对"超额"与"欠额"的翻译策略。

[617] 谭梦娜. 阐释学视角下的习语翻译对比[D]. 成都：西南交通大学，2012.

摘要：本论文选取的两个《红楼梦》英译本——裘里译本和邦索尔译本，分别完成于两个不同的历史时期，根据阐释学的观点，两个译本必然具有各自截然不同的历史性。故而笔者试图以阐释学的基本理论和伽达默尔的主要观点"理解的历史性"和"视域融合"为基础，通过对不同历史时期两位译者的《红楼梦》英译本的研究，来论证不同历史背景下产生的译本必然带有各自特定的历史性这一命题。

[618] 杨静. 从目的论看《红楼梦》的两个德语译本[D]. 上海：上海外国语大学，2012.

摘要：本论文以《红楼梦》前八十回的两个德语译本为研究对象，从德国目的翻译理论的视角出发，对两个德语译本的翻译底本、译文书名、人名、谚语和诗歌进行了对比分析，并就翻译目的、目标读者、翻译纲要等非语言要素对两译本的异同进行了探讨。

[619] 吴佩君. 从杨宪益《红楼梦》英译本看异质文化的文学翻译[J]. 湖北函授大学学报，2012，25（10）：143-144.

摘要：本文从翻译技巧和精神情韵两个层次分析了杨宪益的《红楼梦》英

译本，认为在异质文化语境下，译者在文学翻译中应该对语言转换、原作的文化思想内涵和译作接受者的文化观念等方面统筹兼顾。

[620] 钱进，李延林. 从文本功能视角解读《红楼梦》两译本翻译策略的选择——从香玉说起 [J]. 文史博览（理论），2012（10）：19-20.

摘要：本文从实例出发，以纽马克的文本功能的角度阐释译者的文本功能类型之确定对其翻译策略选择的影响。

[621] 聂丹. 从文化视角看《红楼梦》英译本中死亡委婉语的翻译 [J]. 剑南文学（经典教苑），2012（10）：138-139.

摘要：本文旨在从文化视角结合具体译例对《红楼梦》英译本中死亡委婉语的翻译策略与方法进行比较分析，讨论如何使用直译法、意译法、替换法等方法将原文中死亡委婉语的内涵与特色得以更好地保留，把源语文化完整地传递给译语读者，对文化翻译实践也有一定的实际意义。

[622] 霍彦京，张永萍. 拟声循声 得意得形——浅析《红楼梦》英译本拟声词的处理 [J]. 语文学刊（外语教育教学），2012（10）：39-41.

摘要：拟声词在日常生活和文学作品中占很大比重，发挥着十分重要的作用。经典巨著《红楼梦》中出现了很多拟声词，本文在分析英汉拟声词共性及差异的基础上，探讨汉语古诗词中拟声词英译的策略和原则，浅析《红楼梦》中拟声词的处理方法及其效果。

[623] 顾晓波.《红楼梦》霍译本"冷笑"翻译研究 [J]. 中州大学学报，2012，29（05）：75-78.

摘要：基于自建《红楼梦》语料库，运用定性分析与定量分析相结合的方法，通过计算机统计手段，对《红楼梦》中"冷笑"一词在原著及霍克斯、闵福德译本中的再现情况进行检索与分析，借以探求其"冷笑"翻译在意义显化与隐化方面的特点。

[624] 许海燕. 交际翻译与语义翻译的英译称谓语翻译——析《红楼梦》的两个英译本 [J]. 天津市经理学院学报，2012（05）：36-37.

摘要：称谓语是构成语言交际的重要组成部分，起着社交礼仪的作用。文章运用纽马克的交际翻译理论，分析《红楼梦》两个英译本中的称谓语翻译，可帮助读者更好地理解中英称谓语翻译策略。

[625] 白丽梅，马艳玲.论《红楼梦》俗语在杨译本中的符号意义再现［J］.长江师范学院学报，2012，28（09）：109-112.

摘要：本文从社会符号学视角对《红楼梦》俗语在杨译本中的意义再现进行探讨，是一次新的尝试，以期抛砖引玉为俗语翻译提供有益指导。

[626] 顾晓波.《红楼梦》英译本词汇特征对比研究［J］.牡丹江大学学报，2012，21（09）：123-125，127.

摘要：本文用语料库方法从类符形符比、词汇密度、词长分布等方面对比考察了《红楼梦》及其两个英译本的词汇特征。研究显示，两个英译本都表现典型英语翻译小说的特征且都存在显化现象。在词汇的选择上霍克思译本倾向于使用动词与副词结构，而杨译本则倾向于使用名词结构。

[627] 黄云.从关联理论视角看《红楼梦》英译本中的显化［J］.西安电子科技大学学报（社会科学版），2012，22（05）：61-64.

摘要：本文通过比较《红楼梦》杨宪益和霍克斯两个英译本中的显化现象，讨论了在翻译过程中采取显化手段的重要性。译本中显化现象的运用与译者的翻译目的及文化背景是息息相关的。

[628] 周思曼.《红楼梦》中谶诗典故的翻译研究——以霍克斯的译本为例［J］.剑南文学（经典教苑），2012（09）：131.

摘要：本文用伽达默尔阐释学理论分析霍克斯在英译《红楼梦》中谶诗时对其中的典故的处理。译文不是对原文的复制，它涉及译者对原作的理解和对潜在读者的考虑，理解是一个效果历史事件，被理解的客体和理解者都具有历史性，这些因素都会影响译者对翻译策略的选择。

[629] 丁琳.称呼语的翻译——以《红楼梦》杨宪益译本为例［J］.文学界（理论版），2012（09）：242.

摘要：语用对等可以将文本的规约意义和内涵表现出来。《红楼梦》是我国古代"四大名著"之一，是中国封建社会的一个缩影。称呼语是交际中不可缺少的元素。在语用对等理论的指导下对《红楼梦》杨宪益译本中出现的称呼语进行讨论研究使读者了解如何可以准确、合理地将隐含在这些称呼语中的文化和社会内涵表达出来。

［630］方开瑞.《红楼梦》的梦幻话语与移译——评杨宪益夫妇的英译本［J］.中国翻译，2012，33（05）：62-66，128.

摘要：本文从讲述和展示两种叙述模式的角度，在话语和故事两个层次上，对该译本如何处理作为原著一大艺术特色的梦幻话语问题进行研究，并试图对某些相关问题做重新评价。

［631］吴婷.目的论观照下的《红楼梦》英译本［J］.文学教育（中），2012（09）：13-14.

摘要：本文从目的论的角度分析对比了《红楼梦》两英译本的翻译片段，从译文的翻译策略、文学性及艺术再创造等方面探讨了翻译目的对翻译效果的影响，指出目的论在翻译实践中具有一定的指导价值。

［632］李庆明，张馨.译者的适应与选择：《红楼梦》杨、霍译本解读［J］.现代交际，2012（07）：64-65.

摘要：本文从一种全新的翻译分析维度——生态翻译学视角出发，通过对杨宪益夫妇的译本和大卫·霍克斯的译本两部公认的经典译本进行比较，分析如何以译者为中心、从译者的主体性出发和多维度适应与选择来产生译文，并概括阐述生态翻译学对文学翻译评析的重要意义。

［633］宋莹.从互文性角度看《红楼梦》两译本的翻译［J］.科教文汇（上旬刊），2012（09）：147-148.

摘要：本文以杨宪益与霍克斯翻译的《红楼梦》英译本为例，从互文性角度对《红楼梦》两译本进行文化翻译解读，讨论分析作品中的互文现象，从而更加深刻地理解互文性在翻译中的重要意义。

［634］叶扬帆.目的论视角下看章回标题翻译策略的选择——以《红楼梦》两英译本为例［J］.商丘职业技术学院学报，2012，11（04）：89-90.

摘要：从目的论出发，对比杨宪益夫妇与霍克斯的英译《红楼梦》版本，从章回标题的翻译中，探寻两个英译本在翻译策略选择上的不同，从而揭示目的论在翻译策略选择上的指导作用及其广泛应用，也为英译本的比较与评判提供新的视角和标准。

[635] 刘爱军. 论母语文化对翻译的影响——《红楼梦》的英译本比较研究 [J]. 运城学院学报, 2012, 30（04）: 101-104.

摘要：在影响翻译的诸多因素中，文化因素是影响较广的一个因素，其相关的研究也很多，但大多是把它作为知识来看待的，而母语文化有着它自身的特殊性。母语文化对译者来说不仅仅是知识，还是其语言和思维不可或缺的部分，在词汇、句式以及鉴赏模式等方面对翻译起着基础性的影响作用。

[636] 李星颖，覃权. 专业人士操纵下的《红楼梦》王际真译本 [J]. 文学界（理论版），2012（08）: 231-232.

摘要：本文根据勒菲弗尔的操纵理论，分析了以西方名人为代表的专业人士和以中国新红学家为代表的专业人士对《红楼梦》王际真译本的操纵。

[637] 李星颖，覃权. 译者主体性在《红楼梦》王际真译本中的制约和体现 [J]. 北方文学（下半月），2012（08）: 125.

摘要：本文从《红楼梦》王际真译本分析译者主体性在翻译改写中的制约和体现。

[638] 张学谦. 从风格标记看小说人物语言风格的传译——以《红楼梦》两译本为例 [J]. 长春理工大学学报（社会科学版），2012, 25（08）: 160-162.

摘要：文学作品的风格传译向来是文学翻译中备受关注的焦点。刘宓庆认为风格是可以通过翻译传达的，并提出了一套完整的风格标记体系来检验风格的可译性。在此基于这个体系从风格的形式标记角度分析了《红楼梦》两种译本的译者对人物语言风格的传译手法的异同及其得失。

[639] 英译本《红楼梦》，林黛玉成荡妇 [J]. 文史博览，2012（08）: 41.

摘要：《莎士比亚眼里的林黛玉》《红楼梦》在1830年就有了第一个英文译本。在1830—1892年，总共出了四个版本的《红楼梦》英文译本。这些译本不仅不准确，而且显得很荒唐，译者为了渲染这部书的"异国情调"，满足异国读者的猎奇心理，把黛玉翻译成BlackJade（黑色的玉，英语引申义为"荡妇"），虽然字面上的翻译还说得过去，但是，不顾这个名称在英语中的引申意义，给外国读者在理解林黛玉这个人物的时候，带来了极大影响。

[640] 谭含蜜，韦怡，吴灵燕，曾欣，张骞之，任显楷.《红楼梦》裘里英译本翻译策略研究：人名、回目、诗词、典故、宗教哲学[J]. 华西语文学刊，2012（01）：100-122，298-299.

摘要：本文从五个方面深入探讨其翻译策略，以期更加充分地对这一译本的翻译特色、优点缺点等做出较为系统的探索。

[641] 张晓红. 游艺词语的文化内涵与翻译——以三个日译本《红楼梦》典型游艺名称的处理为例[J]. 华西语文学刊，2012（01）：123-131，299.

摘要：本文通过对伊藤漱平全译本、松枝茂夫的全译本与饭塚朗全译本中游艺词语翻译实例的比较分析，阐释了这三个译本游艺内容翻译的方式及策略，以从中获得翻译传统中国文化内容方面的经验和启发。

[642] 胡蒙. 邱进、周洪亮：《文化视域及翻译策略：〈红楼梦〉译本的多维研究》[J]. 华西语文学刊，2012（01）：253-256，297.

摘要：由邱进女士与周洪亮先生合著的《文化视域及翻译策略：〈红楼梦〉译本的多维研究》于2011年8月由西南师范大学出版社出版。本书作者邱进，现任重庆文理学院外语系副教授，主要研究方向为翻译理论与实践。

[643] 朱薇，李敏杰. 基于语料库的《红楼梦》英译本衔接手段分析[J]. 宁夏大学学报（人文社会科学版），2012，34（04）：190-193.

摘要：本文基于对《红楼梦》平行语料库的统计，发现总体上霍克斯译本使用更多的连接词，因而译文显得更加连贯、流畅。同时，从语料库中抽取一些实例，以证实连接词作为一种衔接手段的重要意义，分析了两译本的不同处理之处。

[644] 郑丹清. 从一元论、二元论观点看《红楼梦》两个英译本的风格 [J]. 安徽文学（下半月），2012（07）：123-125.

摘要：关于风格的定义，不同的人有不同的看法，比较公认的是斯威夫特的定义："在恰当的地方使用恰当的词，这就是风格的真实定义。"

[645] 贾超琴. 从译者主体性看文学作品翻译中的文化误读——以霍克斯的《红楼梦》译本为例 [J]. 湖北第二师范学院学报，2012，29（07）：125-127.

摘要：文化的差异性决定不同文化之间的误读是一种客观存在，译者主体性的发挥是翻译中文化误读成为现实的先决条件，社会文化系统中的诸多因素如历史政治背景、审美情趣、道德观念以及文化意象的表达浓缩在译者身上，通过他的翻译实践产生影响，造成翻译中的文化误读现象。

[646] 高玉海. 从金陵十二钗判词的翻译看《红楼梦》两种俄译本的得失 [J]. 浙江师范大学学报（社会科学版），2012，37（04）：38-42.

摘要：《红楼梦》在20世纪50年代和90年代先后出现了两种俄文全译本，两种俄译本的主要翻译者都是 В. А. 帕纳秀克，但小说中的诗词翻译者则分别是汉学家 Л. Н. 孟列夫和 И. С. 戈卢别夫。文章对这两种俄译本中的"金陵十二钗判词"的翻译优劣进行比较，从典故、谐音、拆字等修辞手法以及版本方面探讨《红楼梦》在俄译过程中的艺术缺失和弥补手段。

[647] 王丽耘. "石头"激起的涟漪究竟有多大？——细论《红楼梦》霍译本的西方传播 [J]. 红楼梦学刊，2012（04）：199-220.

摘要：本文基于大量的一手文献，试从西方专业汉学家、西方普通读者及《石头记》的西方仿作三方面对此问题做出回答。据考，霍克思的《石头记》得到了西方汉学同行较为一致的肯定，在西方普通读者中也引起了不小的反响，虽然无法赢得所有普通读者的青睐，但西方普通知识分子和文学爱好者给予了它由衷的赞誉；而异域的仿作更是其成功传播与接受的明证，尤其是译者自身的仿作实践，超越了单纯的文学译介，具有更广泛、更深层的文化传播意义。

[648] 侯羽，刘泽权.《红楼梦》英译本中虚义动词结构的使用与成因研究 [J]. 红楼梦学刊，2012（04）：221-236.

摘要：本文旨在考察《红楼梦》三个英译本中虚义动词结构使用的异同点以及成因。研究发现，相对于杨译本和霍译本，乔译本中虚义动词结构的使用在各个方面均占绝对优势。

[649] 唐均. 王际真《红楼梦》英译本问题斠论［J］. 红楼梦学刊，2012（04）：185-198.

摘要：王际真对《红楼梦》的英译总共出版了结构和内容各不相同的三个文本，即 1929 年版 39 回本、1958 年版 60 回本及其 40 回节略本。王际真英译本不但体现了 20 世纪前中期英语世界《红楼梦》传播和接受的主要轨迹，而且开拓了《红楼梦》在西班牙语、希腊语和泰语国家的流传。

[650] 侯羽，刘泽权. 汉译英文学翻译中主语位置名词化的使用和成因研究——基于《红楼梦》英译本［J］. 外语教学，2012，33（04）：104-108.

摘要：本文主要基于《红楼梦》三个英译本考察汉译英文学翻译中主语位置名词化的使用和成因。研究发现，主语位置名词化在汉译英文学翻译作品中的平均覆盖率为 1/6831，远远高于它在英语原创文学作品中的平均覆盖率；此外，主语位置名词化的使用可能是众多因素共同作用的结果，包括汉语的语篇特点、译者出于表达简洁的考虑、译者的文体考虑、译者的风格等。

[651] 李振. 语义和交际观下《红楼梦》医药文化因素的英译策略——兼评霍氏和杨氏两译本医药英译的得失［J］. 南京医科大学学报（社会科学版），2012，12（03）：161-167.

摘要：《红楼梦》中长达 5 万余字的中医药翻译对于祖国传统文化的传播和文学艺术作品的欣赏具有重要的作用。语义翻译和交际翻译观为中医药文化的翻释提供了一个崭新的视角与研究方法，二者的关系是相辅相成、缺一不可的。

[652] 夏婷婷. 从关联翻译理论角度对比研究《红楼梦》杨霍译本中的隐语翻译［D］. 西安：西北大学，2012.

摘要：本文主要在关联翻译理论的框架下，对《红楼梦》两个译本中隐语的不同处理方法进行了比较。通过对隐语分类研究表明，在翻译隐语的过程中，杨宪益夫妇尽量遵循原作的语言风格进行翻译，忠实于原文，将隐语的隐含意义用备注等方式展现；而霍克斯则在翻译隐语时，发挥自己的想象力和创造力，结合自己的知识体系，充分考虑目标语读者的认知能力和水平。但不管是忠实于原文还是适当发挥想象，两者都基本以最佳关联为目标，运用尽可能少的处理方法，力求达到近乎完美的翻译效果。

[653] 张艳. 从关联翻译理论看《红楼梦》两英译本中"红"字的翻译 [D]. 西安：西安外国语大学, 2012.

摘要：本文采取宏观理论分析和微观例子分析相结合的研究方法，先从宏观的角度论述了关联翻译理论对文化翻译的解释力，再将其运用到两英译本中"红"字的翻译过程研究中去。在对比分析的基础上，作者援引艾克西拉（2007）提出的四类影响翻译策略选择因素中的两项，来探索影响两译者"红"字不同翻译策略的因素，即超文本因素和文本内因素。

[654] 李敏杰，朱薇. 基于平行语料库的《红楼梦》英译本文体风格研究 [J]. 电子科技大学学报（社科版），2012, 14（03）：90-94.

摘要：总体上，较之杨译本，霍译本显化特征更明显，这有利于西方读者的理解和接受；杨译本更强调译作对原作的重视，同时更强调译作的文学性，因而表达方式更加丰富、生动。

[655] 贾超琴. 语境关系顺应中的文化翻译解读——以霍克斯《红楼梦》英译本为例 [J]. 文学界（理论版），2012（06）：95-96, 100.

摘要：顺应论以全新的角度考察语言的使用，并发现语言的使用是一个根据语境进行不断选择以顺应交际目的的过程。应用顺应论分析文学作品翻译中译者为顺应语言语境和交际语境，有效传递文化信息而做出的语言选择，为文化翻译和文化交流开辟一条新的途径。

[656] 刘建华.《红楼梦》两种英译本节选之比较赏析 [J]. 文学界（理论版），2012（06）：43-44.

摘要：《红楼梦》是中国传统文化孕育出来的优秀文学作品，是中国古典文学四大名著之一，它有较多的英译本，本论文通过大量的译例比较分析杨宪益夫妇和大卫·霍克斯两个完整英译本文化内涵的差异和文学性角度采取的不同的翻译策略及达到的不同效果。

[657] 黄万武, 彭锦. 关联理论视角下文化缺省的翻译策略——以《红楼梦》两译本为例 [J]. 佳木斯教育学院学报, 2012 (06): 354-355.

摘要: 本文介绍了关联理论和关联理论翻译观的主要观点, 阐述了文化缺省及其产生的原因, 认为关联理论可以为小说中文化缺省的翻译提供较强的解释力。在关联理论的框架下, 比较了《红楼梦》两译本在文化缺省方面的翻译, 认为虽然译者的翻译方法不同, 但都遵循了最佳关联原则, 都是成功的翻译。

[658] 蔡育红. 文化因素与阻抗式翻译策略——以《红楼梦》英译本为例 [J]. 铜陵学院学报, 2012, 11 (03): 85-88.

摘要: 翻译不仅是语言之间的转换, 也是各民族文化之间的交流和碰撞。文章以劳伦斯·韦努蒂的翻译理论为依托, 以霍克斯译本和杨宪益夫妇译本为蓝本, 分析了《红楼梦》英译本中文化因素翻译策略, 进一步指出阻抗式翻译策略在向强势英美文化介绍中国文化时, 可以发挥一定的积极作用。

[659] 景玥. 浅谈《红楼梦》维译本中的成语翻译方法 [D]. 乌鲁木齐: 新疆师范大学, 2012.

摘要: 本文以现代语言学理论为指导, 在借鉴和吸收前人优秀的研究成果的基础上, 对《红楼梦》维译本中的成语翻译进行了详细全面的对比分析研究。

[660] 王霁. 从符号学角度看《红楼梦》两个英语译本的专有名词翻译 [D]. 上海: 上海外国语大学, 2012.

摘要: 在此专有名词符号学翻译方法的指导下, 本文对上述《红楼梦》两个译本中的专有名词翻译进行了分析, 发现《红楼梦》中大多数专有名词的用法为报导用法, 指称意义和语用意义都是原文中比较重要的意义类型。《红楼梦》中大多数专有名词都含有意义, 但少数专有名词只有定位用法, 不含有意义。

[661] 高原. 《红楼梦》两英译本中标点符号在汉译英中的作用研究 [D]. 成都: 西南石油大学, 2012.

摘要: 标点符号是书面语不可或缺的组成部分, 在翻译过程中起着重要作用。但是, 长期以来这一研究领域却一直被语言学界所忽视。目前国内关于标点符号系统的作用、翻译研究文献还屈指可数, 现有文献以欧美国家的语言学者在二十世纪八十年代中期和九十年代的研究为主。论文对国外关于标点符号作用的研究进行简要介绍，并在此基础上予以总结并对标点符号的作用进行深入探索。

[662] 晁雅丽.《红楼梦》两个译本中人际意义跨文化建构的比较研究[D].成都：西南石油大学，2012.

摘要：本文结合具体实例，对《红楼梦》及其两个英译本中王熙凤的语言，从语气、情态和评价三个方面探讨王熙凤与其他人物的人际关系，从而比较分析两个译本在翻译过程中对跨文化人际意义的建构。

[663] 余可.以"金陵十二钗"为例浅析施华慈的红楼梦德译本[D].青岛：青岛大学，2012.

摘要：本文以施华慈的全本红楼梦德译本中金陵十二钗的翻译作为主要对象，具体研究了施华慈在翻译整本红楼梦的过程中所采用的异化手法，并将其与库恩在红楼梦节译本中所采用的归化手法进行对比，分析探讨在巨大的语言学、文学手法、美学理念以及文化差异的背景下译者能否根据自己的意图选择合适的翻译策略成功地完成其翻译任务。

[664] 姚晓洁.从功能对等视角析《红楼梦》三个英文全译本中回目修辞格的翻译[D].成都：西南交通大学，2012.

摘要：本文以奈达的功能对等理论为基础，研究《红楼梦》回目中修辞格的翻译，并对三个英文全译本进行了对比研究。本文作者选择了五种修辞格作为研究对象，分别为重复、委婉语、通感、隐喻、借代。通过语言材料的对比和个例分析，本文对几位译者为达到功能对等所采用的不同翻译策略进行了研究，分析其如何使得目标读者如原文读者一样去理解和欣赏回目中的修辞手段。

[665] 张琨.目的论视角下看《红楼梦》法译本中的民俗翻译[D].成都：西南交通大学，2012.

摘要：在本论文中，笔者以德国著名的翻译理论家克里斯汀娜·诺德的翻译目的论为指导，就中国的民俗文化，从下面四个方面对《红楼梦》中的民俗翻译进行研究：物质民俗，社会民俗，语言民俗，精神民俗。作者总结了李治华在民俗翻译中运用的各种翻译方法：直译、意译、直译加注释。直译加补述，意译加补述和意译加注释，结合翻译的目的，解释各种方法运用的必要性，并分析了各种方法的利弊。

[666] 阮倩倩. 英汉礼貌准则差异与翻译 [D]. 武汉：湖北工业大学，2012.

摘要：本文主要探讨的是文学作品中礼貌现象的翻译问题。本文首先从中西方具有代表性的两位学者 Leech 和顾曰国所分别提出的礼貌原则的准则入手，探讨了中西方在礼貌原则上的差异。对比发现尽管中西方在礼貌原则的准则上有很多共同点，但是依然存在差异，最明显的差异在于贬己尊人准则、优雅准则和热情准则。本文接着从称呼语、敬辞和谦辞、禁忌语和委婉语、思维模式、非言语交际、致谢、道歉、拒绝、赞同和表扬 10 个方面探讨了英汉语在礼貌表达上的差异。本文的最后部分引用了杨宪益译的红楼梦的例子来分析了杨宪益在翻译红楼梦时对礼貌用语的翻译策略。这些例子揭示了杨宪益在翻译这些与礼貌相关的表达的时候，并没有特定地遵循异化或者归化两种翻译方法中的任何一种，而是灵活地运用了这两种翻译方法。

[667] 徐敏. 论译者主体性的辩证内涵 [D]. 赣州：赣南师范学院，2012.

摘要：为深化这项研究的现实意义，本文以杨宪益夫妇翻译《红楼梦》的实践活动为案例，分析译者主体性的辩证内涵在具体实践中的体现。研究过程中注重杨宪益夫妇进行翻译实践时的客观社会、历史条件，以此为出发点，在此具体的翻译实践中，分析译者能动性和受动性的体现，并证实杨宪益夫妇在其翻译实践中体现出能动性和受动性的辩证关系。因此，译者主体性是译者在其翻译实践基础上能动性与受动性的辩证统一。

[668] 冉诗洋，陈启明.《红楼梦》两英译本翻译过程中的权力关系研究 [J]. 长江师范学院学报，2012，28（05）：89-94，148.

摘要：本文从权力关系角度，对霍克斯和杨宪益夫妇英译《红楼梦》过程中的文本选择、翻译原则和翻译方法进行分析，发现《红楼梦》的英译过程受到了宏观和微观权力关系的制约和影响，从而产生了不同的译本。

[669] 严谨. 语义场视角下《红楼梦》译本中的文本处理技巧研究 [D]. 赣州：赣南师范学院，2012.

摘要：本论文着眼于语义场理论，并研究了语义场理论与《红楼梦》翻译的关系以及在《红楼梦》译本中文本处理技巧的应用。

[670] 苑光红.《红楼梦》俄译本回目的翻译美学比较研究——帕纳休克1958年和1995年两译本比较[D]. 呼和浩特：内蒙古师范大学，2012.

摘要：本研究主要运用历史比较法、历时研究法及翻译美学理论对帕纳休克《红楼梦》1958年和1995年俄译本前八十回回目进行对比研究。

[671] 申化英. 从目的论视角对比分析《红楼梦》两英译本的翻译策略[D]. 成都：四川师范大学，2012.

摘要：本文从目的论的角度看《红楼梦》两英译本的翻译策略。作者将对《红楼梦》的两英译本在物质、社会、宗教、生态和语言五个方面的文化负载词的翻译进行比较。从比较中发现，杨宪益的翻译更多采取异化翻译来处理带有浓厚色彩的中国传统文化的词语和句子，他的译本更多地传递了中国的传统文化。霍克斯更多采用归化翻译来处理那些带有中国传统文化的词语和句子。对于西方读者来说，霍克斯的译本更通俗易懂，但从中不能欣赏到更多的中国传统文化。

[672] 张帆. 译者的主体性对译本的影响——《红楼梦》两个英译本的对比[J]. 文学界（理论版），2012（05）：24，26.

摘要：译者是翻译过程中的一个重要因素。本文从译者的主体性角度出发，通过对比《红楼梦》的两个英译本，试图分析译者主体性对译本的影响。

[673] 包相玲. 浅析翻译中的文化补偿策略——以《红楼梦》杨译本为例[J]. 南阳理工学院学报，2012，4（03）：34-38.

摘要：翻译在跨文化信息交流中是一种重要的信息转化手段。由于文化的民族性和多样性特征，译者在翻译活动中难免会遭遇到文化缺省的现象，因此翻译时必须采取适当的补偿策略，才能使译文读者欣赏到原作所体现的异域文化。本文以《红楼梦》的杨译本为例来探讨翻译中的文化缺省现象及文化补偿策略。

[674] 夏雷. 从关联理论看《红楼梦》两英译本的双关语翻译[D]. 太原：中北大学，2012.

摘要：本文以经典巨著《红楼梦》为蓝本、以关联理论为视角、以两译本中的双关翻译为语料，借鉴前人对两个译本翻译策略、翻译效果的研究思路，通过对比和分析，对两译本中的双关翻译做出评价。本文立于两译本双关翻译比对和评价的基础上，旨在促进学界对翻译策略、翻译效果以及翻译批评的研究，从而提高汉译英的翻译水平；另外，此研究对加强中外文化交流，特别是对外宣传和弘扬中华民族的优秀传统文化也是大有裨益的。

[675] 刘名扬. 《红楼梦》两个俄译本序言比较研究 [J]. 明清小说研究，2012（02）：77-87.

摘要：《红楼梦》1958年版和1995年版两个俄译本的序言由苏联和中国两个国家的译者撰写，有着相似而别具异彩的思想内容。1958年版由于是特定历史政治时期下的产物，在历史内涵和审美价值上给予政治阶级观点上的评价；而1995年版是新时期下的译本，叙述朴实，点评客观，强调小说的思想艺术及语言魅力。两部序言有此有彼，体现了《红楼梦》这部旷世奇著的艺术价值。

[676] 唐均. 《红楼梦》希腊文译本述略 [J]. 明清小说研究，2012（02）：88-100.

摘要：《红楼梦》希腊文译本迄今只有一个，是直接从王际真60回增译本1959年的一个英国版本转译而成的。希腊文译者不为人所知，希腊文译本结构上较之王际真英译本有所删略。在希腊文译文方面，可能由于译者机械套用威妥玛英文汉语拼音和希腊文之间的简单对应关系，从而导致了专名音译时出现了不少标音混同现象，在此基础上还滋生了很多排版舛误，由此可能严重影响希腊语读者对中国古典小说《红楼梦》的正面接受。

[677] 刘晓玉. 基于语料库的元话语标记语"原来"在《红楼梦》及其两英译本中的对比研究 [D]. 武汉：华中科技大学，2012.

摘要：本文是对元话语标记语"原来"在《红楼梦》及其两英译本中使用情况的对比研究。本研究致力于探究"原来"在《红楼梦》中的具体功能及其在两英译本的再现和使用情况的差异。借助平行语料检索软件，本文建立《红楼梦》汉英平行语料库，通过对语料的观察与分析得到结果。

[678] 刘敏. 基于语料库的元话语标记语"就是"在《红楼梦》及其两英译本中的对比研究 [D]. 武汉：华中科技大学，2012.

摘要：本文旨在对"就是"这个元话语标记在《红楼梦》中的使用情况及在两个英译本中的翻译情况进行对比研究。本文首先使用断句的方法为《红楼梦》及其杨宪益和霍克斯两个译本建立了语料库，利用平行语料库统计了"就是"在《红楼梦》中的出现情况，把不属于元话语标记语的谓词性"就是"去掉。作者在语料中一共发现了 360 个"就是"，其中 128 个为谓词性短语。本文则主要考察其余 232 个"就是"作为元话语标记语的功能。

[679] 张美丽.《红楼梦》两译本中王熙凤语言翻译的对比 [D]. 北京：外交学院，2012.

摘要：本文试图运用关联理论对两译本中王熙凤的语言对话的翻译进行比较和分析，从而进一步了解译本对王熙凤人物形象的把握。

[680] 王璇. 成语汉日翻译技巧研究 [D]. 北京：首都师范大学，2012.

摘要：笔者选定了两个在日本有影响力的译本，收集其中的成语翻译实例，分别进行成语翻译的分析，以探究成语翻译的方法。在本论文中，主要通过与《红楼梦》原文的比对，从直译、意译和略译三个角度对成语日译技法及其特征进行分析。

[681] 刘静. 习语翻译中的文化再现与缺失 [D]. 秦皇岛：燕山大学，2012.

摘要：本文在前人对习语研究的基础上，借助《红楼梦》中、英语料库检索出《红楼梦》前 56 回习语在霍克斯、杨宪益、乔利、邦索尔四个译本中的对应译文，比较源语习语中的文化信息在译语中的再现情况，分析四个译本在处理源语习语中的文化信息方面的异同与得失，总结归纳四位译者在文化再现方面的规律性策略及其采用的原因，以期对汉语习语英译提供借鉴。

[682] 胡来胜. 评《红楼梦》英译本颜色词的翻译 [D]. 武汉：华中师范大学，2012.

摘要：本论文拟通过杨宪益、戴乃迭所译 A Dream of Red Mansions 和 David Hawkes 所译 The Story of the Stone 的译本比较，探讨二者在处理颜色词方面的异同。论文首先讨论了颜色词在文学作品中的地位及其美学价值，然后分析颜色词的类别和构成特点以及针对译者的不同翻译目的所采用的翻译原则和策略，最后探讨颜色词所蕴含的文化信息以及文化差异和译者风格对翻译策略的影响。

[683] 于红梅. 基于语料库的《红楼梦》两英译本人际隐喻使用对比研究 [D]. 苏州：苏州大学，2012.

摘要：本文以红楼梦中英双语平行语料库为研究基础，结合话语分析，从定量与定性两各方面就两英译本中人际隐喻的使用及原文人际意义的再现展开对比分析。

[684] 石磊.《红楼梦》四个英文全译本中拟亲属称谓语翻译策略的分析 [D]. 成都：西南交通大学，2012.

摘要：本文以巴斯奈特的文化翻译观为基础，以《红楼梦》人物对话中的拟亲属称谓语及其在四个英译本中的翻译为研究对象，统计并分析了《红楼梦》四个英文译本中拟亲属称谓语的翻译方法，归纳总结了红楼梦四个英译本关于拟亲属称谓语的翻译特点，并在此基础上选择了五个频率最高的拟亲属称谓词进行了对比分析。

[685] 马靖. 翻译标准多元互补视角下《红楼梦》三个英译本中金陵判词的对比研究 [D]. 成都：西南交通大学，2012.

摘要：本文通过对当前金陵判词翻译研究的回顾，发现从多元互补视角对金陵判词进行分析的学术研究较少，且多集中于对杨宪益夫妇、霍克斯译本的探讨，目前对邦索尔译本的研究极为缺乏，而且大多数的研究只关注金陵判词中信息的翻译，较少关注其诗歌形式在译文中的再现。以翻译标准多元互补理论中语言学角度的具体标准为理论框架，本文从语音、语义、句法三个层面对杨宪益夫妇、霍克斯及邦索尔译本中金陵判词的韵律、典故、双关、字谜、对仗、省略等进行实例分析，旨在探寻金陵判词的翻译方法。

[686] 刘志芳. 概念筹划理论视角下的邦索尔神父《红楼梦》英译本本源文化概念翻译研究 [D]. 成都：西南交通大学，2012.

摘要：作者旨在通过何元建博士的概念筹划理论，以邦索尔神父翻译的《红楼梦》一百二十回全译本为蓝本，研究译者对小说中习语、礼俗和宗教这三类本源文化概念所运用的翻译策略和分布趋势进行统计分析，并与凌冰以杨宪益夫妇译本为研究对象的研究结果进行对比研究，以此进一步验证何元建的概念筹划理论。

[687] 杜贝贝. 1995年俄译本《红楼梦》宝黛对话的会话含意分析[D]. 武汉：华中师范大学，2012.

摘要：本文以曹雪芹的原著和1995年《红楼梦》俄译本为例，尝试分析了本小说中贾宝玉林黛玉在不同场合下的对话，通过其在会话中语用策略的选择来分析二人的性格刻画，这将有助于从新的领域来研究该小说。最后，还特意分析了这些蕴含言外之意的对话在小说中所起到的文学功能，这些对话可以从一个侧面反映出人物丰富复杂的感情和各具特色的性格，对人物形象的塑造起到了很大的作用。

[688] 贺蕾洁. 释意论下《红楼梦》法译本贾宝玉姓名翻译策略初探[D]. 成都：西南交通大学，2012.

摘要：《红楼梦》是一本百科全书式的小说。如何翻译小说人物姓名以求达到传递文化的目的？其结果如何评价？要回答这些问题，那就需要我们分析研究其姓名翻译策略，探索文化翻译的传递方式。翻译释意理论对于文化传递有积极观点，本文将就翻译释意理论所定义的翻译过程，来初探《红楼梦》中贾宝玉姓名的翻译策略。

[689] 彭锦. 关联理论视角下文化缺省的翻译[D]. 武汉：湖北工业大学，2012.

摘要：文化缺省指作者在与其意向读者交流时双方共有的相关文化背景知识的省略。《红楼梦》蕴含着丰富的中国特有文化，所以作品中的文化缺省现象大量存在。《红楼梦》两全译本的作者杨宪益、戴乃迭和大卫·霍克斯、闵福德分别处于不同的文化背景，对文化缺省的翻译采取了不同的方法。杨译主要是以直译为主，尽量保留原文的语言内容和形式，使译语读者获得外来文化的美感，读者需要更多的推导努力；霍译主要以意译为主，尽量用译语文化来取代原语文化，或者用没有明显文化色彩的语言形式来翻译原语文化色彩浓重的词句，使读者倍感亲切。虽然译者的翻译方法不同，但都遵循了最佳关联原则，都是成功的翻译。

[690] 李霞.《红楼梦》两译本所体现的译者主体性[J]. 太原城市职业技术学院学报，2012（04）：182-183.

摘要：本文选择杨宪益夫妇和霍克斯的《红楼梦》两译本作为对比研究的对象，除了它们是目前为止造诣很高的全译本之外，更重要的是这两译本不论在文本选择、翻译目的，还是翻译策略的选择等方面都体现了译者主体性发挥的必要性和不可避免性。总之，译者作为翻译活动的直接执行者，在翻译的整个过程中都留下了自己的印记，对《红楼梦》翻译特别是对由杨宪益夫妇和霍克斯等人完成的两个英语全译本的研究对推动翻译理论和实践的发展有着举足轻重的作用。

[691] 五月. 文化交际角度分析《红楼梦》两英译本 [J]. 文学界（理论版），2012（04）：67，69.

摘要：跨文化交际，主要就是指在翻译中要注重两种文化间的差异，从而实现两种语言间的自由转换，做到词句达原意。杨宪益和霍克斯的译作《红楼梦》的两英译本，在翻译中，充分注重了文化交际在不同文化下表达的差异性，使翻译满足了不同读者的不同需求。

[692] 龚牡. 中国叙事学理论视角下《红楼梦》两个英译本的翻译策略研究 [D]. 长沙：湖南大学，2012.

摘要：本文试图从中国叙事学理论的三个方面，即意象，叙事时间和人物描写来分析《红楼梦》两个英译本中对此三个方面的传递与转化，以及两位译者在传递这些匠心独运的叙事功能时所运用的翻译策略和所造成的得失。

[693] 傅恒. 从《红楼梦》杨、霍译本中称呼语比较看文化翻译 [J]. 鸡西大学学报，2012，12（04）：54-55.

摘要：《红楼梦》中的称呼语反映了中国特有的社会文化思想，通过分析杨宪益、霍克斯英译本中称呼语的翻译，从纽马克"关联翻译法"探讨文化翻译时如何最好地再现原文。

[694] 王璐. 从许渊冲"三美"角度论《红楼梦》霍译本的人名英译 [J]. 泰州职业技术学院学报，2012，12（02）：28-31.

摘要：文章从"三美"角度对《红楼梦》霍克斯译本中的人名进行分析研究，探索人名英译时"三美"的缺失与再现。

[695] 王倩. 文学翻译视角下的《红楼梦》赏析——以大卫·霍克斯的英文译本为例 [J]. 新西部（理论版），2012（07）：99-100.

摘要：本文从文学视角赏析了英国汉学家大卫·霍克斯的《红楼梦》中第二十八回英文译本，对其译本中语言的运用，诗词、歌曲和酒令的翻译及文化倾向性等问题进行了分析。

[696] 华怡春. 读者导向下中国传统伦理观在《红楼梦》霍克斯英译本中的变异［D］. 长沙：湖南大学，2012.

摘要：本文分别从家庭伦理、爱情与婚姻伦理、宗教伦理以及人际交往伦理等方面，探讨了《红楼梦》中的中国传统伦理观在霍克斯英译本中的变异，并分析了变异的原因。

[697] 宋卫华. 基于《红楼梦》及其两种英译本的汉英感叹词对比研究［D］. 桂林：广西师范大学，2012.

摘要：本文拟通过对中国四大名著之一的《红楼梦》及其霍译和杨译本中的感叹词进行对比研究。本文拟回答以下几个问题：（1）汉英感叹词在语音、语义、句法特征方面存在哪些异同之处？（2）小说中男、女两性在感叹词的选择使用上是否有差异？（3）小说中各个人物由于身份地位不同而在感叹词的使用上存在什么差异？（4）成长于不同文化背景下的译者在翻译《红楼梦》这同一部著作时对其中的感叹词在英译处理上有何异同？这表明汉英感叹词在语用功能上有什么对等关系？

[698] 夏雷. 从《红楼梦》英译本看中西方翻译策略的不同［J］. 西南农业大学学报（社会科学版），2012，10（04）：143-144.

摘要：《红楼梦》是一部极具思想性和艺术性的伟大作品，代表着中国古典小说发展的最高峰。自20世纪70年代以来，有关《红楼梦》英译的文章日益增多，文中以杨氏和霍氏英译本《红楼梦》的不同译法为例，围绕翻译策略以及翻译与文化的关系来探究中西方不同的翻译策略。

[699] 范婧. 巧妙合璧中西文化，准确传递多元信息——浅析《红楼梦》两个英文译本［J］. 咸宁学院学报，2012，32（04）：50-51.

摘要：本文通过列举《红楼梦》两个英译本中的一些译例，比较分析了这两个译本的文化信息翻译以及译者所采用的不同的翻译策略，以进一步探讨译者的翻译创作特点。

[700] 侯宝华. 宗教意象在《红楼梦》不同译本中的体现[D]. 成都：西南民族大学，2012.

摘要：本文试图从文化信息传播的视角探讨在不同的两个《红楼梦》英译本——*The Story of the Stone* 和 *A Dream of Red Mansion* 中，不同文化背景的译者对于原文中所蕴含的丰富的宗教文化的不同翻译，以及这些富有特色的宗教意象在东西方世界的传播情况。

[701] 陈嘉岚.《红楼梦》杨译本中汉语长句的断句译法研究[D]. 桂林：广西师范大学，2012.

摘要：本研究以语料库语言学和描述性翻译的相关理论为指导，利用红楼梦平行语料库收集《红楼梦》杨译本中汉语长句的英译，统计分析其断句译法的具体使用情况，由此归纳出《红楼梦》杨译本中汉语长句英译时断句的方法和原则。

[702] 张欣. 从目的论角度对《红楼梦》两个英译本归化异化的对比分析[D]. 哈尔滨：哈尔滨工程大学，2012.

摘要：本论文主要从目的论研究《红楼梦》两个英译本中的翻译。以原文中的建筑文化和室内摆设，饮食文化及服饰文化的翻译作为本论文重点的例子进行研究。通过分析，根据他们各自不同的翻译目的，杨宪益主要采取异化的手段，而霍克斯主要选择归化策略。两种不同方法的运用充分地体现了他们在翻译过程中对翻译创造的严谨，做到了对原著负责，对读者负责。

[703] 杜蕾.《红楼梦》两个英译本中的"红"字翻译研究[D]. 上海：上海师范大学，2012.

摘要：本文通过数据的收集整理、对比分析的方法重点分析关于"红"字的翻译策略区别及其产生原因。本文通过大量的数据对比来研究"红"字在《红楼梦》中的作用，以及在解构主义角度下两个译本所采取的翻译策略。通过摘取分析，列举了两个翻译版本对同一个词的多样表达法，对于英语学习者对词汇表达多样性的学习和更好地欣赏这部小说都会有所帮助。

[704] 吕海鸥. 论文学翻译背后的操纵力量[D]. 合肥：安徽大学，2012.

摘要：本文以王际真1958年出版的《红楼梦》英译本为例，结合弗米尔所提出的目的论，证明王际真在《红楼梦》英译本成书过程中受到了其翻译目的的影响。当时的政治文化环境决定了目标语读者的期待，这一期待决定了王际真翻译的目的，即翻译一本面向普通英语读者的普通读物。这一目的在各个层面对王际真的译本产生影响。

［705］王钰恒.对话的隐含意义及其翻译［D］.重庆：四川外语学院，2012.

摘要：本论文选取了《红楼梦》俄译本作为研究对象，结合现代语用学语境的相关理论，分别从"上下文语境""情景语境""民族文化传统语境"的角度出发，分析《红楼梦》俄译本中的人物对话的隐含意义的翻译实例。

［706］杨秀中.异化归化与英汉颜色词翻译［D］.福州：福建师范大学，2012.

摘要：本论文通过对比杨宪益夫妇的译本 A Dream of Red Mansions 和大卫·霍克斯的译本 The Story of the Stone，首先讨论了颜色词在文学作品中的美学价值，然后分析了颜色词翻译的方法，最后探讨了异化、归化在两英译本中颜色词翻译的应用，以及本研究对翻译硕士教学的启示。

［707］顾维.基于修辞的《红楼梦》两种英译本对比与研究［D］.哈尔滨：黑龙江大学，2012.

摘要：本文通过对比与分析两位译者对于《红楼梦》中语音、语义、语形这三种修辞的翻译差异，从而得出这样一个结论：译者文化取向、译者翻译目的、译者翻译策略是导致译本差异的三个主要因素。

［708］李霞.《红楼梦》两译本所体现的译者主体性［J］.吕梁教育学院学报，2012，29（01）：101-102.

摘要：翻译是有目的的活动，译者作为这一活动的执行者，其主体性在翻译的整个过程都留下了烙印。对《红楼梦》翻译，特别是对由杨宪益夫妇和霍克斯等人完成的两个英语全译本的研究对推动翻译理论和实践的发展有着举足轻重的作用。

[709] 李敏杰，朱薇. 基于平行语料库的《红楼梦》英译本文体风格研究[J]. 中南民族大学学报（人文社会科学版），2012，32（02）：177-180.

摘要：本文基于《红楼梦》汉英平行语料库，研究者可以借助语料库统计分析软件，统计霍译本和杨译本的形符数、类符数、类符/形符比、平均词长、高频词、平均句长等，发现两者的不同特点。统计结果发现，总体上，较之杨译本，霍译本显化特征更明显，这有利于西方读者的理解和接受；杨译本更强调译作对原作的重现，更强调译作的文学性，因而表达方式更加丰富、生动。

[710] 张欣欣.《红楼梦》两全译本中人名翻译对比研究[D]. 青岛：中国海洋大学，2012.

摘要：本文追溯《红楼梦》人名英译的历史，重点对比英国翻译家霍克斯和闵福德合作的全译本和中国翻译家杨宪益、戴乃迭夫妇合作的全译本中的人名翻译策略，结合威氏拼音系统和汉语拼音系统，探讨各种人名翻译策略的效果、利弊，解释影响人名翻译策略选择的主、客观原因，以期为汉语人名翻译提供启示。

[711] 石平.《红楼梦》英译本人物对话的宏观语篇和语域重构[J]. 安徽工业大学学报（社会科学版），2012，29（02）：69-71.

摘要：由于英汉两民族各自独特的文化背景、价值观念、思维方式、语言逻辑，造成了翻译中的各种语篇重构现象。《红楼梦》的两个英译本（杨宪益译本和霍克斯译本），因不同翻译策略的运用，使译文语篇发生重构，产生与原文在结构上的差异，较好地传递了原文的语用信息和内涵。

[712] 邱进. 从功能翻译理论的角度论《红楼梦》典故的翻译——杨译本与霍译本对比研究[J]. 重庆文理学院学报（社会科学版），2012，31（02）：117-121.

摘要：从功能翻译理论的角度对中国古典文学名著《红楼梦》的两个英译本（杨宪益、戴乃迭译本和霍克斯译本）中的典故翻译进行研究，对比和分析杨译本和霍译本对于典故所采取的不同翻译策略和方法。

[713] 赵静. 霍克斯英译本《红楼梦》中委婉语翻译的伦理审视

[D]．南京：南京师范大学，2012．

摘要：本文以《红楼梦》中的委婉语为切入点，探讨霍克斯翻译策略的伦理依据。本文以前四种模式为理论依据，引用大量霍克斯委婉语翻译的实例，通过分析他采用的翻译策略，总结了他所遵从的伦理模式。

［714］乔锐．劳伦斯·韦努蒂理论视角下的汉英习语翻译研究——红楼梦之两译本［D］．信阳：信阳师范学院，2012．

摘要：本文从劳伦斯·韦努蒂的异化归化理论视角出发，运用对比分析以及定性的方法，通过对比杨氏夫妇和霍克斯的译本，探讨汉英习语翻译过程中的文化差异以及翻译障碍；并具体分析了两种译本中所采取的翻译方法，从各个角度研究了汉英习语翻译，以此来探索行之有效的翻译策略。

［715］苑光红．帕纳休克《红楼梦》两俄译本回目翻译美学比较［J］．语文学刊（外语教育教学），2012（02）：68-69．

摘要：《红楼梦》是中国四大古典文学名著之一，其回目的撰写别具特色，具有很高的艺术成就和审美价值。本文通过比较 В. А. Панасюк 两个俄译本对回目的翻译，从音韵美、形式美、意境美三个方面分析研究翻译过程中文本美学价值的保存和再现。

［716］刘迎姣．《红楼梦》英全译本译者主体性对比研究［J］．外国语文，2012，28（01）：111-115．

摘要：《红楼梦》英全译本译者霍克斯与杨宪益在双语语言文化能力和对《红楼梦》翻译事业及《红楼梦》英译的态度等方面的个体性主体因素，以及在赞助人目的、诗学形态、翻译策略等方面的社会性主体因素方面都存在不同程度的差异。对《红楼梦》英全译本的译者主体性对比研究为译本"评价迥异"现象提供了最强有力的阐释。

［717］牛丽红．《红楼梦》及其俄译本中悲哀情绪的通感隐喻对比分析［J］．中国俄语教学，2012，31（01）：50-53．

摘要：本文阐释了《红楼梦》及其俄译本中悲哀情绪通感模式的迁移特点和基于经验相关的认知基础，分析了汉、俄悲哀情绪通感隐喻的个性差异。

[718] 姚令芝. 论小说翻译中的语域对等——以《红楼梦》杨氏和霍氏译本对照为例 [J]. 吉林省教育学院学报（下旬），2012，28（02）：87-90.

摘要：本文利用系统功能语法中韩理德的语域理论和豪斯的翻译质量评估模式，分析了《红楼梦》第三回王熙凤与贾母和第二十回史湘云和林黛玉之间对话的三个语域变量（语场、语旨和语式）信息，比较和检验了《红楼梦》David Hawkes 和杨宪益、戴乃迭两个英译本在再现这两段对话所包含信息主面的得失。

[719] 黄敏慧. 浅析《红楼梦》两个英译本中仿拟辞格翻译 [J]. 海外英语，2012（03）：123-125.

摘要：该文以彼得·纽马克的语义翻译和交际翻译理论为基础，对比分析杨宪益和霍克斯的《红楼梦》英译本中仿拟辞格的翻译，归纳出两位译者在处理仿拟时使用的翻译方法，并分析了两种方法的巧妙之处。

[720] 谢俊.《红楼梦》杨宪益译本中饮食词汇翻译商榷 [J]. 文学教育（上），2012（02）：136-138.

摘要：在《红楼梦》英语译本中，由杨宪益、戴乃迭夫妇翻译的英语译本是公认的优秀作品，其译本中的饮食词汇翻译出现频率非常高，是英文读者极为关注的对象，而这些传统的中国美食也是译文中能起到中西方文化交流的重要元素之一。因此，为了让所有饮食词汇翻译得贴切易懂，译本都尽量遵从英语语言习惯去翻译，这是一种带有"归化"色彩的翻译，但是在这种翻译理念下，有一些饮食词汇的翻译是值得我们商榷的。

[721] 王依宁. 中国传统文化在《红楼梦》英译本中的诠释 [J]. 吉林省教育学院学报（上旬），2012，28（02）：118-119.

摘要：本文通过分析杨宪益夫妇和霍克思（David Hawkes）对《红楼梦》中人名称呼、习语典故、诗歌词赋的英译，来探讨如何在翻译中处理文化差异，更好地传承中国传统文化的精华。

[722] 谭敏. 形式对等 & 功能对等 V. S. 语义翻译 & 交际翻译——以《红楼梦》第二十三回的两个英译本为例 [J]. 赤峰学院学报（汉文哲学

社会科学版），2012，33（01）：173-175.

摘要：笔者尝试用奈达和纽马克的翻译理论，对比分析《红楼梦》两个英译本中第二十三回里一些代表性的片段，旨在说明在翻译《红楼梦》这种充满文化内涵的古典文学名著时，无论"形式对等"和"功能对等"还是"语义翻译"和"交际翻译"，都应该兼取其长处，以弥补文化鸿沟造成的不足。任何一种单一的翻译理论指导下的译文都无法忠实地再现《红楼梦》中深厚的中国文化传统和文学艺术魅力。

[723] 刘琼. 从经验功能角度试析《红楼梦》卷头诗及四个英译本 [J]. 文学界（理论版），2012（01）：27-28.

摘要：通过对《红楼梦》卷头诗及四个英译本的经验功能分析，一方面检验系统功能语法作为普通语法在语篇分析和评估方面的可操作性和可应用性，另一方面也希望为中国古籍英译带来一定启示。

[724] 张伟. "文本细读"与《红楼梦》双译本的人物对话语言翻译研究 [J]. 湖北经济学院学报（人文社会科学版），2012，9（01）：99-101.

摘要：通过"文本细读"的方法研究《红楼梦》双译本的人物对话语言翻译，就是通过仔细研读文本，分析原著中对话者使用的辞章及所在语境进行话语解读，并同译文本相对照以分析译文本的意义，判断其是否深入接近文本，展示文本深层潜质。

[725] 李晶. 杨宪益、戴乃迭的《红楼梦》英译本底本研究初探 [J]. 红楼梦学刊，2012（01）：221-247.

摘要：本文通过梳理海内外诸多译评，结合相关史料，试图阐明杨译《红楼梦》研究中的重点及研究方法，并以回目译评为例来分析得失，以阐明杨译研究中尚存的空间，探索此课题深入开展的路径与意义所在。

[726] 刘畅. 探究《红楼梦》中中国传统文化翻译之"化"——以霍克斯，杨宪益、戴乃迭夫妇的两种《红楼梦》英译本作比较 [J]. 佳木斯教育学院学报，2012（01）：48.

摘要：在《红楼梦》的汉英翻译中，如何做到东西方两种具有差异的文化元素之间"化"的境界？本文将通过霍克斯，杨、戴两种《红楼梦》英译本的比较来进行探究。

[727] 李中强.《红楼梦》中量词的功能及翻译——以霍克斯的译本为例[J]. 潍坊教育学院学报, 2012, 25 (01)：92-94, 100.

摘要：量词是汉语中的一个独立的词类，而在英语中却是从属于名词的。汉语中发达的量词是写作和交流必不可少的，而与之相对应的却是许多量词不能实现字对字的翻译。霍克斯翻译的《红楼梦》长期以来被认为是归化的译本，非常具有"英语味"，因此，考察霍克斯《红楼梦》译本中对于汉语量词，尤其是具有一定修辞含义的量词的翻译手法，对我们的翻译教学、实践以及英语习得都具有一定的指导意义。

[728] 黄敏慧. 从纽马克的翻译理论看《红楼梦》两个英译本中喜剧性元素的翻译[D]. 南京：南京师范大学, 2012.

摘要：鉴于纽马克理论的实用性，本文试图以纽马克的语义翻译和交际翻译理论为基础来对比研究《红楼梦》杨、霍两个译本中喜剧性元素的翻译。

[729] 杨莹. 小说人物身份的态度元话语构建[D]. 宁波：宁波大学, 2012.

摘要：本文主要探讨态度元话语如何构建小说人物身份，考察了其如何体现小说人物对事物和行为的态度，丰富了元话语的框架，提供了新的研究角度来分析古典小说，以此来加深对古典小说的解读。

[730] 陆霞. 接受美学视野中的中国古典名著——《红楼梦》库恩译本及史华慈译本翻译策略浅析[J]. 当代文坛, 2012 (01)：115-119.

摘要：接受美学的理论核心"读者中心论"确立了读者的本体地位。面对《红楼梦》，德国汉学家、翻译家库恩与史华慈最原初的身份就是两位"特殊"的读者。说特殊，是因为他们除阅读原文本，还需用自己的言说方式将这个文本介绍给与他们讲同一个母语的读者群。而他们之所以采用这样那样的言说方式，我们可以从接受美学理论出发，依托"水平接受""垂直接受""个人接受"等论点，来考察那些制约其翻译策略的种种因素，如不同的时代背景、不同的赞助人机制、两位"读者"不同的文化背景、审美情趣、经济状况等，最后对呈现出的不同风格的译本做出合理的分析与阐释。

第十章

2011年度《红楼梦》译本研究文献汇总

[731] 张秀英. 从《红楼梦》的英译本看翻译中文化差异的处理和补偿[J]. 语言与文化研究, 2011 (02): 186-190.

摘要：本文将从文化的角度分析杨宪益、戴乃迭的《红楼梦》英译本中的所得与所失，并根据其在文化差异方面的处理提出一些涉及文化的翻译方法和补偿策略，从而尽可能多地保存源语文化，并使中国文化在国内外得到更广泛的传播。

[732] 娜斯拉·阿依拖拉. 浅析《红楼梦》哈萨克语译本中人物语言的翻译[J]. 民族翻译, 2011 (04): 46-49.

摘要：本文通过分析哈萨克语译本中人物语言的翻译，认为哈萨克语译文充分运用多种翻译手段，成功再现了《红楼梦》中鲜活的人物形象。

[733] 魏琼. 顺应论视角下翻译策略选择浅析：以杨译本《红楼梦》为例[J]. 湖南工业职业技术学院学报, 2011, 11 (06): 78-80.

摘要：Verschueren提出语言具有变异性、商讨性和顺应性的特点，为语言选择提供了可能性，也为语言交际的顺利进行提供了保障；双语交际的翻译过程必须顺应语境成分、语言结构和翻译的动态过程。杨译本《红楼梦》在这方面提供了很好的翻译研究素材。

[734] 陈艳, 金仁旻. 从《红楼梦》两英译本看恭维语策略的选择[J]. 安徽广播电视大学学报, 2011 (04): 94-98.

摘要：从《红楼梦》中搜集了相关语料，同时运用了网上红楼梦汉英平行语料库来进行研究，对比分析了《红楼梦》杨译和霍译两个英文版本的恭维语翻译，探讨其翻译风格。

[735] 张春梅. 从人物再现看《红楼梦》的两个译本 [J]. 宿州教育学院学报, 2011, 14 (06): 109-111.

摘要：文章从人物再现的几个方面分析了《红楼梦》的两个译本。第一方面是从人物外貌的再现角度分析，比较了黛玉、迎春的形象刻画；第二方面是人物对白和语言风格的再现；选取了宝玉与袭人，宝玉与黛玉的两段对话进行比较；第三方面分析人物称谓的翻译，选择分析了王夫人的称谓。

[736] 笪振静. 从概念隐喻看构式为"V1I1V2I2"成语的翻译原则 [D]. 大连：大连外国语学院, 2011.

摘要：本研究以概念隐喻和构式语法的理论为基础，通过对《红楼梦》两个译本中构式为"V1I1V2I2"成语的对比分析，拟提出三条成语翻译原则，旨在解决目前成语翻译方法缺乏系统性和针对性的问题，以期提高成语翻译的整体水平。

[737] 曹江. 从意识形态看《红楼梦》两译本的翻译策略 [J]. 湖北工业大学学报, 2011, 26 (06): 136-138.

摘要：《红楼梦》的杨译本和霍克斯译本在文化因素的处理上表现出了不同的倾向，这种倾向在很大程度上是因为受到不同意识形态的影响。杨译《红楼梦》是在20世纪70年代的非常时期完成的，所以译文不得不体现出当时国内政治的需要，又因为译者希望体现出原书中的文化成分，所以主要采用了语义翻译法，以忠于原文为首要考虑。而霍译《红楼梦》为了适应西方读者的口味，舍去了原书中一些次要的细节，注重翻译归化，主要采用了交际翻译法。

[738] 朱薇, 李敏杰.《红楼梦》英译本中的显化特征——基于语料库的助词缩写使用统计与分析 [J]. 南京航空航天大学学报（社会科学版）, 2011, 13 (04): 72-76.

摘要："显化"是翻译普遍性中的重要特征。检索《红楼梦》平行语料库中的"代词，助词缩写"形式，发现两译本在BE、HAVE、WILL的缩写使用上基本接近翻译英语语料库TEC，均有别于英国国家语料库BNC，证明了两译本作为翻译文本而表现出的显化特征，也证实了Baker等人提出的"翻译普遍性"假说。此外，较之杨译本而言，霍译本的显化特征更明显，以及其作为翻译文本的特征也更明显。

[739] 陈莉. 从跨文化翻译中的归化与异化角度评《红楼梦》的两个英译本 [J]. 长沙铁道学院学报（社会科学版），2011，12（04）：158，204.

摘要：本文从跨文化翻译中归化和异化的视角，对《红楼梦》的两个英译本进行比较和分析。文章认为，两个译本在言语信息的传达上均可谓经典之作，但是在对文化因素的处理上，则有很大区别：杨宪益夫妇的译本主要采用异化原则，目的在于向外国读者介绍中国传统文化，而 Hawkes 的译本主要采用归化原则，目的是让译本更容易被外国读者所接受。

[740] 张秀英. 从《红楼梦》的英译本看翻译中文化差异的处理和补偿 [C]. 语言与文化研究（第九辑），2011：192-196.

摘要：本文将从文化的角度分析杨宪益、戴乃迭的《红楼梦》英译本中的所得与所失，并根据其在文化差异方面的处理提出一些涉及文化的翻译方法和补偿策略，从而尽可能多地保存源语文化，并使中国文化在国内外得到更广泛的传播。

[741] 郑赛芬.《红楼梦》英译本中王熙凤和林黛玉的抱怨策略——语用学分析 [D]. 上海：上海外国语大学，2012.

摘要：本文对《红楼梦》两大主要译本——杨宪益译本及霍克斯译本进行对比分析，分析《红楼梦》两大主要女性角色——王熙凤和林黛玉的抱怨言语行为，分析方法以定量分析为主，定性分析为辅。本文用 Concordancer 这一词频统计软件对王熙凤和林黛玉的抱怨言语进行数据统计，从语义成分、句法词汇手段和话语手段三个方面对统计结果进行语用分析，运用语用学相关理论直接分析抱怨语本身，这三个方面直接体现主人公的抱怨策略及译本中遣词造句的特征。

[742] 李妍. 从"间性"的视角看文学翻译 [D]. 上海：上海外国语大学，2012.

摘要：本文旨在结合《红楼梦》霍克斯译本的翻译实例，以更为全面的、关联的视角，对文学翻译过程中主体间、文本间及文化间的多元共在和对话关系进行综合性的描述与分析。

[743] 陈志明. 汉语重叠式副词研究 [D]. 石家庄：河北师范大学，2011.

摘要：该研究是基于中国古典小说《红楼梦》和霍克斯翻译的英译本之间的比较展开的。之所以选择《红楼梦》是因为它是用标准的且没有受到过欧化影响的汉语写成的。首先，将原著中所有的重叠副词的句子及其英语本当中对应的句子找出来，一一对应，便于比较。然后将每个句子中所采用的翻译方法或策略标注在后面的括号中，进而依据译者所采取的翻译方法或策略再重新进行归类。最后，分析为什么在特定的背景会使用某一特定的翻译方法或策略。

[744] 张艳. 动态对等视角下 Hawkes《红楼梦》英译本中的文化缺失研究 [D]. 石家庄：河北科技大学，2012.

摘要：本论文以霍克斯的译本前三十回为例，从四个方面找出其中存在的文化缺失现象，探讨补偿这种缺失的策略，为以后的英语翻译工作起到一定的启发和借鉴作用。

[745] 王欢月. 社会文化因素对翻译的操控 [D]. 秦皇岛：燕山大学，2012.

摘要：本文以勒菲弗尔的操控理论为框架，结合具体实例，对比分析《红楼梦》的两个相同时代、不同文化背景的译者的节译本（即 1958 年库恩-麦克修姐妹节译本和 1958 年王际真节译本），研究译本在多大程度上受到了意识形态、赞助势力和诗学的操控，以及译者是否受到自身文化立场的影响而改变了译文中某些文化专项的翻译策略。

[746] 张明晗. 语境顺应论下《红楼梦》前五十六回"笑道"三译本翻译对比分析 [D]. 秦皇岛：燕山大学，2012.

摘要：本文以《红楼梦》以及其三个英译本（杨译、霍译和邦译）前五十六章的报道动词——"笑道"为语料，以维索尔伦的语境顺应论为理论，探讨三个译本中"笑道"的译法。笔者通过数据和个例发现，由于译者主体性差异、对故事情节的理解差异、对人物把握和理解差异以及翻译目的的不同，从而导致了对"笑道"翻译的千差万别。杨宪益夫妇全面把握人物的社会地位、性情、人物关系、场合，并积极顺应言语产生时的社交世界、物理世界和心理世界，通过翻译"笑道"，准确、鲜明、灵活、形象地再现了原语文化。

[747] 詹德华. 以俄译本《红楼梦》译诗为例谈译诗应是诗[J]. 广东外语外贸大学学报, 2011, 22 (06): 61-66.

摘要：本文从1958年俄译本《红楼梦》译诗中选取三首作为例子, 针对反映在我国俄语诗歌翻译中的某些问题, 结合俄语格律诗的特点, 对诗歌翻译中韵律、结构和词语的处理以及相关问题做一点儿探讨。

[748] 华少庠. 论《红楼梦》库恩译本的归化翻译策略[J]. 广西社会科学, 2011 (11): 136-139.

摘要：《红楼梦》的文化负载词汇清晰地表现了中国文化的特殊性。面对中德语言文化的巨大差异, 译者库恩以寻找中、德语中共有义素的词汇为着眼点, 灵活运用以达意为主旨的归化翻译策略, 使无中国文化前见的德语读者得以理解小说的深刻含义。中、德文化间的差异性, 注定要产生翻译过程中的张力, 正是这种张力, 为译者库恩对《红楼梦》进行中、德语间的文字转换, 寻找最适宜的表达语符和创造新的文学魅力提供了巨大的动力, 也使译本获得了独立的文本价值。

[749] 樊昕昕.《红楼梦》第三回两译本的对比赏析[J]. 剑南文学 (经典教苑), 2011 (11): 90.

摘要：众所周知,《红楼梦》是中国古典文学四大名著之一, 至今已有很多译本。其中我国翻译家杨宪益夫妇和英国学者霍克斯翻译的两个译本被誉为公认的传神佳作。中西方国家在历史发展的长河中形成了不同的文化, 文化的不同势必会在翻译过程中体现出来。本文将通过译例从句式结构、遣词用字和文化差异方面对《红楼梦》第三回的两种英译本进行评析鉴赏。

[750] 康宁. 从互文性视角解读《红楼梦》两个英译本的跨文化翻译[J]. 山西师大学报 (社会科学版), 2011, 38 (S4): 186-188.

摘要：本文结合互文性理论对《红楼梦》的两个英译本中不同文化认同进行对比分析, 分别从文化的五个层面来阐述该理论在跨文化翻译过程中有重要的指导作用。

[751] 洪涛.《红楼梦》译论中的孤立取义现象和"西方霸权"观念——兼谈霍译本的连贯和杂合 (hybridity)[J]. 红楼梦学刊, 2011

(06): 290-311.

摘要：本文质疑《红楼梦》翻译评论中的两种做法：一、考察时"只局限于词汇层"；二、批评时套用"西方霸权"观念。笔者认为较公允的做法是研读译文必须关注语篇的连贯性（coherence），而不宜只是孤立解读译文中的单词或词组。此外，西方的译者确实用了归化手法，但是，译本中不少证据显示译者和出版社并无"掩盖佛教信仰"的意图。霍译本封底标明《红楼梦》主旨涉及Buddhistbelief（佛教信仰），足可昭示真相。最后，本文认为霍译本的"杂合现象"甚为明显。

[752] 杨安文，胡云. 王际真1929年《红楼梦》英语节译本中的习语翻译统计研究[J]. 红楼梦学刊，2011（06）：45-58.

摘要：本文以《红楼梦汉英习语词典》为参照，对《红楼梦》原著和王际真1929年英语节译本中歇后语和俗谚语的使用情况进行数据统计和量化分析。结果表明，王际真英译本中歇后语和俗谚语的选译情况印证了该译本节译的主要特点：以宝黛爱情故事为主线，突出女性人物的塑造和平民阶层人物的刻画。同时，笔者亦对译本中的习语翻译进行分析，探讨王际真习语翻译的规律性特征及其原因。

[753] 钱亚旭，纪墨芳.《红楼梦》霍译本中物质文化负载词翻译策略的定量研究[J]. 红楼梦学刊，2011（06）：59-72.

摘要：本文旨在采用定性研究和定量研究相结合的方法，对《红楼梦》中五类物质文化负载词（服饰、饮食、器用、建筑和医药）和其在霍克思英译本中的译文进行对比分析后，定量统计各种翻译方法所占的比例，力求发现该译本在处理物质文化负载词时所使用的翻译策略的特点和总体倾向性，从而为研究物质文化负载词的翻译问题提供一个视角。

[754] 任显楷，柯锌历.《红楼梦》四种英译本委婉语翻译策略研究：以死亡委婉语为例[J]. 红楼梦学刊，2011（06）：73-85.

摘要：本文以《红楼梦》中的死亡委婉语为例，讨论了《红楼梦》四种英译本在处理这些死亡委婉语时的翻译策略。文章将《红楼梦》中的死亡委婉语大体分为两类：一类是字面的简单替换，一类则同中西文化语境密切相关。通过这样两种情况的分类说明，较为详细地分析了翻译过程中出现的困境和解决方式，以期加深读者对《红楼梦》原文及其四种英译本翻译策略的理解。

[755] 王维民, 秦岚. 人际功能视角下的小说人物关系趋向性——《红楼梦》英译本和德译本中妙玉人物形象的不同体现 [J]. 红楼梦学刊, 2011（06）：86-107.

摘要：本文以韩礼德人际功能理论为理论基础，以语气系统、情态系统和基调系统为切入点，通过彭寿英译本和史华慈—吴漠汀德译本分析第41回中妙玉与贾母、黛玉、宝玉的对话，以及妙玉与三位人物的关系，进而探析人物关系趋向性在上述英译本和德译本中的异同体现。

[756] 唐均, 张纯一.《红楼梦》库恩德译本英文转译中的句法问题略论 [J]. 红楼梦学刊, 2011（06）：108-129.

摘要：本文通过《红楼梦》库恩德译本与其英文转译本之间典型句法实例的比较分析，从曲译和硬译两个角度阐释了麦克休姐妹英译本中出现问题的主要根源——英译者有欠精熟的德语水平，导致了《红楼梦》译文从德文向英文转换过程中的机械和生硬。

[757] 成蕾. 论译者在"春夏秋冬"中的困惑——浅析《红楼梦》李治华法译本中对节气术语的翻译策略 [J]. 红楼梦学刊, 2011（06）：130-145.

摘要：本文从李治华夫妇的《红楼梦》法语全译本出发，选取了其中的节气术语作为分析对象，从读者接受的角度总结并探讨了翻译策略的使用。

[758] 盛文忠, 马燕菁.《红楼梦》曹周本日译本语义模糊表达研究 [J]. 红楼梦学刊, 2011（06）：187-199.

摘要：《红楼梦》曹周本日译本中经常省略主语和谓语动词，并经常使用一些语义模糊的形式名词、助词、副词、形容词、助动词等词类。通过汉日对比研究发现，在句法上主要是由于日语具有非常丰富的语法形态，通过这些语法形态可以很容易判定省略的主语和谓语动词，而汉语缺乏这些语法形态，往往需要出现主语和谓语动词。此外，为了避免因过于直白而有可能导致与他人发生冲突或产生争论，或是为了表示对对方的尊重，日语经常使用语义模糊表达。日本人擅长使用语义模糊表达，可能是受其语言心理、语言思维模式和语言思维习惯的影响。

[759] 赵秀娟. 试析伊藤漱平《红楼梦》日译本中"好了歌"及"好了歌注"的翻译 [J]. 红楼梦学刊, 2011 (06): 200-213.

摘要：本文以伊藤漱平《红楼梦》日文全译本为研究对象，通过分析译本中《好了歌》与《好了歌注》的翻译，探讨诗歌翻译中押韵现象以及文化意象的对译问题。伊藤漱平比较强化译者的身份意识与翻译主体性，其对文本内容的翻译基本实现了原作的字面意义，但没有充分体现文本内容在源文化语境中富含的特定阐释与意义，因而导致了一定程度上的外延信息缺失，削弱了原作语言负载的丰富文化内涵。

[760] 赵瑰. 从《红楼梦》两个英译本中的翻译策略看杂合现象 [D]. 长沙：中南大学, 2012.

摘要：本文以杨宪益与霍克斯的《红楼梦》英译本为比较研究对象，首先分析了《红楼梦》翻译过程中的翻译策略，表明杨译本倾向于采取"异化"策略，而霍译本倾向于使用"归化"策略。这是因为二者翻译目的不同：杨宪益希望通过翻译让目的语读者了解译本中体现的中国文化，而霍克斯的目的则是通过翻译向目的语读者介绍这部中国古典小说。然后，本文从语言与文化这两个层面来探讨《红楼梦》两个译本中的杂合现象。通过分析表明，杨译本与霍译本都是一种杂合文本，且都能为目的语读者所理解与接受。

[761] 刘瑛. 认知语言学观照下《红楼梦》霍译本中的视觉化翻译探析 [D]. 长沙：中南大学, 2012.

摘要：本文从认知视角出发，以《红楼梦》的霍克斯译本为例，借助原型，场景—框架语义学两个关系密切的认知语言学概念，观察和分析译者在翻译过程中是如何通过视觉化操作而达到创造性翻译，并且利用视觉化操作方法来分析译者在翻译中出现偏差的原因。同时，针对翻译中的文化抗译性，本文也提出了有效的补偿措施——借助视觉化手段进行文化移植，这对弘扬中华文明，促进中华文明同世界的对话，实现世界文明多元化有着重要的积极作用。

[762] 赵颖. 试论《红楼梦》俄译本中异质文化的翻译策略 [J]. 东北农业大学学报（社会科学版）, 2011, 9 (05): 62-64.

摘要：对《红楼梦》俄译本中反映汉俄思想观念、文化内涵差异词语的翻译研究，分析面对异质文化译者所采取的翻译策略，进而指出异化与归化这两种翻译策略并不是绝对对立的，二者应相互借鉴与结合，才更有利于全球化背景之下的文化交流。

[763] 付鸣芳.《红楼梦》人物语言的评价意义与翻译——兼析杨宪益、戴乃迭英译本人物语言翻译策略 [J]. 无锡商业职业技术学院学报，2011，11（05）：106-109.
摘要：本文以评价理论为基础，关注评价系统中的态度系统，以中国古典名著《红楼梦》中的部分人物语言为例，分析人物语言的评价意义，以及人物如何借助评价性语言资源实现人际功能，并进一步研究了杨宪益、戴乃迭（Yang Hsien, Gladys Yang）英译本中译者针对人物语言的评价意义而采用的翻译策略。

[764] 邓玉羽. 红楼梦两译本里文化差异的对比研究 [J]. 现代交际，2011（10）：51，50.
摘要：本文借鉴前人对两个译本（大卫·霍克斯和杨宪益、戴乃迭译本）翻译策略、翻译效果的研究，通过分析两个译本对《红楼梦》文化内容的翻译，进一步对比分析和探讨了两个译本中对文化内容的翻译，意在发掘更多影响译者对文化内容翻译的因素。

[765] 万涛，赵丹. 从文化视角探讨《红楼梦》两译本中习语的翻译——以 David Hawks《The Story of the Stone》及杨宪益《The Dream of the Red Chamber》为例 [J]. 安徽文学（下半月），2011（10）：197-198.
摘要：翻译是一项不同文化和不同语言之间的交流活动。本文分析《红楼梦》中汉语习语的主要类型谚语和歇后语及 Hawks 和杨宪益两译本习语翻译，探讨文化与翻译的关系，总结 Hawks 和杨宪益两译本的不同。

[766] 彭俊，钟文. 顺应理论下的翻译策略与方法——以《红楼梦》杨宪益英译本为例 [J]. 南京审计学院学报，2011，8（04）：84-88.
摘要：Verschueren 的顺应理论为从语用学的角度研究翻译提供了新的理论框架。翻译策略和方法的选择应该分别实现对宏观交际语境和微观语言语境的动态顺应。归化和异化是实现动态顺应的翻译策略，直译和意译则是翻译方法。《红楼梦》的杨宪益译本为顺应论视角下翻译策略和方法的成功选择提供了例证。

[767] 张伟. "文本细读"与《红楼梦》双译本的人物对话语言翻译[J]. 重庆与世界, 2011, 28 (19): 77-79.

摘要：通过"文本细读"的方法研究《红楼梦》双译本的人物对话语言翻译，就是通过仔细研读文本，对原著中对话者使用的辞部及所在语境进行话语解读，并同译文本相对照以分析译文本的意义，判断其是否深入接近文本，展示文本深层潜质。在研究中，对原文本和译本的双重视野进行融合和比较，反过来有可能借助译者的力量去唤醒文本中沉睡的或被忽略的意义，发掘和探讨文本的丰富内涵和多重阐释。

[768] 邓文韬, 戴毓庭. 管窥霍克斯之翻译观——析霍译本《红楼梦》中人名双关语的英译[J]. 湖北经济学院学报（人文社会科学版），2011, 8 (10): 127-128.

摘要：《红楼梦》人物众多，且人名具有深厚的文化内涵，常有语义双关或谐音隐射。本文结合比利时学者 Delabastita 的双关语翻译理论来分析霍译本《红楼梦》中人名的英译，分析其翻译过程中对双关语策略的选择，以及对英译名充分性和可接受性之偏重，以此分析霍克斯的翻译策略和翻译观。

[769] 刘锦晖. "阿弥陀佛"一词在《红楼梦》两个译本中译文的语用分析[J]. 产业与科技论坛, 2011, 10 (19): 185-186.

摘要：语用学是对语言的语义系统最有解释力的理论模式之一，文化与翻译的问题通常借用这一理论来阐释。在《红楼梦》中，"阿弥陀佛"的使用频率很高，不同的语用环境下，它的语用意义也不甚相同。那么在翻译这篇巨作的时候，杨宪益和霍克斯是怎样处理"阿弥陀佛"的，侧重的是文化反映还是语用意义，两位译者各取所需，对原文进行了不同的处理。

[770] 严苡丹. 基于语料库的译者翻译策略研究——以《红楼梦》乔利译本中母系亲属称谓语的翻译为例[J]. 外语电化教学, 2011 (05): 65-70.

摘要：本文尝试采用语料库的研究方法，对《红楼梦》中英文语料库中前五十六回出现的所有母系亲属称谓语及其英译进行穷尽性研究，进而探讨译者的翻译策略及其选择该种策略的社会历史原因。

[771] 郭海山. 关联理论视角下的隐喻翻译策略研究——以霍译本《红楼梦》为例 [J]. 长春工程学院学报（社会科学版），2011，12（03）：108-109.

摘要：本文以关联理论为视角，分析霍译本《红楼梦》当中的隐喻翻译策略，指出无论译者是采取直译或是意译，只要遵循关联原则，使译文读者和原文读者对同样的隐喻产生同样的反应，达到最佳关联就是可取的。

[772] 黄建清. 叙事语篇时间域的转换与英译——兼评《红楼梦》的两个英译本 [J]. 福建师范大学学报（哲学社会科学版），2011（05）：85-89.

摘要：本文从叙事学和语言学的角度出发，对叙事语篇空间化的时间结构进行分析研究，并通过《红楼梦》与其两个英译本的对照，就语篇时间结构内部各时间域的构建及转换在英汉语中的语言标记进行比较，旨在透过语言形式确定语篇层次化的时间发展路径及其语篇组织功能，从而在汉英翻译中重构源语语篇的时间系统。

[773] 张燕.《红楼梦》中文化因素的翻译——比较《红楼梦》第三回两种英译本 [J]. 文学界（理论版），2011（09）：52-53.

摘要：翻译不仅是语言转换过程，也是文化转换过程。不同文化有其特有的文化意象，如何在翻译尤其是文学翻译中对这些文化意象进行处理，是译者在翻译过程中必须面临的问题。本文主要比较《红楼梦》第三回杨宪益和霍克斯两种译本。

[774] 张丽娟.《红楼梦》第三回两种英译本对比赏析 [J]. 剑南文学（经典教苑），2011（09）：269-270.

摘要：本文分别从语言转化、翻译方法和文化输出三个方面对杨译本和霍译本的第三回进行详细对比分析，对这两个译本的优劣进行了客观的评价，并结合实践对一些相关翻译理论进行了阐释，以求对翻译学习者有一些启发和帮助。

[775] 王菲. 管窥《红楼梦》三个日译本中诗词曲赋的翻译——以第五回的翻译为例 [J]. 中华文化论坛，2011（05）：36-42.

摘要：《红楼梦》的三个日译本在日本译界具有很高的地位，受到了极大关注。其中最有影响的是松枝茂夫译本（SM）、伊藤漱平译本（SI）和饭塚朗译本（AI）。本文将以《红楼梦》第五回中的诗词曲赋为例，采用文本分析的方法，对这三个日译本在语言表达层面和文化传递层面的翻译技巧进行欣赏评述。

[776] 叶荔. 用许渊冲的"三美"说赏析诗词翻译——以红楼梦第三回中《西江月》二词的两个译本为例 [J]. 北方文学（下半月），2011 (09)：152-153.

摘要：许渊冲的"三美"说主要针对文学翻译，尤其是诗歌。中国古典诗词讲究对仗工整、平仄协调、合辙押韵。诗词翻译既是汉英文学翻译中的重点也是难点。本文以许渊冲的"三美"说针对红楼梦第三回中《西江月》二词的两个译本进行了深入的分析。

[777] 李凌. 作者还是读者——目的论视域下《红楼梦》英译本的文化误读 [J]. 南阳理工学院学报，2011，3（05）：1-3.

摘要：本文从目的论的视角，以霍克斯的《红楼梦》译本为范例，对其中有意识的文化误读现象进行客观分析，认为在批评这些误读的同时，应看到译者当时的翻译目的，从而更好地了解误读的根源，更加客观地看待霍克斯的译本及其在当时的背景下产生的积极效果，以及该译本对《红楼梦》的海外传播做出的贡献。

[778] 宋洁. 翻译目的对译者策略的影响——以《红楼梦》的两个英译本为例 [J]. 安徽文学（下半月），2011（09）：180-182.

摘要：本文从翻译目的的角度出发，援引翻译目的论为理论基础，以中国经典小说《红楼梦》的两个英译本为例，说明翻译目的对译者策略选择的影响。本文采用的两个译本分别为霍克斯译本和杨宪益、戴乃迭译本。霍克斯翻译目的是使英美读者能够欣赏到这本小说，享受阅读的乐趣，因此倾向选用归化的译法；而杨宪益夫妇则是本着将中国文化介绍到国外的目的翻译这部小说，因此尽可能地保留原文的内容，于是倾向用异化的方法。

[779] 张东京，方蔚. 从《红楼梦》两英译本看归化异化的对立统一 [J]. 湖北函授大学学报，2011，24（08）：148-149.

摘要：翻译时对文化信息的处理一般采取以源语文化为归宿的"异化"和主要以目的与文化为归宿的"归化"。文章通过对《红楼梦》两个英译本的比较，分析霍克斯和杨宪益两位翻译大师在传递不同背景文化信息方面所采取的归化或异化的翻译策略，指出两者之间是相互对立又是动态统一的关系。通过对归化异化"度"的分析，指出好的译文应当是归化异化共同作用的结果。

[780] 张向霞，黄敏. 概念整合理论解读《红楼梦》诗歌中"花"隐喻及其翻译——以霍克斯译本为例 [J]. 湖南工业职业技术学院学报，2011, 11（04）：81-83.

摘要：《红楼梦》中的数百首诗歌在这一经典中占据重要的地位。而诗歌中大量出现的"花"隐喻使其更加丰富多彩。本文运用概念整合理论对《红楼梦》诗歌中"花"这一实体隐喻及译文进行解读，对比了原作者在构建"花"隐喻与译者在翻译这些隐喻时的认知整合过程，从而发现译者受翻译目的和语言文化的影响在解读和翻译隐喻时存在些许问题。

[781] 张云. 试论《红楼梦》两种英译本中文化信息的传译 [J]. 科技信息，2011（24）：139-140.

摘要：本文回顾了巴斯奈特的"文化翻译观"与奈达的"读者反应论"，通过比较研究《红楼梦》两个英译本中文化因素的传译所遵循的两种不同的翻译原则，旨在说明两种不同的翻译观中前者更符合翻译标准，顺应时代发展和世界文化融合的潮流，是对后者的继承和发展，因而更有生命力。

[782] 梁颖. 都云作者痴，谁解痴中味——《红楼梦》"痴"字在霍译本和杨译本中的再现 [J]. 哈尔滨学院学报，2011, 32（08）：83-88.

摘要：自从霍译和杨译《红楼梦》诞生以来，学术界对它们的探讨一直兴盛不衰，但大多是从整体看待英译本。文章选取一个不同寻常的角度，即《红楼梦》主题词"痴"在英译本中的再现，管窥霍克斯和杨宪益的艺术世界。《红楼梦》中"痴"字有三层意蕴：违背常理、佛教意义上的迷恋俗事、一般意义上的憨和呆。

[783] 白晶. 杨宪益的翻译策略在《红楼梦》杨译本中的体现 [J]. 海外英语，2011（08）：180-181, 187.

摘要：从杨译本《红楼梦》中几个具体实例出发，分析杨宪益在翻译《红楼梦》时所采取的翻译方法和策略，以及他在翻译中关于文化内容处理的高明之处。

［784］任显楷. 包腊《红楼梦》前八回英译本诗词翻译管窥［J］. 明清小说研究，2011（03）：109-124.

摘要：包腊的《红楼梦》前八回译本发表于19世纪60年代末，属于《红楼梦》早期稀见英译本。本文以这一译本为研究对象，讨论其中对《红楼梦》诗词的翻译。本文简略地介绍了包腊的生平和事迹，以及他所翻译的《红楼梦》前八回的出版情况。同时，本文统计了包腊译文中所翻译的《红楼梦》诗词之基本情况，在此基础上，本文对包腊译诗的特点及其问题做了深入讨论。

［785］华少庠. 论《红楼梦》德文全译本"好了歌注"的翻译策略［J］. 明清小说研究，2011（03）：125-136.

摘要：汉语和德语这两大语言系统的巨大差异性和各自独特的表达方式，必然使《红楼梦》的德语读者的接收渠道与汉语读者对文本信息的接收渠道大相径庭，这也就决定了"好了歌注"以及整部《红楼梦》翻译的难度。"好了歌注"中的文化负载词汇的话语符号"所指"指涉的含义，无法激活无中国文化预设的德语读者的想象空位。《红楼梦》德译者根据自己的翻译思想和策略，通过用尽量忠实于原文字面含义的翻译方法来处理文中的文化负载词汇。这种策略实现了在"好了歌"原语语篇和德语语篇得以连贯的前提下对原文最大限度地忠实性翻译，但存在着无法激活德语读者记忆中的有关图式，并获得与中国社会文化语境中相应意境方面的理解。

［786］唐均，徐云梅. 论《红楼梦》三个日译本对典型绰号的翻译［J］. 明清小说研究，2011（03）：137-150.

摘要：《红楼梦》中人物被赋予形形色色的绰号，使其个性鲜明地活跃于纸面之上。本文将对比分析《红楼梦》三个日译本（伊藤漱平译本、松枝茂夫译本、饭塚朗译本）对部分典型绰号的翻译，并按绰号原文的构成类型将所涉及的绰号分类，从译者和读者双重角度看待文学作品中的绰号翻译，以更好地理解、研究翻译的多样性以及在翻译过程中文字载体所承载的文化信息的传达。

［787］邓红顺，龚建平. 从权力话语理论视角看《红楼梦》译本对宗

教文化的处理［J］. 学术论坛, 2011, 34（08）: 158-160, 201.

摘要：中国文化以儒学为主, 同时集儒、释、道于一体；英语文化则深受基督教教义的影响。《红楼梦》充分体现了中国传统的宗教文化, 其中包含了丰富的宗教文化因素。杨宪益夫妇和霍克斯对这些文化因素各自采取了不同的策略和方法, 那么, 促使两译者做出不同处理的深层原因又是什么呢？文章从权力话语理论视角进行探讨, 认为翻译工作者作为中国文化传播的主要使者, 应该尽量保留原文的特色文化, 使中华文化在世界文化交流中享有应有的话语权。

［788］楼静. 奈达等效论与官职"青衣"翻译分析——《红楼梦》两个英译本为例［J］. 现代商贸工业, 2011, 23（15）: 202-203.

摘要：《红楼梦》作为中国四大名著之一, 其英译本在传播汉语言文化的过程中占有举足轻重的地位, 对其各项研究成果丰富。本文试图运用等效翻译理论, 对霍克思和杨宪益两个译本中法律官职的翻译进行比较, 分析探讨翻译策略。

［789］钱亚旭, 纪墨芳. 《红楼梦》霍克思译本中医药术语翻译方法的定量分析［J］. 译林（学术版）, 2011（01）: 137-144.

摘要：《红楼梦》的作者曹雪芹是一位深谙中医之道的文学家, 在小说中他对人物看病医治过程专业化的描写对推动情节发展、烘托人物性格起到关键作用。本文尝试用定量研究的方法, 分析霍克思译本对天然药材、症状体征、诊断方法、处方用药和中医原理这五类中医药词汇的翻译策略, 从而为中医名词术语医药类词汇英译的规范化提供一定参考。

［790］任显楷, 柯锌历. 《红楼梦》四个英文译本中仿词的翻译［J］. 译林（学术版）, 2011（01）: 145-152.

摘要：《红楼梦》的人物对话中大量运用了仿词这一修辞手法, 使人物语言生动活泼, 突出了人物的性格特征和形象, 同时有助于推进情节的发展。但由于中英文语言之间的巨大差异, 在翻译时, 译者常常很难忠实地翻译出这一修辞手法。本文对《红楼梦》四个英文译本中仿词的翻译手法进行分类, 并在此基础上对比汉语原文分析《红楼梦》仿词翻译中所可能出现的问题。

［791］唐均, 张纯一. 《红楼梦》库恩德译本英文转译中的词汇迻译问

题初探［J］．译林（学术版），2011（01）：153-163.

摘要：《红楼梦》库恩德文节译本的英文转译——麦克休姐妹英译本在词汇翻译方面尚有不少问题，大多是由于译语形态采用和语义选择方面出现的差池。这里的分析比较细致而系统地揭示出转译过程中出现问题的一个方面，有利于转译研究的进一步深化。

［792］杨安文，胡云．从接受美学理论视角下看《红楼梦》四个英文节译本中歇后语的翻译［J］．译林（学术版），2011（01）：164-172.

摘要：本文从接受美学理论的多重视角下对《红楼梦》四个英文节译本中的歇后语翻译进行比较分析，发现在四个节译本的处理中，有的译本比较精妙地展示了原文歇后语的特色，有的译本却在理解和翻译处理方式上欠佳。而不同的译文呈现出译者不同的理解和翻译策略，体现的是译者主体性的发挥，从读者角度出发的相关考虑却比较欠缺。

［793］成蕾，杨广科．"潇湘馆"里的"潇湘妃子"——《红楼梦》两个法译本中建筑专名的语义层级分析及其翻译策略选择［J］．译林（学术版），2011（01）：119-127.

摘要：本文选取小说三要素之一——"环境"作为介入点，在符号学视角下对《红楼梦》中的建筑专名进行语义层级分析，选择了《红楼梦》的两个法语译本——李治华夫妇全译本和盖尔纳节译本中"潇湘馆"这一建筑专名的对应译文进行对比研究，总结了专有名称的各语义层级的翻译方法，并由此得出了文化负载词的一些翻译策略。

［794］张雅芬．《红楼梦》两种译本文化传递的对比研究——以杨译和霍译的第三回译本为例［J］．剑南文学（经典教苑），2011（07）：69.

摘要：本文以文化和翻译的关系为依据，以译者的翻译观为出发点，通过对《红楼梦》第三回两种译文中关于园林建筑、封建礼教、宗教信仰和饮食习惯方面的对比，分析各自译本对于特定文化因素的传递方式及其效果。

［795］罗婳．杨宪益与霍克斯《红楼梦》译本比较［J］．剑南文学（经典教苑），2011（07）：94-95.

摘要：作为中国四大名著之一的《红楼梦》是一部关于中国封建社会的百

科全书，其中涉及当时社会的政治、经济、文化、宗教、民风民俗、教育等方面，所蕴含的丰富文化内容是古今史学家和文学家研究的焦点之一。它在思想和艺术上均打破了传统的束缚，做出了许多新的创造性的贡献，不仅在中国文学史上达到了古典小说创作成就的最高峰，即使在世界文学史上也是罕见的杰作。

[796] 唐均.《红楼梦》芬兰文译本述略 [J]. 红楼梦学刊，2011 (04)：53-70.

摘要：笔者偶然发现的《红楼梦》芬兰文译本不见于此前中文学界的所有著录，为《红楼梦》的世界性迻译又增添了一个语种。该译本直接译自库恩德译本，为《红楼梦》的一个节译本，基本上保留了库恩德译本正文的所有内容，在形式上对德译文也追随得比较紧密，译文部分细节甚至有超越德译而更加接近中文原文之处，这可能是因为芬兰语的结构较之其他印欧语而言更为接近汉语的缘故。

[797] 李海蓉. 探讨《红楼梦》文化翻译的直译和意译——比较杨宪益夫妇和霍克斯的译本 [J]. 读与写（教育教学刊），2011，8（07）：40-41.

摘要：总体上来说，《红楼梦》的两种译本，杨宪益夫妇的译本更多采取直译，而霍克斯的译本更多采取意译，无论直译还是意译，绝对没有孰优孰劣之分，能达到跨文化交流的目的就行。本论文试着探讨比较杨宪益夫妇和霍克斯的译本中涉及文化翻译时各自所采用的不同策略，希望为汉英翻译的研究提供自己的思考。

[798] 李雅莉，张立军. 最简方案背景下的汉语习语及其翻译研究——以小说《红楼梦》杨宪益夫妇英译本为例 [J]. 咸宁学院学报，2011，31（07）：77-78，92.

摘要：20世纪80年代末90年代初，乔姆斯基提出了语言学理论的最简方案（MP，minimalist principle）。本文从最简方案视角出发，对汉语中习语的翻译问题做了简单的探讨，并以《红楼梦》杨宪益夫妇的译本中的习语翻译为例，试图从最简方案背景下解释习语的翻译。

[799] 金朋荪, 秦镱菲. 介词 above 的意象图式及隐喻意义——以霍克斯英译本《红楼梦》为例 [J]. 中国电力教育, 2011 (19): 200-201.

摘要: 意象图式是通过空间关系经过高度抽象而获得的。隐喻是指由空间概念向其他认知域进行映射, 进而获得引申和抽象意义的认知过程。从认知的角度出发, 借助意象图式理论和隐喻理论, 以霍克斯的英译本《红楼梦》为蓝本, 分析介词 above 的基本空间意义, 并借用隐喻对其语义上的延伸做了进一步的分类。分析得知, above 除了其原型意义外, 在社会关系域、程度域、状态域等领域还有六种引申义。

[800] 朱学帆.《红楼梦》两个英译本中配饰翻译的对比与鉴赏 [J]. 邵阳学院学报 (社会科学版), 2011, 10 (03): 57-61.

摘要: 中国古典文学名著《红楼梦》英译本中有两个公认比较成功的版本: 一个版本为中国翻译家杨宪益及其夫人戴乃迭所译; 另一个版本为英国译者霍克斯及其女婿约翰·闵福德所译。文章尝试对比这两个译本中关于人物配饰的翻译, 从中选取一些包含文化因素的实例进行对比分析, 说明归化翻译和异化翻译在文化信息传递方面所起的不同作用, 进而说明不同的翻译方法和策略可以达到译者不同的翻译目的, 而达到了翻译目的的译本就是优秀的译本。

[801] 陈海军. 评红楼梦的两个英译本 [J]. 文学界 (理论版), 2011 (06): 63-65.

摘要:《红楼梦》不仅是中国文学史上一部经典名著, 而且也是世界文学宝库中一部难得的小说精品。将这样一部巅峰之作译成英文, 困难之大可想而知。然而, 令人欣喜的是在 20 世纪 70 年代,《红楼梦》有了两个英文全译本, 分别由英国著名汉学家大卫·霍克思和我国著名翻译家杨宪益先生及夫人译出。这两个译本的翻译风格各有千秋, 瑕瑜互见。本文通过对《红楼梦》两个英译本的若干译例分析, 从表示概念的专有名词翻译入手, 探讨了译者语言质朴、简洁、准确等不同方面的翻译特点。

[802] 祖林, 赵乔. 浅析文化移情在《红楼梦》两英译本中的应用 [J]. 时代文学 (下半月), 2011 (06): 136-137.

摘要: 所谓翻译就是双语双文化的信息之间的转换活动, 其中无法避免地就是情感之间的转换。根据文化理据对词语的语义文化论证, 意和情这两者中, "意"是情之所由, "情"是意之所寄。翻译作为跨文化交际中连接两种文化和情感的纽带，文化移情是很有必要且相当重要的，从而使文学翻译中的文化移情的研究颇具重要意义。

[803] 栗宏. 骂詈语翻译的顺应与等效——以红楼梦两个译本为例[J]. 毕节学院学报，2011，29（06）：83-88.

摘要：骂詈语作为一种独特的语言现象，在传达民俗文化、社会风情方面有着不可忽视的价值。本文结合语用翻译中的顺应理论，对文学作品《红楼梦》两个英译本中的一些骂詈语进行对比分析，能否做到语用等效翻译，取决于在翻译过程中是否贯穿着认知、文化、社会等因素的互动选择。

[804] 康倩.《红楼梦》两英译本中林黛玉诗词意象的再现[D]. 乌鲁木齐：新疆师范大学，2011.

摘要：根据古典诗歌理论，汉语古诗词中的意象基于不同的标准可以分为不同的种类。本文首先根据诗人选取和安排意象的方式将具体意象分为五大类（即描述意象、比喻意象、象征意象、通感意象和抽象意象），并分别对比研究了杨宪益和霍克斯在两个英译本中对林黛玉诗词中五种不同具体意象所采取的翻译策略。

[805] 王莉.《红楼梦》英译本中陌生化手法的再现研究[D]. 镇江：江苏科技大学，2011.

摘要：本文从介绍俄国形式主义理论的基本观点入手对陌生化理论进行研究。从文学的特征和译者的职责两方面论述了再现陌生化的必要性，以及从语言的共性和读者的接受能力两方面论证了再现陌生化的可能性。并通过引用具体文学作品《红楼梦》及其英译本为例证，从语音、词汇、句型和修辞手法方面来考察陌生化在文学作品中的再现，以及对其在文学翻译中"陌生感"的美学价值进行了探讨。

[806] 聂鑫. 译者主体性与关照读者接受之研究[D]. 延安：延安大学，2011.

摘要：本文在前人研究的基础上，通过追溯翻译史上专家学者们对译者由"仆人""隐身人""叛逆者"到翻译主体地位的有关论述，致力于强化突出译者在翻译活动中的创造性地位，并进一步探讨了限制译者主体性发挥的一些主客观因素，进而从接受美学的角度提出了读者是重要的制约因素之一。因此，译者在翻译过程中既要深入理解原文又要时刻关注读者的审美需求,运用多元化的翻译手段达到最佳的翻译效果。

[807] 苏敏燕. 基于"深度翻译"理论的《红楼梦》四个英文译本亲属称谓翻译比较研究 [D]. 成都:西南交通大学,2011.

摘要:本文作者以《红楼梦》前56回的亲属称谓为研究对象,找出原文本中的亲属称谓语,并找出它们在裘里译本、邦索尔译本、霍译本和杨译本中对应的翻译。继而以"深度翻译"理论为指导,分别从语言和文化两个层面分析比较四个译本翻译策略的异同,探讨分析四个译本的得失,并对出现频率最高的"妹妹""哥哥""婶婶""姨妈"和"嫂子",以及"二哥哥""珍大嫂子"这样更为复杂、精确的亲属称谓语的翻译进行归纳总结。

[808] 刘蓉. 从目的论角度看《红楼梦》两英译本中红字的翻译 [D]. 太原:太原理工大学,2011.

摘要:作者选择了原作《红楼梦》和杨宪益、霍克斯的两个翻译版本的前八十回的"红"字共232个例子作为研究对象。此篇文章,通过大量的数据对比,旨在研究"红"字在《红楼梦》中的作用和在目的论的角度下两个译本所采取的翻译策略。并且,作者通过摘取分析,列举了两个翻译版本对于同一个词的多样表达法,对于英语学习者对词汇表达多样性的学习和更好地欣赏这部小说都会有所帮助。

[809] 佟玲. 文化翻译策略的选择 [D]. 沈阳:沈阳师范大学,2011.

摘要:本论文回顾了文化和翻译之间的关系,以及国内外的文化转向,论述了如何通过介绍文化,文化与翻译的关系以及翻译中的文化转向,讨论选择更好的文化翻译策略。本文以分析《红楼梦》译本中的特有的文化因素入手将两个翻译策略——同化和异化,运用于文化翻译策略选择中。同化是指以目标语为主,包括对文化意象以及对原语句法结构的改译,从而满足目标语读者的要求。相反,异化是以原语为中心,目的是尽量忠实原语,尽少改变其形式和风格。

[810] 高玉海. 从文化背景看两部《红楼梦》俄文译本的差异 [J]. 华西语文学刊,2011(01):152-156,269.

摘要:本文考察了20世纪50年代和90年代两种《红楼梦》的俄文译本,

从译本问世的历史背景、版式装帧、序言评论、回目翻译、诗词注释等几个比较直观的外在特征来比较这两种俄文译本《红楼梦》的差异,从而观照近半个世纪《红楼梦》在苏联传播过程中显示的不同文化特征。

[811] 刘斐. 对比《红楼梦》德语和俄语全译本对"茄鲞"的翻译[J]. 华西语文学刊, 2011 (01): 195-199, 270.

摘要:古典文学巨著《红楼梦》不仅具有极高的文学价值,它也极其细腻地记录了贾府丰富多彩的饮食生活,其中最具代表性的当属素蔬荤做之极品——"茄鲞"。而《红楼梦》各个译本对这部分内容的翻译,不仅让广大外国读者了解了《红楼梦》,了解了中国古典文学,而且传扬了中国博大精深的饮食文化,因此这部分的翻译十分值得学界的关注。本文选取了德语全译本和俄语1995年版全译本,对比了它们对"茄鲞"一词及其制作方法的翻译,并做出了细致的分析。

[812] 刘仕敏. 以韦努蒂的解构主义翻译观解读王际真的《红楼梦》英译本 [D]. 保定:河北农业大学, 2011.

摘要:本论文以韦努蒂的解构主义翻译观,解读王际真的《红楼梦》英译本中的人名翻译,从当时的翻译实际情况出发,对比人名音译与意译的不同。对于一些红学大家的评论及对这些评论的盲目跟随做简要分析,通过研究与论证,客观地看待王际真《红楼梦》英译的姓名翻译。

[813] 苏焕. 浅谈《红楼梦》英译本中的人名翻译 [J]. 中等职业教育(理论), 2011 (05): 47-48.

摘要:《红楼梦》中出现的人物众多,曹雪芹在起名上就已经显示出其苦心。书中人物命名极其巧妙,对于整部巨作的理解有着非常重要的作用。本文着重探究红楼梦英译本中的人名翻译,在艺术赏析的同时对人名翻译手法进行归纳。

[814] 郭玉梅. 从《红楼梦》法译本看汉语歇后语的翻译 [J]. 法语学习, 2011 (03): 26-30.

摘要:汉语歇后语的翻译历来是一大难点。本文拟通过对《红楼梦》法译本中歇后语的某些典型译例进行分析研究,探讨歇后语法语翻译的策略和技巧,找出汉语歇后语在法语翻译中的某些规律。

[815] 何海性. 论小说对话翻译中人物性格的再现——《红楼梦》第二十八回英译本对比分析 [J]. 文学界（理论版），2011（05）：72-73.

摘要：《红楼梦》作为扬名中外的古典文学名著，其个性化的语言对于成功塑造鲜明的人物形象起了一定的作用。本文作者通过对比《红楼梦》第二十八回两种英译本的对话，着重探究两个译本是如何再现原作人物性格的。

[816] 李彦. 文学作品中的称呼语与翻译比较 [D]. 济南：山东大学，2011.

摘要：本文尝试以《红楼梦》的前八十回为例比较研究英汉称呼语。汉语版本是由人民文学出版社 2005 年出版的，英语版本选了两个最有影响力的：一个是由杨宪益和戴乃迭夫妇合译的，另一个的前 80 回是由霍克斯翻译的。本文力求通过比较发现不同的翻译方法和翻译策略对译文的影响，同时探讨中西称呼语文化内涵的差别，并为其翻译过程中的文化流失寻找有效的补偿办法。

[817] 杜磊.《红楼梦》两译本中对联英译的比较研究 [D]. 青岛：中国海洋大学，2011.

摘要：本文选用《红楼梦》前 80 回中的 20 副对联作为个案进行研究，运用德国功能主义学派主张的目的论对霍克斯和杨宪益夫妇在两个英文全译本中对这 20 副对联的英译进行比较研究和客观分析，从译者翻译目的、译者主体性以及由此导致的不同翻译策略三个方面进行研究，进而分析对联的可译性并探讨了原语信息缺失的补偿策略。

[818] 于佳颖. 从《红楼梦》两英译本看跨文化交际与翻译 [J]. 哈尔滨工业大学学报（社会科学版），2011，13（03）：121-124.

摘要：翻译是一种跨文化的交际活动，它不仅要考虑语言的差异，更要密切关注文化的差异，文化差异处理的好坏，直接影响着翻译的成败。跨文化翻译中处理文化信息应以异化为主要的翻译策略，直译加注和直译加解释都是异化策略中取利规弊的翻译方法。然而异化并不是万能的，它有一定的局限性，因此要以归化策略为补充，其中替代法和释义法都是归化策略中适用的翻译方法。

[819] 顾晓波.《红楼梦》杨译本"冷笑"翻译研究 [J]. 河南科技

学院学报，2011（05）：64-66.

摘要：研究基于自建红楼梦语料库，运用定性分析与定量分析相结合的方法，通过计算机统计手段，细致而深入地探讨杨译本中"冷笑"一词的翻译，借以探求杨译本在"冷笑"翻译方面的特点。研究发现《红楼梦》原文中抽象、模糊、单调的"冷笑"，在杨译本中96%都得以译出，且更加具体、清晰、丰富。

[820] 毛新耕，杨婕. 翻译目的对翻译策略的影响——以《红楼梦》节选部分"黛玉吐真情"的两个译本为例 [J]. 长春理工大学学报（社会科学版），2011，24（05）：43-45.

摘要：从翻译目的论出发，对比杨宪益夫妇和霍克斯的《红楼梦》，探讨翻译目的对他们翻译策略的影响，使读者更好地理解比较译本优劣不能单纯以译本是直译还是意译来进行，而要结合译者的翻译目的，分析译者在实现跨文化交际的目的时，要着眼于译者在进行文化传递过程中具有什么样的特色及他们各自对文化交流所做的创造性贡献。

[821] 韩世霞. 原型理论关照下歇后语的可译性限度研究 [D]. 兰州：西北师范大学，2011.

摘要：本文旨在原型理论关照下探讨歇后语的可译性限度。为此，本文第五部以杨译本和霍译本中歇后语翻译为例，分析歇后语的意义，比较总结两译者具体使用的翻译方法，指出两位译者在翻译过程中造成的可译性限度并探讨降低可译性限度的可能因素。

[822] 于本敏. 杨氏《红楼梦》译本的文化翻译策略分析 [D]. 武汉：华中科技大学，2011.

摘要：本文旨在通过定量研究方法，分析杨译《红楼梦》中文化因子在四个层次上的文化折射率，总结出杨氏夫妇的译本主要运用异化策略，并从不同层次上进行文化折射率的对比，对杨氏及霍克斯的文化翻译策略进行了比较。

[823] 顾晓禹. 基于"三美"理论的《红楼梦》两个英译本中诗歌比较研究 [D]. 大连：大连海事大学，2011.

摘要：本文选取的对象是杨宪益夫妇和霍克斯翻译的《红楼梦》英文版。

全文从诗歌翻译中"三美"原则以及作者意图的再现来分析他们的翻译，论证诗歌的可译性和"三美"理论的可行性。同时，通过杨氏夫妇译文与霍克斯译文的分析比较，说明译者主体性对翻译的影响及影响译者主体的因素，即受其所处社会的意识形态与其社会主体诗学的影响。此外，本文根据两位译者在侧重点和翻译风格上存在的较大差异，分析了他们各自的翻译特点。

[824] 郝俊伟.《红楼梦》全译本中诗词的元功能分析 [D]. 天津：天津财经大学，2011.

摘要：本文选取红楼梦十余首有代表性的诗词及其两个对应的英译文作为研究语料，以韩礼德的系统功能语言学为理论基础，通过对比研究的方法，从语义的三个元功能，即从概念功能、人际功能以及语篇功能三方面对诗词原文本和杨宪益夫妇和霍克斯的诗词英译本进行汉英语篇的对比分析，发现两个翻译文本在实现红楼梦诗词的三个纯理功能方面基本达到对等。但相比较而言，杨宪益夫妇的文本在实现经验功能方面更加对等忠实于原文，而霍克斯在实现文本的人际功能方面更胜一筹，本文也进一步验证了功能语言学在诗词翻译研究方面的可应用性和可操作性，从而为诗歌翻译实践和理论及译文鉴赏提供一些借鉴。

[825] 杨晓茹. 饮食文化视角下《红楼梦》英译本中的菜名翻译对比研究 [D]. 西安：陕西师范大学，2011.

摘要：本文重点放在两译本对菜名的翻译策略做量化研究及描述，研究结果显示，两译者在翻译菜名的过程中采取相似的策略，即两位译者都采取了形式对等的策略。但是由于两位译者文化背景和翻译目的的不同，他们在具体操作时采取了不同的方法。总体来说，就菜名翻译而言，两位译者都尽可能地保留了源语文本中的文化特色。本文的研究结果将有助于弥补现有的相关研究中的不足，并且有助于提高译者根据不同翻译目的和要求灵活运用翻译策略的意识和能力。

[826] 殷淑文. 文学翻译中的文化误读研究 [D]. 保定：河北大学，2011.

摘要：本文以文化误读现象为研究对象，试在分析和整合国内外关于文化误读研究的理论与成果的基础上，结合文学翻译实践对文化误读这一客观存在现象进行综合地分析探讨。并根据文化误读的生成原因和具体表现将其划分为理解性误读和目的性误读两种类型，同时本文认为应该采取客观的态度来全面地分析文化误读对文学翻译和文化交流产生的效果与影响。

［827］张敬. 操纵与文化构建：霍克斯《红楼梦》英译本的文化翻译［D］. 长沙：中南大学，2011.

摘要：本文以巴斯奈特的"文化翻译观"中的核心内容——"操纵""文化构建"思想为理论依据，以《红楼梦》霍译本中的文化内容的英译为研究对象，通过霍克斯对于文化现象的英译文，描述和解释苏珊·巴斯奈特的"操纵""文化构建"思想在这些译文中的体现。

［828］申丹. 中外"姑娘"，各显风姿——《红楼梦》两英译本中"姑娘"的翻译探析［J］. 南昌高专学报，2011，26（02）：41-42.

摘要：《红楼梦》中，"姑娘"一词出现了一千多处，然而其所指称或表示的含义却不尽相同，本文对此进行了具体的分析和归类，并在与《红楼梦》的两种英译本，即 Hawks 和杨宪益对该词的翻译比较的基础上，探讨中西方由于文化背景和风俗传统不同而引起的称谓差异，以及此差异所暗含的人物间的身份和社会地位的不同。

［829］吴启雨. 美学视角下《红楼梦》第三回两个译本比较［J］. 池州学院学报，2011，25（02）：105-108.

摘要：通过比较《红楼梦》的两个译本发现，由于译者原则不同，杨译忠实于原文，有利于爱好中国古典文学的英语学者研究；霍译则更加顺畅，容易为普通读者接受。

［830］程跃. 翻译目的论下文化意象的翻译——以《红楼梦》两英译本为例［J］. 文教资料，2011（12）：45-47.

摘要：本文在翻译目的论的框架下，通过对《红楼梦》两个全译本（杨宪益夫妇版本和霍克斯版本）中文化意象翻译实例的分析和比较，揭示目的论在处理文化意象时的指导作用及在翻译实践中的广泛应用，为文化意象的翻译提供了新的思路，为解决文化意象翻译中的"形象和意义"的矛盾问题提供了新的依据。

[831] 武冬红. 浅析《红楼梦》第三回的两个英译本[J]. 文学界（理论版），2011（04）：67.

摘要：本文对《红楼梦》一书第三回的两个译本进行对比，从称谓翻译、段落结构转换、诗词翻译以及多次在文中出现的代表性选词"笑道"的译法进行比较研究，进而发现两位译者采用了不同的翻译策略以满足各自的翻译目的。

[832] 杨盈.《红楼梦》第三回英译本比较赏析[J]. 文学界（理论版），2011（04）：216.

摘要：《红楼梦》是中华文化的瑰宝，是中国古典小说的名篇巨著，其语言更是达到了中国古典小说的高峰。它包罗万象内容丰富，这些特点要求译者具有深厚的文化知识和写作功底。这一点霍克斯和杨宪益、戴乃迭夫妇无疑具备，但是两者的译文却是大不相同、各有所长。

[833] 张欣欣. 从《红楼梦》杨译本中的人名翻译看威妥玛拼音翻译的利弊[J]. 科技信息，2011（12）：561，563.

摘要：《红楼梦》堪称中国文学史上的经典之作，其中仅有名有姓的出场人物就逾四百，而这些人物姓名有着其自身的含义和功能。由于汉英两种语言的差异，姓名翻译就成为一个艰巨的任务。杨宪益翻译的《红楼梦》堪称权威之作，杨译本在翻译人物姓名的时候，采用的一个重要方法就是音译，即用威妥玛拼音系统翻译部分人名。本文将通过对杨译本中的姓名翻译的分析，阐释威妥玛拼音在人名翻译方面存在的利弊。

[834] 李霞. 从目的论视角探讨《红楼梦》两译本的译者主体性[D]. 太原：中北大学，2011.

摘要：本文试图借助功能主义目的论，同时综合归化和异化，以《红楼梦》的两译本为依托，将里面的经典文化翻译作为研究对象，探讨了影响译者主体性发挥的因素，并将译者主体性发挥的重要作用分解到译者的翻译过程中，以此比较不同译者带来的不同效果。关于译者主体性研究的文章已经很多，但本文仍然把这一观点重提是因为他与当下我国倡导的"以人为本"的思想不谋而合。

[835] 王丽. 赏析杨宪益《红楼梦》英译本中色彩词的翻译[J]. 重

庆理工大学学报（社会科学），2011，25（04）：94-97.

摘要：色彩词（color words）是公认的说明颜色的符号。在每一种语言和文化中，色彩词都是不可缺少的组成部分，同时色彩词又表现出各民族独特的个性，包含着不同的文化内涵。本文结合杨宪益先生《红楼梦》英译本中色彩词的翻译实例，分析总结其可行有效、可推而广之的方法论。

[836] 江帆. 经典化过程对译者的筛选——从柳无忌《中国文学概论》对《红楼梦》英译本的选择谈起 [J]. 中国比较文学，2011（02）：20-35.

摘要：文学教材的收录和改写是文学作品经典化过程中极为重要的一环，而跨文化的文学教材在收录国外文学作品时，往往面临着不同译文的选择，这一选择不仅受到各种因素的制约，也会对作品未来的译介方式产生影响。基于这一认识，本文选取20世纪60年代这一特殊历史时期，分析英语世界的中国文学教材对《红楼梦》译文的选择，探讨其深层原因和后续影响，以期解释中国文学在英语世界的传播和接受过程中出现的一些复杂现象。

[837] 李玲. 杨译本《红楼梦》中"借代"翻译的归化和异化 [J]. 成都大学学报（社会科学版），2011（02）：119-121.

摘要：本文就杨译本《红楼梦》中的借代修辞格进行讨论，主要以韦努蒂翻译理论的归化和异化进行分析，揭示杨译本中关于借代的巧妙处理，为翻译界同仁提供借鉴。

[838] 李霞. 目的论在红楼梦两译本宗教文化翻译策略上的体现 [J]. 科技创新导报，2011（11）：233.

摘要：《红楼梦》作为中国文化的一部百科全书，描述了传统的宗教文化的一些场景，表达了丰富的佛道教思想。杨氏夫妇和霍克斯本着功能加忠诚的原则，出于不同翻译目的采取了各自的翻译策略，本文就从目的论角度对两译本的翻译策略进行了对比分析。

[839] 董春苹. 翻译中的衔接 [D]. 济南：山东大学，2011.

摘要：本论文所采用的方法强调的是对例子的对比研究及分析。本论文一共分为三章，整篇文章的结构布局如下：第一章是关于衔接的简要综述和介绍，及中外学者在此方面的研究的简单介绍；第二章分析中文和英文在思维形态、句子和主位结构方面的差异；第三章是本研究的支点，其中《红楼梦》原著及其两个英译版本被作为案例，通过大量例子的分析研究，该章主要从结构衔接手段来描述和对比中英文衔接手段，从而发现中英文衔接手段的不同与相同之处及衔接手段翻译中的一些规则。最后第四章是基于上述讨论和描述的结论部分。

［840］陈欣.同情言语行为及其在翻译中的实现［D］.合肥：安徽大学，2011.

摘要：本文将以言语行为理论和礼貌原则为主要理论基础，以《红楼梦》前80回中的同情言语行为为研究对象，试图总结出同情言语行为的表现形式、话语特征、语用策略及社会参数对同情策略的影响，并将霍克斯的译文与杨宪益的译文做对比研究，探讨他们在翻译同情言语行为时使用何种翻译策略，翻译有何异同等问题。

［841］田瑞君.从认知视角分析隐喻——以杨译本《红楼梦》诗歌中的隐喻为例［D］.大连：辽宁师范大学，2011.

摘要：本文通过创新地使用概念隐喻理论和概念整合理论，通过心智空间各成分的对应投射解释，还原原著作者在诗词中的思想意图，为读者进一步理解作品中诗词隐喻提供认知理据，并借以深化作品主题和艺术魅力。本文通过现实经验作用并制约语言表达的认识语言学视角，说明隐喻可以通过其具体新奇的语言生动、形象、不失通俗地表述传递作者思想以增添作品博大精深的艺术魅力，并且见证作品在经过漫长时间洗礼后仍不失语言魅力，在世界文坛上始终值得推敲和具有耐人寻味的文学价值。

［842］丛新.关联理论视角下对《红楼梦》中诗歌的两个英译本的比较研究［D］.哈尔滨：哈尔滨工程大学，2011.

摘要：关联理论是西方近年来有很大影响的认知语用学理论。由于它关注的核心是交际与认知的关系，与翻译现象十分契合，所以关联理论对翻译现象有着强大的解释力。本文将关联理论应用于诗歌翻译，以制约译者理解过程的三种存在于受众认知环境的信息：逻辑信息、百科信息、词汇信息为基础。运用比较与分析的研究方法，分别对曹雪芹先生作品《红楼梦》的两个英译本进行研究，重点放在两译本的不同之处。

<<< 第十章 2011年度《红楼梦》译本研究文献汇总

[843] 方子珍. 关联理论观照下的厚翻译研究 [D]. 合肥：安徽大学，2011.

摘要：本文试从关联理论的角度，对《红楼梦》两个译本中厚翻译现象进行比较研究，考察厚翻译的成因，探究其合理性、必要性和审美效果。

[844] 刘力语. 语用学视角下的非礼貌用语翻译研究 [D]. 兰州：兰州大学，2011.

摘要：在本文中，作者主要从语用学的视角讨论分析《红楼梦》中非礼貌用语在两个英译本中的翻译以及译者对翻译策略的选择。作者首先概述了与本题相关的研究成果，并对杨宪益、戴乃迭夫妇及大卫·霍克思两个《红楼梦》英译本中的非礼貌用语，从语用学的角度加以分类和剖析，对比探讨不同类别下非礼貌用语的翻译情况和翻译策略选择的差异。

[845] 张碧云. 对《红楼梦》杨、霍两个译本的对比赏析——以第三回为个案研究 [J]. 新西部（下旬·理论版），2011（03）：153-154.

摘要：本文以《红楼梦》第三回为个案，从园林场景的翻译、服饰外表的翻译、人称称谓的翻译以及语言个性的翻译等角度对杨宪益、霍克斯两个英译本进行对比研究，探析中国古典文学作品的翻译特色。

[846] 来春燕. 阐释学翻译理论下的译者主体性——《红楼梦》两译本对比研究 [J]. 长沙民政职业技术学院学报，2011，18（01）：133-135.

摘要：文中根据英国翻译理论家斯坦纳（George Steiner）的阐释学翻译理论，通过列举王熙凤的个性语言翻译实例，比较杨译本和霍译本两者译者主体性之体现。

[847] 王琲. 从《红楼梦》的两个英译本探析归化和异化 [J]. 芜湖职业技术学院学报，2011，13（01）：29-31.

摘要：比较《红楼梦》两种英译本，通过阐述归化与异化两种翻译策略，读者会发现归化与异化并不矛盾，任何译本都是两者结合的结果。译者应从文化和语言的角度，在作者和读者间找到最佳的平衡点，译出准确流畅、形神兼备的作品。

[848] 李培平.《红楼梦》译介及其全译本对比赏析 [J]. 文学界（理论版），2011（03）：99，134.

摘要：《红楼梦》是我国文学史上极具文化意义和社会意义的经典创作，是我国古典小说的最高峰，因此，《红楼梦》在异域文化中的流传也越来越广。本文旨在介绍《红楼梦》的英译情况，并选取两个全译本进行对比赏析。作者无意于对译文优劣妄加论断，只期通过对节选案例的分析，与读者一起体会典籍英译中的妙处和乐趣。

[849] 郭颖敏. 文化差异对英文翻译的影响——《红楼梦》两个英译本的对比 [J]. 西安航空技术高等专科学校学报，2011，29（02）：59-61.

摘要：主要从翻译与文化之间的关系角度出发，对《红楼梦》的两个英译本所选取的部分例子进行对比，分析在词义选定、亲属称谓、宗教文化等方面所折射出的文化差异以及传递出的不同文化信息，并且指出文化差异对翻译造成的影响，以及译者在翻译过程中所采取的不同处理方法。

[850] 张东秋. 试论文学理论发展对《红楼梦》英译本形成的影响 [J]. 长春师范学院学报，2011，30（03）：137-140.

摘要：《红楼梦》是中国古典文学创作的巅峰之作。从1830年至今出现了多种《红楼梦》英译本。从历史的角度看，相关文学理论的发展会极大地影响译者对原作的理解，从而导致译者"叛逆"行为的产生，这是限制译者主体性发挥的主要原因。

[851] 殷淑文. 解读文学翻译中的文化误读——兼析《红楼梦》英译本中的文化误读 [J]. 科教导刊（中旬刊），2011（03）：235-236.

摘要：文化误读是文化交流中矛盾与冲突的集中体现，是伴随文学翻译过程始终的一种客观现象。本文以《红楼梦》英译本为例，通过分析文化误读的生成原因和具体表现将其划分为理解性误读和目的性误读两种类型，并根据文化误读的形成表现提出了总体解决策略，以期引起翻译界内对文化误读现象的重视。

[852] 周莹. 从《红楼梦》两英译本看汉语成语的英译 [J]. 海外英语，2011（03）：160-161.

摘要：成语作为中华民族几千年文化的承载者之一，如何将其中蕴含的文化因素翻译出来，一直是译者关注的问题。该文选取独特视角，根据成语在上下文语境中的意义，包括原义、直义、形容义、比喻义，以《红楼梦》两个版本为例，提出一些在成语英译中要注意的问题。

［853］李冰. 从文化交际角度浅析《红楼梦》两英译本［J］. 科教导刊（中旬刊），2011（03）：224-226.

摘要：《红楼梦》是一部写实主义小说，文化内涵十分丰富，其语言运用也将汉语的语言优势发挥得淋漓尽致，但是，在文化交际过程中，翻译工作很有挑战性。本文通过选取实例及其对应的两个英译本的对比分析，对翻译中文化信息的处理手法进行探讨，希望可以更好地解读原文及译文，同时希望对翻译过程中文化信息的处理带来一定启示。

［854］牛永梅. 翻译伦理学视域下的归化异化应用研究［D］. 南京：南京师范大学，2011.

摘要：本文将从翻译与伦理学的关系、翻译伦理学的发展等方面对翻译伦理学进行系统阐述。本文还将讨论翻译伦理学与归化异化策略的关系，并根据哈贝马斯的交往行为理论建立起来的翻译伦理学对归化和异化的翻译策略在《红楼梦》两个英译本中的具体运用进行分析，以期深入探讨该理论的实践意义。

［855］李海琪. 试析《红楼梦》霍克思译本的底本使用问题［J］. 洛阳师范学院学报，2011，30（03）：57-59.

摘要：版本问题是中国古代小说中普遍存在的问题，《红楼梦》这部小说亦因版本复杂而使研究工作更加繁复。在研究《红楼梦》译本问题时，版本问题是被大多数研究者所忽视的。本文通过对《红楼梦》霍克思译本中部分熟语译例的分析，梳理霍克思翻译时使用的版本并研究霍克思如何选用翻译底本，希望能得出有益的结论，并引起其他研究者对此问题的重视。

［856］杨瑞锋. 浅析《红楼梦》二十八回云儿小曲的翻译——对比杨宪益译本和大卫·霍克斯译本［J］. 文教资料，2011（07）：28-29.

摘要：本文通过分析杨宪益夫妇译本和大卫·霍克斯译本在《红楼梦》第二十八回中云儿的小曲中表现出的不同翻译风格，指出因为措辞、句式和节奏的不同处理，两译本在表现原著效果方面的差异。

[857] 胡静. 从译介学角度看文化意象的传递——以《红楼梦》两个英译本为例 [J]. 语文学刊（外语教育与教学），2011（03）：98-99.

摘要：译介学是一门新兴学科，其重要命题，"文化转向"和"创造性叛逆"大大推动了翻译研究，并使得译者更加关注文化差异。本文从译介学的角度，借助《红楼梦》两个英译本中的具体例子，对文化意象的翻译方法进行了初探，译者不应将翻译方法简单地局限于异化策略或归化策略，而应采取在异化基础上加注，补充或删减，以及文化意象替代等方法，减少文化亏损，实现文化意象的有效传递。

[858] 狮艾力. 维译本《红楼梦》俗语翻译研究 [D]. 兰州：西北民族大学，2011.

摘要：本文共分五章，第一章对《红楼梦》的研究翻译状况及各个版本的研究情况进行了概述。第二章对俗语的定义及分类进行明确的界定。第三章着重介绍了各种翻译手法在《红楼梦》俗语中的运用，并从翻译手法的角度进行了个案分析。第四章则重点介绍了显隐翻译法，对《红楼梦》俗语中的典型个案进行了分析研究，并从文化翻译学和显隐翻译法的角度评析《红楼梦》翻译实践。第五章主要对影响译文质量的因素进行了对比分析。

[859] 朱翔，何高大. 析《红楼梦》杨译本的转喻翻译策略 [J]. 名作欣赏，2011（08）：115-117.

摘要：本文以转喻的认知特点为基础，作者建立了杨译版《红楼梦》的小型语料库，采用定性和定量的方法对杨宪益、戴乃迭《红楼梦》译本中的转喻翻译策略进行了阐释和分析。

[860] 朱翔，何高大.《红楼梦》杨译本的转喻翻译策略 [J]. 名作欣赏，2011（07）：135-137.

摘要：在文化全球化浪潮的席卷下，翻译不再被视为一种单纯的语言活动，而是被视为以文化移植为中心的跨文化活动。

[861] 刘克强.《红楼梦》三英译本回目翻译之探讨 [J]. 疯狂英语

(教师版)，2011（01）：145-147.

摘要：邦索尔、杨宪益与霍克思三位翻译家的《红楼梦》英译全译本各具特色，充分展示了翻译的艺术魅力。本文选取部分典型性的回目翻译进行对比研究，旨在加深对三位译者的翻译风格与翻译方法的认识。

[862] 方红. 从关联理论看翻译中会话含意的认知建构——以杨宪益、戴乃迭的《红楼梦》英译本为例 [J]. 北京第二外国语学院学报，2011，33（02）：7-11.

摘要：翻译作为一种特殊形式的交际认知活动，融入了会话理解及认知推理的建构过程。关联理论着眼于交际与认知的关系，因此对翻译具有强大的解释力。本文欲借会话含意其初始之名探析其应用之实，即从关联理论的视角分析会话含意的认知建构，通过关联性的推理来深入理解翻译中会话含意与主体认知机制的动态交际过程，对相关概念做出简要概述，并辅以具体译文分析以审视其在翻译评析及语言学习中的意义和启示。

[863] 楚蕊玲. 字斟句酌，译笔有神——读《红楼梦》第三回两种译本有感 [J]. 文学界（理论版），2011（02）：243-244.

摘要：译文欣赏是指将原文和译文放在一起，进行对比分析，对译文的语言、艺术价值、社会价值及译者的审美观、翻译目的等做出客观公正的评价。本文通过对《红楼梦》第三回两种译本进行对比分析，再现了几位翻译大师渊博的学识和高深的翻译技巧。

[864] 梁颖.《红楼梦》"痴"字在霍克斯英译本中的再现 [J]. 海外英语，2011（02）：172-173.

摘要：《红楼梦》中"痴"字有三层意蕴：做事违背常理、佛教意义上的迷恋俗事、一般意义上的憨和呆。本文以此三类要义为纲，综述并分析霍克斯的英译本如何分别再现原文的"痴"字。霍克斯善于挖掘作品的深层意义，灵活地跨越中英语言与文化的差异，使译文的艺术世界与原文的艺术世界达到契和，但出于照顾可读性、译者自身的文化和视角，有些灵活的变通之处忽略了"痴"的民族精神，置换了原文的文化背景。

[865] 冯宇玲. 意识形态对翻译的影响——从"操控论"看《红楼

梦》的两个英译本[J].边疆经济与文化, 2011 (02): 113-114.

摘要：勒菲弗尔将意识形态纳入了翻译研究的视野，使学者从一个新的视角来重新看待翻译实践。意识形态对翻译实践具有操控作用，这种作用是多方面的。本文通过对杨宪益夫妇和霍克斯（David Hawkes）的两个《红楼梦》译本进行对比研究，以证明意识形态对翻译不可低估的操控作用。

[866] 苏焕. 浅谈《红楼梦》英译本中的人名翻译[J]. 读与写（教育教学刊）, 2011, 8 (02): 31.

摘要：《红楼梦》中出现的人物众多，曹雪芹在起名上就已经显示出其苦心，书中人物命名极其巧妙，这对于整部巨作的理解有着非常重要的作用。本文着重探究《红楼梦》英译本中的人名翻译，在艺术赏析的同时对人名翻译手法进行归纳。

[867] 左辉.《红楼梦》及其英译本汉英词汇衔接对比[J]. 黑龙江科技信息, 2011 (04): 132, 87.

摘要：词汇衔接手段在语篇的构建中不仅赋予话语篇章性，同时还起着组织语篇结构的作用。语篇中的某些词汇成分可以通过他们之间的重述或搭配关系体现出自然的衔接。即以韩礼德的篇章衔接理论为主要依据，对中国古典名著《红楼梦》及杨宪益、戴乃迭所译之英文本 *A dream of Red Mansions* 中使用的各种词汇衔接手段进行了较为系统的比较，旨在揭示英汉语篇在衔接现象上体现出的各自特点。

[868] 刘文川. 后殖民视阈下《红楼梦》两个英译本研究[J]. 知识经济, 2011 (04): 151-152.

摘要：本文从后殖民翻译理论视角出发，分析了杨宪益和霍克斯两个英译本在处理文化意象时各自所用的翻译策略以及由此体现的文化意识，指出两个译本呈现出一种"殖民化"与"反殖民化"的对峙，而前者的翻译更有利于传播中国文化，促进文化平等交流。

[869] 李瑾. 从文学文体学角度分析《红楼梦》的两个译本[J]. 文学界（理论版）, 2011 (01): 132.

摘要：本文从文学文体学的角度分析《红楼梦》的两个译本，引用了申丹

(2002)的"假象等值"说法,对小说翻译中一些语言所指看似相似,实则不同的翻译现象进行了指出,并从叙述分析的具体角度举出两个译本在翻译效果上的问题及不同之处,以供各位参考。

[870] 田瑞君. 概念整合理论与隐喻的认知过程——以杨译本《红楼梦》中的隐喻为例 [J]. 科技信息, 2011 (03):183-184.

摘要:传统隐喻观认为隐喻是一种修辞手段,而现代隐喻观则认为隐喻是一种认知工具。隐喻是人类感知、认识客观世界以及描述事物的重要手段。隐喻以人的生活经验为基础,用一种体验去映射、重构另一种经验,使其更加生动更为直观。隐喻可以将事物通俗化、生动化、形象化,也能使读者产生联想从而留下深刻印象并形成储量丰富的思想宝库。本文从概念整合理论出发,用心智空间的跨空间投射视角探讨了隐喻的形成过程,并将隐喻形成的原理应用到文学作品的语言分析中对其进行解读。

[871] 王红英. 论杨宪益、戴乃迭和霍克斯《红楼梦》英译本中节庆民俗词汇的文化传译 [J]. 河南理工大学学报(社会科学版),2011,12(01):94-99.

摘要:本文通过比较分析认为翻译是跨文化传播的桥梁,在翻译的过程中,译者的翻译目的和原则以及对源语文化的认知,都会影响其对翻译策略和翻译手法的选择。如果要将那些有着独特民族文化内涵的民俗词汇完美地传译成另一种语言,而不出现文化流失现象,是近乎不可能的。所以,译者就是要在不可能中寻求可能,在不完美中寻求完美,以搭建文化传播的桥梁。

[872] 卢培培. 从语言顺应论看霍氏《红楼梦》译本中人名的翻译 [J]. 唐山师范学院学报,2011,33(01):22-25.

摘要:顺应论认为语言使用的过程就是语言选择的过程,不管是有意识的还是无意识的,是出于作者内部的原因还是出于语言外部的原因。本文通过对霍克斯《红楼梦》中人名的英译进行归类分析,发现霍氏译本中人名的翻译是译者顺应了人物身份、语境关系、受众文化心理、审美需求以及人物性格特征的结果。

[873] 万亮金. 归化异化选择的必然性初探——兼评《红楼梦》译本

的归化与异化［J］.牡丹江教育学院学报，2011（01）：57-58.

摘要：在评析《红楼梦》的两个著名译本（杨译本和霍译本）所用的翻译策略时，译界早有定论，即杨译本重异化的翻译策略，霍译本多用归化的翻译策略。然而，翻译策略的选择并非主观的，而是客观的，究其原因有很多，但主要有两个：翻译中的文化因素以及翻译目的。如此一来，通过分析这两个原因，译者在翻译时就可以视情况采取合适的翻译策略。这也证明了归化与异化的翻译策略选择是必然的。

［874］郝丽娜.基于多元系统理论的翻译策略研究——以《红楼梦》的两个英译本为例［J］.文教资料，2011（02）：34-35.

摘要：翻译是文化交流的一种方式，一个民族的文化地位及特定文学多元系统内翻译文学的地位都会对译者翻译策略的选择产生重大的影响。本文根据Evan-Eohar的多元系统假说，分析我国著名翻译家杨宪益夫妇及英国汉学家霍克斯翻译《红楼梦》时所选用的不同翻译策略异化和归化的原因，可以发现，译者的翻译目的、对源语文化的认同程度及源语文化在目的语文化系统中的位置等诸多因素，皆会影响译者翻译策略的选择。本文从多元系统理论视觉出发，以《红楼梦》的两个英译本为例，就翻译策略进行探讨。

［875］屈纯，王鹏飞.《红楼梦》邦索尔译本回目之美感再现［J］.西南交通大学学报（社会科学版），2011，12（01）：82-86.

摘要：翻译学与美学的结合为研究翻译提供了新的视角，中国古典小说《红楼梦》的回目从功能上讲是全书的一个楔子，从语言上讲是全书美感的缩影。邦索尔神父作为全译《红楼梦》一书的第一人，在回目上再现了原文巧夺天工的语言美、物我两忘的意境美、活灵活现的形象美和自成一家的风格美，潜移默化中为后来者指明了翻译方向，为中华璀璨文化的传播起到了推波助澜的作用。

［876］潘慧敏.《红楼梦》两种译本的比较研究——深度翻译视角下的对比分析［J］.淮海工学院学报（社会科学版），2011，9（01）：106-108.

摘要：在《红楼梦》的众多英译本中，杨宪益夫妇和霍克斯先生的译本在译界颇受好评。本书从一种新的翻译维度——深度翻译的文化视角出发，通过译文比较的方法，即"比较—分析—结论"的模式，概括出深度翻译理念在

《红楼梦》两种英译本中的策略体现及其对文化传递的重要意义,进而总结出深度翻译的一些特点,纠正有关深度翻译的一些错误看法。

[877] 朱晓敏. 小说对话翻译策略探究:会话含义的视角——以《红楼梦》的两个译本对比为切入点 [J]. 常熟理工学院学报, 2011, 25 (01): 103-107, 124.

摘要:格赖斯的"合作原则"和会话含义推导理论为理解人类交际过程中违背交际准则的对话提供了强大的分析工具。小说对话中作者通常故意违背交际准则以达到传递会话含义的目的,在翻译小说对话时,使用"合作原则"和会话含义推导理论,使译文与原文在语用效果上等值。

[878] 刘泽权,刘超朋,朱虹.《红楼梦》四个英译本的译者风格初探——基于语料库的统计与分析 [J]. 中国翻译, 2011, 32 (01): 60-64.

摘要:本文基于已建成的《红楼梦》中英文平行语料库,应用语料库检索软件对《红楼梦》的四个英译本在词汇和句子层面上的基本特征进行数据统计和初步的量化分析,比较和探讨四个英译本在风格上的异同。通过多层面考察,发现四个译本作为译语和叙事文体的特征非常明显,但每个译本都彰显出独特的风格,如乔译多使用复杂的长句,邦译较易阅读,杨译对原文尊崇最大但阅读难度较大,而霍译明显趋向英语的叙事方式与篇章手段。

[879] 任彤,张惠琴. 从目的论谈《红楼梦》霍译本的茶文化翻译 [J]. 文学教育(上), 2011 (01): 99-101.

摘要:文章从功能主义目的论的角度探讨了《红楼梦》茶文化的翻译。作者以杨宪益和Hawkes的《红楼梦》英译本为依据,通过对比分析译文,发现翻译目的决定翻译策略,任何大胆的改动只要服从目的法则都可接受。从这一角度看,霍译本旨在带给西方读者更多的阅读愉悦感,他采用归化的策略来满足接受者的需求。这样的转变达到了译者的翻译目的,是成功的文学翻译范例。

[880] 邓丹阳. 从杨宪益夫妇《红楼梦》英译本看关联理论指导下汉语习语的翻译 [D]. 西安:西安电子科技大学, 2011.

摘要:本文是在关联理论框架下对汉语习语翻译实践的试探性研究。首先,作者简要介绍了古典名著《红楼梦》及杨氏夫妇《红楼梦》英译本,并在学习和总结相关理论研究成果的基础上，针对作为论文理论基础的关联理论进行了系统的阐述，同时对其涉及的重要观点和概念做了简要概述。然后，作者从关联理论的视角，对翻译的本质进行了试探性研究，并对作为翻译主体的译者在翻译实践活动中身上的重任及其最终目标进行了探索。

［881］梁倩．人体转喻的翻译规律及其解释［D］．南京：南京航空航天大学，2011．

摘要：本研究应用近年来在认知语言学中得到迅速发展的转喻理论框架，通过实证方法，对比分析中国经典小说《红楼梦》两个英译本中的转喻的翻译，探究转喻的翻译策略以及其中存在的某些规律性特征。

第十一章

2010年度《红楼梦》译本研究文献汇总

[882] 徐世芳. 试析《红楼梦》两种藏译本的诗词翻译 [J]. 民族翻译, 2010（04）: 67-72.

摘要: 对比评析译本往往是我们认识差异的起点, 而准确分辨译本之间的差异又是我们进行翻译实践的准绳之一。本文采用文本比较分析的方法, 从诗词翻译最基础的语言层次上逐句逐行分析了《红楼梦》两种藏译版本的诗词翻译, 并在理论上加以说明和总结。

[883] 杨琳琳. 言外行为理论关照下的王夫人性格分析——以《红楼梦》第三章两译本对比为视角 [J]. 文学界（理论版）, 2010（12）: 77.

摘要: 言语行为理论是一个重要语言学理论, 可以指导我们分析不同语境中各种语言的言外之意, 更有助于读者理解文学作品。霍克斯和杨宪益夫妇是翻译《红楼梦》的最杰出的两个代表, 他们的译作也被很多学者研究过。本文拟从言语行为理论的一个分支——言外行为理论, 根据赏析第三章对王夫人这个角色的刻画。该研究发现, 通过言外行为理论分析, 杨译和霍译互有优劣, 各有长短。我们可以借此方法赏析对比各种文学作品的译文以及同一作品中不同的人物形象。

[884] 狮艾力. 维译本《红楼梦》歇后语翻译初探 [J]. 文学界（理论版）, 2010（12）: 140-141.

摘要: 汉语歇后语蕴含丰富的民族文化内涵, 翻译时需要处理语言和文化双重障碍。《红楼梦》中运用了不少歇后语, 本文将通过维译本中有关译例的对比分析, 探讨《红楼梦》中歇后语翻译的文化差异及相应的变通手段, 达到各自的翻译效果。

[885] 孙楠楠. 英汉社交指示语的差异以及对其翻译的影响——以

《红楼梦》的两个英译本为例［J］.黑龙江科技信息，2010（36）：243.

摘要：本文通过对《红楼梦》原著和英译本中社交指示语的选择，论述了英汉语社交指示语的差异，以及汉语社交指示语所承载的文化信息给翻译带来的影响。

［886］黄静芬.从归化异化看《红楼梦》两英译本对比［J］.鸡西大学学报，2010，10（06）：134-135.

摘要：《红楼梦》最权威的英译本出自杨宪益夫妇和霍克斯。从归化异化的角度看，对《红楼梦》两个英译本，前人多认为杨先生的异化策略优于霍克斯的归化策略，也有人认为归化、异化应当并重。笔者认为，归化策略更有助于英美读者对这一古典文学巨著的理解。

［887］周娜，刘阳.杨、霍译本《红楼梦》第三回辨析［J］.新余高专学报，2010，15（06）：67-69.

摘要：《红楼梦》英译一直得到学界的关注，特别是杨宪益、霍克斯的译本多年来成为评论的焦点。本文通过分析杨、霍译本《红楼梦》第三回英译，应当说，与原文相比，两种译本在章回题目、人物塑造、文化转换等方面，仍然有值得商榷的地方。

［888］罗萍.英汉互文性对比与翻译研究［D］.上海：华东理工大学，2011.

摘要：本文开篇介绍了互文性理论的起源和发展，然后从内互文性和外互文性两个方面对英汉语中的互文现象进行对比分析，总结出两种语言的互文性特征。最后在互文性框架下对《红楼梦》两英译本进行案例分析，对两译本使用的翻译方法和翻译特点进行了对比和总结。案例分析表明，由于语言构成及文化环境的影响，英汉两种语言对各种互文现象体现出了不同的偏好和特点，因此在英汉互译过程中，译者需充分注意这些区别，把握源语意图，选择适当的翻译策略，实现英汉互文性翻译中的"意图等值"。

［889］曹雪梅，沈映梅.黄新渠《红楼梦》译本中"笑道"的译法——基于汉英平行语料库的研究［J］.疯狂英语（教师版），2010（04）：190-192.

摘要：翻译研究与语言学密不可分，如何利用平行语料库进行翻译研究是一个值得探讨的问题。在自建《红楼梦》（黄新渠译）汉英平行语料库的基础上，本文通过提取《红楼梦》汉英双语精简本中的"笑道"一词，归纳出其在不同语境中出现的四种不同的译法：第一种，只译出"笑"；第二种，只译出"道"；第三种，分别译出了"笑"和"道"；第四种，"笑"和"道"都没有译出。

［890］玛丽娜·黑山，梁晨.《红楼梦》与其斯洛伐克语译本的产生历史［J］.华西语文学刊，2010（02）：52-61，407.

摘要：在详细叙述曹雪芹著作的欧美译本后，作者在文中阐述了斯洛伐克语译本产生的特定原因及条件，并与在同时期同等艰难条件下克拉尔教授译著的捷克语版本做比较。在文中展示捷克语译本、斯洛伐克语译本同中文原著在翻译上的差异。解释由于汉字是象形文字（即在人脑中不仅反映"音"，同时"形"和"义"并存），翻译到欧洲语音文字中不得不在翻译技巧上突破传统，以便适应以"音"为主的西方读者。欧洲传统翻译法在很大程度上削弱了中文原著的汉字美，所谓汉语的"弦外之音"都很难在翻译中体现，所以多数在中国享有盛誉的文学作品被翻译为欧洲语言之后，大多只能停留在三流文学作品之列。

［891］洪涛.《红楼梦》英译本的话语分析：四层面与七标准［J］.华西语文学刊，2010（02）：116-128，406.

摘要：从话语分析角度来评论《红楼梦》的两个英文全译本，以霍克思翁婿译本为主，杨宪益夫妇译本为辅。本文分四个层面：一、书写层面；二、语音层面；三、句法层面；四、语篇层面（连贯性和互文性）。分析过程中按具体情况参考博格朗（Robertde Beaugrande）和德斯勒（Wolfgang Dressler）所论的"语篇属性七标准"来解释。七标准是：cohesion（衔接）、coherence（连贯）、intentionality（意图性）、acceptability（可接受性）、informativity（信息性）、situationality（情景性）、intertextuality（互文性）。话语分析有助于解释英译的译者操纵和语篇特征。

［892］张惠.《红楼梦》霍译本与美国红学的互相接受［J］.华西语文学刊，2010（02）：176-185，410.

摘要：美国红学与《红楼梦》霍克思译本是一种互相接受的互动关系，而且构成了相互影响的良性循环。霍译本与美国红学的接受分为两个阶段。第一个阶段是霍译本对美国红学的接受，研究影响了翻译；第二个阶段是美国红学对霍译本的接受，翻译又反过来影响了研究。

[893] 华少庠. 论《红楼梦》库恩德译本文化负载词汇的翻译策略 [J]. 华西语文学刊, 2010 (02): 222-230, 406.

摘要：弗朗茨·库恩在20世纪初把《红楼梦》译成德文本后，该译本不断再版重印，并被转译为多种西方语言，在西方世界影响深远。该译本虽是节译本，但译者以用文学作品为德语读者打开通往中国文化之门为宗旨，通过灵活运用归化和异化的翻译策略，对《红楼梦》中汉语文化负载修饰词汇进行了较好地处理。该译本以达意为主旨，具有归化色彩的替换翻译与异化色彩的直译、音译，使库恩译本在保存中文原本之精华，又照顾德语读者之需要方面，取得了公认的成功。

[894] 叶琳.《红楼梦》俄译本对称谓语的处理研究 [J]. 华西语文学刊, 2010 (02): 243-258, 410.

摘要：称谓语在任何语言中都承担着重要的社交礼仪作用。它既是语言现象，也是社会、文化现象。本文通过对《红楼梦》俄译本（1958）称谓语处理的研究，分析和诠释了中俄称谓语的差别和意义，以了解中俄两国不同的文化传统背景。阐述俄译本中对《红楼梦》原文中的一些简称的称谓语处理得过于复杂的案例和成因，以期促进中俄两国文化交流和传播。

[895] 刘名扬. 彩笔辉光、浓淡深浅，随美赋彩、美轮美奂——《红楼梦》俄译本里的红色分析 [J]. 华西语文学刊, 2010 (02): 259-269, 407.

摘要：本文从基本红色词、复合红色词和其他红色词系统地分析俄译本《红楼梦》里的红色翻译，并对中俄关于色彩背后的文化内涵的异同加以对比，希望对海外《红楼梦》的研究有一定的理论意义和实践价值。

[896] 李海振.《红楼梦》日文全译本及其对中药方剂的翻译 [J]. 华西语文学刊, 2010 (02): 270-281, 407.

摘要：本文充分利用所掌握的一手资料，对《红楼梦》松枝茂夫全译本、伊藤漱平全译本和饭塚朗全译本的底本及翻译出版情况做了梳理和总结，发现了此前被广为引用的二手资料中的诸多错误。然后，以"益气养荣补脾和肝汤"为例，对照各个全译本所依据的中文底本，以及三个全译本中药方剂的翻译做了深入、全面的分析。以此考察译者在处理中药等与中国传统文化相关的内容时所采用的翻译策略。

［897］王菲．试析《红楼梦》两个日译本对文化内容的翻译［J］．华西语文学刊，2010（02）：282-290，408-409．

摘要：松枝茂夫和伊藤漱平的两个《红楼梦》日译本，被誉为日本译界《红楼梦》"双璧"，具有很高的翻译文学价值。本文从历史典故、俗语、宗教、礼俗传统等层面的文化内容的翻译来对两个日译本进行比较赏析，尝试了解译者从事翻译时的各种考虑和取舍，进而探究出译者翻译策略的选择。

［898］李文凤，王鹏飞．《红楼梦》诗歌英译之初级审美接受——以《红楼梦》三个英文全译本为例［J］．华西语文学刊，2010（02）：328-343，407，409．

摘要：20世纪60年代，以尧斯和伊瑟尔为代表的接受美学，从读者的角度出发，分析研究文学作品的接受历史。尧斯在《走向接受美学》一书中提到了诗歌接受的三个阅读阶段：审美性阅读、阐释性阅读，以及历史性阅读。笔者在此将这三个阅读阶段运用到《红楼梦》杨译本、霍译本和邦索尔译本的诗歌翻译中，并进行比较研究，重点探讨了在初级审美接受性阅读阶段中，目标语读者对译本的接受度与翻译策略选择的关系；探讨了在初级审美接受阅读中，《红楼梦》上述三译本译者的出发点以及所采取的翻译策略。

［899］唐均．《红楼梦大辞典·红楼梦译本》词条匡谬赓补［J］．华西语文学刊，2010（02）：186-209，408．

摘要：本文对20年前问世的《红楼梦大辞典》中"红楼梦译本"部分的所有词条进行了力所能及的修订处理，对绝大部分词条的内容都做出了或多或少的增删修改，同时增加了原来未曾著录的44个《红楼梦》译本词条，最后基于此修订而进行的一个粗略统计表明：迄今已知《红楼梦》有过28种语言的104个译本。

［900］唐娟．冯庆华：《母语文化下的译者风格——〈红楼梦〉霍克

斯与闵福德译本研究》[J]. 华西语文学刊, 2010（02）: 344-348, 408.

摘要:《红楼梦》在英语世界中的译介史可追溯到 1830 年德庇时（John-FrancisDavis）发表于英国皇家亚洲学会会刊（The Royal Asiatic Transaction）的长文 On the Chinese Poetry（《汉文诗解》），至今经历了 170 多年的历程。据不完全统计，全世界目前已有 20 多种不同文字的《红楼梦》译本，其中以英文译本出现的时间最早，数量最多，在海外的影响力也最大。

[901] 赵雅丽. 从功能对等视角看《红楼梦》两译本中言外功能的翻译 [D]. 上海: 华东理工大学, 2011.

摘要: 本文旨在从功能对等这一研究空白入手，以杨宪益和霍克斯的两个全英译本为例，探讨《红楼梦》语言的言外功能的翻译。尤金·奈达教授提出的功能对等理论是本文的理论基础。

[902] 吴彩霞. 从《红楼梦》英译本看语言的相对可译性 [J]. 绍兴文理学院学报（哲学社会科学），2010, 30（06）: 108-111.

摘要: 关于语言是否可译的问题，语言学家和翻译理论家有三种不同的观点: 可译论、不可译论和相对可译论。本文以《红楼梦》的两个英译本为例，从结构障碍与语言风格的不可译性及文化亏损与语义的不完全等值两个方面，提出语言的可译性是相对的。

[903] 武卓妮. 杨译情系文化 霍译面向读者——《红楼梦》第三回两个译本比较 [J]. 文学界（理论版），2010（11）: 120.

摘要:《红楼梦》可以说是一部封建社会生活的百科全书，其语言精练、传神，人物刻画栩栩如生，具有很高的艺术价值。然所有译本中霍克斯和杨宪益夫妇的译作被誉为"公认的传神之作"，本文选取这两个译本中的第三回作为研究对象，以文化词的译法为切入点来探寻两译者对文化因素的不同处理。

[904] 邓天文，李成静. 诗歌翻译的美学维度——《红楼梦·葬花辞》之二英译本评析 [J]. 科技信息，2010（33）: 639-640.

摘要: 诗歌翻译既具有语言信息传达功能，又具有高度的审美价值和艺术特质。本文以 D. Hawks 和杨宪益、戴乃迭夫妇的两种《红楼梦·葬花辞》英文译本为研究对象，分别从音韵美、模糊美和意象美三方面对两种译本进行比较分析，以期从接受美学的视角探讨诗歌翻译的原则和途径。

[905] 谢俊.《红楼梦》两个英译本的文化翻译对比 [J]. 科教文汇（中旬刊），2010（11）：132-133.

摘要：《红楼梦》是我国文学巨著，反映了中国的传统文化。本文以杨宪益版和霍克斯版的两个《红楼梦》英译本为依据，比较小说中文化翻译的差异，并分析了各自的翻译技巧和特色，使读者在鉴赏过程中提高翻译能力。

[906] 杨传鸣. 从中西思维透析《红楼梦》及其英译本的重复手段 [J]. 苏州大学学报（哲学社会科学版），2010，31（06）：153-154.

摘要：本文从中西方的哲学、思维模式与语言关系视角出发，运用韩礼德的篇章衔接理论，挖掘《红楼梦》汉英语篇在衔接上存在差异的内在原因，揭示造成汉英重复差异的深层原因。

[907] 杨丁弋. 从功能对等的视角剖析《红楼梦》四个译本中"汤"的汉英对译 [J]. 红楼梦学刊，2010（06）：148-164.

摘要：红楼美食广为流传，中式菜肴文化悠久、品种多样，这对菜肴翻译带来了难度。因为中西方文化差异，因此翻译更应注重语言背后文化内涵的跨文化传播。本文以研究《红楼梦》饮食文化中"汤"的翻译为例，对四个经典英文全译本进行比较分析，从功能对等的角度揭示语言文化传播的实践过程。

[908] 唐均，徐婧."飞白"在《红楼梦》四个英译本中的翻译 [J]. 红楼梦学刊，2010（06）：186-204.

摘要：在《红楼梦》里时有运用的"飞白"修辞，集中国汉字音、形、义特征于一身，对翻译者来说是一个巨大的挑战。本文从《红楼梦》四个英译本的观察入手，分析各个英译本处理"飞白"翻译的方式及策略，以期从中获得翻译中文"飞白"的经验与启发。

[909] 华少痒. 论《红楼梦》德译本"好了歌"中"神仙"一词的翻译 [J]. 红楼梦学刊，2010（06）：213-226.

摘要：汉语和德语中语言系统独特的表达方式，使《红楼梦》的德语读者的接受渠道与汉语读者对文本信息的接受渠道大相径庭，这也就决定了《红楼梦》翻译的难度。《红楼梦》中的"神仙"作为一种文化负载词汇的话语符号，其"所指"，无法激活无中国文化预设的德语读者的想象空间。《红楼梦》德译者通过用神性的"不死"一词，恰当处理西方神性与东方神性之间的关联性，从而激活德语读者记忆中的有关图式，并获得与中国社会文化语境中有关"神仙"的相应的意境，实现了《红楼梦》原语语篇和德语语篇的连贯。

[910] 李海振.《红楼梦》日文全译本对中医药文化的翻译［J］.红楼梦学刊，2010（06）：248-267.

摘要：《红楼梦》中关于中医药的描写非常丰富，几乎涉及中医药体系的各个方面，这些中医药术语承载着丰富的中国传统文化内涵。本文旨在通过梳理由日本著名汉学家松枝茂夫、伊藤漱平和饭塚朗翻译的三个日文《红楼梦》全译本中对中药名称、方剂名称及中医诊法等内容的翻译，考察译者在处理文化空缺词汇时所采用的翻译策略，考察日文全译本中对中医药文化翻译中存在的疏失、错误。

[911] 任显楷.包腊《红楼梦》前八回英译本考释［J］.红楼梦学刊，2010（06）：10-59.

摘要：包腊的《红楼梦》前八回英译本属于《红楼梦》早期罕见译本之一。笔者在包腊全部八回译本原本的基础上，针对这一译本的基本情况做出文献考释和总体研究。通过详尽的文献整理，笔者厘清了译者包腊、发表其译文的刊物《中国杂志》的基本情况；并通过中英文《红楼梦》的文字对勘，考证并确定了包腊译本所依据之中文《红楼梦》底本，同时对包腊译文中的误译进行探讨。

[912] 王鹏飞，屈纯.承袭与超越的佳作——《红楼梦》王际真译本复译研究［J］.红楼梦学刊，2010（06）：61-78.

摘要：在《红楼梦》浩瀚译著中，王际真也是一位翻译了两次该巨著的译者之一。两译本既有承袭的地方，也有微调的词语，更有大刀阔斧改动的情节与段落。复译在旧译的基础上为欧美读者再次展现了《红楼梦》的独特魅力。

[913] 唐均，杨旸.黄新渠《红楼梦》编译本的中英文本对应问题［J］.红楼梦学刊，2010（06）：100-126.

摘要：经典著作《红楼梦》可谓中国文学史上一朵奇葩，无数中外读者深深被它吸引。不过阅读120回的《红楼梦》确实很费时日，为了满足读者的需求，黄新渠教授编译了《红楼梦（汉英双语精简本）》，将原著删节或糅合某些部节为一部，此书自出版后深受读者喜欢。不过笔者在阅读中发现了一些中英文本对应的问题，分为四类：漏译、多译、误译和不一致。

[914] 郝瑞.《红楼梦》杨、霍译本的翻译策略探微 [J]. 海外英语，2010（11）：325-327.

摘要：该研究通过直译/意译、归化/异化和语义翻译/交际翻译这三组不同纬度的翻译策略，研究《红楼梦》第三回的文本翻译，探讨杨、霍对待这一文本，采用不同翻译策略的情况。并且通过比较译文效果，指出这三组翻译策略的使用维度，以便指导翻译实践。

[915] 王琪. 中西思维——《红楼梦》及其英译本语篇衔接差异的成因 [J]. 黑龙江史志，2010（21）：237-238.

摘要：近年来，语言学研究的重点逐渐从句子转移到了语篇的层面上，语言学家们已不满足于对单个句子的分析，而是从语篇衔接的角度进行研究。本文即以韩礼德的篇章衔接理论为主要依据，对中国古典名著《红楼梦》及杨宪益、戴乃迭所译的英文本 *A Dream of Red Mansions* 中使用的衔接差异成因进行系统的分析，并从中西思维的角度，审视汉英主语省略和重复存在差异的可能内在成因，旨在揭示英汉语篇在衔接上体现出的各自特点，从而发现差异背后语言文化、思维层面的缘由。

[916] 杨丽. 伽达默尔阐释学视角下《红楼梦》三个英文全译本的诗歌比较翻译 [D]. 成都：西南交通大学，2011.

摘要：本文将运用伽达默尔《真理与方法》（*Truth and Method*）中的主要观点，"理解的历史性" "视域融合" "效果历史" 来阐释《红楼梦》三个英文全译本，即邦索尔译本，杨宪益夫妇译本和霍克斯、闵福德合译本的诗歌翻译。

[917] 屈纯. 操纵论视角下《红楼梦》王际真英译本之翻译策略研究 [D]. 成都：西南交通大学，2011.

摘要：本文希望从操作理论的角度探索王际真翻译《红楼梦》时受到的各种因素的操纵，为《红楼梦》全译本之外的译本研究做一些有益尝试。本文选取二十世纪早期《红楼梦》英译本中的湖人译作之一——王际真译本作为案例，分析王际真译本在特定历史时期，特殊的目的需求，特别的赞助人要求下译成《红楼梦》节译本过程中所受到的不同操纵因素。

[918] 张娅. 文化比较语境下的英汉翻译——《红楼梦》两译本龙、凤俗语不同译法的对比[J]. 湖南科技学院学报, 2010, 31 (11): 150-152.

摘要：文章以《红楼梦》杨氏和霍氏英译本中关于龙、凤俗语的不同译法为例，比较翻译语言学派和文化学派两大翻译研究范式，探讨翻译研究的文化转向，指出将翻译研究置于文化比较语境之下，实现从一种文化向另一种文化的转化、阐释和再现。

[919] 何玲. 社会符号学视角下《红楼梦》霍克斯译本的对联翻译研究[D]. 长沙：中南大学, 2010.

摘要：本文通过社会符号学翻译法视角研究《红楼梦》霍译本中的对联翻译。我国的陈宏薇教授提出了社会符号学翻译法的翻译标准，即"意义相符，功能相似"。本文尝试以这一标准研究和评估《红楼梦》霍译本中的对联翻译。

[920] 赵晴. 基于语料库的《红楼梦》两个英译本的译者风格研究[J]. 西南农业大学学报（社会科学版）, 2010, 8 (05): 158-163.

摘要：文中以《红楼梦》的杨译本和霍译本为研究对象，利用包含两个译本全文的可比语料库，基于大量语料的客观分析，试图详细分析译者在词汇、句法和语篇三个层面上表现出来的独特风格。最后，试图从译者的母语文化和翻译规范的角度来解释二者表现出迥异风格的成因。

[921] 于强福. 文学作品中模糊限制语的翻译策略——以《红楼梦》杨译本为例[J]. 科技信息, 2010 (26): 564.

摘要：模糊性是非人工语言的本质特征，而模糊限制语是模糊语言的重要特征之一。本文在讨论了模糊限制语的分类及语用功能后，通过对杨译本《红楼梦》的分析，试论模糊限制语的翻译原则及翻译方法。

[922] 祝东江. 功能派翻译理论观照下的《红楼梦》两译本片段析评[J]. 湖北经济学院学报（人文社会科学版）, 2010, 7 (09): 110-112.

摘要：作为中国封建社会百科全书的中国古代文学名著《红楼梦》，其以深厚的文化品格吸引了国内外的专家学者对其进行研究和翻译。在数以百计的译本中，尤以杨宪益夫妇和霍克斯的英译本堪称精品。本文从德国功能派翻译理论观点，尤其是翻译的目的论出发，对两译本中的片段进行比较研究。

[923] 杨传鸣. 从中西思维透析《红楼梦》及其英译本的主语省略 [J]. 东北农业大学学报（社会科学版），2010，8（04）：93-95.

摘要：中国古典名著《红楼梦》体现了中华民族的语言文化特色，杨宪益、戴乃迭所译的英文本 *A Dream of Red Mansions* 堪称《红楼梦》英译的上乘之作。本文从中西思维的差异视角出发，运用韩礼德的篇章衔接理论，挖掘英汉语篇在衔接上存在差异的内在原因，揭示汉英主语省略差异的深层原因。

[924] 陈慧莲. 文化翻译的策略及信息的耗散——以《红楼梦》霍译本对人名的处理方式为例 [J]. 重庆科技学院学报（社会科学版），2010（16）：97-99.

摘要：姓名字号是人生的符号，也是一种文化。中国人的姓名中蕴含着丰富的文化与美学信息，而文学作品中的人物姓名更是如此。在多数文学翻译里，译者常常只是采用简单的译音系统与译意系统，而这在很大程度上造成了文学人物姓名中文化与美学信息的熵化和耗散。本文以《红楼梦》霍克思译本为主导，兼顾杨宪益译本，通过其对人名的翻译为例，探讨文化翻译的策略，揭示由于文化因素造成的翻译过程中不可避免的信息熵化和信息耗散。

[925] 李磊荣.《红楼梦》俄译本中的文化误译 [J]. 中国俄语教学，2010，29（03）：61-66.

摘要：本文在对误译进行定义和类型界定的基础上，从文化时代性和文化民族性对翻译造成制约的角度出发，分析了《红楼梦》俄译本中的文化误译实例，阐述了造成这些误译的具体原因。

[926] 粟裕云，廖玉平. 从社会符号学看汉语习语的英译——以《红楼梦》的译本为例 [J]. 辽宁师专学报（社会科学版），2010（04）：31-32.

摘要：习语作为语言的精华，承载了大量文化信息，这使得汉语习语英译成为翻译的难点。社会符号学翻译法强调翻译是一种跨语言和文化的交际过程，翻译就是要翻译意义，并尽可能使原文和译文达到意义与风格的对等。本文借助社会符号学的翻译理论，以对《红楼梦》中出现的习语的英译为例，对汉语习语的英译做一些探索。

[927] 刘波.《红楼梦》俄译本中"笑道"译法浅析 [J]. 科技信息, 2010 (23)：766-767.

摘要："笑道"是《红楼梦》中出现比较频繁的人物话语引出词，由于古汉语具有高度概括性，所以译者需要根据不同的人物和场景对"笑道"采取不同的译法。本文将以《红楼梦》的普及本为原本，援引数例书中人物的"笑道"，结合帕纳休克的俄译本 *Сонвкрасномтереме* 中对"笑道"的相关翻译进行对比，进而对该译本中"笑道"的翻译方法进行浅析。

[928] 郭玉梅. 汉语叠音词的法语翻译探讨——读《红楼梦》法译本随感 [J]. 法国研究, 2010 (03)：42-50.

摘要：汉语中大量使用叠音词，而法语中却几乎不用这种修辞手段。在把中国文学作品译成法语时，如何翻译这些叠音词，如何在译文中保留其修辞效果，就成了翻译者所面临的一个棘手的问题，往往只能靠加注释来进行补救。本论文通过对《红楼梦》法译本中部分叠音修辞格的翻译范例进行简要的分析，试图归纳出一些汉语叠音词的常用法语翻译方法。

[929] 曹建辉, 张映先. 从霍译本《红楼梦》看语言与文化的可译性限度 [J]. 船山学刊, 2010 (03)：196-199.

摘要：《红楼梦》被称为中国传统文化的"百科全书"，对译者来说其翻译无疑是一个巨大的挑战。由于不同民族的语言与文化具有共性与个性，从而形成了翻译的可译性限度。本文根据包惠南先生的分类，从语言与文化的不同层面探讨霍译本《红楼梦》翻译中的可译性限度。

[930] 邓红顺. 从权力话语理论对比分析《红楼梦》两译本中文化负载词的英译 [J]. 湖南医科大学学报（社会科学版），2010, 12 (04)：132-133.

摘要：《红楼梦》浓缩了中国传统文化精华，其中的文化负载词极其丰富，被看作中国文化的百科全书。本文通过权力话语理论对比分析了杨宪益与霍克斯两译本对其中文化负载词的不同处理。作者认为，中国翻译界应该培养出更多像杨宪益这样采用异化策略的翻译工作者，以更好地向外界传播中国文化，使其在国际上享有应有的话语权。

[931] 赵贯丽. 对比赏析《红楼梦》不同译本中的文化传递 [J]. 海外英语，2010（07）：218，220.

摘要：经典之作《红楼梦》是中华文学中的一朵奇葩，不仅塑造了众多丰满生动的艺术人物，更是集中国文化之大成，其译本是世人了解中国古典文化的窗口，也是中国文化的传播途径及中外文化交流的桥梁，《红楼梦》的翻译迄今已诞生了不同的版本。该文主要从文化传递方面对杨、戴和霍克斯两个译本进行粗浅地赏析，借以抛砖引玉。

[932] 林英华.《红楼梦》译名的比较与分析——以杨宪益译本与霍克斯译本为例 [J]. 周口师范学院学报，2010，27（04）：52-54.

摘要：本文对《红楼梦》杨宪益译本和霍克斯译本中关于书名、地名、人名、称谓、药名、节日的翻译进行了比较与分析，就两个译本在传达原文语言和文化信息方面提出了看法。两位译者从不同的角度出发，为实现各自的翻译目的，对饱含中国特殊文化内涵的"名"做出了不同的处理。

[933] 尹新华.《红楼梦》英译本的中国英语特色研究 [J]. 长江师范学院学报，2010，26（04）：29-32.

摘要：本文以中国英语的特点为依据，从词汇、句式和语篇三方面对杨宪益、戴乃迭的《红楼梦》英译本进行分析、研究，说明了如果中国英语运用得当，在表达中国特有事物中是有其独特作用的，以期对中国英语和外语教学发展的研究带来一些启迪。

[934] 孙崇菊. 从译者主体性看《红楼梦》两译本中詈骂语的英译 [D]. 成都：四川师范大学，2010.

摘要：本文以古典小说《红楼梦》的两个译本——杨宪益译本和霍克斯译本为例证，试图从译者主体性的角度分析研究《红楼梦》中詈骂语的英译。论文分析介绍了译者主体性，论证了译者主体性受其语言和文化能力、文化取向及文化态度等因素的影响，并通过这些因素表现出来；论文简要介绍了红楼梦及其翻译情况，分析了红楼梦中的詈骂语，包括它的定义、分类及文化含义，并从两个英文版本中选取一部分案例，对比了两译本在詈骂语的翻译方面的不同，这些不同之处正是由于两译本译者在语言和文化认知能力、翻译目的、翻译原则及翻译策略等方面的差异所造成的，这些差异同时也是译者主体性发挥作用的具体表现。

[935] 卢子素. 关联理论视角下的霍译本《红楼梦》隐喻及其翻译策略研究 [D]. 成都: 四川师范大学, 2010.

摘要: 本文从语言和文化两个层面, 运用关联理论探讨了红楼梦英译本 The Story of the Stone 中隐喻的翻译策略。首先, 在隐喻翻译策略选取上, Hawkes 应用了直译法和意译法。在处理原文隐喻中的意象时, 若能在译语中找出与之对应的意象, 则可采用直译法; 反之则可采用增词、替代, 及文内解释等意译法。该研究表明, 在翻译隐喻时, 译者结合自己的先知识, 提出各种预设, 并充分考虑目的语接受者的认知能力和认知环境, 坚持最佳关联原则, 通过筛选, 选择适当的翻译方法。不管使用什么样的翻译策略, 是保留隐喻中的意象还是替换意象, 是直译还是意译, 只要不违反关联原则, 保证达到译文读者和原文读者面对相同隐喻做出相同反应, 即为可取。

[936] 徐艳蓉.《红楼梦》英译本中译者主体性的体现 [J]. 湖南工业职业技术学院学报, 2010, 10 (03): 93-95, 136.

摘要: 译者是翻译的主体, 也是文化活动中的重要参与者。译者主体性的存在直接影响着翻译的过程, 并影响着翻译的结果。本文以杨宪益夫妇和 Hawkes 翻译的《红楼梦》作为研究对象, 从译者对原文的选择、理解, 译入语的文化意识、译者主体性的发挥四个方面分析译者主体性的体现。

[937] 汤道兵. 从接受美学理论看文学作品中模糊语言的翻译——以《红楼梦》英译本为例 [J]. 荆楚理工学院学报, 2010, 25 (06): 57-61.

摘要: 文学语言的主要特征在于其模糊性, 模糊语言是构成文学作品审美价值和审美功能的主要方面。文章从接受美学角度探讨了文学作品的模糊性翻译的审美再现。模糊语言是文学的精华所在, 翻译中不应该消除语言的模糊性, 如果硬将其译作精确语言, 原文的艺术神韵将会消失殆尽。

[938] 郭晶萍.《葬花吟》7种英译本的人称视角和时态比读——《红

楼梦》英译本研究之四［J］.河海大学学报（哲学社会科学版），2010，12（02）：80-82，92.

摘要：汉诗注重简约，汉语读者往往比较容易推断出语境含义，而人称代词的省略也给读者留下更多想象的空间。《葬花吟》7种英译本的译者根据自己的文化素养和审美习惯，采用不同的人称视角对其进行翻译，从而形成了译诗意境的不同；古汉语中没有动词的时态，而7位译者却使用了不同的时态，以反映译诗中内容的时间差异，从而再现情感的变化。

［939］张桂东.从"目的论"的角度下看《红楼梦》两个英译本的翻译策略［J］.海外英语，2010（06）：209-210.

摘要：本文通过对《红楼梦》杨宪益译本及霍克斯译本的部分译文进行对比研究，力图找出两个译本译者采用不同翻译方法的原因。文章以德国的"目的论"为指导，通过对翻译的目的、译者与原作者、译者与译语接受者、译者与发起人之间关系等影响翻译的因素进行分析，得出最后结论：杨宪益译本倾向于异化，霍克斯译本倾向于归化；两位译者都尽力本着忠实于原文和忠实于读者的态度，遵从了忠诚原则。同时他们竭力实现其各自的翻译行为的目的。

［940］文慧.《红楼梦》德译本中称谓语的翻译［D］.呼和浩特：内蒙古大学，2010.

摘要：本文首先对红楼梦中出现的各种称谓语详细、系统地归类划分，并对库恩博士在译本中对称谓语采取的翻译策略和方法进行研究，希望对如何做好称谓翻译做出一点建设性的贡献。

［941］邓欢.杨译本《红楼梦》中委婉语翻译的功能对等研究［D］.天津：天津大学，2010.

摘要：本文以杨宪益与其夫人戴乃迭共同翻译的英语版《红楼梦》为研究对象，结合奈达的功能对等理论，探讨杨译本在委婉语翻译中功能对等的实现程度和实现手段，从而总结出文学翻译中更好实现功能对等的一些方法和技巧。

［942］吴晓明.从关联理论角度探讨杨宪益《红楼梦》译本中习语的英译［J］.名作欣赏，2010（17）：125-127.

摘要：习语翻译是文学翻译的难点之一，笔者试从关联理论的角度，分析杨宪益夫妇《红楼梦》译本中所采取的习语翻译方法，进一步说明了关联理论对习语翻译具有较强的理论指导意义和实践意义。

[943] 张丽莉. 从帕尔默文化语言学视角看《红楼梦·咏菊》两译本的意象再造 [J]. 太原城市职业技术学院学报，2010（05）：173-174.

摘要：帕尔默文化语言学理论是一种以意象为中心的语言文化理论，其核心概念是意象。《红楼梦》中的诗词含有丰富的意象，蕴藏着深厚的文化内涵。本文拟从帕尔默文化语言学视角分析《红楼梦·咏菊》一诗的两个英译本，探讨如何更好地实现诗歌翻译的意象再造。

[944] 王爱珍. 从解构理论看《红楼梦》中对联在杨、霍译本中的翻译 [J]. 湖南人文科技学院学报，2010（03）：88-91.

摘要：《红楼梦》中有大量对联，它们在杨、霍译本中均得到了很好的翻译。本文从解构主义理论出发，对它们的翻译进行了仔细地探讨和分析。结果证明：文本本身的定义是由译文而不是原文决定的，译者是创造的主体，译文语言是新生的语言，一切文本都有互文性，原文与译文的关系是平等互补的关系。杨氏夫妇与霍克斯都充分发挥了译者主体性的作用，两译文都有其存在的合理性，且互有优势，各有千秋。

[945] 侯晓蕾.《红楼梦》诗词两英译本文化意象翻译的比较 [J]. 学理论，2010（14）：149-150.

摘要：关于中文诗词的英译，翻译学家许渊冲提出了"诗歌翻译的三美论"，即翻译诗歌理应传达原文的意美、音美、形美。其中，意美是诗词翻译的重点，也是诗词翻译的难点。因此，怎样在诗歌翻译中处理意象美的传达就成了一个重要的议题。本文比较分析了杨宪益夫妇和大卫霍克斯在对我国古典名著《红楼梦》的两个英译本诗词意象的翻译中，如何处理归化和异化的翻译策略，具有一定的意义。

[946] 姚珺玲.《红楼梦》德文译本底本三探——兼与王薇、王金波商榷 [J]. 红楼梦学刊，2010（03）：96-113.

摘要：《红楼梦》德文译本底本考证是一个涉及"红学""国际汉学""翻译学"等多学科的学术问题，要求研究者既要有中文功底，又要有"红学"知识和德文基础。在借鉴王薇和王金波两位学者对这一课题所进行的大胆探索的经验基础上，笔者从大量的图书馆资料和德文资料入手，有理有据地驳斥了错误观点；深入实地、借助一手资料，确立了自己的观点，最终得出如下结论：第一，库恩关于自己德文译文所用的两种底本的说法没有错误；第二，库恩译本底本 A 基本可以定为是莱比锡大学东亚学校图书馆曾经收藏的，它原属于格鲁伯私人图书馆，由王宅翻刻的《绘图红楼梦》，底本 B 则可以肯定是胡文彬在《红楼梦叙录》中提及的《增评补图石头记》。

[947] 李晶. "潇湘馆"的竹子与流水——从一处译名管窥《红楼梦》两大经典译本在文化内涵中的差异 [J]. 红楼梦学刊, 2010 (03)：117-125.

摘要：《红楼梦》的两种经典英文译本"霍译本"与"杨译本"都是文学翻译史上的典范。译者秉承各自的翻译原则，创作出各具特色的译文，尤其是对于原著里中国传统文化内涵的处理，两种译本通过对译名、译文的不同选择，分别在充分照顾读者的理解困难与尽量传达原著的本原风貌方面，达到了令人赞叹的成就。两种译本风格各异，可供相互参照，为英文世界中《红楼梦》的阅读者和研究者提供了一份难能可贵的资料。

[948] 刘义. 从《红楼梦》两译本诗歌的翻译谈文学翻译中互文意义的传递 [J]. 安徽文学（下半月），2010 (05)：165-166.

摘要：互文理论是后现代主义文学批评理论中的一种，对读者完整而准确地解读文学作品具有重要意义，进而可以指导文学翻译实践。本文首先回顾了互文理论的发展，接着以《红楼梦》中两则诗歌的不同翻译为例，分析译文如何体现出原文的互文性。最后，希望文章所做的分析能够对文学作品的翻译起到一定的启发意义。

[949] 谭芬, 宫军. 从《红楼梦》两译本对文化因素的处理看归化与异化 [J]. 湖南医科大学学报（社会科学版），2010, 12 (03)：145-146.

摘要：本文从 Eugene A. Nida 的几个文化特征的角度出发，通过分析杨宪益和 Hawkes 的两个《红楼梦》译本的翻译方法来比较归化与异化。归化和异化各有优劣，两者之间应当是矛盾的统一，而非绝对的对立。完全地接受一种译法或是排斥另一种译法，都是不恰当的，必须将它置于特定的背景下，综合考虑各种因素，谨慎翻译。

[950] 刘晓琳. 评价系统视域中的翻译研究——以《红楼梦》两个译本对比为例 [J]. 外语学刊，2010（03）：161-163.

摘要：本文尝试运用评价理论作为分析研究的工具，对《红楼梦》的两个英译本和原文做比较分析，旨在揭示翻译过程中译者对原文的忠实程度，分析产生不忠实于原文的原因，为翻译实践提供一个新的视角，以提高翻译质量。

[951] 邓薇薇.《红楼梦》两译本中模糊语翻译对比研究 [D]. 武汉：华中科技大学，2010.

摘要：本研究旨在对《红楼梦》两英译本中模糊语的翻译进行对比研究。笔者认为，模糊语是能用有限的词汇表达模糊意义的语言。它主要体现在词、短语以及句子层面上。

[952] 牛艳. 论社会意识形态在《红楼梦》翻译中的作用：王际真两个译本研究 [D]. 苏州：苏州大学，2010.

摘要：本文从文化、历史和社会的角度出发，以勒菲弗尔的操纵理论和韦努蒂的归化和异化翻译为理论基础，研究社会意识形态对王译本的影响，包括社会文化因素对王译本翻译策略的制约，以及赞助人和译者的意识形态对文本的操纵。

[953] 皮新霞. 文化语境动态顺应视角下霍译本《红楼梦》中的典故翻译 [D]. 长沙：中南大学，2010.

摘要：本文正是从文化语境动态顺应的角度来探讨典故的翻译，并且以《红楼梦》的霍译版中的典故的翻译为研究对象来进行研究。作者认为对于典故的翻译研究应该在文化语境中进行，因为同一个词语在不同的文化语境中的含义是不相同的，对不同的文化语境的顺应决定着典故的翻译方法与策略。

[954] 曹雪. 论法译本《红楼梦》中饮食文化的翻译策略 [D]. 长沙：中南大学，2010.

摘要：在本论文中，笔者以英国著名翻译理论家纽马克的语义翻译和交际翻译理论为指导，就中国的饮食文化，从以下五个方面对《红楼梦》中的饮食文化翻译进行论述：菜肴、小吃、饮品、宴会礼仪，及与饮食相关的俗语。探讨了《红楼梦》中饮食文化翻译过程中遇到的特殊困难，例如，由于中国和法国之间的生态文化或社会文化方面的差异引起的词汇空缺现象等,并分析和总结了李译本中所采用的翻译策略与方法:直译、直译加补述、直译加注、形象替换、意译、简化或省略六种翻译策略。

[955] 陈莉莉. 汉英翻译中文化意象的传递 [D]. 杭州:浙江师范大学,2010.

摘要:本文以德国功能理论学派的"目的论"为理论依据,选取杨宪益与戴乃迭的《红楼梦》译本 *A Dream of Red Mansions* 为例,分析杨在《红楼梦》译本里为传递中国传统文化意象所采用的翻译目的和翻译方法,基于此提出汉英翻译中保留源语文化意象应采用的翻译策略和方法。

[956] 杨正军. 目的论视角下文化内容的翻译 [D]. 兰州:西北师范大学,2010.

摘要:本文将《红楼梦》的上述两个英译本作为研究对象,运用功能主义翻译理论学派的目的论作为理论框架,按照著名翻译家奈达对翻译中涉及的文化因素的五种分类(即宗教文化、物质文化、语言文化、社会文化和生态文化),以及《红楼梦》中大量包含文化因素的实例进行对比分析。

[957] 王晓燕. 翻译适应选择论视角下的《红楼梦》英译本分析 [D]. 郑州:郑州大学,2010.

摘要:本文以翻译适应选择论为理论框架,对杨宪益夫妇翻译的《红楼梦》译本进行研究。目的是说明译者在进行翻译活动时是怎样具体地进行适应和选择的。翻译适应选择论的哲学基础是达尔文的"适者生存""优胜劣汰"。

[958] 庄文婷.《红楼梦》霍译本中明喻翻译的逆向分析 [D]. 大连:大连海事大学,2010.

摘要:本文以霍克斯《红楼梦》英译本中的前 80 回为研究对象,通过建立平行语料库,试图用科学的方法证明这种现象是否普遍存在,进而探索霍克斯在翻译《红楼梦》中的明喻时所采用的翻译策略。

[959] 王爱珍. 从功能对等理论论《红楼梦》中诗词在杨、霍译本中的翻译 [J]. 南昌高专学报,2010,25(02):44-46,50.

摘要：本文试着从奈达的功能对等理论出发，对《红楼梦》中诗词在杨、霍译本中的翻译进行一定的探究。

[960] 陈向荣，张映先. 红楼梦及英译本中的意象分析［J］. 学习月刊，2010（12）：138-139.

摘要：本文以大观园为例，分析母本和译本中的意象美，如视觉具象直观美、物人合一交融美、意象传递复合多元综合美等。

[961] 王静. 浅析《红楼梦》两个英译本中人物姓名译法［J］. 河南理工大学学报（社会科学版），2010，11（02）：208-211.

摘要：本文浅析了两个英译本《红楼梦》的人物命名艺术，着重探讨译著中人物姓名的英译方法，如音译法、意译法、运用双关语法和借用法语、拉丁语等。

[962] 李彩文. 从关联理论视角看《红楼梦》中诗词的英译——以杨宪益和戴乃迭与大卫·霍克斯的译本对比分析［J］. 北方文学（下半月），2010（02）：102-103.

摘要：诗词是中国传统文化中非常重要的组成部分，而中国传统小说经典名著《红楼梦》与诗词是密不可分的，其中的诗词翻译对译者来说是一个巨大的挑战，也是翻译成败的一个关键因素。文章通过对杨宪益与霍克斯翻译的《红楼梦》中的诗词和章回目录的翻译进行分析和研究，指出关联理论在翻译过程中的指导作用，符合让读者付出最少努力把握原作者意图的最佳关联原则。

[963] 朱芳. 杨氏与戴氏《红楼梦》译本中文化词汇翻译认知解读［J］. 武汉工程大学学报，2010，32（04）：83-85，93.

摘要：《红楼梦》中大量中国传统特色文化词汇的翻译在杨氏与戴氏英译本中各有千秋。本文从认知语义学的角度，探讨两个译本中文化词汇翻译之得失，认为在不同的认知情景下，译者的认知模式决定其文化词汇翻译的倾向。

[964] 张琳琳. 对《红楼梦》两英译本中诗歌英译的比较赏析［J］. 黑龙江科技信息，2010（10）：180.

摘要：《红楼梦》被公认为中华文学著作中的瑰宝。其诗词揭示了人物的精神面貌和性格特征，隐喻了人物的生活遭遇和结局，丰富和渲染了作品的主题。"红诗"的翻译是中国古典诗歌翻译的有机组成部分，本文拟从翻译美学、微观语言学角度，对戴维·霍克斯和杨宪益与戴乃迭夫妇翻译的《咏月诗》其一的两种译文进行比较赏析，探讨《红楼梦》诗歌英译的美学价值，阐明在诗歌英译时要做到"音美""意美"和"形美"。

[965] 马红霞. 试析汉译英中彰显语用效果的技巧问题 [D]. 桂林：广西师范大学，2010.

摘要：本文受前人研究的启发，以杨宪益、戴乃迭合译的 A Dream of Red Mansions 和霍克斯翻译的 The Story of the Stone 两译本为例，运用语境理论、语用原则和言语行为理论，对前八十回中王熙凤的一些典型话语的两种译法做了对比研究，试图探讨翻译中语用效果的彰显问题。

[966] 王姣. 从翻译伦理看《红楼梦》两英译本的翻译 [D]. 长沙：长沙理工大学，2010.

摘要：本文拟从切斯特曼这一较新、较全面的翻译伦理观出发，对《红楼梦》的两个英译本进行比较和分析，得出杨译本和霍译本分别体现了不同的翻译伦理模式：杨译本主要体现了再现伦理和交际伦理模式；霍译本主要体现了基于规范的伦理模式。并分别从典故翻译、习语翻译、宗教用语翻译和颜色词翻译这四个方面分析上述伦理模式分别在两个英译本中的体现，以此来阐述翻译伦理在翻译研究中的必要性及积极作用，以期为我国翻译事业的发展尽绵薄之力。

[967] 罗娜. 从目的论视角比较汉语亲属称谓词英译 [D]. 长沙：湖南师范大学，2010.

摘要：本文以目的论原理为理论框架，运用词频统计法，分析《红楼梦》这一中国古典文学名著的两个英译本（杨宪益与戴乃迭的译本和大卫·霍克斯的译本）中双亲和兄弟姐妹亲属称谓词语的翻译，比较两译文对这些称谓词语的不同翻译目的和翻译策略，说明译者的翻译目的是如何影响译者翻译策略的选择，所选择的策略又如何影响了译文效果。

[968] 游洁. 论霍译本《红楼梦》中双关语的翻译——基于德拉巴斯替塔的双关语翻译理论 [J]. 长春师范学院学报（人文社会科学版），

2010, 29 (03): 123-125.

摘要：《红楼梦》中大量的双关语是翻译的难题，本文采用德拉巴斯替塔的双关语翻译理论分析了大卫·霍克斯对这些双关语的翻译策略，结果显示他的主要翻译策略是面向译语读者，强调译文的可接受性和充分性。

[969] 张映先，张人石.《红楼梦》霍克思英译本中避讳语翻译的伦理审视 [J]. 红楼梦学刊，2010 (02): 306-322.

摘要：避讳是一种特殊的语言现象，避讳语作为禁忌语的替代品，本来就有翻译难度；《红楼梦》中的避讳语多而复杂，翻译更是难上加难。霍克思遵循翻译伦理的基本要求，坚持自己"译者三责"的翻译主张，对《红楼梦》避讳语进行了比较成功的翻译。从翻译伦理的视角看霍克思英译本《红楼梦》对避讳语的处理，可以得出不少有益的启示。

[970] 张敏. 从《红楼梦》英译本看颜色词的翻译方法 [J]. 文学教育（上），2010 (03): 110-111.

摘要：本文通过分析英语颜色词的分类，结合杨宪益《红楼梦》译本中对实物颜色词和程度颜色词的翻译方法，对依据具体的文化背景和作品语境翻译实物颜色词和程度颜色词的方法做出初步探讨。

[971] 王旭.《红楼梦》译本中体现的女性主义思想——杨译本和霍译本的对比研究 [D]. 北京：北京邮电大学，2010.

摘要：本文作者从女性主义角度考察了杨宪益、戴乃迭夫妇与霍克斯及闵福德的两个译本。通过比较与对比，本文作者试图发现一个译者是否在翻译中有意或无意识地拔高或贬低著作中的女性形象。从文中选取的例子来看，霍克斯的译本更明显地体现了女性主义翻译理论的思想。本文研究发现，在翻译或评价《红楼梦》时，女性主义翻译理论可以是其中的一个方法，本文作者呼吁大家对女性主义翻译研究给予更多的关注与研究。

[972] 李萍香. 文化信息视角下的翻译策略——《红楼梦》两个英译本的对比研究 [J]. 中国商界（上半月），2010 (03): 139, 138.

摘要：在翻译过程中，对文化信息的处理一般分为以源语文化为归宿的异化和以目的语文化为归宿的归化这两种翻译方法。本文通过对中国古典名著

《红楼梦》两个英译本的研究，就文化信息视角下的物质文化、宗教文化、社会风俗及国家管理制度等方面进行探讨，并分析了两种英译本在翻译策略，以及由此产生的效果和对目的语文化所起的作用等方面的不同。

[973] 杨慧. 从《红楼梦》两个译本略谈中西法律文化之异同 [J]. 兰州教育学院学报，2010，26（01）：79-80，87.

摘要：杨宪益、戴乃迭夫妇和戴维·霍克斯分别翻译的《红楼梦》，在众多《红楼梦》译本中可谓两颗璀璨的明珠，文章从译者不同的法律文化背景投射出来的不同的翻译方法入手，通过比较两个译本，认为中西方法律文化因素的潜在影响导致了不同的翻译效果。

[974] 刘子辉. 茶之名 人之性——试谈杨译、霍译本《红楼梦》中茶之名的翻译 [J]. 商丘职业技术学院学报，2010，9（01）：87-88.

摘要：《红楼梦》被誉为中国18世纪的百科全书，书中详细地描述了清代的茶文化，为研究中国茶文化的发展历史留下了宝贵的资料。从饮茶之人爱喝茶的种类，便可以推断出他们的性格，这对通过典籍来了解中国文化的外国人来说是相当重要的一个因素。笔者从翻译的"动态对等"原则和翻译目的论的角度出发，对杨译和霍译的《红楼梦》中关于茶名称的翻译进行对比，探讨具有中国文化特色词汇的翻译方法，以便使中国的传统文化走向世界。

[975] 牛艳. 社会意识形态对《红楼梦》翻译的操控：王际真译本研究 [J]. 学理论，2010（06）：82-83.

摘要：作为中国小说的经典之作，《红楼梦》迄今已出版了九种英译本，其中最具影响力的是霍克斯，以及杨宪益和戴乃迪的全译本。其实，在这之前欧美最流行的是王际真的译本，但是他的译本很少得到学者的关注。本文以勒弗维尔的操纵理论为基础，研究意识形态因素对王本的操纵，包括底本的选择和翻译策略。

[976] 金钏. 从《红楼梦》英译本看文化的对比翻译 [J]. 长江大学学报（社会科学版），2010，33（01）：155-156.

摘要：《红楼梦》是我国历史上最优秀的古典小说之一，也是一部杰出的民族文化典籍。迄今译界广为推崇的有两个译本，由于其译者有着不同的文化取向或翻译目的，对其中民俗文化的翻译和传播的结果也就迥然不同。

[977] 刘力语. 析《红楼梦》两译本中"小人物"名字的翻译[J]. 语文学刊（外语教育与教学），2010（02）：55-56.

摘要：《红楼梦》是我国四大古典名著之一，包含了广博而深厚的文化底蕴。文中涉及400多名人物，其中"小人物"占了较大比重。本文试从归化、异化的角度出发，分析杨宪益、霍克斯《红楼梦》两译本中"小人物"名字的翻译。通过对比和思考，得出结论，并提出个人对文中"小人物"译名的新看法。

[978] 蒋慧. 论言语行为理论对文学作品中对白翻译的指导作用——以《红楼梦》两种译本的对白翻译为例[J]. 赤峰学院学报（汉文哲学社会科学版），2010，31（01）：112-113.

摘要：本文结合语用学的核心理论——言语行为理论和翻译学的功能对等理论，以两种《红楼梦》译本中的对白翻译为例，指出言语行为理论对文学作品中对白翻译的指导作用。

[979] 崔璨. 名家演绎　各有千秋——赏析英译本《红楼梦》第二十八回[J]. 科教文汇（中旬刊），2010（01）：39.

摘要：《红楼梦》是中国文学史上的一座丰碑，大卫·霍克思和杨宪益、戴乃迭夫妇的英译版《红楼梦》也有很高的欣赏价值。本文着重比较分析两个版本中第三回的翻译，包括译者译风、语篇意识、文化负载词等，发现两译本体现了译者不同的翻译风格与技巧。

[980] 苏玉霞. 分析《红楼梦》回目中两个译本的归化与异化[J]. 文教资料，2010（02）：14-15.

摘要：翻译策略是指译者在处理源语与译语文化差异时所使用的方法。翻译中有两种基本策略：归化和异化。作者通过对中国古典小说《红楼梦》回目中两个英译本的比较研究，分析了两位译者在传递不同背景的文化信息方面所采取的归化、异化的翻译策略。

[981] 王金波，王燕. 被忽视的第一个《红楼梦》120回英文全译本——邦斯尔神父《红楼梦》英译文简介[J]. 红楼梦学刊，2010（01）：195-209.

摘要：邦斯尔神父的《红楼梦》英译文独自完成于 20 世纪 50 年代末，是杨宪益、戴乃迭英译本以及霍克思、闵福德英译本问世之前世界上第一个 120 回全译本。该译文虽然未能以书本的形式正式出版，但其电子版本的发布（2004 年）同样堪称《红楼梦》英译史上的里程碑。本文简要介绍译者基本情况、译文成书年代、译文基本情况并推测译文未能正式出版的原因，旨在引起学术界对该译文的关注，从而丰富和拓宽《红楼梦》翻译研究。

[982] 郭荼红.《红楼梦》两个英文译本文化信息传递的比较——基于归化和异化的分析视角 [J].内蒙古民族大学学报，2010，16（01）：21-22.

摘要：本文借助归化和异化的分析视角，比较了中国古典名著《红楼梦》的两个英译本在传递文化信息方面所采取的处理原则和方法。在对《红楼梦》两个译本中牵涉文化因素的一些隐喻、明喻和典故等翻译进行分析后，我们可以看出：如果考虑到不同的翻译目的、文本的类型、作者意图以及读者对象，"归化"和"异化"两种方法都能在目的语文化中完成各自的使命，因而都有存在的价值，翻译中文化信息的传递不存在"归化"和"异化"之争。

[983] 戴炯.《红楼梦》杨译本中双关语的翻译 [D].上海：上海交通大学，2010.

摘要：本文选取杨宪益夫妇《红楼梦》英译本为对象，从社会符号学翻译法的角度研究语言和文化障碍对双关语翻译中意义和功能的实现会造成哪些影响，以及杨宪益夫妇在处理这些问题时所采取的策略。

[984] 郭蕾，蒋美丰.《红楼梦》中汉语俗语英译对比分析——以《红楼梦》及其二个英译本为例 [J].山西广播电视大学学报，2010，15（01）：67-69.

摘要：本文以中国古典四大名著之一的《红楼梦》及其两个英译本为研究对象，以红楼梦汉英平行语料库为资源，探讨对比汉语源语中具有鲜明中国文化特色俗语的不同英译，为典籍汉英翻译实践提供借鉴。

[985] 金娟.《红楼梦》霍译本中的人名翻译及其对文化的"传真" [J].文教资料，2010（01）：11-13.

摘要：文学翻译也是文化翻译。文化"传真"就是要求译语从文化意义的角度准确地再现源语文化所要传达的意义、形式及风格，它是文化翻译的基本准则。本文作者基于《红楼梦》霍译本中人名翻译的分析，归纳出了它对文化"传真"的贡献。

［986］潘敏. 目的论视角下《红楼梦》杨译本中的习语翻译［D］. 南京：南京航空航天大学，2010.

摘要：本文依照目的论的三大原则分析了杨译本中习语翻译的具体方法以及译者，读者以及文本交际的历史时间等制约因素对杨宪益夫妇习语翻译的影响。研究表明，目的论能够为杨译本中习语翻译策略选择提供一个新的视角。译者的个人经历、翻译思想、习语翻译意图、读者期待及接受水平，以及历史时间等因素都会对习语翻译产生相当大的影响。

第十二章

2009年度《红楼梦》译本研究文献汇总

[987] 王雅晨，方文礼. 从功能语法看《红楼梦》两译本的对比研究[J]. 鸡西大学学报，2009，9（06）：142-143.

摘要：迄今为止，对于《红楼梦》译本的比较研究，通常局限于以翻译领域里的某一理论对其进行对比分析，而很少从另一个崭新的角度分析译本之间的差异。本文试从功能语言学的角度对《红楼梦》的两个译本进行分析，经过研究发现，系统功能语法理论在翻译批评中的确可行且行之有效。

[988] 曾红梅. 从翻译限度理论看《红楼梦》英译本中专名英译的尴尬和出路[J]. 语文学刊，2009（23）：133-135.

摘要：本文应用卡特福德（J. C. Catford）的翻译限度理论，以《红楼梦》两著名译本中对原著中书名、人名、地名和其他物品名称的英译为例，分析在汉译英的过程中专名翻译存在的语言不可译和文化不可译现象，并指出注释和文化渗透或许是走出该尴尬境地的可行之道。

[989] 赵冬华. 从目的论角度析《红楼梦》两个英译本[J]. 河北工程大学学报（社会科学版），2009，26（04）：84-85，94.

摘要：《红楼梦》是反映我国封建社会生活的"百科全书"，该书的两个英译本，由于翻译方法不同，引起了一场处理原文文化因素方法的讨论。文章以目的论为理论根据，通过对两个英译本中译例的分析，探讨了翻译中的异化与归化问题并得出目的决定方法的结论。

[990] 张柏兰. 社会符号学对汉语习语英译的解释——以《红楼梦》杨译本为例[J]. 贵阳学院学报（社会科学版），2009，4（04）：103-106.

摘要：以社会语言学和符号学为基础的社会符号学翻译法，强调翻译是一种跨语言、跨文化、跨社会的交际活动。翻译的过程就是在译语中寻求功能对等的过程，在意义和功能上最大限度忠实于原语。习语是相当独特的语言表达方式，具有文化特殊性，常常成为翻译的一个难点。本文从社会符号学的角度，以《红楼梦》杨译本为例，从语义三角关系、语言符号的意义及其功能方面探讨汉语习语英译的功能对等。

[991] 石红霞. 文化负载词在《红楼梦》英译本中的处理 [J]. 黄冈师范学院学报, 2009 (S1)：21-22.

摘要：《红楼梦》中包含了大量的物质文化、制度文化和精神文化方面的文化负载词。由于英汉文化的巨大差异，译者在翻译文化负载词时很难找到完全对等的表达。本文拟从文化比较的角度探讨杨宪益夫妇和霍克斯《红楼梦》英译本中的文化负载词的翻译。

[992] 胡伟丽. 从《红楼梦》译本看模糊翻译 [C] //福建省外国语文学会. 福建省外国语文学会2009年年会暨学术研讨会论文集. 厦门：福建省外国语文学会, 2009：232-240

摘要：语言的模糊性是语言发展变化的一种基本属性，语言的模糊性必然会引起翻译的模糊性，《红楼梦》的译本为模糊翻译提供了大量的范例及研究素材。在文化意义和修辞意义方面都为翻译提供了良好的典范。

[993] 薛晓瑾.《红楼梦》霍译本的文化冲突研究 [D]. 保定：华北电力大学, 2009.

摘要：本文选取大卫·霍克斯英译版《红楼梦》为研究对象，采用尤金·奈达的相关文化理论，分别从宗教文化、社会文化及语言文化的角度进行对比分析。通过分析提出本文的结论：霍译本主要采用同化翻译的手法传达了《红楼梦》原著的主要内容。但在文化信息的传递上，霍克斯译文更符合西方读者的思维方式和阅读习惯，但一定程度上削弱了原著的文化内涵，翻译过程中不可避免地出现了中西文化冲突。因此，应该进一步加强中西方文化的相互了解，从而有效地进行文化交流。

[994] 姚琴.《红楼梦》文字游戏的翻译与译者风格——对比Hawkes

译本和杨宪益译本所得启示 [J]. 外语与外语教学，2009（12）：50-52，56.

摘要：《红楼梦》对文字游戏的偏好是构成红楼魅力的因素之一，能否成功地再现原作中文字游戏的风格，使译文从内容到形式，乃至读者感受等方面与原文达到近似的效果，是译文成功的关键。杨宪益夫妇与霍克斯对《红楼梦》中文字游戏采用了不同翻译策略，体现了不同的译者风格：杨译本做到了忠实于原文，把直译作为主要的翻译技巧，辅以解释或加注；霍译本对游戏文字或增或减，或改或直，保持着忠实的创新。

[995] 卢子素. 关联理论视角下的霍译本《红楼梦》中隐喻翻译策略研究 [C] //张叉. 外国语文论丛（第2辑）. 成都：四川大学出版社，2009：651-658.

摘要：本文摒弃单纯地从语言层面或文化层面讨论《红楼梦》英文全译本（杨宪益夫妇译本和霍克斯译本）的差异，本文作者从关联翻译理论角度出发，将翻译看作两次明示推理过程。译者充分考虑读者的认知语境，坚持最佳关联原则，合理地选取翻译策略，将霍译本《红楼梦》中的隐喻翻译策略进行归类研究并得出结论，即不管使用什么样的翻译策略，只要不违反关联原则，保证达到译文读者和原文读者面对相同隐喻做出相同反应，即为可取。

[996] 戚健. 文化意象缺失与错位的翻译补偿手段——以《红楼梦》英译本为例 [J]. 海南师范大学学报（社会科学版），2009，22（06）：136-140.

摘要：文化意象的缺失与错位是文学翻译中的一个棘手问题，在一定程度上阻碍了跨文化交流的顺利进行。译者在翻译过程中必须采取一些必要的补偿手段来弥补或调和这种缺失与错位，尽可能完整地传递原语文化意象，以达到文化交流与融合的目的。文化意象缺失与错位的翻译补偿手段主要有文外补偿、文内补偿、替换补偿三种，从译者的总体翻译策略来看又可归为显性补偿和隐性补偿两大类。

[997] 肖维青. 语料库在《红楼梦》译者风格研究中的应用——兼评《母语文化下的译者风格——〈红楼梦〉霍克斯与闵福德译本研究》[J]. 红楼梦学刊，2009（06）：251-261.

摘要：语料库研究方法越来越广泛地被应用到了译学研究的诸多领域，以译者风格研究为例，该方法的引入不仅为研究者提供了全新的工具和途径，而且还为相关问题的探讨开拓了前所未有的视角和思路。在这方面，《母语文化下的译者风格——〈红楼梦〉霍克斯与闵福德译本研究》一书不啻为我们提供了较好的范例。

[998] 段志华. 从《红楼梦》两译本目录的翻译看归化与异化 [J]. 安徽文学（下半月），2009（11）：201-202.

摘要：归化和异化的翻译策略历来在译界争论不已，从不同的角度和翻译目的看，归化和异化各有其优势，而在另一些情况下，归异化两种策略的结合才是最佳的翻译方法。本文以《红楼梦》两译本中章回体目录的英译为研究对象，得出在以传播文化为目的的前提下，异化的翻译策略更为可取的结论。

[999] 李福珍. 对《红楼梦》译本中"红"字翻译的比较研究 [J]. 长春理工大学学报（高教版），2009，4（11）：112-113，81.

摘要：本文通过对《红楼梦》两个全译本中"红"字翻译的比较分析，说明"语义翻译"与"交际翻译"应兼而用之，取二者之长，使译文最大限度忠实于原著，并使译入语国家的读者能体会到作品本身的精髓，从而达到文化交流的目的。

[1000] 梁艳君. 词汇翻译策略与文化回归——《红楼梦》两个英译本的比较 [J]. 辽宁师范大学学报（社会科学版），2009，32（06）：143-144.

[1001] 王从遥. 运用阐释学解读《红楼梦》霍译本和杨译本的差别 [J]. 读与写（教育教学刊），2009，6（11）：58-59.

摘要：在众多红楼英译本中，霍译本和杨译本一直备受推崇。两个译本特点鲜明，一个着重于归化，一个着重于异化，本文拟用斯坦纳的阐释观解读两个译本采用不同翻译策略的原因。

[1002] 高玉兰. 解构主义视阈下的文化翻译研究 [D]. 上海：上海外国语大学，2010.

摘要：论文以《红楼梦》两个英译本为例，对比分析杨译和霍译在处理具体文化翻译时采取的不同翻译策略，杨译倾向于异化策略而霍译多采用归化策略，杨译偏重源语文化的翻译及霍译偏重译入语文化的翻译都属于文化翻译，但归化和异化无论从共时还是历时角度都是相对的。由于翻译方法的不同，译本会在翻译策略上表现出不同程度的倾向，同时不同译者的文化取向也决定了文化翻译策略选择的多样性。

[1003] 陈媛. 文学翻译中异化趋势的可能性 [D]. 长沙：中南大学，2009.

摘要：本文通过回顾英美文化中归化翻译的历史和异化的兴起及影响，介绍了韦努蒂异化翻译理论产生的历史起源、政治背景，并总结出其贡献和局限性。本文意在用韦努蒂异化翻译的理论对乔利英译本的异化现象进行分析，说明异化翻译通过遵从源语语言和文化规范，在文化交流方面有着突出优势。在当今信息传播全球化和文化多元化的背景下，韦努蒂的异化策略通过在目的语文化中保留外国文本的差异性的方式，促进了语言和文化的交流与传播。

[1004] 张琴心. 由《好了歌》六个英文译本的比较研究——谈《红楼梦》的翻译艺术 [D]. 上海：上海交通大学，2009.

摘要：本论文共分为七个部分：在第一章中，将对《红楼梦》原著及其翻译做大概介绍。在第二章中，将引入许渊冲的"三美论"；在第三章中，将介绍《好了歌》的六个英译本，包括《好了歌》翻译的难点及《好了歌注》的介绍；第四至第六章，将分别根据许渊冲翻译理论中的"意美""音美"及"形美"三个章节对《好了歌》的六个版本逐一进行分析；而最后一章是对本论文的总结，包括结论及不足。

[1005] 师杰.《红楼梦》三个英译本的文化翻译比较 [J]. 山西大同大学学报（社会科学版），2009，23（05）：76-79.

摘要：本文选取《红楼梦》三个较好的英译本，就原文中某些文化负载词的翻译进行比较分析。归纳出三个译本在文化翻译异同上形成的原因：译者的知识学养、译本出现时间以及译者的翻译目的和翻译策略。

[1006] 郝霞. 从图形背景理论看《红楼梦》霍克斯译本中仿词的翻译 [D]. 长沙：中南大学，2009.

摘要：本文从认知语言学中的图形背景理论的角度提出一个新的仿词翻译模式，并用它对《红楼梦》霍克斯译本中仿词的翻译进行研究。

[1007] 杨正军. 模因论观照下《红楼梦》译本中语言文化信息的传播[J]. 沈阳大学学报, 2009, 21 (05): 89-91.

摘要：本文用英国学者里查德·道金斯提出的模因论——文化的传播是通过非遗传方式，特别是模仿实现的；在传播过程中，核心模因（语言模因）和其他模因（非语言模因）对不同宿主产生不同的刺激和感染，通过分析我国古典小说《红楼梦》，进一步说明源语中的语言和文化信息在目的语中传递时的不同表现形式，以加深对翻译模因现象的认识。

[1008] 杨正军.《红楼梦》两个英译本中文化内容的描述性研究 [J]. 太原大学学报, 2009, 10 (03): 51-54.

摘要：本文通过个案描述与理论分析的结合，对宏观视域下翻译目的与微观视域下的行文措辞进行研究，分析功能理论对文学翻译的指导作用。一方面，对比和分析《红楼梦》两个英译本来探究每位译者所采用的具体翻译策略；另一方面，结合目的论的理论观点，深入分析译者的翻译策略和翻译目的间的关系。《红楼梦》的解码过程体现了不同译者在特定文化氛围和社会历史环境中，受不同翻译目的驱使的译风、译貌等典型性特征。

[1009] 杨艳群，邱涤纯. 浅析《红楼梦》英译本对文化差异的处理[J]. 文史博览（理论）, 2009 (09): 27-28.

摘要：翻译是语言之间的转换，更是文化之间的交流，这是翻译的基本性质。翻译与文化始终有着千丝万缕的联系。语言是文化的组成部分，同时又是文化的载体。然而，使用不同语言的民族之间必然存在文化差异，而这种差异就构成了翻译的障碍。从这个意义上说，翻译的目的之一就是要在原文和译文之间建立文化对等。《红楼梦》是一部有着丰富的中国传统文化内涵的经典著作，这为讨论文化问题提供了大量的素材。本文通过对比霍克斯和杨宪益、戴乃迭（以下简称杨、戴）分别译著的两个版本，从宗教文化、地域文化和习俗文化几个方面，简要分析《红楼梦》英译本对文化差异的处理。

[1010] 岳玉庆，王坤. 关联理论视角中的《红楼梦》宗教词汇翻译——以杨宪益和戴乃迭译本为例 [J]. 湘潭师范学院学报（社会科学

版),2009,31(05):115-116.

摘要:宗教与文化密不可分。民族文化之间的差异是造成翻译障碍的一个重要因素。从关联理论的角度出发,本文通过对杨宪益《红楼梦》英译本中部分代表性宗教词汇的翻译策略及技巧进行了探讨,从而证实了关联翻译理论的有效性。

[1011] 崔溶澈. 韩文全译本《红楼梦》解题及翻译后记 [J]. 红楼梦学刊,2009(05):199-208.

摘要:本文就《红楼梦》韩译本解题的分析,指出了《红楼梦》韩译本的一些关键词的翻译法。

[1012] 冯其庸. 《红楼梦》韩文译本序 [J]. 红楼梦学刊,2009(05):209-210.

摘要:本文从《红楼梦》韩译本的序言来论述了韩译本翻译过程中所遇到一些翻译技巧问题。

[1013] 高旼喜. 关于《红楼梦》韩译本中称谓语的若干问题 [J]. 红楼梦学刊,2009(05):211-232.

摘要:本文对《红楼梦》里称谓语韩语翻译的几个问题进行了初步整理。《红楼梦》称谓语本身和称谓语翻译两方面都是非常重要的,迄今《红楼梦》的称谓语和称谓语翻译的相关研究正积极地进行。关于《红楼梦》韩译本的称谓语翻译情况的探讨,本文首先谈及称谓语翻译的重要性和难点,以此为基础对韩译本的翻译思路进行探讨,然后举具体实例进行叙述。将《红楼梦》韩译本称谓语翻译的几个实例归纳为"语境因素对称谓语翻译的影响""情感因素对称谓语翻译的影响"和"文化差异对称谓语翻译的影响"这三个方面。

[1014] 刘敬国. 文学翻译中的信息变异——析大卫·霍克斯《红楼梦》英译本 [J]. 复旦外国语言文学论丛,2009(01):62-66.

摘要:文学翻译的目的在于最大限度地传达原作的艺术信息和文化信息。在这种传达过程中,由于翻译的内在规律、译者的翻译素质及其他一些因素的作用,译文不可避免地会出现某种程度的信息变异。本文通过大卫·霍克斯《红楼梦》英译本的具体实例,分析翻译中信息变异的种类、产生的原因及我们对待信息变异应该采取的态度。

[1015] 赵玉珍.《红楼梦》杨译本对文化缺省的处理[J]. 和田师范专科学校学报, 2009, 28 (05): 135-136.

摘要：文化缺省是指作者在与其意向读者交流时对双方共有的相关文化背景知识的省略。它可以提高作者和读者之间的交际效率，并给读者留下想象的空间，从而增强作品的美学效果，但是这一现象却给翻译带来了很大的困难。本文把《红楼梦》杨译本对源语文本中"文化缺省"现象在翻译过程中的处理方法概括为三种，即直译法、显性补偿法、隐性补偿法，并分析了其各自的适应性和优缺点。

[1016] 刘艳红, 隋韦韦. 试析红楼梦译本的中华文化传递[J]. 时代文学（下半月）, 2009 (09): 171.

摘要：本文旨在通过对《红楼梦》两个译本的对比分析，试看两个译本对原文本中的文化信息处理后所展示给读者的文化，从两种不同的翻译文化了解其对中华文化的传递。

[1017] 刘敬国. 文学翻译中的信息变异——析大卫·霍克斯《红楼梦》英译本[J]. 复旦外国语言文学论丛, 2009 (01): 62-66.

摘要：文学翻译的目的在于最大限度地传达原作的艺术信息和文化信息。在这种传达过程中，由于翻译的内在规律、译者的翻译素质及其他一些因素的作用，译文不可避免地会出现某种程度的信息变异。本文通过大卫·霍克斯《红楼梦》英译本的具体实例，分析翻译中信息变异的种类、产生的原因及我们对待信息变异应该采取的态度。

[1018] 岳玉庆. 从最佳关联原则看《红楼梦》宗教词汇翻译——以闵福德译本为例[J]. 忻州师范学院学报, 2009, 25 (04): 59-61.

摘要：小说《红楼梦》与道教和佛教密不可分，其中的宗教词汇翻译对译者是一个巨大的挑战，也是翻译成败的一个关键因素。文章指出译者主要采用直译、意译、借用和解释等翻译方法，符合让读者付出最少努力把握原作者意图的最佳关联原则。

[1019] 游洁. 略谈《红楼梦》两译本中人物对话的翻译策略 [J]. 琼州学院学报, 2009, 16 (04): 93-94.

摘要：本文探究《红楼梦》两译本中人物对话的翻译策略。

[1020] 马茁萌, 付晓玲. 杨译本《红楼梦》人名翻译中的信息丢失 [J]. 才智, 2009 (24): 214-215.

摘要：《红楼梦》是中国古典文学中的经典之作，从其诞生之日起，就吸引了无数的文人学者的研究，其英译版也远销海外。杨宪益夫妇翻译的 *A Dream of Red Mansions* 是第一部完整的英语版本，为国际红学研究做出重大贡献。由于中英语言文化的差异，译文中不免出现一些信息的丢失，本文将从人名翻译角度研究杨译本《红楼梦》中的信息丢失。

[1021] 万初鸣. 浅谈《红楼梦》两个英译本之不同 [J]. 安徽文学（下半月）, 2009 (08): 229, 233.

摘要：中国古典小说《红楼梦》是一部深受世人喜爱的经典名著。目前，学术界公认的最为完整的英译本为霍克斯（David Hawkes）与闵福得（John Minford）合译的 *A Story of the Stone*，以及杨宪益、戴乃迭夫妇合译的 *A Dream of Red Mansions*。本文将对这两个不同版本的译著做一些比较与分析，从中可以感受到译者的细致认真、对原著的热爱，以及《红楼梦》英译事业的伟大意义。

[1022] 王芳. 影响翻译策略选择的因素——《红楼梦》两译本的对比研究 [J]. 科技信息, 2009 (21): 194, 243.

摘要：影响翻译策略选择的因素是多种多样的，本文以杨宪益夫妇和霍克斯英译的两个《红楼梦》译本为例，从主客观两大方面分析了影响翻译策略选择的因素，力图较为全面、客观、准确地阐述影响翻译策略选择背后的真正原因，进而更好地认识翻译现象及翻译的社会功能，真正把握翻译的本质，以达到对现有翻译作品的客观评价。

[1023] 周萍. 从目的论看《红楼梦》两译本宗教文化信息的翻译策略研究 [J]. 牡丹江大学学报, 2009, 18 (07): 101-102.

摘要：本文以翻译目的论为理论依据，从文化信息传递的角度出发，探讨了《红楼梦》两种译本（杨宪益夫妇的英译本、大卫·霍克斯的英译本）中宗教文化信息的翻译。霍译本主要采用了归化翻译策略，而杨译本则主要采用了异化策略。本文结合实例分析认为，尽管译者采用了不同的策略，却实现了各自的目的。

［1024］姜秋霞，郭来福，杨正军．文学翻译中的文化意识差异——对《红楼梦》两个英译本的描述性对比研究［J］．中国外语，2009，6（04）：90-94，97．

摘要：通过对《红楼梦》两个英译本部分章节的描述性统计分析，本研究旨在从共时角度考察同一历史时期不同民族文化语境下的译者意识形态与其翻译转换策略的关系，以期更全面、更深入地探讨文化意识形态与翻译的关系。

［1025］戴清娥，杨成虎．《红楼梦》英译本饮食名称翻译的对比研究——以杨宪益和霍克思的英译本为例［J］．云南师范大学学报（对外汉语教学与研究版），2009，7（04）：80-84．

摘要：《红楼梦》中的饮食名称具有浓厚的中国传统文化色彩，准确翻译这类饮食名称必须慎重考虑文化因素。本文以杨宪益夫妇和霍克思的两个《红楼梦》英译本为依据，对比分析小说中一些典型饮食名称的翻译，可以看出由于不同国家、民族的文化存在差异，词汇语义必然打上文化烙印，隐含不同文化内涵。语言翻译必须是建构在一定的文化基础上的信息交流，要尽可能再现源语语篇的文化信息和确保译语语篇的可读性及可接受性。

［1026］郑振隆．基于语料库的《红楼梦》两个译本对比研究［J］．文教资料，2009（19）：45-46．

摘要：建立语料库进行语言研究的方法得到了人们的普遍认可。本文作者从翻译语料库对翻译研究的重要意义入手，重点介绍了以自建的《红楼梦》部分译文平行语料库为基础的翻译批评研究，通过Antconc，Word-smith等语料库软件分析得到中文文本和英文文本这两者的词频、字数、词汇类别等信息，进行了双语间的比较，找出了两种语言文本的差别以及其中的翻译现象。作者认为可以对不同版本译文之间和原文译文之间进行全面的对比分析，通过定量分析和功能阐释，获得各种客观的研究结论。

［1027］于强福．从《红楼梦》杨译本看模糊限制语的翻译策略［J］．

三峡大学学报（人文社会科学版），2009，31（S1）：176-177.

摘要：模糊性是非人工语言的本质特征，而模糊限制语是模糊语言的重要特征之一。本文在讨论了模糊限制语的分类及语用功能后，通过对杨译本《红楼梦》的分析，试论模糊限制语的翻译原则及翻译方法。

[1028] 师雅. 论意识形态对译者的影响——以《红楼梦》的两个全英译本为例 [J]. 科技创新导报，2009（18）：219.

摘要：翻译作为一种社会活动受到各种因素的影响，意识形态是影响翻译活动最活跃的因素之一。所以本论文以《红楼梦》的两个全英译本为例，从社会政治背景、社会文化以及读者的阅读期待三个方面来阐述意识形态对《红楼梦》两个全英译本的影响。

[1029] 白小星. 由解构主义解读《红楼梦》的两个英译本 [J]. 湖北第二师范学院学报，2009，26（06）：124-125，132.

摘要：从20世纪60年代起，西方文论界崛起的解构主义思潮，不光对西方文论界，同时也对当代国际译学界产生了很大的影响。本文运用解构主义理论解读《红楼梦》两个英译本，分析译本中对待特定文化的不同翻译，以及译者采取不同翻译策略的原因。

[1030] 王环. 浅谈文学翻译中的超额与欠额翻译——杨译本《红楼梦》翻译中的个案分析 [J]. 科技信息，2009（16）：471，463.

摘要：文学翻译中超额和欠额翻译现象不时出现，本文以杨译本《红楼梦》为例，分析这两种现象出现的原因及对译文造成的影响。

[1031] 张小胜. 从社会符号学角度评析《红楼梦》杨译本 [J]. 湖北师范学院学报（哲学社会科学版），2009，29（03）：124-129.

摘要：文章运用社会符号学理论中的翻译标准"意义相符，功能相似"来评析《红楼梦》的杨译本。杨宪益夫妇成功地在译文中传递了这一意义及其信息功能。而言内意义是基于语言符号之间的关系所产生的意义，因为中英两种语言的巨大差异，言内意义的传达极其困难，在很多情况下，言内意义没有在杨译本中得到完美的再现。反映语言符号与使用者之间关系的语用意义很复杂，总的来说，杨宪益夫妇成功地再现了语用意义及其相应的功能。

[1032] 郭玉梅.《红楼梦》法译本传统文化内涵的翻译策略［J］. 天津外国语学院学报, 2009, 16（03）: 34-39.

摘要：传递隐含的文化信息向来是翻译的难题。本文归纳了《红楼梦》法译本处理传统文化内涵方面的七种翻译方法，评析了它们的使用条件与得失，主张以传达源语文化为原则，灵活运用各种翻译策略与方法，以实现深层次的跨文化交流。

[1033] 刘芳. 论翻译中除"隔"之难——基于杨氏夫妇《红楼梦》译本中金陵判词翻译引起的思考［J］. 大众文艺（理论）, 2009（09）: 110.

摘要：本文从分析杨宪益、戴乃迭夫妇《红楼梦》译本中对金陵判词翻译出发，加之其他翻译实践中类似现象的佐证，指出由于社会文化历史的不同，语言特征和表情达意的手法差别，以及翻译过程中的除"隔"之难。

[1034] 邱彦勤. 从《红楼梦》两个英译本看"忠实"的度［J］. 湖南医科大学学报（社会科学版）, 2009, 11（03）: 133-136.

摘要：本文以《红楼梦》的两个英译本为例，对"忠实"的度进行分析，认为由于翻译目的不同，使得译者采取不同的翻译策略，也就导致了对原文的不同的"忠实"度。此外，还分析了一些影响译者翻译策略的因素，如赞助人、读者群、原语和且的语地位等。因此"忠实的度"并不是绝对的，而是游离于"绝对忠实的译本"和"创作"之间的点的集合，即在两者之间存在各种各样的文本。

[1035] 郭建红. 后殖民主义视角下的"杂合"翻译策略——以《红楼梦》英译本的诗歌翻译为例［J］. 长沙大学学报, 2009, 23（03）: 93-95.

摘要：后殖民主义理论三巨子之一的霍米·巴巴是"杂合"翻译策略的倡导者。他指出，翻译至少要牵涉两种语言、文化，双方都不可避免地会对译者产生制约，这就决定了双方的成分在译文中都会得到保留，译文因而也必然是杂合的。本文对杨宪益夫妇的《红楼梦》译本的翻译策略进行解读，并以其中诗的翻译为例，杂合的客观性和普遍性得到证实。在全球化的背景下，杂合翻译策略有其自身的优势，有利于弱势文化抵制强势文化的霸权主义，促进全球

[1036] 胡双全. 《红楼梦》杨译本中文化词语的翻译研究 [D]. 武汉：湖北工业大学，2009.

摘要：本文以杨宪益和戴乃迭夫妇翻译的《红楼梦》一百二十回全译本为蓝本，探讨其中具有中国传统文化特色的文化词语的英译。

[1037] 杨琳娜. 顺应理论下的译者主体性研究 [D]. 保定：河北大学，2009.

摘要：本文以顺应理论作为理论视角，将国际语用学会秘书长 Jef Verschueren 提出的语用学综观下的顺应理论作为译者主体性研究的出发点，通过对杨宪益和霍克斯所翻译的《红楼梦》的不同译本进行对比来研究译者主体性在翻译中的存在状况。本文从语言、文化、心理因素三个方面分析了《红楼梦》译者主体性的具体体现。通过研究得出结论：译者主体性的发挥是翻译成功的重要因素，本研究能够更好地理解翻译作品的差异；在翻译方法上也有新的认识；认识译者主体性发挥的制约因素。译者主体性发挥是受条件限制的，译者主体性的发挥受到译者所处的语境差、综合语言、文化、社会以及交流双方的心理因素等条件的限制，因此译者应树立动态语境的意识，才能确保交际的顺畅，才能在翻译过程中更好地发挥译者的主体作用。

[1038] 王晓利. 基于语料库的元话语标记语"又"在《红楼梦》及其两英译本中的对比研究 [D]. 武汉：华中科技大学，2009.

摘要：本文是对元话语标记语"又"在《红楼梦》及其两个英译本中使用情况的对比研究。在对《红楼梦》中"又"的元话语功能进行分类的基础上，本文详细探讨了"又"的各个功能在两个译本中的再现及其使用情况的差异，并从主观和客观因素两方面解释了差异存在的原因。本文主要采取了语料库驱动的研究方法，文中所得结论均是来自对语料的观察和分析。

[1039] 王桃桂. 从主体间性视角解读《红楼梦》杨译本 [D]. 长沙：中南大学，2009.

摘要：本文试图从翻译主体（杨宪益）通过文本与创作主体（曹雪芹）、其文中人物与文中所描述的世界、合作主体（戴乃迭）、操作主体（外文社）及接受主体（国内外读者）等各主体间的对话入手，从宏观、微观两方面对

《红楼梦》杨译本的主体间性整合逻辑进行了研究。宏观对话体现在对原文版本的选择、书名的翻译、章回的划分、注释的使用、译音系统及出版说明的采用。微观对话体现在杨宪益对文中人物的个性、社会属性、社会地位、心理行为及其所属环境与世界等方面进行了探讨;与合作者戴乃迭在翻译过程中的切磋与妥协;外部力量(如赞助者、当时意识形态及诗学水平)根据其特定翻译目的对译本的制约与传播及译文读者的接受与认可等方面。《红楼梦》杨译本是译者成功地协调其他各主体间关系的完美契合物,这正体现了主体间性——走向对话的主体性。

[1040] 季宇. 从《红楼梦》英译本比较看译者主体性的体现 [D]. 苏州:苏州大学,2009.

摘要:本文从译者主体性研究的历史发展及其现状着手,分析传统翻译思想有关译者主体性的观点,然后探索翻译主体研究在当代的发展情况,在此基础上进而阐述了译者主体性的概念定义与相关理论。作者先从理论上阐明了翻译文学作为一种文学存在形式的特殊价值所在,然后通过实例解说译者主体性在整个文学翻译过程中的存在和体现方式来阐述译者主体性的重要性及其表现。本文接着介绍了《红楼梦》的文学地位、原作者曹雪芹的个人文学成就以及《红楼梦》的英译本及其研究状况,并将译者主体性的相关理论应用于文学作品《红楼梦》的两个译本比较上,主要从原文本的选择、翻译策略的选择以及译作风格的选择三个方面分析两个译本的异同,并进而剖析形成这些异同的译者主体性因素。最后,本文尝试对文学作品《红楼梦》译作中的译者主体性体现做个总结,阐述翻译远不仅是机械的文字转换,译者主体性的体现不仅是自然的,更是富于创造性和重要性的。

[1041] 胡启好. 评析《红楼梦》杨译本关于"笑道"的翻译 [J]. 延边党校学报,2009,24(02):76-77.

摘要:《红楼梦》中许多人物的个性化语言是由"说""问""道"等引出,其中很多对话是由"笑道"引出的。本文介绍了杨译本对于部分"笑道"在原文中所处的语境场景和译文准确到位的文字处理手法。

[1042] 赵晴. 基于语料库的《红楼梦》两个英译本的译者风格研究 [D]. 重庆:西南大学,2009.

摘要:本文以《红楼梦》的杨译本和霍译本为研究对象,利用包含原著和两个译本全文的平行语料库，基于大量语料的客观分析，试图详细分析译者在词汇、句子和语篇三个层面上表现出来的独特风格。

[1043] 宏杰，井伟. 字面义和隐含义的翻译——以《红楼梦》英文译本为例（英文）[J]. 语文学刊（外语教育与教学），2009（04）：85-87.

摘要：《红楼梦》是一部文学性极强的著作，其语言既生动简洁，又具有广泛而深刻的文化内涵，显示出了作者对于中文高超的驾驭能力。然而要把《红楼梦》译成英文，如何传递语言字面义和隐含义就成了一个难题。杨宪益、戴乃迭夫妇和霍克斯用各自的方法处理了这一问题，本文拟就《红楼梦》中字面义和隐含义的翻译以及作者在翻译过程中的介入进行探讨。

[1044] 高卫华. 多元系统理论指导下的典籍英译 [D]. 青岛：山东科技大学，2009.

摘要：本文尝试运用以色列学者埃文·佐哈尔的多元系统理论探讨影响典籍英译的因素及其翻译策略。本文正文由四章组成：第一章对典籍的含义及英译名称作了界定，分析了国外国内典籍英译的历史和研究状况，提出了目前存在的一些争论及看法，指出多元系统理论有助于典籍英译及其研究；第二章主要介绍了的理论来源、主要内容以及翻译研究领域的贡献及其发展，对国内多元系统理论研究状况也做了一些梳理；第三章探讨了影响典籍英译的主要因素，本文指出，影响典籍英译的主要因素是典籍英译在译语国家文化系统中的地位、规范、意识形态及赞助人等。第四章以《红楼梦》两个不同译本为例，在多元系统理论框架下探讨了在各种因素的影响下译者采取的不同翻译策略。

[1045] 李沙. 从关联理论看《红楼梦》两英译本中文化缺省成分的传递 [D]. 长沙：中南大学，2009.

摘要：本文以关联理论为依据，对比分析两英译本对文化缺省成分的传递，并分析其原因以及不同译本的语境效果。通过分析比较，笔者以为：杨宪益的译作着重于保存原语文化精髓，使译入语读者获得外来文化的美感，读者需要更多的推导努力；而霍克斯主要采用了归化法，以使译入语读者产生共鸣，但与原作的语境效果显然不同。虽然译者的翻译方法不同，但只要遵循了最佳关联原则，就可以说是合适的翻译方法，因此译者应根据不同的翻译目的，特定的语境采取不同的翻译策略。在此，作者试图得出以下结论：与传统的忠实原则相比，最佳关联原则在翻译中的运用使翻译更具灵活性和动态性，也能达到文化上的忠实。

[1046] 赵青. 从历时角度论归化与异化 [D]. 上海：上海师范大学，2009.

摘要：这篇论文试图从《红楼梦》百年翻译史入手，从历时的角度分析不同时代的译者如何选择这两种策略。本文选择了《红楼梦》翻译史上三个不同时期的翻译作品进行比较分析。这三个版本的《红楼梦》分别是乔利版、麦克修姐妹版以及霍克思版。

[1047] 徐佳男.《红楼梦》两个英译本中双关语翻译的比较研究 [D]. 长春：吉林大学，2009.

摘要：本文以《红楼梦》两译本中双关修辞格的翻译为语料，引用两个译本中大量的例子，透过关联翻译理论的视角对比分析两者的翻译手法、策略和倾向在翻译实践中产生的效度和信度差异，通过分析政治背景、翻译动机、潜在读者、文化影响和相应的翻译策略等几个维度论证霍译暗合了关联翻译理论，因此读者认知、认可程度高于杨译。

[1048] 刘芳华. 不可见的存在：翻译"度"的研究 [D]. 长春：吉林大学，2009.

摘要：本文采取对语料进行定性、定量相结合分析的方法，作为语料的习语全部来自杨宪益、戴乃迭翻译的《红楼梦》一书。本文以黑格尔的哲学理论为框架，以文努提的归化异化翻译策略为原则，对红楼梦杨译本中的习语翻译进行研究。本文着重分析的是习语翻译，从文本类型的角度讲，习语属于表情型文本，因而对应的翻译方法应该是注重审美，侧重形式，仿效忠实原作者。基于此种考虑，杨译本红楼梦的多数习语翻译采用了异化的翻译策略，保持了中国语言的特色和独特的动物、人物形象。

[1049] 张红芸.《红楼梦》及其英译本单称指示代词对比研究 [D]. 长春：吉林大学，2009.

摘要：本文在系统功能语法、语用学和认知语言学的基础上，从语义功能、语用特点、语法化特征和指示代词使用频率的不对称性方面对《红楼梦》英汉译本中使用的单称指示代词进行对比研究，揭示英汉单称指示代词的异同，挖掘异同之处的深层原因，并探索其理论和实践价值。

[1050] 李倩. 论翻译伦理在古典文学英译中的体现 [D]. 合肥：合肥工业大学，2009.

摘要：本文以翻译伦理为指导，首先回顾了以往翻译伦理研究的成果与不足之处。文章指出，翻译伦理是新兴的翻译研究方向，是道德在翻译中的体现，然而各个国家的道德文化不尽相同，导致无法界定道德伦理的标准应该如何判断。荷兰赫尔辛基大学教授安德鲁·彻斯特曼提出了四个模型：再现伦理、服务伦理、交际伦理和标准伦理。由于翻译伦理在整个翻译界还处于发展的初步阶段，尤其在中国，鲜有人应用翻译伦理来指导翻译研究。

[1051] 付智茜. 文化意象·翻译·策略——以《红楼梦》英译本为例 [J]. 长沙民政职业技术学院学报，2009，16（01）：124-126.

摘要：翻译作为跨文化跨语言的交际活动，应尽可能地体现原作的文化意象，传递其文化内涵。文中探讨了《红楼梦》英译本中的一些文化意象的表现形式及意蕴，揭示了翻译文化意象时因处理不当而产生的问题，并提出了处理文化意象的策略，以达到文化交际顺利进行的目的。

[1052] 朱耕. 论译者的翻译策略——《红楼梦》的两英译本文化信息翻译对比 [J]. 重庆工学院学报（社会科学版），2009，23（03）：142-144，151.

摘要：翻译过程中译者的文化取向决定译者的翻译策略，不同的译者，由于文化取向的不同对同一作品往往采取不同的翻译策略。《红楼梦》的两位译者，杨宪益与霍克斯本着不同的翻译目的，在其翻译中分别采用了以异化为主和以归化为主的翻译策略。作者认为异化策略在保存源语文化特色和传播源语文化遗产方面更为有效。

[1053] 王金波. 清代评点派红学对《红楼梦》德文译本的影响 [J]. 红楼梦学刊，2009（02）：124-146.

摘要：1932年首次出版的弗朗茨·库恩《红楼梦》德文译本对原文进行了压缩删节，重新组合，在欧洲乃至整个西方影响极大。本文认为，德文译本成功的秘诀之一在于译者充分借鉴吸收了清代评点派红学的成果。评点派大家王希廉和姚燮的评语直接而明显地影响了德文译本的总体结构、文本衔接和细节处理，使得德文译本在宏观结构和微观细节两方面显得传神适当，从而成为《红楼梦》经典译本之一。

[1054] 王坤，岳玉庆. 社会指示语翻译中的信息流失探讨——以杨宪益《红楼梦》英译本为例 [J]. 安徽工业大学学报（社会科学版），2009，26（02）：81-82.

摘要：社会指示语是指语言结构中能反映出语言使用者的社会面目和相对社会地位的那些词语和语法范畴。汉英两种语言在社会指示语方面存在显著差异，给翻译造成了困难，在杨宪益《红楼梦》英译本中，也难免存在社会指示语翻译中的信息流失。

[1055] 党争胜.《红楼梦》英译本方法比较研究 [J]. 外语教学，2009，30（02）：106-109，113.

摘要：本文通过比较分析，指出了主导《红楼梦》两个英译本的翻译思想和翻译策略，并以两种译文对原文所承载的作者创作意图、小说语言艺术和文化蕴涵的再现为对比基点，探讨了两个译本各自的优胜与不足之处。本文通过译本比较与批评，阐释了翻译的本质问题。

[1056] 王环. 从杨译本《红楼梦》看服饰及配饰表达的翻译方法 [J]. 科技信息，2009（06）：449-450.

摘要：古典名著《红楼梦》中有不少关于人物服饰及配饰的描写，这些古代服饰的翻译无疑是一大难点，本文旨在通过对杨译本翻译的分析来总结其采取的有效翻译方法，作为今后翻译实践的指导。

[1057] 王茳. 从功能对等看双关翻译——以《红楼梦》译本为例 [J]. 中国电力教育，2009（04）：213-215.

摘要：本文探讨功能对等观指导下的双关语翻译问题。《红楼梦》这部经典著作中蕴含着丰富的双关，本文通过对其中双关的分类、功能的讨论和两个经典译本中双关翻译的对比分析，探讨双关的可译性及其翻译策略，以求实现双关翻译中的功能对等。

[1058] 朱翔. 从语用等效谈《红楼梦》杨译本的转喻翻译策略 [J].

四川职业技术学院学报，2009，19（01）：73-75.

摘要：转喻是人类所共有的普遍思维方式，这一思维模式反映在人类的语言表达中。本文从语用失误和语用等效的角度出发，在对英汉隐喻进行语用对比的基础上，以杨宪益《红楼梦》英译中转喻的处理为案例，探讨了转喻的翻译策略。

[1059] 左飚. 文化翻译的策略及其制约因素——以《红楼梦》两个全译本对原文本文化信息的处理方式为例 [J]. 上海翻译，2009（01）：35-40.

摘要：本文旨在通过对《红楼梦》两个全译本的对比分析，探讨文化翻译的策略及其制约因素。文章第一部分以实例展示两个全译本对原文本文化信息的不同处理方式。第二部分剖析两个全译本所采用的不同翻译策略及其制约因素。杨译本直译较多，霍译本意译较多；前者更注重语义，后者更注重效果；前者偏重异化，后者偏重归化；前者多采用"文化传真"策略，后者多采用"文化适应"策略。译者的文化背景、翻译的目的或任务以及译本的目标读者是确定策略的主要制约因素。第三部分阐述，并对比分析文化翻译的启示。作为文化中介人，译者必须培养高度的跨文化交际敏感性，在选择翻译策略时要充分考虑翻译目的、读者对象以及文本性质这三大要素。

[1060] 张娟超. 从政治角度分析《红楼梦》的两个英译本 [J]. 重庆科技学院学报（社会科学版），2009（02）：152-153.

摘要：本文从翻译的政治这个角度分析《红楼梦》的两个译本，重点讨论了杨宪益、戴乃迭译本采用异化策略背后的政治因素。本文认为异化的译文表现了一种自主的意识形态，有益于保持文化差异中的民族身份，同时也表现了对他者文化的尊重，是政治交流的平等体现。

[1061] 温玉斌. 从认知语言学视域审视诗歌概念隐喻的翻译——兼评《红楼梦·咏菊》两译本的得失 [J]. 太原城市职业技术学院学报，2009（01）：160-162.

摘要：概念隐喻的本质就是借助两个认知领域的语义互动模糊性，用一种事物理解和体验另一种事物，而诗歌在很大程度上正是借助概念隐喻实现其美的传递。所以在诗歌翻译中能有意识地传达这种认知美，对翻译实践的指导和译作质量的赏析都有着重要的现实意义。

[1062] 刘蕊，王国臣. 论霍克斯《红楼梦》英译本中人际意义的再现问题 [J]. 宜宾学院学报，2009，9（01）：89-90.

摘要：依据 Halliday 提出的人际功能语法理论，文章从词汇、句法和篇章三个层面对霍克斯《红楼梦》英译本中的语料进行研究，发现霍克斯在翻译过程中较为成功地实现了对原语文本中人际意义的转换。

[1063] 杨畅，江帆.《红楼梦》英文译本及论著书目索引（1830—2005）[J]. 红楼梦学刊，2009（01）：301-330.

摘要：本研究提供 1830 至 2005 年间对《红楼梦》进行译介或讨论的英文作品，专著，文章以及专著析出章节的书目近两百种。其中 20 世纪 80 年代以后的近百种相关论著是国内相关研究较少提及的，能有效地补充国内《红楼梦》英文译介史研究的空白。索引按出版年代排列，可以较为清晰地展现《红楼梦》英文译介历程。

[1064] 王桃桂，张映先. 从主体间性视角解读《红楼梦》译本 [J]. 湖南医科大学学报（社会科学版），2009，11（01）：165-167.

摘要：本文通过分析杨宪益夫妇《红楼梦》译本中各翻译主体间（译者与赞助人、合作者、作者、作品中人物及文中所描述的世界以及译文读者）的对话情况，揭示出此译本获得巨大成功与译者对翻译的本质——积极、互动的各主体间总体性的和谐把握是分不开的。

[1065] 欧丹. 从关联理论翻译观看《红楼梦》英译本中典故的处理 [J]. 重庆科技学院学报（社会科学版），2009（01）：148-149.

摘要：汉语中典故的运用能使得作品增色不少，但是由于它蕴藏了博大精深的中国传统文化，包含着民族深厚的文化底蕴和内涵，很难被外国读者所理解和接受。本文结合关联理论的翻译标准，从认知语用学的角度，对杨宪益和戴乃迭合译的《红楼梦》英译本中典故翻译进行分析，试图找出较适合汉语典故的翻译方法。

[1066] 朱琳菲. 从红楼梦两个英译本看中英翻译的不可译性 [D]. 西

安：西安电子科技大学，2009.

摘要：本文在第一章引言中首先简要介绍了研究目的和文章整体框架。第二章回顾了不可译的理论发展史，简要介绍了古典名著红楼梦及其最具权威的两个英文译本，以及红楼梦翻译研究的现状。第三章阐述可译性与不可译性是相辅相成的，它们都具有相当深厚的理论基础，并系统介绍该文的理论框架不可译性及相关翻译理论。第四章从语言和文化两个方面研究分析红楼梦两译本中具有代表性的例子。通过对两译本的比较研究，指明翻译的可译性限度在某些情况下是一个不可避免的客观事实。本文第五章指出由于两种语言和两种文化间存在的巨大差异，在红楼梦翻译中，语言形式和文化信息都会存在某种程度的遗失，但是归化和异化两种翻译策略均可在翻译的不同方面对不可译性进行补偿，以实现最大化可译性。最后，结论部分总结全文。

第十三章

2008年度《红楼梦》译本研究文献汇总

[1067] 吴绯绯.《红楼梦》杨译本中的隐喻认知解读 [D]. 上海：东华大学，2008.

摘要：本文从认知角度出发，运用 Lakoff 与 Johnson 的概念隐喻理论（conceptualmetaphor theory）和 Fauconnier 与 Turner 的概念合成理论（conceptual blendingtheory），对杨译本中的隐喻进行了解读和分析，由此进而指出，在文学作品中隐喻运用非常普遍，而隐喻的恰当运用对提升文学作品的价值有着十分重大的作用。因为隐喻可以将事物说得更通俗、更生动、更形象，也能使读者更易产生联想，从而对读者留下更深的印象。文章还认为，隐喻可使作品成为一座经得住长时间开采和挖掘的储量丰富的思想宝库。

[1068] 秦红梅. 杨宪益《红楼梦》译本中文化成分的处理方式 [J]. 商丘职业技术学院学报，2008，7（06）：86-88.

摘要：文化成分的处理往往是文学翻译中的一个难题。本文列举并分析大量实例，总结出杨宪益在其《红楼梦》译本中采用的五种方式处理原著中的文化成分，即文化直入、文化诠释、文化融合、文化弃置和文化归化。

[1069] 屠国元，周慧. 文化专有项翻译与译者的文化选择——以《红楼梦》英译本"红"字的翻译为例 [J]. 中南大学学报（社会科学版），2008，14（06）：891-894.

摘要：文化专有项翻译从来都不是语言层面上的简单转换，译者在文化专有项翻译活动中表现出文化建构的能动性。如《红楼梦》两个经典英译本中"红"字的翻译，霍克斯舍弃了"红"字所包含的文化意象，将其换成了英语国家人们所熟悉和能接受的"绿色"和"金色"，而杨氏夫妇在翻译"红"字时基本采用直译来保存"红"字所包含的特有的文化意蕴，这显示出了不同的翻译策略。

[1070] 陈婷婷. 一千个译者，就有一千个莎士比亚——《红楼梦》杨、霍两部译本的比较 [J]. 科技创新导报，2008（35）：161-162.

摘要：《红楼梦》是中国四大古典名著之一，本文通过对《红楼梦》两个英译本中关于宗教、人名和诗词的翻译部分进行分析与比较，探讨造成两者不同之处的文化层次和翻译策略方面的原因。

[1071] 钱进，李延林. 从目的论的角度谈《红楼梦》两译本对翻译策略的选择——从"幺爱三"说起 [J]. 湖南医科大学学报（社会科学版），2008，10（06）：183-185.

摘要：《红楼梦》霍译本和杨译本的两个全译本因各自的翻译艺术成就而成为目前所有英译版本中最为著名的两种风格迥异的版本。结合两译本中的翻译实例看，霍译本和杨译本两个译本尽管都尽量保留原文内容，着力再现原著的艺术价值，但由于各译者对各自译文的预期交际功能的看法不同，霍译本侧重其译文之文学、美学功能，而杨译本更加注重译文的文化传播功能，这些不同促使他们分别选择工具翻译法和纪实翻译法来处理原文，从而产生出风格迥异的译本。这说明翻译目的决定了其对翻译策略的选择。

[1072] 赵巍，薄振杰. 版本差别与作者意图——《红楼梦》"抄检大观园"的英译本比较研究 [J]. 英语研究，2008，6（04）：62-65.

摘要：《红楼梦》现有两个英文全译本是根据不同的版本翻译的。杨宪益、戴乃迭的《红楼梦》译本前80回据有正本翻译，后40回根据人民文学出版社1959年版翻译。霍克斯、闵福德的《石头记》以人民文学出版社1964年版的程乙本为底本，但前80回参照了脂抄本的内容。"抄检大观园"一章的对比研究表明，霍译以严肃的版本研究为基础，比杨译更加符合作者意图，对人物的刻画更加鲜活生动，故事情节更加合理，语篇的衔接也更加自然，在整体艺术效果上超越了杨译。

[1073] 杨冬梅. 《红楼梦》第二十八回两种译本中文化问题的处理——《红楼梦》第二十八回蒋玉菡情赠茜香罗　薛宝钗羞笼红麝串 [J]. 新学术，2008（05）：135-136.

摘要：《红楼梦》成书至今已有二百余年，其间许多翻译家都致力于它的翻译和研究。目前已有十余种外文译本和节译本,其中影响力较大的有两种。

[1074] 张群.《红楼梦》两译本的转喻翻译策略比较[D].上海:上海外国语大学,2009.

摘要:本文比较了中、英转喻异同,以及与之相对应的翻译方法,进而对杨宪益夫妇和霍克斯在翻译《红楼梦》转喻中的策略进行了比较分析。本文通过研究发现,在翻译实践中绝对的归化和异化都是很难实现的,为了达到不同的翻译目的,译者总是在从异化到归化的这个连续体中寻找一个合适的点。翻译具有文化共性的转喻可以使用直译法,而对具有文化异质性的转喻可采用:保留格式和形象法。即保留格式,替换形象法;替换格式,保留形象法;替换格式和形象法;替换格式和形象,加上意义法;放弃格式,保留形象,加上意义法;放弃格式和形象,只用意义法。翻译有文化异质性转喻的这七种策略可以分为归化、异化两大类。

[1075] 郝宁.目的论视角下《红楼梦》杨译本中委婉语的翻译研究[D].长沙:中南大学,2008.

摘要:本文共三章,第一章主要论述目的论是德国功能主义的核心理论。具体阐述了德国功能主义理论的形成和发展及目的论的基本原则:目的、连贯性和忠实性原则。第二章主要介绍了委婉语的定义、分类、功能及用目的论三原则分析《红楼梦》委婉语的翻译的可行性。在第三章中,通过分析翻译过程中需考虑的因素——不同参与者角色,翻译要求和翻译目的,笔者得出杨宪益夫妇翻译《红楼梦》中的委婉语以忠实原则为其主要原则。

[1076] 梁艳.美的传达——论《红楼梦》杨译本中的人物外貌描写[D].上海:上海外国语大学,2009.

摘要:本论文以《红楼梦》杨宪益、戴乃迭夫妇的英译本为研究对象,试图通过分析其对原文本中有关人物外貌描写的翻译,探讨杨宪益夫妇的翻译指导思想。

[1077] 杨传鸣.《红楼梦》及其英译本语篇衔接对比——汉英主语省略对比[C]//清华大学翻译与跨学科研究中心,江西财经大学.中国英汉语比较研究会第八次全国学术研讨会论文摘要汇编.清华大学翻译与跨

学科研究中心，2008：34

摘要：韩礼德、哈桑夫妇对语篇衔接理论做出了重大贡献，但最初此方面的研究多只局限于单个的句子分析。随着对比语言学与语篇研究两门学科的兴起和发展，语篇层面上的对比研究便成了顺理成章的事，语篇对比是对比语言学的重要组成部分。

［1078］赵巍．版本差别与作者意图——《红楼梦》"抄检大观园"的英译本比较研究［C］//清华大学翻译与跨学科研究中心，江西财经大学．中国英汉语比较研究会第八次全国学术研讨会论文摘要汇编．清华大学翻译与跨学科研究中心，2008：86

摘要：红楼梦翻译研究很重要的一个方面是译本在英语文化中的接收情况，但《红楼梦》翻译研究虽然十分活跃，却很少涉及版本差别对译文效果的影响。《红楼梦》流传过程中每次传抄和评点都会导致字句上的新差别，版本情况异乎寻常的复杂。

［1079］徐艳蓉．从《红楼梦》英译本看文化隐喻的差异性［J］．湖南工业职业技术学院学报，2008（05）：98-99．

摘要：传统的修辞学认为隐喻是辞格，但随着认识的深入，隐喻被看作一种认知机制，隐喻无所不在，隐喻的理解也是语言学家研究的问题。在翻译的过程中，译者对于隐喻的理解也会有所不同。文章从《红楼梦》的英译本探索不同文化背景下的译者对于隐喻的理解。

［1080］王姣，陈可培．从翻译伦理分析《红楼梦》两个英译本［J］．中州大学学报，2008（05）：78-80．

摘要：翻译研究从规范走向描写后，更多地强调译者的主体地位，主张翻译方法以及翻译研究方法的多元化，因此，回归到对翻译伦理问题的讨论是很有必要的。本文从翻译伦理这一角度对《红楼梦》两个英译本进行分析研究，探讨翻译伦理的四种伦理模式在《红楼梦》英译本中的体现。

［1081］马经义．《红楼梦》英译本的演变过程［J］．科教文汇（中旬刊），2008（10）：255．

摘要：随着《红楼梦》的普及，其外文译本已有十多种，其中英文译本最为丰富，对推广《红楼梦》，传播中华文化做出了极大的贡献。《红楼梦》的英文译本从1892年开始，历经数年，其中承载了众多翻译家、汉学家的心血，在中国历史进程中，《红楼梦》英文译本也在特有的文化背景下历经了属于它自己的演变过程。终于在以霍克思、杨宪益为代表的翻译家笔下为世界人民展示了它的绝代风姿。

[1082] 李建萍. 从《红楼梦》的英译本看文化图式缺失的翻译［J］. 读与写（教育教学刊），2008（10）：31.

摘要：文化差异带来了文化图式的缺失，也给翻译造成了一定的困难。本文运用图式理论对《红楼梦》的两个英译本的若干片段做了分析和比较，并从中探讨了在文化图式缺失的情况下进行翻译的方法。

[1083] 蒲黔渠. 审美再现的多样化分析［D］. 成都：西南交通大学，2009.

摘要：本文试图在翻译美学理论的指导和功能理论、接受美学的帮助下，探索翻译过程中审美客体（源语）、审美主体（译者）和目的读者群之间的互动关系及审美主体在这一互动关系中所发挥的主导性作用，以期多样化洞察审美再现（多样化翻译）形成的原因。

[1084] 陈倩. 霍米·巴巴杂合理论与翻译策略研究——兼论杨宪益、戴乃迭的《红楼梦》译本的杂合［J］. 焦作师范高等专科学校学报，2008（03）：23-26.

摘要：本文以后殖民主义理论家霍米·巴巴的"杂合"概念为视角，分析了杨宪益、戴乃迭的《红楼梦》译本中的语言的"杂合"，探讨了后殖民视野下"杂合"现象的文化意义。后殖民语境下的翻译没有完全的归化，也没有完全的异化，所有的译文都是杂合的，是翻译过程中归化和异化相互交融的产物。

[1085] 韩立钊. 浅析《红楼梦》两译本的几处差异［J］. 陕西师范大学学报（哲学社会科学版），2008，37（S2）：183-184.

摘要：言语行为理论认为，说话的同时也在实施某种行为，即言内行为、言外行为和言后行为。言外行为最重要，是其核心，因为这是一种隐含的行为，是说话者说话的意图和目的。我们听到或看到一句话时，一定要领会其言外之意,挖掘其深刻的内涵,才能做到完全并准确地理解原文,继而结合原著的文化蕴涵及目的语的文化背景做出适合的译文,这样译文不仅能传播原著的文化内涵,同时又容易为不同文化背景的目的语读者所接受和理解。本文从言语行为理论的角度分析《红楼梦》两种译本的几处差异,可以看出其功能上的差异。

[1086] 邱进. 论霍克斯的异化手法——对《红楼梦》霍译本的再思考 [J]. 重庆文理学院学报(社会科学版), 2008(05): 77-79, 106.

摘要:文章探讨了霍克斯翻译《红楼梦》时采用异化译法(这是不同于其基本翻译策略的反向译法)的场合和条件,并对这些例句进行了分类和归纳。这一研究表明,霍克斯在翻译过程中并非只运用归化手法,还在译本中灵活运用了异化手法。就单个译本而言,异化或归化都不可能是唯一的翻译策略,两者往往交织在一起,互为补充,各显优势。

[1087] 黄祥艳. 《红楼梦》两英译本翻译中的"异化"与"归化" [J]. 安徽工业大学学报(社会科学版), 2008(05): 122-124.

摘要:翻译中对文化因素的处理一般分为主要以源语文化为归宿的"异化"和主要以目的语文化为归宿的"归化"。《红楼梦》两个英译本的译者根据不同的翻译目的,在传递不同背景的文化信息方面各自采取了归化或异化的翻译策略和方法。

[1088] 罗枫. 论《红楼梦》两个英译本的翻译策略 [J]. 和田师范专科学校学报, 2008(05): 131-132.

摘要:"忠实性"一直被视为翻译的第一要务,原语的主体地位也是不可动摇的,然而有些翻译家则坚持译语主体,以通顺、地道的文字来愉悦读者。本文从纽马克的语义和交际两种各具特色的翻译策略着手,探讨目前《红楼梦》的两个英译本中译者关于原语主体和译语主体的不同倾向,以及未来翻译方向的定位问题。

[1089] 尹雪姣. 从《红楼梦》英译本对比看中国古代小说典型视角的传译 [J]. 科技信息(学术研究), 2008(24): 102.

摘要:本文首先分析中国古代小说和《红楼梦》判词的叙事角度,再比较两个常见的《红楼梦》英译本对判词视角的翻译方法,指出译者在增补叙事人称这一点上做出了不同选择,体现出文学翻译中译者的创造性。

[1090] 杨曦. 论霍译本《红楼梦》的交际效果 [J]. 科技信息（科学教研），2008（24）：216-217.

摘要：《红楼梦》堪称是一部有关中国文化的百科全书，怎样让历史悠久的中国传统文化传到西方，让欧美国家了解我国民族的优秀文化，翻译起着至关重要的作用。本文试通过对《红楼梦》霍译本中人名和典故译例的分析来探讨其跨文化交际效果。

[1091] 张威. 从《红楼梦》英译本看汉语习语的翻译 [J]. 柳州师专学报，2008（04）：48-51.

摘要：习语是民族语言的精华，习语的翻译在英汉双语转换中占有重要的地位，但同时也是一个非常难处理的问题。本文以《红楼梦》的英译本为参照，从具体的翻译实践来谈汉语习语的翻译原则和方法，同时指出了在习语翻译中应重视的一些问题。

[1092] 吴欣. 略论霍克斯《红楼梦》英译本特色 [J]. 淮阴工学院学报，2008（04）：46-49.

摘要：《红楼梦》因其本身具有百科全书的性质，要求译者具有丰富的知识和深厚的学识，霍克斯先生的《红楼梦》译本运用归化法来解决语际间的文化差别，运用重组法来弥补译本意义上的不足，运用增译法来烘托原文本中字里行间的意境，运用转换法来消除文化梗阻所造成的语意隔阂。《红楼梦》的翻译研究有助于在对比语言学、对比文化学、文艺美学和翻译诗学等方面有所发现，为翻译学的建设和翻译事业的发展做出贡献。

[1093] 蒲黔渠.《红楼梦》的跨文化翻译之对比——对《红楼梦》两个英译本中有关人物塑造的动物隐喻翻译之对比研究 [J]. 科技信息（科学教研），2008（23）：465-466.

摘要：翻译是一种有目的的跨文化交流活动。在翻译中，翻译的目的、语言上的差异及翻译者的个体性差异等都会影响译者翻译策略的选择，从而产生不同风格的译作。本文试图对《红楼梦》两个英译本中有关人物塑造的动物隐喻的翻译进行对比研究，从翻译目的角度分析译者们是如何选择其翻译策略的。

[1094] 朱敏虹. 翻译目的与翻译策略的选择——《红楼梦》两个英译

本的对比分析［J］．科技信息（科学教研），2008（23）：342-343．

摘要：本文从目的论角度研究《红楼梦》的两个英译本（杨宪益夫妇的英译本、大卫·霍克斯的英译本），经过分析发现，由于译者不同的文化背景，译者为实现不同的翻译目的而采用了不同的翻译策略，使用了不同的翻译方法。

［1095］夏蓉.《红楼梦》两个英译本语篇功能对比分析［J］．外语与外语教学，2008（08）：26-29．

摘要：本文以系统功能语言学中语篇功能理论为依据，从主位结构、信息结构和衔接三方面对《红楼梦》两个英译本进行了对比分析，找到其共性或个性的特质，以期抛砖引玉，对汉学英译及其研究带来一些启迪。

［1096］马丽.意识形态与赞助人对翻译的操纵——《红楼梦》两个英译本的比较研究［J］．温州大学学报（社会科学版），2008（04）：85-89．

摘要：翻译的过程就是操纵的过程，《红楼梦》的两个全英译本各有千秋，但最终都没有忠实地反映原文。其中最重要的原因就是意识形态和赞助人的操纵。本文从意识形态与赞助人的角度出发，对在翻译过程中意识形态和赞助人是如何操纵译者的翻译目的、翻译对象以及翻译策略进行研究，可以为客观地评价译作提供依据。

［1097］李姝瑾.匠心独运两丛菊　译笔平分一脉秋——从功能目的论析《红楼梦》菊花诗二译本［J］．红楼梦学刊，2008（04）：111-125．

摘要：《红楼梦》咏菊诗组以花喻人、托花传情，沉淀了丰富的菊文化。本文拟从功能目的论出发，从色彩意象、文化典故、艺术手法的处理上对杨宪益、霍克斯两人的《红楼梦》菊花诗译本进行比较分析，以期对两者宏观翻译方法和微观策略的选择做出客观描述及评价。

［1098］张小胜.论《红楼梦》杨译本中语用意义的再现［J］．沈阳农业大学学报（社会科学版），2008（04）：495-497．

摘要：符号学认为世界是由符号组成的，万事万物都可以看作各类符号系统中的一个符号。本文运用社会符号学理论中的翻译标准"意义相符，功能相似"来评析《红楼梦》的杨译本，认为杨宪益夫妇深刻地领悟了原著的语用意义，而且成功地在译文中传递了这一意义及其功能。

[1099] 戴艳云. 论《红楼梦》中模糊人物意象美在杨译本中的再现 [J]. 滁州学院学报, 2008（04）: 29-31.

摘要：文学模糊在文学作品中对表情达意，刻画人物形象起着不可磨灭的作用，具有较高的审美价值。如何在译文中再现原文模糊语言的审美价值，应是译者所关注的问题。

[1100] 袁晓红. 文化因素对翻译的影响——以《红楼梦》英译本为例 [J]. 吉林工商学院学报, 2008（04）: 116-119.

摘要：从根本上说，翻译是一种跨文化交际行为，文化的多样性给翻译带来了诸多困难。在翻译过程中，如何对文学作品中的文化因素包括思维方式、习俗文化和宗教信仰等进行处理，一直是翻译工作者关注的问题。译者应使译文尽可能传达原语的文化内涵，也要考虑译语读者的接受力和理解力，在两者之间达到平衡。

[1101] 梁红艳. 从杨宪益《红楼梦》英译本看习语的等效翻译 [J]. 忻州师范学院学报, 2008（03）: 58-60.

摘要：文章由习语和等效翻译的概述入手，从"等效"的角度分析了杨宪益夫妇《红楼梦》英译本中对习语翻译采用的方法。讨论部分阐述了习语翻译要力争隐含意义、形象和形式上的对等，而这三者中又以隐含意义的对等为前提。文章结论部分提出习语的翻译要尽量完美地再现原文习语的文化内涵，在读者理解上达到"等同"的效果。

[1102] 刘立云. 从《红楼梦》英译本看翻译过程中文化差异的处理 [J]. 内江科技, 2008（06）: 30, 32.

摘要：翻译活动体现了不同文化之间的交流，同时也揭示了文化现象存在可译性。本文对杨宪益的《红楼梦》英译本翻译中怎样处理文化问题进行了探讨。文章分析了《红楼梦》英译本部分章节中涉及文化因素的译文，讨论了文化翻译中所使用的方法，阐述了翻译中文化差异问题的处理要从词语上入手，在整体上把握、传递文化信息。

[1103] 温玉斌. 浅析诗歌语言模糊性的翻译价值问题——兼评《红楼梦·金陵判词》的两个译本 [J]. 哈尔滨学院学报, 2008（06）: 104-

107，126.

摘要：模糊性是语言的本质属性之一。诗歌的美在很大程度上正是语言的模糊性衍生的，所以在诗歌翻译中能有意识地传达模糊美，对翻译实践的指导和译作质量的赏析都有着重要的现实意义。

[1104] 孙静婧，颜莉. 从一元论、二元论观点看《红楼梦》两个英译本的风格 [J]. 安徽文学（下半月），2008（06）：74.

摘要：本文试从一元论、二元论之争引出翻译界关于原作风格是否可译之争，通过对《红楼梦》两个中译本的分析，得出风格不仅是可译的，而且译者应该有自己的风格的结论。

[1105] 刘雅峰.《红楼梦》两英译本视角下的汉语歇后语翻译研究 [J]. 湖州师范学院学报，2008（03）：100-103.

摘要：汉语歇后语是典型的国俗词语，其结构独特，又蕴含丰富的民族文化内涵，翻译时需要处理语言和文化的双重障碍，这无疑成了歇后语翻译的一大难题。在《红楼梦》英译中，杨宪益夫妇和霍克斯的两英译本，虽然对歇后语的翻译有所差别，但他们皆能根据翻译目的，采取灵活变通的手法，达到各自的翻译效果。

[1106] 刘晓群. 论《红楼梦》译本中修辞风格的传递 [D]. 青岛：中国海洋大学，2008.

摘要：本文围绕"功能"和"目的"展开。文中所探讨的修辞手段的功能是什么？原文作者使用这些修辞手段的目的所在？译者采取某些翻译策略及方法的目的又是什么？如何翻译这些修辞手段，其功能可以在译文中得以成功再现？所有这些问题归根结底回答了一个问题：原文的风格是否能够在译文中得以复制，使得译者与其读者能够像原文作者与其读者那样进行沟通？从根本上来说这是个风格是否可译的问题。本文作者持辩证的观点，认为可译与不可译都是相对的，因此作者也试图探讨风格损失的补偿问题。

[1107] 杨莉. 意识形态及诗学在《红楼梦》译本中的体现 [D]. 太原：山西大学，2008.

摘要：本文试图运用文化学派关于意识形态与诗学影响翻译的理论，分析从杨氏夫妇英译本《红楼梦》中找到的译例并观察意识形态与诗学在译作中的体现。除引言与结论部分外，本文由五个章节组成。第一章概述文化的定义及语言、文化和翻译的关系。第二章介绍了"文化学派"及其关于意识形态和诗学的相关理论；接下来，在第三章中作者全面介绍了《红楼梦》这部小说、其作者曹雪芹以及对小说的各种研究，包括1919年五四运动前的"旧红学"研究、五四以后由胡适带领建立的"新红学"研究、1954年毛主席发起的对胡适学派主观唯心主义的批评运动，以及"文化大革命"后的文学领域的研究等。同时，第四章介绍了《红楼梦》的几种英译本，尤其是杨氏夫妇翻译的全译本。在第五章中，作者对从杨译本《红楼梦》中选取的译例加以分析，从而观察意识形态与诗学影响译本的方式及其在译本中的体现。

[1108] 莫春雨. 《红楼梦》两译本中文化因素的归化与异化研究[D]. 大连：大连海事大学，2008.

摘要：本文对杨宪益夫妇和霍克斯的《红楼梦》译本进行对比分析，试图探索他们在处理翻译文化因素时策略选择上的差异。以定量和定性分析相结合的方式，从《红楼梦》及其两译本中随机抽取166个样本作为研究语料。

[1109] 李锦霞. 从《红楼梦》俄译本谈谚语的翻译[J]. 长春师范学院学报（人文社会科学版），2008（05）：116-120.

摘要：由于中俄两国文化的巨大差异、谚语意义的隐喻性和不确定性，谚语的翻译成为一个复杂的认知过程。俄罗斯汉学家在1958年对《红楼梦》进行了翻译，其中对汉语谚语采取了多种手段进行处理，为传播中国文化做出了贡献，但同时在翻译过程中也存在某些不可避免的问题。

[1110] 刘凤，赵菊青. 论歇后语的文化信息传递与缺损——《红楼梦》英译本中歇后语评析[J]. 湖北第二师范学院学报，2008（05）：127-128.

摘要：在语际翻译过程中，源语所体现的文化信息的传递是很重要的，但是由于中西文化间存在着很大的差异，汉译英过程中出现文化信息的缺损问题是不可避免的。本文以杨宪益译本《红楼梦》中歇后语的翻译为例，简要探讨汉译英过程中的文化信息的传递与缺损。

[1111] 郭玉梅. 评《红楼梦》法译本对若干汉语修辞格的翻译策

略——兼论翻译对源语文化信息的传达［J］．法国研究，2008（02）：32-42．

摘要：奈达把翻译中涉及的文化因素共分为五类：1）生态文化，2）语言文化，3）宗教文化，4）物质文化，5）社会文化。20世纪80年代，翻译理论研究进入文化转向后，经过学者们反复讨论，达成了一个基本的共识，即在翻译过程中，应尽可能地保留源语文化信息。

［1112］汤新亮．《红楼梦》回目两种英译本的"三美"比较［J］．重庆科技学院学报（社会科学版），2008（05）：123-124．

摘要：本文以《红楼梦》前80回回目为例，对霍克斯译文和杨宪益译文的音美、形美和意美三个方面进行了比较，对其翻译艺术特色做了赏析。

［1113］孙彦彬．《红楼梦》两个英译本中谶语翻译的比较研究［D］．北京：北京语言大学，2008．

摘要：在本论文采用文本分析和比较研究的方法，从各方面分析两个英译本在谶语翻译上的差异，并探究其原因，从而探讨谶语翻译的有效方法。文章第一部分介绍谶语及其在中国文学作品中的应用，然后从《红楼梦》中谶语应用的独创性和作用两方面说明谶语在《红楼梦》中的重要性，阐明对谶语翻译进行研究的意义。第二部分通过对两个译本中不同修辞格的谶语的翻译策略进行对比和探讨，发现杨宪益在翻译谶语时往往拘泥于原文，很难让西方读者了解其内涵；而霍克斯力图帮助读者了解谶语的含意，有时甚至对原文进行了修改和增补。第三部分对两个译本中谶语翻译的有效性进行对比，从文化和语言学的角度探讨了谶语翻译的局限性及原因。第四部分通过对比两个译者的文化身份、翻译目的、原著版本选择和整体的翻译策略，探讨两个译本中谶语翻译差异的原因。结论部分总结了译者的文化身份和主观性对译本的影响，并从对比研究中归纳出了谶语翻译的四个原则，指出如果四个原则无法兼顾时应优先确保谶语的预言性。

［1114］吴淑勇．《红楼梦》杨霍译本中文化负载词翻译比较研究［D］．保定：河北大学，2008．

摘要：本文从跨文化的角度，探讨《红楼梦》杨霍两个译本中文化负载词的翻译。首先，分析文化和翻译之间的关系，指出文化既是人类创造的价值，又具有民族、地域、时代的特征，因此不同的文化需要进行交流和沟通，而实现这种交流和沟通的理想途径就是翻译。翻译是一种跨语言的交际活动，同时也是一种跨文化的交际活动。

[1115] 孙静艺. 从文化视角看《红楼梦》杨译本中的习语翻译 [D]. 保定：河北大学，2008.

摘要：本文作者从文化视角出发，对著名学者和翻译家杨宪益及夫人戴乃迭的《红楼梦》英译本中的习语翻译进行了详尽的分析和论述。论文强调文化因素在习语翻译中的重要作用，并提出原语文化是习语翻译中不可忽视且应尽可能保留的因素。

[1116] 陈威.《红楼梦》中诗歌的两个英译本比较研究 [D]. 衡阳：南华大学，2008.

摘要：本文运用了许渊冲先生提出的诗歌翻译"三美"论原则，拟从律诗的意、音、形三个方面，试图就杨宪益夫妇和大卫霍克斯对书中律诗部分的翻译处理做一个粗略的比较，重点放在两译本的不同之处。

[1117] 罗伟. 从《红楼梦》及两译本看言语幽默与会话含义 [D]. 衡阳：南华大学，2008.

摘要：本文重点介绍了 Grice 的合作原则，并结合 Leech 的礼貌原则和准则及 Brown & Levinson 的面子理论对会话含义理论进行了阐述，为分析会话含义提供了清晰的理论框架和研究工具。

本文以引起幽默的修辞格为语言标识，从《红楼梦》（前 80 回）原文中筛选出幽默会话语料并找出两译本中相应译文构建数据库，通过对数据的分析和对比来研究言语幽默，试图回答以下几个问题：（1）原文的幽默效果是否在译文中再现；（2）原文的会话含义是否在译文中体现出来；（3）能否以会话含义为指导来提高幽默翻译的效果。本文通过两译本中言语幽默的译例进行对比与分析，探讨了两位译者的翻译策略，考察幽默效果是否有效传递。

[1118] 李丛立. 论劳伦斯·韦努蒂的翻译思想 [D]. 长沙：中南大学，2008.

摘要：本文试图对韦努蒂的翻译理论进行系统的介绍并分析其贡献和局限性，并且以杨宪益的《红楼梦》英译本为个案来探讨其理论在汉译英中的应用价值。本文第一章对韦努蒂的翻译理论进行了比较详尽的陈述。第二章对劳伦斯·韦努蒂的翻译理论进行了分析，总结出其贡献和不足。第三章尝试用劳伦斯·韦努蒂的翻译理论来分析《红楼梦》杨译本，从而进一步探讨其理论对翻译实践的指导意义和价值。本论文不仅分析了韦努蒂理论的贡献和局限性，而且还以杨宪益的《红楼梦》英译本为个案研究探讨了其在汉译英中的应用价值。

[1119] 李杰."归化","背叛"和"送去主义" [D].上海：上海外国语大学，2008.

摘要：在《红楼梦》的两个全英译本中，霍克斯与其学生及女婿闵福德的英文译本在国内外长期享有盛誉，被公认为是汉译英的杰作。在惊叹于以霍克斯为代表的两位译者精湛的语言艺术功力的同时，我们通过进一步的研究却发现霍译本在中国文化信息传递上存在着严重的失真，对中国特有文化意象的间接或忠实传达与占有绝对数量优势的改写、替换、省略形成了强烈的反差，这不能不引起我们的思考。

[1120] 甄晓倩.从《红楼梦》两个英译本的比较看影响文化内容翻译的因素 [D].天津：天津财经大学，2008.

摘要：本文借鉴前人对两个译本翻译策略、翻译效果的研究思路，通过对比和分析两个译本对《红楼梦》文化内容的翻译，旨在探讨影响两个译本对文化内容翻译的因素，本文共分五章。第一章简单介绍了《红楼梦》及其译本，重点阐述了选择杨宪益、霍克斯两个译本的原因。第二章是文献综述，回顾了红学的国内外研究现状，以及对《红楼梦》文化内容翻译的研究所取得的成就及现状，指出了本文的研究意义和创新之处。第三章借鉴了著名翻译家奈达和人类学关于文化的定义和范畴的划分，界定了本文研究的文化内容的范围，从生态文化、物质文化、社会文化、思想文化、语言文化五个方面，对两个译本关于文化内容的翻译进行分类、对比和分析。第四章是论文的主体部分，建立在第三章对比分析的基础上，第四章归纳总结了影响两个译本对文化内容翻译的五个因素，即译者的翻译目的和初衷、译者的翻译思想和原则、目标读者、译者的文化背景、政治影响和历史背景。最后为结论部分，对全文的对比研究进行了总结和概括，为以后的研究工作提出了一些建议。

[1121] 杨传鸣.《红楼梦》及其英译本语篇衔接对比 [D].哈尔滨：黑龙江大学，2008.

摘要：本文采取了定性分析与定量分析相结合的研究方法。本文不仅对

《红楼梦》和其英文本 *A Dream of Red Mansions* 中的衔接手段进行了分类研究，并且选取《红楼梦》的第34章及其对应译本为调查数据研究的对象，统计得出各种衔接手段在这一章的两种语言版本中所使用的数量以及使用率，揭示出其分布规律。在随后调查分析的部分，本文结合数据，分析了具有代表性的实例，并从语言与思维的差异角度挖掘出英汉语篇在衔接手段上之所以存在差异的根本原因。本文从主体思维和客体思维，说明了汉语比英语倾向于主语省略和重复的原因。

[1122] 师杰. 论《红楼梦》英译本人名翻译策略 [J]. 山西大同大学学报（社会科学版），2008（02）：50-53.

摘要：《红楼梦》的两个英译本在人名的翻译过程中采用了不同的策略。杨译本本着忠实于原著的精神，以异化翻译策略为主，力求把原著中蕴含的思想文化的方方面面传达给译语读者，而霍译本以译语读者为中心，尽量减轻原语文化知识对他们的压迫感，翻译策略以归化为主。完整与足量是判断采用何种翻译策略的重要标准，因此，两译本虽各有巧妙之处，但或多或少都有欠额翻译的不足。

[1123] 庄国卫.《红楼梦》两英译本死亡委婉语翻译的文化比较 [J]. 盐城师范学院学报（人文社会科学版），2008（02）：87-90.

摘要：本文从巴斯内特的"文化翻译观"视角出发，结合具体译例对《红楼梦》两英译本死亡委婉语的翻译策略与方法进行比较与评判，可以看出霍译本比杨译本更注重采用灵活多样的翻译方法，尽量重构原文的委婉色彩。就形式而言，杨译本与霍译本都与原文有所偏离，但在内容上，霍译本比杨译本更忠实于原文，原因在于霍译本更注重保留原文中死亡委婉语的内涵与特色，在忠实反映原文的信息功能的同时，也注意重构原文的美学功能。

[1124] 张小胜. 从社会符号学角度论《红楼梦》杨译本中语用意义的再现 [J]. 民族论坛，2008（04）：52-53.

摘要：本文运用社会符号学理论中的翻译标准"意义相符，功能相似"来评析《红楼梦》的杨译本。总体来说，杨宪益夫妇深刻地领悟了原著的语用意义，而且成功地在译文中传递了这一意义及其功能。

[1125] 高井荣. 翻译中的归化与异化 [D]. 哈尔滨：哈尔滨工程大

学，2008.

摘要：本文采用了杨氏夫妇和霍克斯的《红楼梦》两个英译本做对比分析，并发现杨氏夫妇的译本对文化因素的翻译大多采用了异化策略而霍克斯的译本则偏重使用归化策略。杨氏夫妇与霍克斯在选择翻译策略上的不同实际上是由其不同的文化背景、翻译目的以及读者取向所决定的。在杨氏的译本中，除了异化法之外，还使用归化法、注脚和意译法来对异化策略进行补充。而霍克斯除了使用归化法之外，也在其译本中技巧性地运用了补充法，即异化法以及增译法（即通过补出原文所没有的内容去更完整地解释译文无法传递的文化信息）。

[1126] 龚群. 浅析比较《红楼梦》杨译本和霍译本对人名翻译的处理[J]. 华商，2008（07）：132-133.

摘要：《红楼梦》中的人名文化对这部巨著本身有着不可忽视的作用。因此《红楼梦》中的人名翻译对于整个作品的理解有着重要的意义。本文着重分析杨译本和霍译本对人名翻译的处理，并比较分析两者的优缺点，为作品中人名翻译的处理归纳更好的方法。

[1127] 陈俊. 多元系统理论关照下的翻译规范——比较《红楼梦》的两个英译本[J]. 科教文汇（上旬刊），2008（04）：183，185.

摘要：本文从多元系统理论的角度对《红楼梦》的两个英译本进行了比较分析，力图在译本差异性的背后寻求影响翻译规范的因素，来批驳用静止眼光评判译本优劣的传统翻译批评理论，并说明多元系统理论对中国翻译批评方法的借鉴性。

[1128] 任文利. 论可译性限度——《红楼梦》其两个英译本中称呼语的翻译探析[D]. 兰州：西北师范大学，2008.

摘要：本文选择红楼梦及其两个英译本为研究对象，对原文及译文语义层面进行比较并得出结论：某些层面的意义在翻译过程中有可能不能忠实再现在译文中，也就是说，语言材料存着可译性限度。

[1129] 隆灵敏. 从目的论角度看《红楼梦》两英译本的翻译策略[D]. 青岛：中国石油大学，2008.

摘要：本文作者以目的论为理论指导，从文化的五个子系统，即生态、物质材料、社会风俗、意念文化和语言概念五个层面，研究了《红楼梦》中文化信息的英译问题。研究的目的是要揭示目的论对译者选择翻译方法和翻译策略会产生怎样的影响。作者认为在翻译过程中，译者应该根据不同的翻译目的，对某些文化信息采取不同的翻译方法与策略，从而取得特定翻译目的所要求的翻译效果。杨氏夫妇试图保留原文的文化特色，传播中国传统文化和异国风情，因此主要运用了异化（foreignization）手法。霍克斯则是为了使译本通顺、流畅，便于读者接受，多用归化（domestication）手法。两个译文都成功地实现了其目的和功能，都是成功的译本、就传播中国文化而言，翻译中异化策略更为有效。

[1130] 闵亚华. 从跨文化交际的角度看霍克斯《红楼梦》译本中的习语翻译 [D]. 重庆：重庆大学，2008.

摘要：本文从跨文化交际的角度，以文化共性与个性对习语翻译的影响为视角，对中国古典名著《红楼梦》中习语的翻译进行研究。以两个全译本之一的霍克斯译本前八十回的习语翻译为研究对象，本文选择的习语为比喻性较强的俗语、歇后语、熟语以及蕴含文化意义的四字成语。通过对霍克斯翻译方法的分析，总结出霍克斯采用的翻译方法有：直译法、兼用直译和意译法，直译加解释法、意象部分保存法、创造翻译法、套译法、意译法共七种。其中前五种方法属于异化倾向翻译策略，后两种为归化策略的具体表现。

[1131] 李海琪. 《红楼梦》霍克思译本中的熟语翻译研究 [D]. 北京：中国艺术研究院，2008.

摘要：本文选择以霍克思先生翻译的《红楼梦》全译本为对象，从熟语翻译的角度，将熟语翻译结合《红楼梦》自身文化内涵进行研究，通过具体熟语译例的分析，探讨翻译过程中的文化流失，特别是具体语境中的文化流失现象，寻找熟语翻译中易出现文化流失的部分，也希望能为日后的翻译工作者提供有益的参考。

[1132] 朱翔. 析《红楼梦》杨译本的转喻翻译策略 [D]. 桂林：广西师范大学，2008.

摘要：本文以转喻的认知特点为基础，通过汉英转喻的语用模式对比，采用定性和定量的方法探讨了杨宪益《红楼梦》中转喻翻译策略。作者建立了杨译版《红楼梦》的小型语料库,迅速、便捷地获取了研究所需的数据和英、汉语料,所有采集的数据用 CLEC 检索统计软件进行研究,对杨宪益、戴乃迭的转喻翻译策略进行了阐释和分析。

[1133] 余意梦婷. 论语言文化的不可译性及其转化策略 [D]. 桂林:广西师范大学,2008.

摘要:全文包括引言、主体、结语三大部分,其中主体部分又分为四章。引言评介《红楼梦》的两个主要的英译本——杨译本和霍译本;梳理国内外关于不可译性研究的历史与现状,阐明本文的语言文化视角。第一章通过表述语言、文化与翻译间的相互关系,引出本文的论旨"不可译性"问题。第二章阐述不可译性的概念、分类以及产生的原因与条件,并指明不可译性的哲学本质。第三章结合《红楼梦》的两个英译本论证翻译中语言的不可译性和文化的不可译性。第四章指出不可译性的相对性并探讨不可译性向可译性转化的翻译策略和补偿方法。不可译性的存在是必然的,但不是静止不变的,译者如能充分发挥自身的能动性,正确选择翻译策略,并有效运用翻译补偿方法,就可以尽可能把不可译性转化成可译性。

[1134] 张小胜. 论《红楼梦》杨译本中言内意义的再现——从社会符号学翻译法角度 [J]. 民族论坛,2008(03):51-53.

摘要:本文运用社会符号学理论中的翻译标准"意义相符,功能相似"来评析《红楼梦》的杨译本。杨宪益夫妇竭尽全力试图将原著的言内意义译出,也的确留下了不少佳例,但两种语言不同的特点和巨大的差异,在很多情况下,实在难以找到恰当的英文来表达出原著的言内意义。

[1135] 李海琪. 难以译出的精彩——从霍译本《红楼梦》的熟语翻译看文化流失 [J]. 红楼梦学刊,2008(02):304-323.

摘要:本文选择霍克思的《红楼梦》全译本,将其中熟语部分的翻译作为本文的切入点,按照成语、谚语和歇后语这三种熟语类型分类,选取《红楼梦》中部分译例进行分析,讨论翻译中出现的文化流失现象。笔者认为译文中出现的文化流失现象可以概括为文化的显性流失和文化的隐性流失。因文化差异的存在,翻译中的文化流失不可避免,本文对《红楼梦》霍译本翻译中出现的文化流失现象进行分析,是希望可以为日后的翻译工作者提供一点有益的参考,在可能的情况下尽量减少文化的流失。

[1136] 张磊. 归化和异化两种翻译策略及其在《红楼梦》两个英译本中的运用 [J]. 柳州职业技术学院学报, 2008 (01): 124-128.

摘要: 本文从文化的含义、语言、文化和翻译的关系出发, 提出归化和异化两种文化翻译策略。归化指以目的语文化为归宿的翻译策略; 异化指以源语文化为归宿的翻译策略。并从跨文化翻译的角度对中国古典文学名著《红楼梦》的两个英译本中的文化因素进行研究, 包括生态文化、语言文化、宗教文化、物质文化以及社会文化五个方面。根据译者目的和目标读者的不同, 杨宪益主要运用异化翻译, 而霍克斯主要运用归化翻译。

[1137] 游洁. 从功能翻译理论看《红楼梦》的两种译本 [J]. 湖南文理学院学报（社会科学版）, 2008 (02): 67-68, 83.

摘要: 在功能翻译理论框架下, "合格" 取代了 "对等" 的翻译标准。杨宪益、戴乃迭翻译的《红楼梦》和霍克斯、闵福德翻译的《红楼梦》, 虽然翻译活动的策动者不相同, 但由于译者采取了不同的翻译策略, 最终达到了各自的翻译目的, 取得了理想的翻译效果。

[1138] 郭玉梅. 评《红楼梦》法译本对若干汉语修辞格的翻译策略——兼论翻译对源语文化信息的传达 [J]. 法国研究, 2008 (01): 32-42.

摘要: 奈达把翻译中涉及的文化因素共分为五类: 1) 生态文化, 2) 语言文化, 3) 宗教文化, 4) 物质文化, 5) 社会文化。20 世纪 80 年代, 翻译理论研究进入文化转向后, 经过学者们反复地讨论, 达成了一个基本的共识, 即在翻译过程中, 应尽可能地保留源语文化信息。

[1139] 任慧芳. 跨文化交际与翻译——以《红楼梦》英译本为例 [J]. 文教资料, 2008 (07): 48-50.

摘要: 语言与文化密不可分, 语言反映文化, 不同的语言负载着不同的文化。因此, 汉英翻译中在不同文化背景之间实现文化的成功传达可谓是一个难题。本文着眼于源语的文化传达和目标读者的理解, 从五个方面分别探讨了汉语英译过程中遇到的文化交际障碍并初步探讨了相关处理办法。

[1140] 宋修华.《红楼梦》两部英译本中服饰翻译再现之对比 [D].

哈尔滨：哈尔滨理工大学，2008.

摘要：本文以《红楼梦》为研究客体，并参考英译本中两个权威版本：杨宪益译本和大卫·霍克斯译本。作者对其中富含文化内涵的服饰部分进行了对比分析研究。翻译中对文化因素的处理有多种方法和模式，本文选取其中最具代表性、影响也较大的一组模式，以归化和异化为理论依据，对《红楼梦》两个英译本中的服饰部分翻译进行分析研究。在传统的翻译评论中，一般翻译评论者往往会赞成一种原则或方法，而反对另一种原则或方法。但作者通过分析两个英译本，发现为了达到交流文化，增进了解的目的，文学翻译应以异化为主，归化作为补充。这样才能忠实再现《红楼梦》的文化内涵，真正起到中西文化交流的目的。

[1141] 许建平. 从《红楼梦》两个英译本看"飞白"的翻译策略[J]. 西安外国语大学学报，2008（01）：78-81.

摘要："飞白"是汉语特有的一种修辞手法，《红楼梦》中屡见不鲜。本文拟就《红楼梦》中有关"飞白"的翻译策略进行探讨，旨在归纳这类修辞格的主要特点及翻译转换策略，进而发掘出这类翻译的一般性规律。本文通过将杨宪益和霍克斯的两种译本与原文进行比较对照，笔者发现无论是杨译本还是霍译本，均对"飞白"的翻译做了很好的尝试；他们将汉语的这一语言特色成功地植入了英语，得到了译界的广泛认可和好评。与此同时，囿于不同的认识角度，加之汉语辞格固有的抗译性，他们的译笔有时候也不尽如人意，难免打上译者鲜明的个人印记。

[1142] 彭爱民.《红楼梦》英译本中的中医药文化现象[J]. 辽宁医学院学报（社会科学版），2008（01）：32-34.

摘要：要实现文学文本的跨文化交际功能，译者不仅要有文学、语言学和翻译学的功底，还要有各种文化知识的储备。以古典文学名著《红楼梦》为例，翻译小说中的中医药文化现象，既要体现中医药术语的特殊性，又要保持小说应有的文学色彩。

[1143] 袁翠. 文学翻译——归化与异化的共生与融合——评杨宪益在《红楼梦》英译本中的习语翻译[J]. 宿州教育学院学报，2008（01）：111-114.

摘要：译坛上关于归化与异化孰优孰劣的问题一直争论不休。归化与异化作为翻译的两种策略，二者不是互相敌对、互相排斥，而是相辅相成，互为补充。本文以《红楼梦》英译本中的习语翻译为例，试图对文学作品翻译中的归化与异化问题加以探讨。鉴于异化翻译有益于民族文化身份的保持，笔者以为应在汉语文学作品的英译中逐步增大其比重。

[1144] 李小霞，鄢宏福.《红楼梦》英译本中文化因素的翻译 [J]. 安康学院学报，2008（01）：38-40.

摘要：目前《红楼梦》的全英译本有霍克斯译本和杨宪益夫妇译本。在有关文化因素翻译的处理上，霍译本主要采用了归化翻译策略，而杨译本则主要采用了异化策略。本文结合实例分析认为，尽管译者采用了不同的策略，却实现了各自的目的。

[1145] 徐波.《红楼梦》两种英译本节选之比较赏析 [J]. 四川教育学院学报，2008（02）：47-49.

摘要：《红楼梦》是中国古典文学四大名著之一，它有较多的英译本。笔者试对《红楼梦》的两个英译本节选进行对比，从文化内涵在翻译中的体现和诗词的翻译两个方面对《红楼梦》的两个英译本节选进行评析和鉴赏。

[1146] 郭聪.《红楼梦》两个译本中译者主体性体现的对比性研究 [J]. 内蒙古农业大学学报（社会科学版），2008（01）：343-345.

摘要：译者既是原著文本能动的读者，又是其创造性的再现者。原语和译语语言文化的差异性以及文学艺术语言的形象、生动性，为译者提供了广阔的创造空间，为了最大限度地再现原文的艺术美，译者的主体性是不可缺少的。《红楼梦》是中国古典小说发展的顶峰，本文通过对两译本中的一些例子进行对比评析，来探讨译者主体性的表现和作用。

[1147] 余茜. 从功能角度看翻译中的对等——对《红楼梦》诗词英译本的比较 [J]. 咸宁学院学报，2008（01）：91-92.

摘要：通过对《红楼梦》两个英译本的诗词译作进行系统功能语法的分析，本文从文化语境、经验功能等方面进行比较来找出针对文化、语言两大跨度，两个译本的译者是如何通过对等的方式来克服的，同时分析其原因并证明功能语法进行翻译分析的实用性和透彻性。

[1148] 赖晓鹏. 从跨文化翻译中的归化与异化角度评《红楼梦》的两个英译本 [J]. 科教文汇（上旬刊），2008（02）：165.

摘要：异化是以原语文化为认同的翻译策略，而归化是以目的语文化为归宿的翻译策略。批评家们对跨文化翻译活动中的归化和异化原则一直存在争议。本文将从跨文化翻译中归化和异化的视角，对《红楼梦》的两个英译本做一些比较和分析。文章认为，两个译本在言语信息的传达上都可谓经典之作，但是在对文化因素的处理上，则有很大区别：由于翻译的目的不同，杨宪益夫妇的译本主要采用异化原则，而Hawkes的译本主要采用归化原则。

[1149] 李新征. 意识形态对翻译策略的操纵——《红楼梦》两个英译本的对比研究 [J]. 牡丹江教育学院学报，2008（01）：54-55.

摘要：本文通过对杨宪益夫妇和霍克斯的两个《红楼梦》译本进行对比研究发现，尽管两译本翻译的时期相同，但由于译者各自具有不同的翻译目的，而且所处的社会背景也不尽相同，因而具有不同的意识形态和诗学，翻译时又受到赞助人的影响，使得他们选择和运用了不同的翻译策略。杨氏夫妇主要运用异化的翻译策略，而霍氏则采用了归化的翻译策略，因而最终产生出风格迥异的两种翻译文本。

[1150] 洪涛. 翻译规范、意识形态论与《红楼梦》杨译本的评价问题——兼论《红楼梦》译评与套用西方翻译理论的风险 [J]. 红楼梦学刊，2008（01）：228-259.

摘要：《红楼梦》英译问题的学术论文很多，其中多有拾人牙慧者。能从"意识形态"这一宏观角度来做具体论析的，张南峰先生是很突出的一位。早在1998年，张南峰先生就发表《以"忠实"为目标的应用翻译学——中国译论传统初探》一文，指出译者受意识形态的影响，以致译文中有"不忠实"之处。

[1151] 张小胜. 从社会符号学角度看《红楼梦》杨译本中指称意义的再现 [J]. 辽宁工程技术大学学报（社会科学版），2008（01）：93-95.

摘要：运用社会符号学理论中的翻译标准"意义相符，功能相似"来评析《红楼梦》的杨译本，总体来说，杨宪益夫妇深刻地领悟了原著的指称意义，而且成功地在译文中传递了这一意义及其信息功能。

[1152] 高翔翔. 从变译理论的角度分析《红楼梦》库恩译本 [D]. 上海：同济大学，2008.

摘要：本篇论文所需回答的问题是变译是否体现在《红楼梦》库恩译本中？为了回答这一问题，本文首先对变译理论进行了解释。在介绍变译这一概念时，本文将着重点放在这一概念的两个重要组成部分上，即变译标准和变译方法。接下来本文对变译这一概念在《红楼梦》库恩译本中的存在性进行证明，这一证明过程分为两部分，即分别证明变译标准和变译方法在库恩译本中的存在与否。变译方法在本篇论文中具体为：摘译，编译，缩译，改译及阐译。在论文中先是列举了部分库恩留下的笔墨以及库恩与岛屿出版社之间的信件，以证明库恩是从读者及其需要出发进行翻译活动。之后通过大量原著及译著中的例子对变译方法在库恩译本中的存在性进行证明，这一过程的重点在于对各变译方法的具体应用手段及原则在库恩译本中的体现性的分析。

第十四章

2007年度《红楼梦》译本研究文献汇总

[1153] 王薇.《红楼梦》德文译本研究综述 [J]. 国际汉学，2007（02）：234-242.

摘要：由弗朗兹·库恩博士（Franz Kuhn, 1884—1961）翻译的《红楼梦》德文译本（*Der Traum der roten Kammer*）自1932年出版以来，至2002年已经再版20余次，发行超过10万册，并且被转译为英、法、荷兰、西班牙、意大利、匈牙利等多国语言文字出版，不仅在德语世界，更在整个欧洲广泛流传。但是长期以来，语言的阻隔犹如神秘的面纱遮盖着德文译本的庐山真面目，使它一直游离于中国研究者的视线之外，因而尽管它已经诞生了70余年，但与《红楼梦》英译本的研究相比，对它的研究却基本上处于起步阶段，不仅没有系统的研究专著，而且专门研究的论文也是凤毛麟角。

[1154] 杨传鸣.《红楼梦》及其英译本语篇衔接对比——汉英主语省略对比 [J]. 东北农业大学学报（社会科学版），2007（06）：63-65.

摘要：语篇衔接是对比语言学研究的一个特点。韩礼德和哈桑提出的五种衔接手段同样适于汉语语篇。在中国古典名著《红楼梦》中，主语省略现象比在其译本 *A Dream of Red Mansions* 中更为常见。汉英主语省略差异归结为中西主体思维和客体思维差异的产物。

[1155] 马丽. 从多元系统论看《红楼梦》两个英译本中的对话翻译 [J]. 消费导刊，2007（14）：214.

摘要：《红楼梦》是中国封建社会的百科全书，以往对《红楼梦》的两个流行译本，即霍克斯的《石头记》和杨宪益的《红楼梦》的研究停留在翻译批评的层面上。本文将通过埃文佐哈尔的多元系统论，对上述译者在翻译《红楼梦》的对话过程中采取不同的翻译策略加以客观描述与分析，从而挖掘其背后的历史与文化背景。

[1156] 冯英杰. 浅析红楼梦英译本中的宗教文化翻译策略 [J]. 科技信息（科学教研），2007（35）：760，790.

摘要：《红楼梦》是中国文学史上的一个奇迹。儒家的忠孝节义、功名政治，佛教的因缘轮回、万境归空，道教的创世神话、太虚神仙等方方面面，共同铸就了中国古代小说的第一奇书。本文将分析宗教文化因素在《红楼梦》中的反映及《红楼梦》两英译本对宗教文化不同的翻译策略，并从文化信息传递的视角提出文学中宗教文化因素的翻译策略。

[1157] 陈瑶. 英汉语篇语法衔接手段对比研究 [D]. 上海：上海外国语大学，2008.

摘要：在韩礼德的衔接理论框架下，本文从曹雪芹著《红楼梦》及其两个英语全译本中选取实例，对照应、替代以及省略三种语法衔接手段进行了对比研究，分析了它们在英汉两种语言中的具体用法和总体分布特点，探索了实现英语、汉语中语法衔接的最佳方法，从而得到合乎目的语表达习惯的译文。

[1158] 蒋世云. 通过比较《红楼梦》的两个不同英译本研究中国熟语翻译 [D]. 上海：上海外国语大学，2008.

摘要：本文对中国古典小说《红楼梦》的两个译文进行比较，来研究如何实现中国熟语的不同层次对等翻译这一目标。在前部分的论述中，本文对汉语中熟语的定义与其特点进行了详细的介绍。熟语，作为汉语中独特的语言成分，具有可译性，然而，由于其本身所有的特点使翻译存在了许多困难。首先，熟语包含本义和隐含义，即字面义和习语义或比喻义。第二，汉语富含各种修辞手段。第三，汉语熟语极具文化或民族特色。所有这些特点给翻译带来了难度，因此，熟语的翻译也被译者认为是最头疼的事。在后部分的论述中，根据对等翻译的有关理论，即对等翻译是翻译中所追求的目标，通过比较中国古典小说《红楼梦》的两个不同译文对其中熟语处理的异同，论证如何在意义、修辞、形象与文化这些方面实现不同程度的对等。

[1159] 郭燕. 从译者主体性看《红楼梦》两英译本的翻译 [D]. 上海：东华大学，2008.

摘要：本文通过追溯翻译史上专家学者们对翻译及译者的有关论述以及翻译批评思路的转变将译者主题性研究置于当代文论和当代翻译理论的广阔视野中，科学地考察了译者主题性的内涵及其表现，进而把译者主题性的研究成果引入《红楼梦》的英译研究。主要从翻译目的、译者所处的社会历史语境、译者的文化取向和读者意识等几个方面进行了研究。从宏观和微观两个方面，对《红楼梦》的两英译本进行了描述和解释。研究发现：译者主题性视角是解读两个几乎同样成功而又各有千秋的《红楼梦》译本的有效途径。

[1160] 单兴缘，宋修华.《红楼梦》两种英译本中服饰内容的翻译比较[J]. 林区教学，2007（11）：56-57.

摘要：在《红楼梦》的众多英译本中，杨宪益、戴乃迭的译本和霍克思的译本最具影响力。本文通过对两个译本中服饰部分翻译的对比，从而对作者在翻译过程中所采取的翻译策略进行了分析比较，通过比较作者的翻译得出了哪种策略能更忠实于原文，更能起到传播文化的作用，从而真正实现翻译的目的。

[1161] 陈曌.《红楼梦》及英译本在中国的研究现状[J]. 理论月刊，2007（11）：128-130.

摘要：自1980年代出现两部完整的《红楼梦》英译本以来，对原著及其英译本的研究在1980—2006这26年间逐渐形成热点。研究的方法、领域及研究成果逐渐扩大，尤其在最近5年间，其研究出现了文化转向现象。本文通过对近26年在外语类核心期刊发表的相关论文的研究，总结了中国对《红楼梦》及英译本的研究现状，期望对进一步研究提供一个全面的视角。

[1162] 荣觅. 也谈《红楼梦》霍译本的读者关照[J]. 科技信息（科学教研），2007（32）：235-236.

摘要：霍克斯在《红楼梦》的翻译中，需要关照西方读者的思维认知、社交语言、宗教信仰、文化生活等方面，这些关照既有积极又有消极的成分。当霍氏关照西方读者的思维认知和社交语言时，读者关照是积极地；对宗教信仰和文化生活的关照却因为文化负载词的失当处理，容易形成消极关照。

[1163] 刘丽. 交互主体性理论观照下《红楼梦》两译本的绰号英译[D]. 长沙：中南大学，2007.

摘要：本文以交互主体性理论为指导，对两译本中绰号的翻译进行对比分析，指出翻译活动是以译者为中心，赞助人、原文作者、原文文中人物、译者和译文读者在平等的基础上相互交流、协商的过程。

[1164] 王荣宁. 文学翻译中的操纵与规范 [D]. 长沙：中南大学，2007.

摘要：本论文试图运用"操纵理论"来描述译者在文学翻译中的操纵，同时探讨规范在操纵过程中的双重作用，即一方面限制译者的随意性以防译者过分地自由发挥，另一方面为译者的操纵提供现成的解决方法。正如西奥·赫曼斯所说"学会翻译涉及社会实践过程，意味着学会操作——或许操纵——翻译规范"（西奥·赫曼斯，1999：83）。"操纵理论"的目的是为研究文学翻译提供新的范式。

[1165] 刘文伟. 从认知语境角度看《红楼梦》两英译本的信息差及其调控策略 [D]. 长沙：中南大学，2007.

摘要：本文以曹雪芹著《红楼梦》的两个英文全译本 A Dream of Red Mansions 与 The Story of the Stone 中选取大量包含信息差的实例，从译者主体，译者对语境的认知和译者所采取的补差策略三个角度进行对比分析。译者作为认知主体，他们的翻译目的是截然不同的，通过对比分析发现由于译者翻译目的的不同，不同译者在对信息的传递程度上存在很大不同。信息差也就随之产生了；杨宪益和霍克斯作为认知主体在语境认知上的不同，主要表现在语言语境的认知，文化语境的认知和情景语境的认知三个方面；最后作者列举了杨宪益和霍克斯针对信息差做出的补差策略，杨宪益侧重于显性补偿，而霍克斯侧重于隐性补偿。

[1166] 刘晓群. 浅议杨宪益《红楼梦》译本中服饰颜色词的翻译 [J]. 科技信息（科学教研），2007（31）：573-574.

摘要：《红楼梦》可称为是五彩斑斓的红楼世界，颜色词的巧妙运用从另一个角度展现了曹雪芹卓越的文学才能。本文将着重讨论《红楼梦》中服饰颜色词的翻译，以杨宪益先生译本为例，试图探讨颜色词的翻译特点。

[1167] 庄国卫.《红楼梦》杨译本习语喻体翻译中直译法的运用 [J]. 辽宁行政学院学报，2007（10）：108，110.

摘要：《红楼梦》就是一部反映中国封建社会生活的百科全书，充满着比喻性习语及其有关的语汇。对这些词语的喻体理解和处理，不仅体现了译者的文化取向、价值观念，而且也关系到其译作的成败。本文以杨宪益与霍克斯翻译的《红楼梦》英译本为例，从直译法视角就《红楼梦》两译本习语喻体翻译的策略与方法展开探讨。

[1168] 范小燕. 从目的论看《红楼梦》两个英译本中称谓语的归化与异化 [J]. 科技信息（科学教研），2007（30）：460-461.

摘要：20世纪70年代德国的费密尔（HJ. Vermeer）提出了目的论。翻译的"目的论"认为，所有翻译要遵循的首要法则就是"目的法则"。翻译行为所要达到的目的决定整个翻译行为的过程，译文为了达到预期的目的或功能，在翻译过程中所采用的处理方法也不同。依据"目的法则"，杨宪益和霍克斯在他们各自的《红楼梦》英译本中分别采用了不同的翻译方法，成功地达成了各自的目的。

[1169] 庄国卫.《红楼梦》英译本对宗教文化信息的处理 [J]. 重庆科技学院学报（社会科学版），2007（05）：142.

摘要：杨宪益夫妇翻译的《红楼梦》保持了原作表达的宗教概念，体现了对原作的忠实。霍克斯和翁婿的译文，将原文里的道教或佛教概念都转化为西方的基督教概念，有违忠实性原则，但更容易被译语读者理解和接受。从目的论角度看，后者似乎更值得肯定。

[1170] 韩冰. 从人际功能的称谓语分析《红楼梦》的不同英文译本 [J]. 黑龙江社会科学，2007（05）：105-107.

摘要：功能语言学是语言学研究中的重要流派。其中人际功能是翻译中应着重传达的一个方面，称谓语本身所负载的语义和文化含义更具有表现人际功能的作用。尤其是《红楼梦》这部小说中某些特定的称谓语，往往具有丰富的内涵和一定的民族文化特性。

[1171] 子木. 首部德文全译本《红楼梦》在德出版 [J]. 红楼梦学刊，2007（05）：278-279.

摘要：1927年至1932年，德国翻译家弗兰茨·库恩博士（Dr. Franz Kuhn）第一次将《红楼梦》翻译成德文，虽然只是个节译本，还是引起了很大反响，成为其他一些语言据之翻译的底本。

[1172] 兰宁鸽. 汉英文化对翻译的影响——以《红楼梦》两种译本为

例［J］.宁夏社会科学，2007（05）：118-121.

摘要：中英文化有其悠久的发展历史和深厚的文化底蕴。每一种语言都与某一特定的文化相对应，中英两种文化决定了中英两种语言存在差异的必然性。了解中西文化差异是做好翻译工作的根本，本文从《红楼梦》两种译本的比喻翻译谈中英文化差异对翻译的影响，以便能有效地指导翻译。

［1173］彭川.翻译目的对翻译策略的影响——以《红楼梦》的两个译本为例［J］.安顺学院学报，2007（03）：37-40.

摘要：杨宪益夫妇和霍克斯分别翻译的《红楼梦》可谓二十世纪中国翻译史上的两部标志性作品。文章从翻译目的论的角度分析了翻译目的对《红楼梦》译者的翻译过程所产生的影响，主要从文化、意识形态、译本的编排三方面进行了阐述。

［1174］李茂莉.从《红楼梦》英译本看委婉语翻译［J］.吉首大学学报（社会科学版），2007（05）：163-166.

摘要：本文通过对《红楼梦》英译本中委婉语的分析，初步探讨了委婉语翻译的常见手法——直译字面意思、译成汉语委婉语、直译后另加注释、译成英语委婉语和省略忽视等。

［1175］李倩.从《红楼梦》两个英译本看翻译中诸权利的平衡［J］.安徽工业大学学报（社会科学版），2007（05）：113-115.

摘要：译者的翻译活动受到许多社会文化差异因素的影响，在翻译中，译者在处理两种文化、参与权利构建时，应做到对弱势文化保持应有的尊重，使得译者、目的语文化、原语文化以及原作者之间的诸项权利得到平衡。

［1176］贾卉.从《红楼梦》霍克斯译本看译者的创造性叛逆［J］.华东理工大学学报（社会科学版），2007（03）：120-123.

摘要：本文分析《红楼梦》霍克斯译本中的有意识型和无意识型创造性叛逆。译者的有意识型叛逆和译者的个人喜好、翻译原则、诗学和意识形态等因素有关，恰当的叛逆为解决许多文化差异上的矛盾和问题提供了一种新的思维方向；无意识型叛逆反映了译者对另一种文化的误读，应当尽力避免。

[1177] 骆贤凤. 东风西风 异曲同工——《红楼梦》两个经典译本的比较研究 [J]. 科技信息（学术研究），2007（25）：135-136.

摘要：《红楼梦》是中国古典文学中的鸿篇巨著，更是一部集所有重要中国文化之大成的百科全书。自《红楼梦》问世两百多年来，许多翻译家都致力于它的翻译和研究，目前《红楼梦》已被翻译成20几种文字，十余种外文译本和节译本，其中英文译本多达9部。

[1178] 李燕，赵速梅.《红楼梦》两部英译本称谓翻译及其差异探究 [J]. 合肥工业大学学报（社会科学版），2007（04）：156-161.

摘要：文章通过对《红楼梦》两部英译本 A Dream of Red Mansions 和 The Story of the Stone 中称谓翻译的研究，探讨并说明《红楼梦》的两位译者之所以在称谓上采用不同的译法不仅仅因为两位译者不同的文化身份，而且还与译文的翻译目的、预期读者以及翻译环境有关。

[1179] 庄国卫. 从互文性视角解读《红楼梦》两译本宗教文化翻译策略 [J]. 大连大学学报，2007（04）：117-120.

摘要：《红楼梦》是一部反映中国封建社会生活的百科全书，其中也充满着佛教和道教文化意识及其有关的语汇。对这些宗教词语文化内涵的理解和处理，不仅体现了译者的文化取向、价值观念，而且也关系到其译作的成败。以杨宪益与霍克斯翻译的《红楼梦》英译本为例，从互文性视角就《红楼梦》两译本宗教文化翻译策略及其宗教渊源进行阐释与解读，可看出《红楼梦》英译本对宗教文化因素的翻译策略，反映了译者在其所属元文本影响下所形成的宗教文化取向和翻译观，从而使其译作呈现出各自的特色。

[1180] 杨雪. 英汉语篇衔接比较研究及其翻译策略 [D]. 成都：四川师范大学，2007.

摘要：本文对中英两种语言的衔接手段做了尝试性的对比研究以找出它们的不同之处，并在这些不同的基础上找到适当的汉英翻译策略。具体而言，本文分别就结构衔接中的主述位结构以及信息结构和非结构衔接中的照应、替代、省略、连接以及词汇衔接做了对比研究，并在这些对比研究的基础上提出了相应的翻译策略。为了证明在汉英衔接手段的转换中所使用的翻译策略，本文从《红楼梦》及其英译本（杨宪益、戴乃迭译）中引用了大量的例子。

[1181] 张立. 社会文化因素对译者的影响 [D]. 桂林：广西师范大学，2007.

摘要：本文试图通过比较中国古典名著《红楼梦》的两个英译本，探讨社会文化因素对译者的影响。文章主体包含四章。第一章提出当今翻译研究已经发生文化转向，翻译研究引入了文化环境论，并介绍了两种翻译策略：语义翻译和交际翻译。第二章陈述了《红楼梦》在中国文学史上的历史地位及其艺术成就，介绍了它的两个英文全译本和它们的译者，并回顾了现有的对其译本的研究。第三章是本文的中心部节，主要从颜色、宗教、饮食、称呼语的翻译及译本风格、译本译名、小人物形象塑造等方面存在的文化差异对两个英译本做了比较。本文通过细致的比较，发现了一个规律：杨宪益的译本更重视原作者的意蕴，主要采用了语义翻译策略；霍克斯的译本则注重读者的反应，偏好交际翻译策略。在最后一章中，列出并分析了影响译者选择翻译策略和措辞的几个社会文化因素：历史因素、文化因素、政治因素。

[1182] 冀振武. 李治华与法译本《红楼梦》 [J]. 出版史料，2007（02）：122-125.

摘要：巴黎赛纳河里圣路易小岛上，有一套散发着书香气的居室，那是旅法华人翻译家李治华先生的寓所。李先生 1915 年生于北京，从私塾到小学，就对语文有着特殊的兴趣，九岁时已识得五千个字，过两三年看小说自然不成问题。那时看的是《七侠五义》《小五义》《施公案》之类的石印本小说。

[1183] 庄国卫. 从《红楼梦》杨译本个例分析看典籍翻译教学难点 [J]. 科技咨询导报，2007（18）：120-121.

摘要：本文通过对《红楼梦》杨译本某一成语的不同翻译方式的分析，指出根据语境、意境的不同，翻译的方法也应加以调整，这样翻译才能贴切得当，充分表现翻译的多样性，而实现这种多样性也是典籍翻译教学的难点，这主要体现在翻译标准的多重性、词义选择的多样性以及语境的文化性。

[1184] 陈薇. 熙凤的 WARDROBE——浅议《红楼梦》杨氏译本中王熙凤服饰词汇的翻译 [J]. 和田师范专科学校学报，2007（03）：143-144.

摘要：服饰作为一种身份和地位的象征，从古到今，在人们的生活中起着极其重要的作用。文章从《红楼梦》中王熙凤的服饰描写着手，对其内在的文化底蕴进行了探究，并与杨宪益夫妇的英译本进行了对比，从文化的共同性和特殊性角度出发，揭示出了在翻译过程中文化的可译性和不可译性。

[1185] 李莉. 在异化与归化之间：《红楼梦》两个英译本的翻译策略选择 [J]. 科技信息（学术研究），2007（17）：141-142.

摘要：本文对翻译中的文化问题进行了探讨，指出不论用何种方法手段处理翻译中的文化问题，归根到底不外乎采取异化和归化两种策略。作者通过对《红楼梦》的两个英译本的比较研究，分析了影响翻译策略选择的几个因素，提出极端的异化和归化均不可取，二者应相辅相成、互为补充。

[1186] 徐俏颖. 用信息理论分析《红楼梦》两译本中王熙凤话语翻译的信息传递 [D]. 杭州：浙江大学，2007.

摘要：本文选用了王熙凤的话语翻译作为分析素材，重点比较分析了两译本中针对她话语翻译中包含的语义信息、文化信息和审美信息的翻译，以及这些信息在翻译过程中如何得到正确和完整传递的问题。此外，因为认识到每种语言都有其特点、表达习惯和表达方式，本文还比较研究了两译本在翻译过程中对这些信息的适当传递所采取的手段，进一步探索了如何采取补偿措施以使原文的信息适当地传递给目的语读者的问题。本文通过信息理论分析《红楼梦》两译本中王熙凤话语翻译的信息传递问题，尝试了从新的视角对红楼梦翻译进行研究。

[1187] 张东秋. 译者主体性研究新视角 [D]. 延吉：延边大学，2007.

摘要：本文将从新的视角，以1830年至今出现的几种主要的《红楼梦》英译本的描述性研究作为语料，分别从历时的角度和共时的角度对影响译者主体性发挥的主客观因素进行分析和探讨。在论证限制译者主体性发挥的主客观因素的同时，本文进一步讨论了翻译标准与译者主体性的关系问题，并提出翻译标准也必须从历时与共时两个角度出发，采用多元的评价标准，才能体现其客观性、科学性，起到促进译者主体能动性发挥的作用。

[1188] 牛蔚欣.《红楼梦》两译本成语翻译比较 [D]. 保定：河北大学，2007.

摘要：本文从《红楼梦》的成语翻译开始讨论杨宪益夫妇和霍克斯倾向直译法和倾向意译法的使用情况。第一章从《红楼梦》及其译者的简要介绍入手，指出本文所要研究的成语的范围，然后根据郭建中一书中泰勒对于文化分类的观点，从形式上到内容上对《红楼梦》中所出现的成语做了全面而系统的分类，第二章首先分析了成语的可译性，然后介绍了成语翻译的几种常用方法，并对它们进行了概括性的归类：倾向于直译的翻译方法和倾向于意译的翻译方法。下面分别介绍了直译和意译的发展过程、可能性和必要性等问题，并结合《红楼梦》中成语翻译实例具体介绍了这两种翻译方法。第三章选择了《红楼梦》成语分类的几类：物质成语、典故、数字成语、歇后语、谚语，用倾向于直译的翻译方法和倾向于意译的翻译方法对两译本的翻译进行了对比分析。第四章在上一章分析结果的基础上，为两译本的这种分歧找出了理论依据，运用功能翻译理论来解释两译本翻译目的和翻译对象的不同。

[1189] 师杰. 从《红楼梦》英译本的比较研究看译者主体性 [D]. 太原：山西大学，2007.

摘要：本文从文化的角度，借助描写翻译理论，采用文献资料法、分类法和综合法，研究译者主体性在《红楼梦》两英译本中的体现。在当代对《红楼梦》的翻译研究中，绝大多数评论者对两个优秀的权威译本做比较式研究，围绕异化、归化的争论不休；围绕 David Hawkes 的《红楼梦》译本的研究多从文化空缺或其归化译法入手，且诟病者多；对杨译本多从忠实、完全的角度褒扬。本文在对两译本比较的基础上，主要从翻译策略、译者风格和文化传真度三个方面分析两译本的异同，并进而剖析形成这些异同的译者主体性因素。

[1190] 王璇. 从功能派翻译理论的角度评析《红楼梦》两个英译本的诗词翻译 [D]. 上海：上海海事大学，2007.

摘要：本文尝试应用德国功能学派翻译理论对《红楼梦》诗词翻译进行初步的探讨，通过对杨霍两英译本的诗词翻译进行对比研究，分析两译者不同的翻译策略，并对这一研究进行理论总结，这是本篇论文的创新点。

[1191] 韩丽娟. 中西方伦理规范的差异及其对译者翻译策略的影响 [D]. 上海：上海海事大学，2007.

摘要：本文试图从几个不同角度分析中西方伦理观念的差异，并探究这些差异对译者翻译策略的影响。基于家庭伦理、爱情伦理、婚姻伦理、女性观及性观念等诸多方面的对比研究，作者得出如下结论：中西方伦理观念之间存在的众多差异对译者的翻译行为会产生决定性的影响，甚至在很大程度上影响着译文的风格。通过对《红楼梦》两个英文全译本的例证研究,笔者还指出,不同的译者在翻译过程中采取了诸如解释、补充、替换、省略等不同的翻译策略来处理原作中的伦理内容。

[1192] 朱敏虹. 翻译目的对翻译策略的影响——《红楼梦》两个英译本中文化信息的翻译对比 [J]. 宁波大学学报 (人文科学版), 2007 (03): 52-55.

摘要:本文以翻译目的论为理论依据,从文化信息传递的角度出发,探讨了《红楼梦》的两种译本(杨宪益夫妇的英译本、大卫·霍克斯的英译本)中文化信息的翻译。对原著中文化信息的翻译,两种译本的译者由于翻译目的不同,采用了不同的翻译策略,使用了不同的翻译方法。杨宪益译本主要采用异化翻译策略,忠实于原文,尽量保留中国文化特色,最大限度地传递文化信息;而大卫·霍克斯主要采用归化翻译策略,以译入语读者为中心,注重译入语的特色和表现力。

[1193] 王薇. "他者"眼中的怡红公子——论德译本《红楼梦》中贾宝玉形象的文化"误读" [J]. 明清小说研究, 2007 (02): 216-227.

摘要:本文以《红楼梦》德文译本中的贾宝玉形象为个案,从德语文学传统、宗教性结局、心理学及译著中人物性格的具体展示等角度分析了译者对这一形象做出了哪些"误读",又有哪些与我们本民族相似的理解,并剖析其深层的文化原因。同时,简要介绍自《红楼梦》诞生以来至20世纪三四十年代中国评论界对于贾宝玉形象的认识,以此"自我的镜像"作为与"他者的镜像"进行比较研究的参照系,进而探讨在跨文化交流中,"误读"所具有的独特文化意义。

[1194] 王爱珍. 论译者的文化身份 [D]. 贵阳:贵州师范大学, 2007.

摘要:本论文从文化的角度对译者的文化身份及主体性进行了探究。杨宪益、戴乃迭夫妇由于他们主要的中国文化身份,且抱着传承中国古代经典文化的目的,所以对《红楼梦》主要采用直译,异化译法利语义译法,而David Hawkes and John Minford 由于其英国文化身份,抱着让他们国内读者接触和理解《红楼梦》这一对他们来说难度极大的异国小说和文化的目的,主要采用意译、归化译法和交际译法。其中,尤其霍译本发挥了极大的主体创造性。这一切是否还与译者的意识形态，以及社会政治和经济因素有关呢？笔者对此也进行了粗浅探索。

[1195] 冯英杰. 从文化信息传递视角探析《红楼梦》英译本的宗教文化翻译策略 [D]. 济南：山东师范大学，2007.

摘要：本文旨在从文化信息传递的角度探讨《红楼梦》两个英译本对于宗教文化因素的翻译，以《红楼梦》的两种全译本——*A Dream of Red Mansions* 和 *The Story of the Stone* 为蓝本，探索《红楼梦》中宗教文化因素的处理和翻译。鉴于文化因素在翻译中的重要作用和宗教文化在《红楼梦》中的重要意义，作者在第一章中简要介绍文化的定义、分类、特征及文化与翻译的关系，文化翻译的理论以及《红楼梦》中文化因素翻译研究的回顾。在第二章中作者介绍中国的三大宗教——佛教、道教、儒教，以及这些宗教对中国的政治、哲学、伦理、文学、艺术和习俗带来的重要影响，基督教在西方文化中的反映。在第三章中分析宗教文化在《红楼梦》中的体现、作用和意义。在第四章中，作者分析霍译和杨译《红楼梦》中对于宗教文化的翻译策略，介绍了异化和归化的定义及中外翻译史上对于异化和归化的争论，并从《红楼梦》两种全译本中选取大量包含宗教文化因素的实例进行对比分析。

[1196] 鲁霞. 动态文化语境顺应下的典故翻译 [D]. 衡阳：南华大学，2007.

摘要：本文正是从文化语境动态适应的角度来探讨典故的翻译，并且以《红楼梦》中典故的翻译为研究对象来进行研究。笔者认为对于源语语言隐含意义翻译的研究应该在文化语境的环境中进行，因为同一个词语在不同的语境中的含义是不相同的。本文将以维索尔伦的动态顺应论为理论支撑，在文化语境中来研究文化隐含意义丰富的典故的翻译，希望以此能给争论已久的文化的翻译问题带来新的启示。作者认为，文化语境的顺应是决定典故隐含意义是否需要传达及怎样传达的关键，同时也决定着典故的翻译策略和方法。即为顺应不同的文化语境，典故的翻译方法和策略会不同。

[1197] 孙丹.《红楼梦》英译本颜色词翻译策略研究 [D]. 上海：上海外国语大学，2007.

摘要：本论文通过比较杨宪益、戴乃迭的译本 *A Dream of Red Mansions* 和 David Hawkes 的译本 *The Story of the Stone*，首先讨论了颜色词在文学作品中的地位及其美学价值,然后分析颜色词的类别和构成特点及其翻译策略,最后探讨颜色词所蕴含的文化信息以及文化差异和译者风格对翻译策略的影响。

[1198] 黄琪. 接受美学视阈下的文学翻译 [D]. 长沙:中南大学,2007.

摘要:本文简要回顾了中国古典小说《红楼梦》英译历史及其在英语读者中的逐步接受;并结合两种全译本(杨译本和霍译本)在西方读者中的接受情况,对照杨宪益的翻译活动,重点论述了霍克斯为迎合西方读者的阅读习惯和接受水平,在传播中国文化、关照和帮助译文读者建立期待视野、发挥译语优势方面所做的创造性的努力。

[1199] 胡艳玲. 从《红楼梦》两译本看文化取向对译者主体性的影响 [D]. 长沙:中南大学,2007.

摘要:本文试通过对比杨宪益和大卫·霍克斯的《红楼梦》英译本从宏观、微观及文化误读和创造性叛逆三个层次,来探讨文化取向对译者主体性的影响,最后通过总结全文得出结论:译者主体性视角是解读两个几乎同样成名又各有千秋的《红楼梦》译本的有效途径,译者的文化取向在译者主体性的发挥上起着不可忽视的作用,特别是在处理《红楼梦》这种蕴含着丰富文化内涵的古典小说时,这种影响更为明显。

[1200] 迟庆立. 文化翻译策略的多样性与多译本互补研究 [D]. 上海:上海外国语大学,2007.

摘要:本文所研究的文化翻译策略针对的是狭义的文化翻译。由于原文中特有的文化内容或因素,可能在译文的各个语法层面体现,为便于研究,论文选择在词汇层面进行研究,即将文化负载词的翻译作为本论文的研究对象。之所以选择文化负载词作为研究对象,最重要的原因是文化差异表现最为直接和明显的语言层面。文化负载词的恰当处理,对于促进文化概念的认同有着非同寻常的意义,反之,要对一种文化的特色进行清除或置换,也往往首先在词汇的层面进行。在对研究范围进行了限定之后,本文对作为文化翻译策略的归化和异化的定义也进行了归纳,认为归化和异化不是泾渭分明的两个对立面。绝对的归化和绝对的异化,由于文化本身的各种特性,即使从理论上讲也是不可能存在的。由于归化和异化无论从共时还是历时角度而言都是相对的,且无论采用归化或是异化策略,其所用翻译方法都会出现相互的覆盖,因此,论文认为归化和异化只是两种大的方向。随着在实际操作中各翻译方法所占比重的不同,译本会表现出在翻译策略程度上不同的倾向。为了便于分析,论文将文化翻译过程中使用的具体方法分为阐释、替换、直译与字译、音译、省译与注释六种,并就各种方法进行了具体说明。

[1201] 李小妹. 从后殖民主义视角看《红楼梦》英译本的文化流失与补偿 [D]. 长沙:湖南大学,2007.

摘要:本文以后殖民翻译理论为基本理论框架,以中国古典文学名著《红楼梦》的两个英译本(杨宪益、戴乃迭译本和霍克斯译本)为个案,分析了两个译本中的文化流失与补偿,充分揭示了在翻译第三世界文学作品活动中西方译者对以中国为代表的弱势文化的偏见和轻视,以及东方译者为保护本民族文化所做的努力和抗争。这种个案的研究在很大程度上从实践的层面验证了后殖民翻译理论的正确性。本文还指出在后殖民主义语境下中西文化对话,不应以文化身份的缺失为前提。

[1202] 周晓瑛.《红楼梦》人物形象在译本中的再现从语域分析角度研究小说对话的翻译 [D]. 成都:四川大学,2007.

摘要:除引言与结语部分,本论文一共包含四章。引言部分简单阐述了本研究的目的、理论基础、主要结构、研究重要性及试图解决的问题。第一章回顾了《红楼梦》及其翻译研究历史,介绍即将作为本文分析材料的两个英译本,简述《红楼梦》对话翻译研究的历史与现状。第二章定义本文所指的"对话",分析对话在小说人物塑造中的重要地位,随后指出对话在《红楼梦》中的地位与特征,最后探讨了小说及《红楼梦》对话翻译的主要研究方法。第三章论述语域理论及语域分析模式,探索结合语域分析研究对话翻译的可行性与优势。第四章为案例分析,选择《红楼梦》中四个具有代表性人物的对话,用语域分析方式评析两个英译本中再现人物形象的效果,论证运用语域分析指导小说对话翻译的作用。结语部分对本文进行回顾和总结,回答文章引言部分所提出的问题,指出本研究的价值与局限性并分析可能运用本研究结果的领域。

[1203] 田玲. 谈小说翻译中的语用等值——以霍克思《红楼梦》英译本为例 [J]. 延安大学学报(社会科学版),2007(02):111-113.

摘要:等值概念在翻译史上历来是一个有争议的话题,语用等值追求说话人的言外之意或交际意图的等值,符合翻译的性质。以语用等值为研究对象,更适用于小说翻译；以霍克思《红楼梦》英译本为例可以说明实现语用等值采用的一些翻译策略。

[1204] 程芬. 文化图式差异及其翻译策略——以《红楼梦》两英译本为例 [J]. 江西科技师范学院学报, 2007 (02)：120-123.

摘要：文化图式与文化密切相关，文化的不同必然导致文化图式的差异。文化图式差异包括文化图式缺省和文化图式冲突，这两者是文学作品翻译中无法回避的问题。本文主要讨论了文化图式差异，并以《红楼梦》的两个英译本为例，归纳两个译本在处理文化图式缺省和文化图式冲突时所采取的策略。

[1205] 刘庆红. 文化差异对翻译的影响及译者的处理——分析《红楼梦》两个英译本 [J]. 漯河职业技术学院学报, 2007 (02)：210-212.

摘要：本文主要从翻译与文化之间的关系的角度，在《红楼梦》的两个英译本中选取部分译例进行对比分析，分析了在亲属称谓方面、历史人物和历史典故方面、社会历史习俗方面以及在宗教信仰方面所折射出的文化差异，以及传递出不同的文化信息，并且指出文化差异对翻译造成的影响，以及译者在翻译过程中所采取的不同的处理方法。

[1206] 王佳. 从《红楼梦》两英译本的比较看文化翻译策略的选择 [D]. 太原：太原理工大学, 2007.

摘要：本文首先引入了文化的概念，阐述了中国文化和西方文化各自的特点及两者之间的差异所在，进而阐明了文化对于翻译实践的重大影响，在此基础上进一步提出了在翻译类似《红楼梦》这种文化韵味浓厚的作品时，究竟归化及异化，两种最为常见的处理文化翻译的策略，孰优孰劣？

通过分析比较得出结论，杨氏夫妇对大多数文化因素的翻译倾向于使用异化法而霍克斯则比较偏好归化法。然而，异化归化并非两大名家所使用的唯一的翻译策略，在杨氏的译本中，除了异化法之外，在每一册书的末尾加注脚，在需要的时候使用归化法，以及在某些情况下运用意译法均是其常见的对异化法的有益补充。而对于霍克斯而言，他也在其译本中技巧性地运用了补充法、异化法以及增译法（即通过补出原文所没有的内容去更完整地解释译文无法传递的文化信息）。杨氏夫妇与霍克斯在选择翻译策略上的不同，实际上是由其不同的文化背景，翻译目的以及读者取向所决定的。因此，归化法和异化法确实是处理文化翻译的两种重要策略，然而并非是唯一的正确之选。

[1207] 李凡.《红楼梦》英译本的描述性翻译研究 [D]. 北京：首都师范大学，2007.

摘要：规定性翻译研究旨在通过"标准—分析—结论"的模式对翻译进行共时性评价，不同的社会历史条件下会产生不同的审美标准和审美期盼，因此对翻译作品的评价不可避免地会受到当时规范和理论的影响。而描述性翻译研究则主张接受并承认所有既成的翻译结果，探索影响其形成过程的所有社会历史因素，以及翻译作品在目标语文学系统中所处的地位和产生的作用，并对此进行全面的历时性描述和分析。描述性翻译研究可以有效地避免由于审美不同带来的干扰，客观地描述所有译作的特点和价值。因此，这种研究方法非常适合对多年以前产生的翻译文学或者是不同历史条件下产生的同一文学作品的不同译本进行研究。

本文旨在通过描述性翻译研究方法对《红楼梦》的 10 个英文译本进行研究，探索它们各自的特征并揭示其背后的社会历史影响因素。回顾完《红楼梦》译本的发展历史，我们将理解每个译本的历史意义和价值。

[1208] 钱连玉.从关联理论角度看翻译 [D]. 杭州：浙江大学，2007.

摘要：通过阅读大量文献及其与关联理论在翻译研究中的应用相关的研究，本文笔者发现人们对关联理论、对翻译标准的解释力颇有争议。包括格特在内的一些人认为关联理论对翻译具有很强的解释力，可以解释翻译过程中出现的任何问题，但也有人提出反对观点，认为关联理论无法解决翻译中的很多问题，如文化缺省，甚至有人认为关联理论只关注翻译的认知方面而忽略了其他，因此根本不能应用于翻译过程。本文针对这些不同观点，以《红楼梦》两个英译本的几个节选片段为语料，对关联理论在翻译过程中的应用进行分析。通过分析，本文作者发现以往相关的研究对翻译理论研究具有一定的价值，但是均不同程度地显示出其片面性，因为他们只强调翻译过程中的某些方面而忽略了其他方面，进而得出结论：没有任何理论可以解释翻译这个复杂的过程，尤其是文学翻译。所以，在翻译过程中，我们应该努力寻找最适合某个特定翻译场景的理论作为指导，以便更好地将原语作者的信息意图和交际意图传递给目标读者。

[1209] 张志伟.从《红楼梦》的两个英译本看民族文化的可译性

[D]. 福州：福建师范大学，2007.

摘要：本文选取了蕴涵着丰富中国传统民族文化的《红楼梦》作为研究对象，其英译本为文化的可译性提供了有力的例证。在梳理了翻译界关于可译性观点的基础上，本文首先肯定了文化的可译性，而《红楼梦》中大量文化因素的成功翻译也证明了这点。同时指出由于文化差异的存在，翻译过程中必然存在着文化信息的损失，文化的可译性只能是个限度的问题，这是翻译实践中一个不容回避的客观现实。因此，研究和探讨文化的可译性限度，寻找其解决的方法，对于有效地提高译文的质量，促进跨文化的交流，在理论和实践上都有着重要的指导意义。《红楼梦》的两个英文全译本中译者所体现的翻译思想和实际的翻译技巧为我们进行文化翻译提供了一个很好的借鉴。本文最后指出，文化差异是客观存在的，文化的损失不可避免，但随着文化交流和渗透的不断深入、译者自身文化素质及译文读者对异域文化接受能力的提高，文化可译性程度必将越来越高。尤其在当今的世界发展形势下，把我国悠久的民族文化介绍出去具有重要的意义。

[1210] 丁路娟，李君，刘夏辉. 小议翻译的异化与归化——《红楼梦》两译本片段翻译对比 [J]. 张家口职业技术学院学报，2007（01）：55-56，70.

摘要：翻译中对文化因素的处理一般分为两种方法：主要以源语文化为归宿和主要以目的语文化为归宿。这一区分是基于对中国古典名著《红楼梦》的两种英译本在隐喻、明喻和典故等方面翻译的分析上做出的。分析得出的结论是：考虑到不同的翻译目的、文本类型、作者意图以及读者对象，两种方法都能在目的语文化中完成各自的使命，因而也都有其存在价值。

[1211] 王冬梅，申勇.《红楼梦》两种译本标题中标点符号的对比研究 [J]. 南通纺织职业技术学院学报，2007（01）：60-62.

摘要：标点符号在翻译的过程中起着重要的作用。本文对比分析杨宪益夫妇和大卫·霍克斯对《红楼梦》的两个译本，标点符号在两个译本章回标题中使用的情况不同，译本也因而呈现出不同的风格。

[1212] 王金波.《红楼梦》德文译本底本再探——兼与王薇商榷 [J]. 红楼梦学刊，2007（02）：170-186.

摘要：弗朗茨·库恩的《红楼梦》德文译本所依据的底本究竟为何，国内的研究著作一直未能给出令人信服的答案，有的学者认为是程甲本和三家评本，但其论点疑点颇多。本文从三方面提出不同意见，主要从德文译本的文字进行版本比较研究，从而推断其底本最有可能为王希廉评本和两家评本。

［1213］王金波.乔利《红楼梦》英译本的底本考证［J］.明清小说研究，2007（01）：277-287.

摘要：在《红楼梦》英译史上，乔利译本第一个带有真正的全译性质，是承上启下的重要译本，然而，学术界鲜有研究该译本的文献著作。本文借鉴红学和翻译学的研究成果，从译本序言和译本正文两方面对照多个原文版本和译本进行了考证，证明乔利《红楼梦》英译本的底本是以程甲本为祖本的王希廉评本。本文希望以此为开端，推动对该译本的深入研究，从而丰富和拓宽《红楼梦》翻译研究。

［1214］张绪华.《红楼梦》两个英语译本的描述性研究［D］.大连：大连海事大学，2007.

摘要：本文作者尝试用定量与定性相结合的方法，根据描述翻译研究和语料库翻译研究理论对两译本进行详细的分析、对比和描述。本文的具体研究目标是通过对两译本语言的特点进行描述，并验证译文中是否存在翻译普遍性中的简单化和外显化倾向。作者建立了两个包括《红楼梦》原文与两个译本的平行语料库（CYPARA 和 CHPARA），并尝试用新的对齐方法"锚点与重叠信息"使语料库文本在句子层面对齐。作者将从两个语料库得到的统计结果与大型语料库的数据进行对比，保证系统的研究，摆脱单一对应文本研究的局限，并使译文的语言特点和译者的独特语言习惯得以展现。

［1215］王志华，李喜民.文化取向对译者翻译策略的影响——《红楼梦》杨宪益与霍克斯译本之比较研究［J］.郑州牧业工程高等专科学校学报，2007（01）：79-80.

摘要：《红楼梦》是中国四大名著之一。一部《红楼梦》就是一部关于中国封建社会的百科全书，其中涉及当时社会的政治、经济、文化、宗教、民风民俗、教育等方面，所蕴含的丰富文化内容是古今史学家和文学家研究的焦点之一。《红楼梦》在传入西方不久就被译为英文，在我国对《红楼梦》的翻译也起步很早。其中最有影响的英译本有两个，其一是由杨宪益夫妇所译（译自1760年的影印钞本——"脂本"），其二是由英国译者大卫·霍克斯所译，本文从物质文化、制度风俗文化、精神文化等几个方面对两种译本进行比较。

[1216] 文红. 浅论《红楼梦》英译本中的意义翻译与文化取向 [J]. 河西学院学报, 2007 (01): 107-110.

摘要: 翻译就是翻译意义。"意义"具有丰富内涵的概念, 既包括概念意义也包括文化内涵、感情色彩及文体风格等。现通过《红楼梦》中富含中华民族文化信息的词汇和段落的翻译所采取的"归化"与"洋味"表现形式的比较, 论述了意义翻译的丰富内涵和保持翻译的文化取向的意义。

[1217] 李锦霞. 借得山川秀 添来景物新——《红楼梦》最早俄译本初探 [J]. 中国俄语教学, 2007 (01): 41-44.

摘要: 作为中国古典四大名著之一的《红楼梦》在翻译史上拥有不可替代的地位。本文主要就小说在俄罗斯的传播历史、最早俄译本的结构、译文特点、社会功能等方面进行初步研究, 并指出时代背景对译者主体意识及译文的影响。

[1218] 霍盼影. 归化或异化——《红楼梦》霍译本和杨译本对人物称谓语的翻译比较 [J]. 滨州学院学报, 2007 (01): 59-62.

摘要: 使用目的论及归化异化翻译方法的理论, 比较大卫·霍克斯和杨宪益、戴乃迭夫妇的《红楼梦》两译本中对称谓语翻译的5个例子, 用以解释国内外读者对两译本反响不同这个问题, 即不同的翻译目的决定了译者采取不同的翻译方法和策略, 并因此决定了读者对译作的接受程度。

[1219] 部丽娜. 从读者反应论看霍译本《红楼梦》文化内容翻译 [J]. 临沂师范学院学报, 2007 (01): 67-70.

摘要:《红楼梦》是一部融合了中国几千年传统文化的经典著作, 翻译这样一部巨著实属难事。霍克斯从一个外国人的角度来翻译《红楼梦》并且取得了巨大的成功, 这在很大程度上取决于他从读者反应论出发, 对《红楼梦》中有关文化内容的翻译采取了恰当的处理方法。本文通过摘取霍译本《红楼梦》中文化内容翻译的译例, 并对之试做分析, 可以看出读者反应论对汉英文化翻译的启示和指导作用。

[1220] 朱响艳. 语用翻译的三元关联——以《红楼梦》两个英译本为

例[J].重庆职业技术学院学报,2007(01):101-103.

摘要:根据关联理论,语用翻译是一种涉及原作者、译者和译文读者三元关系的双明示——短点推理的交际过程。文章通过对《红楼梦》两个英译本的比较分析对此加以阐释。

[1221] 邢力.对《红楼梦》杨宪益译本异化策略的文化思索[J].内蒙古大学学报(人文社会科学版),2007(01):100-105.

摘要:杨氏夫妇所译的 *A Dream of RedMansions* 一直以其鲜明的文化价值而著称,而这主要是与其所采用的异化策略分不开的。异化策略有助于保持文化的独立性,有利于促进文化的发展交流。

第十五章

2006年度《红楼梦》译本研究文献汇总

[1222] 王璐.《红楼梦》两个英译本中的翻译本土化探究 [J]. 中国电力教育, 2006 (S4): 42-43.

摘要：本文通过比较小说《红楼梦》的两个英译本，简要讨论霍克斯与杨宪益夫妇在翻译时，基于各自的文化视角，采用不同的处理方式及由此体现的意识形态，分析了译者在自己的本土文化的基础上，运用归化或异化的翻译策略，重现原文，实现了中西文化的交流。

[1223] 伍小龙, 黄菁.《红楼梦》两英译本回目翻译再比较 [J]. 华南师范大学学报（社会科学版）, 2006 (06): 55-59, 158-159.

摘要：杨宪益与霍克思（Hawkes）两位翻译家的《红楼梦》英译本各有特色与侧重点，充分为我们展示了翻译的艺术。本文从句式、炼字、委婉语和典故方面对这两个英译本回目翻译的对比研究，有助于加深对两位译者的翻译风格与翻译方法的认识。

[1224] 宋海萍, 赵海生. 论《红楼梦》两个英译本中王熙凤对话的翻译 [J]. 安庆师范学院学报（社会科学版）, 2006 (06): 67-70.

摘要：《红楼梦》是最具有中国古代文化特色的文学名著。《红楼梦》的译作起到了在异域文化里传播中国文化的媒介作用。本文以王熙凤的话语为研究对象，通过对《红楼梦》两个英译本（杨宪益，霍克斯）的比较研究，可揭示出王熙凤的话语中所反映的中国古代文化特色。

[1225] 赵玉珍.《红楼梦》杨译本中的文化缺省研究 [D]. 上海：上海外国语大学, 2007.

摘要：本文尝试探讨在翻译过程中对源语文本中"文化缺省"现象的处理方法。本文从"缺省"这一概念出发，探讨"文化缺省"的功能，"文化缺省"

给翻译带来的困难及其对译者的要求。并结合《红楼梦》杨译本，把"文化缺省"的处理方法分为三种，即直译法、显性补偿法、隐性补偿法，并对其各自的适应性和优缺点进行了总结。通过分析，本文得出以下结论。一、"文化缺省"现象不可忽视，译者应对其进行相应的处理。二、对源语文本中的"文化缺省"进行合理补偿有助于传播源语文化，丰富译入语文化。对"文化缺省"的处理受译者翻译目的及翻译策略的影响。三、对"文化缺省"过度补偿会造成译文读者异域文化负载过重，从而带来阅读障碍。因此译者对"文化缺省"的处理应考虑读者的接受能力。四、补偿并不能解决所有的"文化缺省"问题，在处理"文化缺省"的过程中，有些流失是不可避免的。

[1226] 王鹏. 可译性限度 [D]. 兰州：西北师范大学，2006.

摘要：本文回顾了当前学者对《红楼梦》翻译的研究，接着阐述了卡特福德等人关于可译性限度的理论，说明中英两种语言和文化的差异是限制金陵判词翻译的主要原因。本文围绕小说作者为达到象征效果所采用的几种特殊的修辞格：隐喻、双关、典故和字谜等对金陵判词进行详细的实证分析，旨在挖掘小说作者的文本意图，提出了翻译判词的特殊要求，揭示了可能存在的翻译困难，讨论了这几种修辞格因语言和文化差异而产生的可译性限度。

[1227] 闫晓磊，李丽.《红楼梦》英译本中文化专有项翻译策略的比较研究 [J]. 太原师范学院学报（社会科学版），2006（06）：116-117.

摘要：通过译例比较分析《红楼梦》杨宪益夫妇和戴维·霍克斯、约翰·闵福德两个完整英译本在文化词语处理时采取的不同方法以及达到的不同效果，我们可以认识到，在翻译行为中，译者应根据不同的翻译目的和翻译要求，对文化专有项采取不同的翻译策略和翻译方法，从而取得特定翻译目的所要求的翻译效果。

[1228] 李明. 操纵与翻译策略之选择——《红楼梦》两个英译本的对比研究 [C]. 中国英汉语比较研究会、鲁东大学外国语学院. 中国英汉语比较研究会第七次全国学术研讨会论文集，2006：1365-1376

摘要：本文从翻译目的、意识形态、翻译诗学、权力关系以及译者同原文作者、译者同译文读者等之间的相互关系等社会文化因素如何操纵译者翻译策略的运用出发，对杨宪益夫妇和霍克斯英译的两个《红楼梦》译本进行了对比研究，指出尽管杨宪益夫妇和霍克斯在翻译《红楼梦》时都在着力再现原著的文化艺术价值、尽可能保留原文内容，但由于他们各自有着不同的翻译目的，不同的"意向读者"，不同的翻译发起人，同时也因他们所处不同的社会背景，因而具有不同的意识形态，再加上他们所处文化间权力关系的不平等，使得他们在翻译策略的选择和运用上呈现出较大的不同，最终产生出风格迥异的翻译文本。

［1229］郭鸣宇.《红楼梦》霍译本和乔译本中的语用充实对比研究［D］.大连：大连理工大学，2006.

摘要：本文综合运用定性研究和定量研究的方法，通过随意数字，从乔利所译的 56 个章节中选取了 10 个章节作为研究对象，并对每个例句中语用充实的形式进行了详细的描写；在本研究中，一共从霍克斯译本的第一册中，选取了与乔利译本研究章节相同的章节，一共 5 个章节，并对这 5 个章节中的语用充实的例句进行了描述性分析。

本文首先对霍克斯和乔利两种译文中语用充实的形式做了描写性研究，然后从交际翻译的角度对这两种翻译中所出现的语用充实进行了比较，在此基础上针对如何在文学小说英译中合理地进行语用充实这一问题提出了初步的解决方法。乔利译本很好地保留了原文形式，可是在可读性和文学性上大大逊于霍译本。

［1230］吴含. 叛逆的艺术，创造的美［D］. 武汉：武汉理工大学，2006.

摘要：本文共分为五个部分：第一部分引言主要介绍创造性叛逆产生的大背景——文化转向和多元系统理论。第二部分详细论述了文学翻译中译者的创造性叛逆。本文涉及文学翻译的双重性，创造性叛逆研究的理论基础和这一现象产生的原因。为了厘清众多理论的交错关系、清楚呈现创造性叛逆这一理论如何衍生而来的理论痕迹，作者还归纳出了一张理论分析演示图。以上述理论概念作为基础，第三部分对红楼梦两个全译本予以对比分析从而看译者的创造性叛逆。第四部分对创造性叛逆行为对文学的种种影响做了梳理以期拓展和深化创造性叛逆对文学、文化研究领域影响的研究。第五部分对全文做出了总结。

［1231］马莉. 汉英翻译中主题与述题的差异——《红楼梦》及其英译本个案研究［J］. 淮北煤炭师范学院学报（哲学社会科学版），2006（05）：99-100.

摘要：汉英两种语言侧重点不同，汉语在描写说明时更注重主题突出，话题句侧重于语意结构；英语更注重主语突出，侧重句子的语法结构。本文以杨宪益夫妇的《红楼梦》译本为例，分析比较汉英翻译中主题与述题之间的差异及达到的效果。

[1232] 王爱珍. 从《红楼梦》杨、霍译本几首译诗的比较浅论译者的文化身份 [J]. 英语研究, 2006, 4 (03)：54-57.

摘要：《红楼梦》是中国古典文学中的一朵奇葩，是我国古典文学史上杰出不朽的丰碑，也是世界文化宝库中的瑰宝。其中的诗、词、歌、赋更是语言中的精华，但这种精粹传译到西方英语读者中去后又是怎样一种效果呢？本文挑选了杨宪益夫妇和 David Hawkes 的两个英译本对《红楼梦》中诗词进行了探讨，并希望通过对两位译者的不同译法产生的不同效果，进一步探讨译者的文化身份。

[1233] 蒋荣蓉. 由《红楼梦》的英译本谈谈汉西互译的差距 [J]. 社会科学家, 2006 (S2)：209-210, 212.

摘要：文章通过对现有英译本《红楼梦》题目、人名、地名翻译的分析，说明了中文翻译成西文比西文翻成中文困难得多的原因所在：一是不同的语言所表达的语境不同，英文表达不出中国古典名著字里行间的悲剧感；二是中文的历史文化积淀甚厚，西文难以领略其要义，也没有与之相匹配的大量词汇来传情达意。

[1234] 张军. 论文学翻译中译者的主体性 [D]. 上海：华东师范大学, 2006.

摘要：《红楼梦》是中国古典文学的瑰宝，它已经被翻译成多国文字。迄今为止，《红楼梦》的英译本中最有影响的两个全译本是产生于 20 世纪 70 年代，由杨宪益、戴乃迭夫妇合译的 *A Dream of Red Mansions* 和大卫·霍克斯与约翰·闵福德翻译的 *The Story of the Stone*。此后出现了众多对这两个译本孰优孰劣的评论和比较。本文从译者主体性的角度出发，对比两个译本的差异，并试图分析和探讨造成两个译本差异的背后原因。本文首先对传统翻译观进行理论回顾，提出传统翻译理论对译者的态度和对译者地位的忽视，然后简单介绍翻译研究的"文化转向"，以及在这种转向的影响下翻译界对译者的地位以及译者主体性的认识。译者的主观能动性在翻译过程中起着举足轻重的作用，它可以体现在很多方面，如译者的翻译观念及文化立场、翻译的目的、译者的意识形态和审美情趣等，这些都将影响译者采取怎样的翻译策略。

[1235] 张立."变通"而非"归化"——《红楼梦》霍译本翻译策略刍论[J].湖南科技学院学报,2006(10):255-257.

摘要：霍克斯所译《红楼梦》一直被认为主要采用"归化"的翻译策略，但根据"归化"与"变通"的概念，并分析霍译本中的具体译例，霍克斯使用的翻译策略更符合"变通"而非"归化"。

[1236] 宋海萍,赵海生.对《红楼梦》杨译本中比喻翻译的分析[J].济南职业学院学报,2006(04):73-75.

摘要：善用比喻是人类认识活动的一个重要特点，运用比喻可以帮助人们认识和掌握事物的本质。本文试图通过对《红楼梦》杨译本中比喻翻译的研究从而揭示人物的性格特征和心理特征。

[1237] 刘正刚,陈首慧.文化转换过程中译者的策略选择——《红楼梦》两个英译本的对比研究[J].郑州航空工业管理学院学报（社会科学版）,2006(04):104-106.

摘要：文章以《红楼梦》两个英译本作为个案研究，从目的论角度、译者的意识形态及其所处的文化环境出发，分析了影响翻译策略选择的几个因素，进而指出在跨文化交际中，如何处理好归化和异化之间的关系，使二者相互补充、相辅相成。

[1238] 陈冰玲.论《红楼梦》英译本中比喻句的翻译——杨宪益、戴乃迭夫妇英译《红楼梦》译例分析[J].韩山师范学院学报（社会科学版）,2006(04):28-32.

摘要：该文主要节选了杨宪益、戴乃迭夫妇《红楼梦》英译本中一些精彩的明喻句和暗喻句的翻译，并分析了其翻译的技巧和特色。

[1239] 易小玲.《红楼梦》英译本的审美再现[J].重庆工商大学学报（社会科学版）,2006(04):123-126.

摘要：我国四大古典名著之一的《红楼梦》具有极高的美学艺术价值，体现在其语言的绘画美、修辞美和节奏韵律美等方面。众多英译本中最有影响力的是杨宪益夫妇的译本和霍克斯的译本，译者以非凡的文学功底再现了《红楼梦》原作风采，给读者带来美的艺术享受。

[1240] 张曼. 杨宪益与霍克斯的译者主体性在英译本《红楼梦》中的体现 [J]. 四川外语学院学报，2006（04）：109-113.

摘要：杨宪益夫妇与霍克斯的译者主体性在《红楼梦》翻译中的体现是不同的，霍克斯通过翻译体现了从"它是"到"我是"的主体性张扬，维护了解构理论；杨宪益夫妇则实践了从"它是"到"我是"的主体性抑制，消解了解构理论，维护了传统的"作者中心论"和"原著中心"论。

[1241] 郑周林. 接受美学观下的文学翻译研究——基于《红楼梦》杨译本习语翻译的分析 [J]. 广西教育学院学报，2006（04）：118-121.

摘要：本文尝试运用接受美学研究文学翻译，并在分析《红楼梦》杨译本习语翻译的基础上，认为翻译的过程就是译者发挥主体性的过程。译者根据自己的期待视野，必须站在读者的角度审视译文，对潜在读者的可能期待视野进行预测，考虑读者的接受能力、审美情趣等。

[1242] 唐洁. 从《红楼梦》两英译本看归化、异化策略对文化信息的处理 [J]. 甘肃联合大学学报（社会科学版），2006（04）：72-75.

摘要：翻译实质是不同文化间的交流。翻译中对文化因素的处理一般分为主要以源语文化为归宿的"异化"和主要以目的语文化为归宿的"归化"。本文通过对中国古典名著《红楼梦》两个英译本的比较，分析评述了两位译者在传递不同背景的文化信息方面所采取的归化或异化的翻译策略和方法，以及由此对读者所产生的效果和在目的语文化中所起的作用的不同。本文的研究认为异化策略在保存源语文化特色和传播源语文化遗产方面显得更为有效。

[1243] 毕文丽. 社会文化语境对翻译的影响——两个《红楼梦》英译本的个案研究 [D]. 青岛：中国海洋大学，2006.

摘要：本文除引言外，共分为四章。引言部分扼要介绍了本文的主题和基本结构。第一章为文献综述，作者从历时和共时角度对语言学、翻译学领域中语境、文化语境及社会文化语境等相关理论，进行了一系列的对比分析。第二章主要介绍《红楼梦》及其两个英译本。第三章从社会文化语境的各个层面对两个《红楼梦》英译版本进行了深入的探讨。论文主要从意识形态、思维方式和民族心理等三个方面对翻译的影响进行了分析。第四章为结论部分，作者通过一系列的研究得出这样的结论：译者的翻译活动受到其母语社会文化的极大限制，杨译本和霍译本的不同之处从一定程度上是由其不同的社会文化语境造成的。

[1244] 南旭东. 论《红楼梦》杨宪益译本中称谓的英译 [D]. 上海：上海海事大学，2006.

摘要：本论文开宗明义，正本清源，首先统一了前人众说纷纭的"称谓"概念，使英汉翻译的比较有了共同的基础。然后概述了相关的直接或间接参考文献。为了在前人研究的基础上较详尽地研究汉语谓语英译中的种种变化，总结规律，本文首先把《红楼梦》杨宪益译本中称谓语的翻译分为两大类：异化与归化。每一大类又分为正式称谓与非正式称谓。正式称谓分为尊称、敬称、谦称等礼貌称谓，一般具有共性与系统性。非正式称谓是指着重表达情感与态度的称谓，一般呈个性与非系统性。在此分类的基础上，每一分类又从地位、年龄、亲疏关系等方面对称谓的翻译进行了细致而深入的分析、探讨。分析的重点在于观察评点原文的称谓如何及为何被异化或归化，并尽量以批判的态度评判译文的得失。在分析的过程中我们发现，译文的归化处理往往是由中英称谓语的功能差异和称谓策略差异造成的，影响归化或异化策略的因素涉及文化、信仰、历史、伦理道德、价值观等方方面面的差异。对源文的异化处理有利于传播中国传统经典文化，却容易给英语国家的一般读者造成阅读困难；归化可以使译文流畅自然，却难以达到介绍中国传统经典文化的目标。

[1245] 陈璇. 译者主体性及其对杨氏夫妇《红楼梦》译本的影响 [D]. 广州：广东外语外贸大学，2006.

摘要：本文对文学翻译本质进行探讨、利用多元系统理论、结构主义理论及勒弗尔的翻译，即改写的观点对传统的"忠实"翻译标准提出质疑，从而指出"紧随原文"的翻译风格也是译者能动性和受动性相结合的结果。对佐哈尔和图里的目标文化导向的研究角度的重新审视进一步证明了源文化同样可能对译者主体性造成影响。本文通过对杨宪益夫妇的文化身份和他们当时翻译所处的环境进行分析，指出其"紧随原文"的翻译风格是译者的文化身份和审美价值观所决定的。而当时译者所处的源文化系统又强化了这种"紧随原文"的翻译风格。从《红楼梦》杨氏夫妇译本选取的例子证明了译者主体性对该译本的影响。本文通过对译者主体性对杨宪益夫妇《红楼梦》译本的影响的分析,为译者主体性的内涵提出了新的想法。本文认为对译者主体性的研究不应局限于过往研究的目标文化导向视角,而应该从译者所置身的文化系统出发来研究译者主体性。

[1246] 李明. 操纵与翻译策略之选择——《红楼梦》两个英译本的对比研究 [J]. 广东外语外贸大学学报, 2006 (02): 9-14, 89.

摘要:本文从翻译目的、意识形态、翻译诗学、权力关系以及译者同原文作者、译者同译文读者等之间的相互关系等社会文化因素如何操纵译者翻译策略的运用出发,对杨宪益夫妇和霍克斯英译的两个《红楼梦》译本进行了对比研究,指出:尽管杨宪益夫妇和霍克斯在翻译《红楼梦》时都在着力再现原著的文化艺术价值、尽可能保留原文内容,但由于他们各自有着不同的翻译目的,不同的"意向读者",不同的翻译发起人,同时也因他们所处不同的社会背景,因而具有不同的意识形态,再加上他们所处文化间权力关系的不平等,使得他们在翻译策略的选择和运用上呈现出较大的不同,最终产生出风格迥异的翻译文本。

[1247] 蒋小燕, 易小玲. 美学视角下的《红楼梦》及其英译本 [J]. 哈尔滨学院学报, 2006 (05): 136-140.

摘要:根据翻译美学原理,文章从美学视角分析和阐释《红楼梦》及其英译本,对原作与译作的审美要素进行了比较和研究,从而认识作者与译者的审美情趣,评介译者再现原作丰姿的手法与功力,探索文学翻译中审美再现的规律,试图从《红楼梦》研究的困窘中体现其美学研究价值。

[1248] 王薇.《红楼梦》德文译本研究兼及德国的《红楼梦》研究现状 [D]. 济南:山东大学, 2006.

摘要:本文的核心问题就是围绕这部在欧洲流传最为广泛的《红楼梦》德文译本展开的。在开头的引言部分,笔者首先介绍了这篇论文的写作缘起。其次,通过多方搜求中西学者各类研究论文及专著片段,从译者个人的认识、中国学者与欧洲学者的评论等三个方面回顾了《红楼梦》德文译本的研究历史,作为本文研究论述的基础。最后,笔者简要介绍了本文所使用的综合性的研究方法。

<<< 第十五章 2006年度《红楼梦》译本研究文献汇总

[1249] 孙雪瑛. 以诠释学视角解读《红楼梦》不同译本中文化词语的翻译 [D]. 上海：上海外国语大学，2006.

摘要：本文介绍了伽达默尔诠释哲学的主要原则，即理解的历史性、视域融合、效果历史原则和意义对话理论，及其对翻译研究的不容忽视的启示和指导意义，包括对误译、文化过滤和重译等诸方面的影响。同时，本文结合古典巨著《红楼梦》中的两个译本中文化词语的翻译特色与翻译风格进行了分析和比较。《红楼梦》因其在我国文学中的重要地位以及其翻译版本之众多而受到译学界的重视。其中以两种英译本影响最大：一是 *A Dream of Red Mansions*，由我国当代著名的翻译家，外国文学研究者杨宪益、戴乃迭合译；一是 *The Ntory of the Stone*，由当代英国汉学家大卫·霍克思（DavidHawkes）和约翰·敏福德（John Minford）合译。本文从伽达默尔诠释哲学的三大主要原则和对话理论出发，分析以上两种译本差异产生的原因，并印证了伽氏的诠释学基本理论，进而指出伽达默尔诠释哲学对翻译研究的积极意义：它不仅揭示了翻译的本质，肯定了翻译是一项创造性的活动过程，更能为文学作品的翻译研究提供新的视角。

[1250] 李一舟. 各社会文化因素妥协的产物 [D]. 上海：华东师范大学，2006.

摘要：本文以《红楼梦》的三个主要译本，即王际真的 *Dream of the Red Chamber*，霍克思的 *The Story of the Stone* 以及杨宪益、戴乃迭夫妇的 *A Dream of RedMansions* 为主要研究对象进行译本比较研究，并在此基础上进一步讨论了社会文化因素对《红楼梦》英语翻译的影响。

首先，本文对三个译本进行了结构层面的比较，描述它们在原稿版本选择、译本长度及内容、附录等方面的异同。在译文的文本层面，则主要对其总体语言风格和特定文化词条的翻译进行考察。在两个层面比较的基础上，文章进而分析了三个译本的差别背后的社会文化因素。在意识形态因素方面，由于中国文学在二十世纪二十年代的次要地位，出版商要求王际真的翻译迎合西方读者的口味；而随着六十年代日益增长的对《红楼梦》全译本的需求，霍克思的出版商为其翻译工作提供了强有力的支持；在中国，杨宪益夫妇的翻译工作得到了充分资助，同时也受到了当时"左"的政治气氛影响，因此他们尽可能地采取了直译。在文化立场方面，王际真和杨宪益夫妇都显现出对中国文化的强烈偏爱，而霍克思因其英美文化背景而遵循一种流畅透明的翻译传统。以上各种因素交互作用，形成了不同的译本：王际真的节译本侧重于讲述一个具有异国

297

风情的爱情故事，但同时带有一定程度的异化。霍译本完整流畅，是归化翻译策略的产物。杨译本不仅是全译本，还体现出高度异化的特点。本文经过比较分析，指出在《红楼梦》译本产生过程中，意识形态因素和文化立场因素交错互动，同时起了重要的作用。最终译本的形成，是翻译在各种社会文化因素之间妥协的产物。

[1251] 阳栋. 从《红楼梦》两个英译本看译者混杂文化身份对文化翻译的影响 [D]. 长沙：湖南师范大学，2006.

摘要：本文试从混杂文化身份观入手通过对比分析杨宪益和大卫·霍克斯的混杂文化身份，以及他们在《红楼梦》英译本中对文化因素的处理和翻译，探讨了译者的混杂文化身份对译文的影响。本文共分三章。第一章着重于理论分析，分别介绍了文化身份、混杂的概念以及霍米·巴巴将混杂的概念与文化身份相结合形成的混杂文化身份观及其与翻译的关系。第二章首先着重介绍《红楼梦》在中国及世界文学史上的地位以及相关的翻译研究。此外还进一步分别探讨了《红楼梦》两个英译本译者——杨宪益和霍克斯的混杂文化身份的形成和构成：杨宪益以东方文化身份为主，混杂有一定的西方文化身份，而霍克斯刚好与之相反——西方为主，并混杂一定东方文化身份，并对两个英译本进行了简要介绍。第三从《红楼梦》两种全译本中选取大量包含文化因素的实例，从宗教文化、物质文化、语言文化及社会文化的角度出发进行对比分析。最后通过总结全文得出结论：译者的混杂文化身份影响着文化因素的处理和翻译，特别是在处理《红楼梦》这种蕴含着丰富的文化内涵的古典小说时，这种影响就更为明显。

[1252] 张小胜. 从社会符号学角度评析《红楼梦》杨译本 [D]. 武汉：华中师范大学，2006.

摘要：本文运用社会符号学理论中的翻译标准"意义相符，功能相似"来评析《红楼梦》的杨译本。社会符号学认为翻译就是翻译意义，意义可分为三种：指称意义、言内意义和语用意义。翻译的实质是文化的交流，语言是一种特殊的符号系统，具有信息功能、表达功能、美感功能、祈使功能、酬应功能、元语言功能。翻译的标准就是"意义相符，功能相似"。指称意义是符号与其所指对象之间的关系体现的意义。总体来说，杨宪益夫妇深刻地领悟了原著的指称意义，而且成功地在译文中传递了这一意义及其信息功能。而言内意义就要复杂得多，它是基于语言符号之间的关系所产生的意义。语言符号的言内意义体现在三个层面上：语音、词汇和句法。它在语音层面体现为平仄、双声、半韵、谐意双关等；在词汇层面体现为叠词、拈连、重复、一语双序等修辞格的使用；在句法层面体现为语序，句子成分之间的关系，句子长短，排比、对偶、回环等修辞格。因为中英两种语言的巨大差异，言内意义的传达极其困难。在很多情况下，言内意义没有在杨译本中得到完美的再现。反映语言符号与使用者之间关系的语用意义也很复杂。语用意义复杂多变，翻译时难以把握甚至无法译出，本文从四个方面分析了杨译本语用意义的传递：1）联想意义 2）情感意义 3）文体意义 4）特殊语境中的语用意义。总的来说，杨宪益夫妇成功地再现了语用意义及其相应的功能。

[1253] 侯小娅.《红楼梦》及其英译本词汇衔接手段对比研究 [D]. 西安：西北工业大学，2006.

摘要：本文采取了定量与定性相结合的研究方法。作者首先选取《红楼梦》的第 34 章及其翻译为定量研究的对象，统计得出各种词汇衔接手段在这一章的两种语言版本中所使用的次数以及所占的比例，揭示出其分布规律。在随后的定性研究部分，作者分析了大量具有代表性的实例，并结合数据支持，系统地揭示了《红楼梦》和其英文版 *A Dream of Red Mansions* 中所使用的词汇衔接手段在衔接和文体功能上的相同点，以及它们在使用频率、具体方式等方面所呈现出的差异，并挖掘出差异存在的原因。

[1254] 张慧兴，张映先. 论《红楼梦》两个英译本的翻译策略 [J]. 武汉科技大学学报（社会科学版），2006（02）：64-68.

摘要："忠实性"一直被视为翻译的第一要务，原语的主体地位也是不可动摇的；然而有些翻译家则坚持译语主体，以通顺、地道的文字来愉悦读者。本文从纽马克的语义和交际两种各具特色的翻译策略着手，探讨目前《红楼梦》的两个英译本中译者关于原语主体和译语主体的不同倾向问题，以及未来翻译方向的定位问题。

[1255] 智慧清.《红楼梦》两个译本中归化与异化的目的论研究 [D]. 重庆：西南大学，2006.

摘要：翻译策略是指译者在处理源语与译语文化差异时所使用的方法。在翻译中有两种基本策略：本文从"目的论"的角度来探讨这个人们争论不休的翻译策略问题。目的论主张，翻译活动中最重要的原则是"目的"原则，即翻译到底选择哪种策略是由发动者或译者想要达到的目的决定的，而翻译的目的又受各种因素的影响。在目的论的框架下，评价一部翻译作品的标准是"合适"的翻译，即译文应当适合翻译纲要的要求。这一标准为我们做翻译批评研究提供了方法：考察译者是否选用具体的翻译策略最大限度地实现了其翻译目的。

[1256] 李婷. 文化缺项的翻译探析 [D]. 武汉：华中科技大学，2006.

摘要：本文以两个译本（前八十回）中的酒令英译文本为研究对象，从词汇和典故两个角度对比分析了两个译本中文化缺项的翻译方法和技巧特点，在前人研究理论的基础上，尝试性地提出补足文化缺项的四种策略。

[1257] 王金波. 弗朗茨·库恩及其《红楼梦》德文译本 [D]. 上海：上海外国语大学，2006.

摘要：本论文从全新的视角研究文学文本的变译，即原本内容的非逐字逐句式翻译。本论文以描写译学和变译理论为框架，把《红楼梦》德文译本作为典型个案，通过与原本和其他《红楼梦》英文变译本的对比分析观察、描写其外在特征，总结其对原本进行了怎样的翻译操作，然后深入到译者所处的广阔社会文化环境解释其变译的根本原因。

[1258] 张倩. 《红楼梦》杨戴译本中叙事类型的重建 [D]. 武汉：华中师范大学，2006.

摘要：就目前《红楼梦》翻译的研究现状来看，很少有研究借用叙事学的理论。相对于传统的小说批评理论来说，经典叙事学理论将重点放在小说文本内部的分析上，这对于以文本为基础的文学翻译来说无疑具有很大的借鉴意义。

[1259] 卢立程. 文化全球化背景下翻译中的杂合 [D]. 广州：广东外语外贸大学，2006.

摘要：本文探讨了杂合与归化/异化的关系，并列举了杂合产生的场合以及杂合的几个主要特征。为了证实"所有的译文都是杂合的"这一观点，作者选取了杨宪益和戴乃迭夫妇翻译的《红楼梦》译文 A Dream of Red Mansions 作为语料。通过对杨氏夫妇的译文的分析，作者发现该译文也是杂合的译文，更确切地说，杨氏夫妇的译文是以异化为主的杂合译文。此外，作者把该译文中的杂合分为四类，分别是词语翻译中的杂合、谚语和俗语翻译中的杂合、句子翻译中的杂合以及诗歌翻译中的杂合。

[1260] 魏泓. 文学的召唤结构和其翻译中的再创造 [D]. 合肥：安徽大学，2006.

摘要：本论文主要从文学作品的语言和文本的意义两方面来探讨召唤结构的再创造。"再创造"的范围很广，在此论文中，笔者主要从读者接受的角度，以《红楼梦》的两英译本为例，来探讨"召唤结构"的翻译再创造。

[1261] 陈正华. 文化空白的翻译 [D]. 合肥：安徽大学，2006.

摘要：语言是文化的载体，文化是语言的土壤。英国翻译理论家 Susan Bassnett 曾把语言比作文化有机体中的心脏，她说："如同在做心脏手术时不能忽略心脏以外的身体其他部分一样，我们在翻译时也不能将翻译的语言内容和文化分开来处理。"既然语言与文化密不可分，那么翻译就不仅仅是两种语言的转换，更是两种文化的交流。译者不仅仅需要有两种语言的文字功夫，更要熟知两种文化。他不仅仅是文字翻译者，更是文化传播者。基于此，文化翻译一直是翻译界的热门话题。1990 年，由 Susan Bassnett 和 Andre Lefevere 合编的 *Translation, History and Culture* 一书出版，书中他们第一次正式提出翻译研究"文化转向"的发展方向，强调文化在翻译中的地位，促使西方翻译理论中文化学派的形成。

[1262] 李萍. 礼貌与文学翻译 [D]. 济南：山东大学，2006.

摘要：本论文旨在将语用研究中的礼貌理论应用于文学翻译。礼貌是人际交流中的普遍现象，更是人际交流成败的重要因素。礼貌能够体现不同的语言文化特色，在文学作品中具有不容忽视的重要作用，如何将文学作品中的礼貌现象翻译得恰到好处具有一定的挑战意义。

[1263] 韩冰. 从功能语法理论分析《红楼梦》的不同译本 [D]. 哈尔滨：黑龙江大学，2006.

摘要：20 世纪 60 年代，韩礼德提出了系统功能语法理论，指出一个语篇在完成的同时，行使了三种元功能，即概念功能（ideational function）、人际功能（interpersonal function）和语篇功能（textual function）。本文将主要从语篇功能和人际功能的角度来对《红楼梦》原文及其多译本进行比较分析，为翻译研究提供一个新的思路。在韩礼德的三种元功能中，语篇功能是指语言组织语篇本身的功能，主位推进（thematic progression）是语篇分析的重要概念，对语篇连贯发展起着重要作用。语篇功能的省略和连接等手段用于翻译过程，既能看出这两种手段是语篇中句子之间衔接的纽带，也能从中分析出翻译过程中英汉两种语言的差异。而人际功能在分析一部具有丰富文化特色、鲜明民族性和社会性的文学作品的翻译转换过程也同样具有重要意义。在分析《红楼梦》这样一部文学巨著的原文与译本时，以批评语言学为方法论对其中的源语言和目标语的人际功能进行分析，会使我们得到更多的启示。批评语言学的方法论正是主要建立在韩礼德的系统功能语言学上，它特别强调对语篇生成、传播和接受的生活语境和社会历史背景的考察，并把注意力主要放在发现和分析语篇中那些人们习以为常而往往视而不见的思想观念，以便人们对它们进行重新审视。本文拟着重从语篇功能揭示《红楼梦》这部作品语篇翻译的作用，同时从《红楼梦》称谓语的翻译来对比分析人际功能在文学翻译中的作用。

[1264] 刘晓黎. 语义模糊数词汉英翻译限度研究 [D]. 武汉：华中科技大学，2006.

摘要：在查阅大量文献特别是评介性论文的基础上，本研究引入目前比较新颖而且范围相对清晰的 Joanna Channell 对模糊数词的界定和分类的方法，以此为基础，分析模糊数词的功能、翻译的限度，造成这种限度的原因以及弥补这种限度的方法，重点是翻译方法层面的弥补。本文采用奈达的功能对等理论以及翻译与文化理论作为其理论依据。

[1265] 钱菊兰. 从文化失衡的角度对《红楼梦》两译本进行对比分析 [D]. 苏州：苏州大学，2006.

摘要：本文通过考察中国名著《红楼梦》在同一时期由中外翻译家翻译的不同译本及其对文化信息的翻译处理，分析了在后殖民主义时代西方译者受到其意识形态的制约，对不同于本国的文化采取了归化的翻译策略，从而抹杀了中国独有的文化特点，导致了强势文化和弱势文化之间的失衡。最后作者指出，在全球化语境下，承担着文化交流重任的翻译应从真正意义上实现平等的文化交流。

[1266] 周福娟. 文学翻译中的文化误读 [D]. 苏州：苏州大学，2006.

摘要：本文通过分析文学翻译中文化误读的主客观原因，指出文化误读的可能性和必然性。词汇、文化空缺和文学翻译者的主观性对文化误读起着关键性的作用。从根本意义上来说，对文化误读的研究是为了使文学翻译工作者在实际翻译过程中尽可能避免文化误读的消极作用。

[1267] 文晓华. 浅议习语翻译中文化信息的传递——《红楼梦》两译本比较分析 [J]. 浙江教育学院学报, 2006 (01): 41-46.

摘要：习语翻译不仅是不同语言之间的转换，而且是不同文化之间的交流。转换与交流的成功与否在很大程度上取决于翻译中"归化"与"异化"两者间"度"的把握。译者们在翻译带有文化特色的习语时势必探悉负载其中的文化信息、考究其语源及英汉习语的对应语义关系。比较分析《红楼梦》两英译本中的习语翻译，从而例证归化过度抑或异化过度都会影响本土文化信息的传递。

[1268] 迟庆立. 从《红楼梦》中《晚韶华》一曲的两译本比较看翻译的策略 [J]. 太原师范学院学报（社会科学版）, 2006 (01): 112-114.

摘要：翻译是一种文化活动。译者的翻译策略，受其对源语文化和目的语文化的态度影响，并继而影响了翻译最终的结果。对《红楼梦》十二支曲中《晚韶华》一曲两译本的分析表明，从英语读者的角度看，杨宪益夫妇的译本采用了异化策略，即忠实于源语文化的行为模式和表达方式，霍克斯的译本则采用了贴近目的语的归化策略。异化对于源语文化而言固然忠实，但对译文读者而言，却增加了理解的难度；归化对读者而言易于理解，却狭窄了他们的视野，所以应将两种策略有机地结合起来才更有利于意义的传达和文化的交流。

第十六章

2005年度《红楼梦》译本研究文献汇总

[1269] 黄倩, 蒋靖芝. 小说翻译中会话含义的再现——《红楼梦》英译本实证分析 [J]. 株洲师范高等专科学校学报, 2005 (06): 110-112.

摘要: 格莱斯 (Grice) 提出的合作原则与会话含义理论, 解释了人们言语表达中蕴含弦外之音的现象。在《红楼梦》两种英译本中, 杨宪益和霍克斯通过运用各种译介手段, 充分再现作品中人物的会话含义和小说的艺术魅力, 从而成功地帮助译本读者对小说的各种语言艺术表现形式进行解读。

[1270] 洪翠萍, 张映先. 文化差异与隐喻翻译——从《红楼梦》的两个英译本谈起 [J]. 三峡大学学报 (人文社会科学版), 2005 (S1): 187-189.

摘要: 语言不仅是信息的载体, 也是文化的载体; 翻译, 作为一种语言间的交际, 它不仅涉及语言间的转换, 更是文化的移植过程。本文从《红楼梦》两个英译本对其中隐喻的翻译的对比分析中, 探讨了英汉语隐喻中包含的宗教文化差异、文化意象差异、社会文化差异以及物质文化差异, 并在分析中讨论了文化在翻译中对译者的影响。

[1271] 张韵菲. 小议文学翻译中姓名中的文化与诗学信息的流失与可能补偿策略——以《红楼梦》译本为例 [C]. 福建省外国语文学会. 福建省外国语文学会2005年年会暨学术研讨会论文集, 2005: 146-149

摘要: 中国人的姓名中蕴含着丰富的文化与诗学信息, 而文学作品中的人物姓名则更是如此。在多数文学翻译里, 译者常常只是采用简单的译音系统与译意系统, 而这在很大程度上造成了文学人物姓名中文化与诗学信息的大量流失。本文以《红楼梦》译本为例, 尝试着讨论可能的补偿策略。

<<< 第十六章 2005年度《红楼梦》译本研究文献汇总

[1272] 逢晓苏. 异化与归化 [D]. 上海：上海外国语大学，2006.

摘要：本文对比杨宪益和霍克斯的《红楼梦》译文，试图对其中文化因素翻译策略的有效性进行探索。文章起始作者讨论了文化与翻译的关系，简单回顾了目的论的发展，并由此引出了异化和归化两大基本翻译策略以及学者对文化翻译的不同观点。

[1273] 马静卿. 功能翻译理论主要特征及其在文学翻译中的应用 [D]. 上海：东华大学，2006.

摘要：本文在案例研究中发现，《红楼梦》的两个译本在对源文内容的处理上多有不同，主要表现在杨氏的《红楼梦》译本偏向于文献式翻译，它以源语文本为中心，注重语际连贯。而霍克斯译本《石头记》则偏向于工具式翻译，它以译语文本为中心，注重语内连贯。研究进而发现，两个译本的不同特色源于两位译者的目的不同，源于他们对译本的预期不同，而换言之，他们各自的译本所达到的功能又与其各自所预期的是相一致的。

笔者尝试运用功能翻译理论中的一些基本原则，对两位译者的翻译过程进行了评析，说明功能翻译理论较为充分地解释了这两个译本的差异，同时也为评价文学翻译提供了又一条思路。因此笔者认为功能翻译理论既适用于非文学文本翻译，也适用于文学文本的翻译。

[1274] 曾凡芬，李执桃. 从语用优先语义看汉语文学作品的对话翻译——以《红楼梦》译本为例 [J]. 南昌大学学报（人文社会科学版），2005（06）：162-165.

摘要：根据"汉语语用优先语义"的观点，把汉语人物对话语言译成英语时，除了力求语义方面效果的对等外，还要优先注意语用效果的对等，即语用对等优先语义对等。译者考虑在译语中体现原语的言外之力，留心原文本中有意违背交际原则的地方，理解说话人的弦外之音，使原语和译语达到语用效果对等。

[1275] 高凡. 从《红楼梦》的两个英译本探析文化缺省的翻译策略 [D]. 哈尔滨：哈尔滨工程大学，2005.

摘要：本文通过分析比较中国古典名著《红楼梦》的两个英译本中对文化缺省的翻译，探讨了在文学翻译中处理文化缺省的一些途径和方法。通过分析可以看出每种处理方法都各有其优缺点，而且在具体的翻译过程中到底采取哪种办法还要取决于作者的意图、读者的要求、翻译的目的和文本的类型等因素。文学作品翻译的主要目的应该是促进文化交流，而译文读者也希望通过阅读能够欣赏到他国文化并从中有所收益。所以在翻译文学作品中的文化缺省时应尽量保持原文的文化特色，各种翻译方法应互为补充，以直译为主，必要时加以注释，而其他方法为辅。

[1276] 王莹. 归化与异化对文化信息的传递 [D]. 上海：上海外国语大学，2006.

摘要：《红楼梦》是中国文学史上的经典巨著，代表了中国文学创作的最高峰。自问世以来，已被译成多种文字以飨世界读者。目前其英文本中最广为流传也最受称颂的两个版本一为我国著名翻译家，外国文学研究家杨宪益与夫人戴乃迭合译的 A Dream of Red Mansions 以及英国著名汉学家 David Hawkes 和女婿 John Minfold 合译的 The Story of the Stone。这两位译者秉承的翻译策略不尽相同，杨译本主要采用异化翻译法，而霍译本主要采用归化翻译法，故而译本内容对文化信息的传递也有出入。目前国内外关于《红楼梦》英译本的研究与评论的科研论文数量相当丰富，对于归化和异化这两种翻译手法孰是孰非的争论也一直相持不下，而对于文化信息的翻译的讨论从未停止过。而本文的主要目的并非是要在归化与异化之间判别孰优孰劣，相反，本文所持的观点是这两种手段都有其存在的价值，而且对于不同文化信息的传递都能发挥一定的积极作用。

[1277] 张伟. 从语用角度看人物对话翻译——评《红楼梦》译本中的人物对话语言 [J]. 广东工业大学学报（社会科学版），2005（03）：107-109.

摘要：有关《红楼梦》两个译本的评论很多，但多侧重于文化方面。文章试从语用角度对杨宪益夫妇以及霍克思翻译的两个译本进行分析，说明文学作品中的对话语言同样受到语用原则的约束，因此在翻译时，译者尤其要考虑如何在译语中体现原语的言外之力，留心原文本中有意违背交际原则的地方，理解说话人的弦外之音。

[1278] 杨雪. 从《虚花悟》英译看《红楼梦》两译本的诗歌翻译特色 [J]. 湖南工程学院学报（社会科学版），2005（03）：63-65.

摘要：《红楼梦》十二曲之《虚花悟》不仅深刻地揭示了整部作品的主题，也蕴含着丰富的文化意义。通过对其不同译本中体现的翻译策略和方法进行分析，有助于全面了解不同译者的诗歌翻译特色和风格，从而对中国古典作品的英译起到启示作用。

[1279] 成娟辉. 文学作品的文化缺省与翻译策略——以《红楼梦》杨宪益、戴乃迭英译本为例 [J]. 顺德职业技术学院学报，2005（02）：71-74.

摘要：文学作品中的文化缺省是指作者在与其意向读者交流时，对双方共有的相关背景知识的省略。文化缺省的存在妨碍了跨文化言语交际的顺利进行，译者作为文化交流的使者，有责任在翻译中对之进行重构，以帮助译文读者建立语义连贯，从而更好地理解原语作品的内涵，了解异域文化。本文以《红楼梦》为例，归纳和说明杨宪益、戴乃迭两位译者针对文本中的文化缺省所采取的翻译策略，并对此加以评析。

[1280] 王军.《红楼梦》两个英译本诗词意象翻译的比较研究 [J]. 广东教育学院学报，2005（04）：110-112.

摘要：由于意象在诗歌创作和鉴赏中的重要作用，怎样在诗歌翻译中处理它就成为一个重要议题。我国古典名著《红楼梦》中的诗词篇篇精品，意象丰富，比较杨宪益夫妇和大卫·霍克斯的两个英译本对诗词意象的处理，发现各有特色，怎样结合两者的长处，是译者应该努力的方向。

[1281] 马海燕，温中兰.《红楼梦》英译本中文化词语处理的比较 [J]. 宁波大学学报（人文科学版），2005（04）：41-45，70.

摘要：《红楼梦》是中国传统文化孕育出来的优秀文学作品。其中大量的颜色词、象征词、称呼语、宗教词以及谐音词中都蕴含着丰富的民族特色。文章通过大量的译例比较分析了杨宪益夫妇和大卫·霍克斯、约翰·明福德两个完整英译本在文化词语处理时采取的不同方法以及达到的不同效果，得出二者在翻译文化词语时所采取的不同态度。

[1282] 陈葵阳. 从意合形合看汉英翻译中句子结构的不对应性——以《红楼梦》及其英译本为例 [J]. 安徽农业大学学报（社会科学版），2005（04）：122-126.

摘要：汉英句子结构最主要的区别在于意合与形合。意合与形合是两种语言不同的组织特点，各有其深厚的文化传统。汉语注重话题，英语注重主谓，汉语的话题句侧重于语义结构，英语的主谓句侧重于语法结构。汉语句子中动词十分丰富，英语句子只能有一个谓语动词。本文以《红楼梦》及其英译本中的句子为例，分析比较汉英两种语言因句法结构之差异在翻译中所产生的不对应性。

[1283] 慕媛媛.《红楼梦》两译本中表示语篇衔接的介词短语的使用统计及译者风格分析［C］.清华大学翻译与跨学科研究中心.国际译联第四届亚洲翻译家论坛论文集，2005：269-280.

摘要：本文运用 Wconcord 对《红楼梦》两译本中起衔接作用的介词短语的使用进行量化统计，并借助语篇衔接理论分析，初步归纳出两译者在语篇衔接方面各自的隐性和显性特色。在语言学微观研究的指导下，本文联系文化层面，对比考察了原著两种译本的译作风格与原作风格的切合度，对两译者的语篇衔接风格做出更深入的解释。

[1284] 王薇.《红楼梦》德文译本的底本考证［J］.红楼梦学刊，2005（03）：298-311.

摘要：由弗朗兹·库恩博士（Dr. FranzKuhn, 1884—1961）翻译的《红楼梦》德文译本（《DerTraumderrotenKammer》）自1932年出版以来，至2002年已经再版20余次，发行超过10万册，并且被转译为英、法、荷兰、西班牙、意大利、匈牙利等多国语言文字出版，不仅在德语世界，更在整个欧洲广泛流传。

[1285] 胡启好.文学翻译的文化融合［D］.上海：上海外国语大学，2005.

摘要：本文通过对《红楼梦》两个具有代表性的英语译本研究，提出译者一方面需要忠实于原著，采取直译异化的方式保持原著的原文风貌，另一方面，译者需要以译文读者为重，采用意译归化的方式传递原著的精神实质。

[1286] 王培俭.从阐释学的角度论译者的主体性［D］.长沙：湖南师范大学，2005.

摘要：本论文主要是从阐释学的角度来研究译者的主体性。阐释学作为文本分析的方法，其意是解释、阐释，同时也是一种理解的艺术形式和揭示隐含意义的过程。翻译时，因翻译的前提是译者积极地、准确地去理解原文，译者首先作为阐释者或第一读者来去解读原文。然后译者作为翻译过程的决策者来译解原文中的意义和信息。最后作为意义的发送者或译文的创造者把原文中的意义和信息传达给读者，并让读者接受。

[1287] 孙璐.《红楼梦》及其英译本中人际意义的再现与缺失 [D]. 哈尔滨：东北林业大学，2005.

摘要：本文以系统功能语言学人际功能理论为基础，对中国古典名著《红楼梦》及其由杨宪益、戴乃迭翻译的英译本 *A Dream of Red Mansions* 中人物对话进行分析。试图找出传统研究模式之外的其他未被过多关注的承载人际意义的范畴，即称谓系统、动词词组、反问句以及虚拟语气表达方式，并对其表现形式和功能进行了分析和归纳。通过对英汉两种语言在表达人际意义层面的对比研究，本文对功能语法的人际意义系统做出了进一步探索。

[1288] 刘灵巧. 从译者主体性视角解读《红楼梦》两译本 [D]. 西安：西北大学，2005.

摘要：本文通过追溯翻译史上专家学者们对翻译及译者的有关论述以及翻译批评思路的转换，将译者主体性研究置于当代文论和当代翻译理论的广阔视野中，科学地考察了译者主体性的内涵及其表现，进而把译者主体性的研究成果引入《红楼梦》的英译研究，主要从翻译目的、译者所处的社会历史语境、译者的文化取向和读者意识几方面，从宏观和微观两个层面，描述和解释两个译本的差异，从而解读两译本。

[1289] 范晓峰.《红楼梦》英译本的译者主体性比较研究 [D]. 合肥：合肥工业大学，2005.

摘要：译者无疑是翻译活动中最活跃的主体因素。然而长期以来，在传统的文本中心翻译理论的影响下，为了忠实地传达作者的意图，译者不得不尽可能地压抑自己的主观性因素，努力成为作者及原作忠实的"仆人"。20世纪70年代后，随着文化转向的出现，翻译研究的各个学派开始注意到译者在翻译中的创造性地位以及译者主体性的重要性。论文首先介绍了译者身份的转变及译者主体性的概念，分析了译者主体性的体现方式：个性化翻译、误译以及编译。《红楼梦》是一部杰出的中国古典文学作品，但正是《红楼梦》不凡的艺术价值和它深含的文化底蕴，给译者带来了极大的困难。在现有的十个《红楼梦》

英译本中,只有杨宪益和霍克斯的译本是全译本。两种译本翻译方法及风格等都各不相同,却都取得了巨大的成功,这与两位译者的主体性的发挥是分不开的。论文选取《红楼梦》的这两个英文全译本(杨译和霍译)为例,对这两位译者在原作版本的选择、译本的命名、译本的风格、亲属关系的翻译、名称的翻译以及注解方法等方面进行了比较,并从文化的角度分析了其中的译者的主体性因素。

[1290] 邱进.《红楼梦》英译本中文化专有项翻译的功能主义分析[D].重庆:重庆大学,2005.

摘要:本文以诺德的翻译为导向的语篇功能模式为基本的理论框架,纽马克的语义翻译与交际翻译理论为补充,从跨文化研究的角度对中国古典文学名著《红楼梦》的两个英译本(杨宪益、戴乃迭译本和霍克斯译本)中的文化专有项进行研究。

[1291] 徐世芳.试析《红楼梦》两种藏译本的诗词翻译[D].兰州:西北民族大学,2005.

摘要:本文依据文本分析的方法,即立足于事实材料的"实事求是"的研究方法,从诗词翻译最基础的层次上逐句逐行分析了《红楼梦》两种藏译版本的诗词翻译,指出译文中出现的一些不妥之处。着重评析了如何结合语境,译出原文真义,也强调了译文中的理解和表达的正误对比,在有条件的时候也上升到理论的高度来加以说明和总结。

[1292] 田婧.从语境对等论《红楼梦》两英译本中王熙凤的性格塑造[D].广州:广东外语外贸大学,2005.

摘要:本文用哈蒂姆和梅森基于篇章语言学研究的交际翻译论作为理论框架,通过对红楼梦这一中国文学名著的两个英译本——杨宪益与戴乃迭的译本和大卫·霍克斯的译本——中对王熙凤的性格塑造的译例进行对比与分析,从在译文中重建语境对等的角度,探讨了两位译者不同的翻译策略以及由此导致的两个译本在王熙凤性格塑造方面的不同的翻译效果。作者认为,在翻译过程中,译者应该根据语境的不同层面提出相应的文体要求,从而进行译文的选词用句以及对某些因文化差异可能导致的、影响翻译效果的部分从篇章上进行补偿,从而在译文中取得与原文的语境对等,由此使译文在人物性格塑造上达得所要求的翻译效果。

[1293] 朱爱秀. 试析翻译的异化与归化——《红楼梦》两译本熟语翻译对比 [J]. 中国科技信息, 2005 (07): 217-216.

摘要：本文从熟语在文化中的地位出发，从伟大著作《红楼梦》选例，探讨翻译中异化与归化两种策略的运用对熟语中文化内涵的体现的影响，以大量的蕴藏丰富文化底蕴的成语、谚语、歇后语对之加以说明。

[1294] 马小红. 浅析《红楼梦》英译本中典故的处理 [J]. 上海理工大学学报（社会科学版），2005 (01): 16-19.

摘要：《红楼梦》原著中有大量的典故，有些出现在对话中，有些出现在叙述中，还有些出现在诗词中。杨宪益和戴乃迭合译的英译本中，对典故的处理独具匠心，分别采用了直译加注释、直译、意译等方法。本文比较这三种方法，以直译加注释的方法在保证理解无困难的基础上，最大限度地保留了原著的艺术风格和语言特色，直译无注释只适用于一部分典故的翻译，而意译则相对损失了较多一些的信息，不能充分体现原作的语言特色。

[1295] 张燕. 文化因素的翻译策略 [D]. 济南：山东大学，2005.

摘要：笔者以《红楼梦》第三章中的文化因素翻译为例，对比分析了霍克斯和杨氏夫妇的翻译目的，以及在各自翻译目的影响下采取的不同翻译策略，指出这些策略实际处于一种多元状态下，在具体译本中互为补充。鉴于具体的问题需要具体分析处理，本文中提到的"翻译目的论"和"翻译标准多元互补论"虽然适用于分析《红楼梦》的文化因素翻译策略状况，却不一定就适用于其他文本情况的分析。本文的目的只是为其他各种文本中翻译策略的分析提供一种视角，希望能够对翻译策略的分析研究具有参考价值。

[1296] 王革. 文学翻译与文化信息传播——《红楼梦》英译本的比较研究 [J]. 市场周刊（管理探索），2004 (S2): 112-114.

摘要：文化信息的传播是文学翻译的一个主要目的，而文学翻译又是文化信息传播的一条重要途径。如何处理文学作品中丰富的文化信息是译者时刻面对的问题。译者采取什么样的策略来传递文学作品中的文化信息值得我们研究和学习。研究将从比较《红楼梦》的两个英译本入手，分析两个译者在各自译本中对中国文化内容的翻译方法。

[1297] 曹鑫，张映先. 《红楼梦》双关语的翻译及两种译本特色比较

[J]. 湖南医科大学学报（社会科学版），2004，6（04）：133-136.

摘要：《红楼梦》是中国封建文化的百科全书，其中运用了诸多修辞手法，双关的运用尤为突出。本文旨在通过对两种译本中双关语翻译的比较，探讨两个来自不同国度的译者的审美观与翻译特色。

[1298] 董莉. 异化：文学翻译中有效的文化传递策略 [D]. 上海：东华大学，2005.

摘要：本文旨在通过比较杨宪益夫妇和大卫·霍克斯的《红楼梦》的两个英译本中的大量例子，来讨论文学翻译的方法。文学作品的一个显著特点是它们当中往往包含大量的反映某一国家或民族文化的因素，文学作品的这些特点使文学翻译吸引了大量的翻译工作者，同样也吸引了大量的读者。与此同时，因为文化因素的存在使得文学作品的翻译远不止是两种语言之间的转换，更是两种文化的交流。

第十七章

2004年度《红楼梦》译本研究文献汇总

[1299] 陈历明. 从后殖民主义视角看《红楼梦》的两个英译本 [J]. 四川外语学院学报, 2004 (06): 110-114.

摘要：本文从后殖民主义批评视角出发，以小说《红楼梦》中的成语为例，本着文化的平等对话这一宗旨，扼要探讨杨宪益夫妇与霍克斯在翻译其中文化时各自的处理方式及由此体现的文化意识，分析了霍克斯译文中所凸现的那种"殖民者的凝视"及其背后的成因，而杨译则呈一种非殖民化的对峙。由此提出，在后殖民视域的中西文化对话中，不应以文化身份的缺失为前提。

[1300] 杨琪. 跨文化翻译中的文化因素与翻译策略 [D]. 哈尔滨：哈尔滨工程大学, 2005.

摘要：这篇论文是关于文化传递的。现代的翻译理论家大多认为翻译不仅是语言的传递，也是文化的传递。而且文化的传递也已经更加受到人们的重视。翻译也被界定为一种跨文化的交际活动。在翻译过程中，文化差异会影响语言和文化的传递。文化因素是文化差异的具体表现。文化因素，确切地说应该是蕴含文化因素的词语或短语，是可以翻译传递或移植的。在翻译过程中，对文化因素的处理可以采取两种策略：异化和归化。这一分类将通过分析中国古典小说《红楼梦》的两个英译本中具有文化因素的词或短语的翻译来进行佐证。通过比较，可以发现异化法在文化词语的翻译上具有优势，异化有助于文化的传递。文化差异是不会被轻易消除的，而它的存在还会导致文化空白的产生。不过，随着文化交流的日益频繁，对于文化因素所造成的文化空白的补偿方法也会不断完善，最终将以最简练的语言最大限度地补偿这些文化空白。

[1301] 陈涛. 目的论下文学翻译的创造性叛逆再阐释 [D]. 上海：上海外国语大学, 2005.

摘要：本文作者首先介绍以"目的论"为代表的功能学派的翻译理论和中

西方关于文学翻译中创造性叛逆的思想观点。在目的论指导下,笔者对文学翻译的创造性叛逆进行再阐释。作者从四个方面对霍译本和杨译本《红楼梦》诗词翻译进行文本分析:文内解释和使用附录、编译、加译和节译。霍克斯使用文内解释和附录来翻译酒令、判词和其他诗词。由于当代中国读者也无法理解酒令规则,所以文内解释和附录有助于西方读者理解。杨氏更关心原著和原作者,他们鲜少使用文内解释和附录。霍克斯根据语文化标准和母语文本类型标准,将译文编译,使读者有熟悉感。杨氏的翻译保留了许多中国特色而未运用编译,他们的文学观是在翻译中保留中国文化特色,让读者自己去欣赏。霍克斯利用加译,目的是让译文读者知道原文中难以理解的隐晦意义。杨氏不在译文中加入自己的阐释,所以不用加译。霍克斯只翻译原文中重要的部分,其目的仍是便于西方读者理解。杨氏不敢节译原文,因为他们害怕丢失这部经典小说中的精华。本文最后指出,不同译者的不同翻译目的导致了他们不同的翻译策略、方法和译本,霍译本以读者为中心,杨译本以原著为中心,两者都有其合理性,只是各自目的不同。

[1302] 沃斯德曼, 部因之. 《红楼梦》荷兰文译本序言 [J]. 红楼梦学刊, 2004 (03): 288-299.

摘要:这是《红楼梦》荷兰文译本的翻译过程的一个交代,分析其序言涉及的内容。

[1303] 沈小波. 西方翻译家和中国翻译家之比拼:用计算语言学的方法比较《红楼梦》的两个译本 [D]. 上海:上海外国语大学, 2004.

摘要:《红楼梦》是中国古典文学中最优秀的作品之一,堪称中国古代小说中最伟大的现实主义的长篇叙事作品之一。《红楼梦》不仅有深刻的思想价值,而且具有卓越的艺术成就,其语言也达到了中国古典小说的高峰,不仅对中国文学产生了深远的影响,而且也对世界文学有着深远的影响。《红楼梦》从成熟到现在已有二百余年的历史,其间曾数次被译成外国文字。在目前十余种外文译本中,有两种译本影响较大:一种是 *The Dream of Red Mansion*,由杨宪益,戴乃迭夫妇翻译;另一种是 *The Story of the Stone*,由戴卫·霍克斯和约翰·敏福德合译。关于这两个版本孰优孰劣,很多人进行了讨论。现在一般的观点认为杨译的版本更加忠实原文,而戴卫的版本则阅读起来更加通顺。

[1304] 何敏, 李延林. 隐性权力话语对译者的影响——试论两个译本

对《红楼梦》中文化信息的不同处理［J］.湖南工业职业技术学院学报，2004（02）：66-68，77.

摘要：隐性权力话语对译者有着深远的影响。这种影响突出表现在译者面对文化差异时所做出的不同选择，而隐性权力话语又受着诸多文化因素的制约。本文试图通过分析杨宪益和霍克斯的两个译本对《红楼梦》中文化信息的不同处理具体来看这种影响及其背后的文化成因。

［1305］宋子燕.《红楼梦》两个英译本对文化差异的处理（英文）［J］.华东交通大学学报，2004（03）：146-150.

摘要：本文通过比较"红楼梦"两个英文全译本，讨论了文化差异对翻译实践的影响，认为译者母语的文化背景差异导致了两个译本之间以及与原文的差异，即翻译受到译者意识形态的无形制约。

［1306］刘鹏.从《红楼梦》英译本看委婉语的可译性及其实现手段［J］.济宁师范专科学校学报，2004（03）：24-26.

摘要：通过对杨宪益、戴乃迭译《红楼梦》中的委婉语的研究来探讨汉语委婉语的可译性及翻译技巧。汉语委婉语英译主要有以下几种方法：1.译成英语中对应的委婉语；2.直接译出核心意思；3.省略；4.译出字面意义；5.注释法。

［1307］杨丽.《红楼梦》两英译本诗词曲赋典故的跨文化翻译比较研究［D］.西安：西北大学，2004.

摘要：本文以《红楼梦》为研究客体，并参考英译本中两个较权威的优秀版本——杨宪益译本和大卫·霍克斯译本，对其中富含文化内涵的诗词曲赋典故进行对比分析研究。

［1308］田德蓓，胡朋志.称谓语翻译的文化接受视角——《红楼梦》英译本与《京华烟云》中部分称谓语使用对比分析［J］.安徽警官职业学院学报，2004（02）：88-90.

摘要：同样的汉语称谓语，在《红楼梦》英译本与《京华烟云》中却受到了不同的处理，其主要原因并不在于同样的称谓语在两个文本中含义不同，而在于译者（作者）在个体前置意识的作用下对其产生了不同的理解并对词语做出了不同的选取。林语堂先生的处理方式，即对一般指称语以解释的方式表达，而对直接称谓语则采取音译的方式，这更利于期待视野转变与文化传播。

[1309] 王秀丽, 李书琴. 浅议《红楼梦》两个译本中称谓语翻译对策 [J]. 黄山学院学报, 2004, 6 (02): 95-97, 100.

摘要: 本文从总结英汉称谓语的差异及其功能出发, 以《红楼梦》两种译文为例, 得出在英汉称谓互译方面, 译者应当注重称谓语的语用功能的结论, 笔者同时发现称谓语中的文化内涵可以通过上下文得以部分补偿。

[1310] 田玲. 从霍克斯的《红楼梦》英译本看翻译中的语用等值 [D]. 西安: 陕西师范大学, 2004.

摘要: 本文选用了英国翻译家大卫·霍克思的《红楼梦》英译本作为个案研究对象。通过对该译本的分析, 我们发现语用等值是可以实现的, 只要能保证原文交际意图的传译, 任何方法皆可采用。本文作者在第五章中总结了霍克思为达到语用等值而使用的翻译策略, 其他译者可以此为参考, 做进一步的研究。

[1311] 康轶.《红楼梦》两部英译本的比较 [J]. 沈阳教育学院学报, 2004 (01): 23-25.

摘要: 本文通过对《红楼梦》两个英译本中诗词及文化内容两方面翻译的分析与比较, 着重指出两者之间的不同之处, 并加以评价, 从而简要分析其存在的原因。

[1312] 谢明慧.《红楼梦》及其英译本语法衔接手段对比研究 [D]. 大连: 大连海事大学, 2004.

摘要: 本文采用曹雪芹的《红楼梦》和杨宪益及夫人戴乃迭的英译本为语料, 对同属于语法衔接范畴的照应、替代、省略进行了定性和定量的对比分析, 分别研究了它们在英汉两种语言中的具体用法和总体分布的特点。

[1313] 吴毅. 关于翻译中文化意象的传递——从《红楼梦》英译本中原语文化意象的缺损谈起 [J]. 中南大学学报(社会科学版), 2004, 10 (01): 133-137.

摘要: 文学翻译中文化问题比语言问题更重要。本文通过分析古典名著《红楼梦》的两种英译本中文化意象的缺损情况, 指出翻译中文化意象的传递应遵循"文化传真"与"存异求同"之原则, 灵活使用各种翻译方法, 力求保持原语文化意象的完整性和一致性。

第十八章

2003年度《红楼梦》译本研究文献汇总

[1314] 曾冬梅.《红楼梦》两种英译本异同比较的启示 [J]. 湘潭工学院学报（社会科学版），2003（06）：116-117.

摘要：本文通过对"异与同"的辩证关系的分析以及《红楼梦》两种英译本异同的比较，提出了全球化语境下求"同"存"异"的翻译策略。

[1315] 梁红艳. 从《红楼梦》两个英译本看文化差异在翻译中的影响 [J]. 忻州师范学院学报，2003（05）：57-60，83.

摘要：文章以东西方文化差异为出发点，以《红楼梦》两个英语全译本中的第三回为范例，主要从译者的文化背景不同，东西方人思维方式的不同，东西方文化中礼俗、称谓语的不同，以及文化意象的不同等四个方面阐述文化差异在翻译中所产生的影响，文章最后指出由文化差异所带来的不同译文是不可避免的，是一种文化现象。

[1316] 冀振武. 日本岩波书店出版的《红楼梦》日文译本 [J]. 出版史料，2003（04）：114-115.

摘要：中国古典文学名著《红楼梦》被译成日文是从19世纪开始的，最初只节译了《红楼梦》的第一回，《红楼梦》的八十回日文译本于20世纪初面世，是据上海有正书局石印戚蓼生序本为底本。一百二十回《红楼梦》日文全译本是松枝茂夫翻译的，前八十回据有正本，后四十回据程乙本。

[1317] 范敏.《红楼梦》两英译本中习语的宗教文化比较 [J]. 德州学院学报（哲学社会科学版），2003（05）：108-110.

摘要：语言与文化密切相关，语言反映文化，同时又受到文化的巨大影响，而宗教是人类思想文化的重要组成部分及表现形式。习语作为语言的核心与精华，更能折射出宗教文化对语言的影响。本文对《红楼梦》英译本中习语的宗教文化的探讨，旨在揭示不同民族的文化积淀，这不仅会导致跨文化交际的失误，而且是翻译工作者的难题。译者必须努力消除原文文本与译文文本、原作者意图与译文读者接受能力之间的差异，在当今地球村的大环境下，汉译外的标准似乎只能是在语用意义优先传译的前提下，尽可能保证其他层面意义的等值，以更好地传播中国文化。

[1318] 马红军. 翻译补偿手段的分类与应用——兼评 Hawkes《红楼梦》英译本的补偿策略 [J]. 外语与外语教学，2003（10）：37-39.

摘要：本文对翻译补偿理论的历史、补偿手段的界定及分类加以梳理与回顾，提出了显性补偿与隐性补偿概念，并评述了语言手段、补偿位置、效果对等、翻译单位等与补偿密切相关的理论问题。通过分析 Hawkes 英译《红楼梦》中的一些典型译例，作者指出补偿手段的取舍与选择受译者总体翻译策略，以及读者对象等诸多因素的制约，既不固定统一，相互间也无必然的优劣之分。

[1319] 罗华. 从语用角度看人物对话翻译——评《红楼梦》译本中的人物对话语言 [J]. 辽宁师范大学学报，2003（05）：103-105.

摘要：有关《红楼梦》译本的评论很多，但多侧重于文化方面。这里试从语用角度对杨、霍译本进行分析。笔者认为，文学作品中的对话语言同样受到语用原则的约束。在翻译时，译者要考虑如何在译语中体现原语的言外之力，留心原文本中有意违背交际原则的地方，理解说话人的弦外之音。

[1320] 李梓，张映先.《红楼梦》金陵判词的含蓄美及两种英译本特色研究 [J]. 邵阳学院学报，2003（04）：113-116.

摘要：金陵判词以各种不同修辞手法来表达语言的含蓄美。两种英译本的作者为了再现金陵判词的这一特点，在译文中各自发挥了译入语的优势，由于不同的文化背景，体现了不同的翻译风格和审美情趣。文章探讨这两种英译本的特色旨在探讨含蓄美在英译中的再现。

[1321] 王静. 文化比较与译者的文化取向——《红楼梦》杨宪益和霍克斯英译本对比研究 [J]. 求索，2003（03）：214-216.

摘要：所谓文化，是指人类在社会历史过程中所创造的物质财富和精神财富的总和，包括文学，艺术，科学等。作为文化的一个重要部分，语言以其最典型的形式用语言本身表现文化活动，因此语言是文化的语言。翻译是两种语言的转换，同时也涉及两种文化的交流。文学作品来源于特定文化，并反映这一文化所特有的价值观，生活习惯，风土民俗，宗教信仰等。由于各地区、各民族存在文化差异，文化比较也就成为翻译过程中一个不可缺少的环节。

[1322] 邓华，徐云珍.《红楼梦》杨译本成语翻译中文化内涵的处理[J]. 茂名学院学报，2003（02）：41-43.

摘要：该文首先给出成语定义，强调其"民族性"，而后又从汉语成语的"形""神"两方面，以《红楼梦》杨译本为蓝本，探讨成语翻译中文化内涵的处理，强调作为文化传播使者的译者要更重视译文读者的反应，才能真正达到传播中国文化的目的。

[1323] 吕洁. 论译者的跨文化交际障碍[D]. 西安：陕西师范大学，2003.

摘要：本文选取蕴含丰富文化内容的中国古典名著《红楼梦》中部分诗词作为个案研究，并参考两个权威英译本：杨宪益夫妇和大卫·霍克思的译本。作者将译者的母语和母语文化加以考虑，把翻译中的交际划分为跨文化交际与同文化交际。来自同一文化背景的翻译家杨宪益和《红楼梦》原著作者曹雪芹之间属于同文化交际，而杨与译文英语读者之间则属于跨文化交际。霍克思的情况恰好与此相反。

[1324] 吴虹烨.《红楼梦》两个英译本中文化因素翻译的比较[D]. 桂林：广西师范大学，2003.

摘要：本文主要讨论的是文化因素。郭建中在"翻译中的文化因素：异化与归化"一文中指出异化与归化各有其长，亦各有其短。两种译本对读者所起的作用不一样，所适应的读者群也不一样。首先，作为译者，杨宪益夫妇的目的是想尽可能多地把中国文化介绍给英美读者，是以想多了解中国文化的英语读者为对象的，因而基本上遵循了以源语文化为归宿的原则，即采用了"异化"的方法；霍克斯的翻译目的显然是取悦译文读者，是为一般的英语读者翻译的，因此他遵循了以目的语文化为归宿的原则，即采用了'归化'的方法。学习汉语的英语读者及想了解中国传统文化的英语读者，他们阅读杨宪益先生的译本将大有裨益。一般英美读者阅读中国文学作品只是为了猎奇，为了消遣，他们阅读霍克斯的译本就能达到这一目的。可见，由于翻译目的不同，读者对象不同，翻译就必须遵循不同的原则，所产生的两种译本在目的语文化中所起的作用也不一样。

[1325] 吕世生. 语用前提对称与文化信息等值——《红楼梦》英译本译例分析 [J]. 外语学刊, 2003 (01): 104-107.

摘要：文化差异常导致源语与目的语之间信息不对称，其主要原因可归结为两者的语用前提不对称。在很多情况下，语用前提关涉文化背景因素，因此文化背景因素处理得是否得当就成为语用前提是否对称的关键，进而影响源语和目的语信息对称程度。《红楼梦》英译本中有很多译例正是恰当地补充了相关的语用前提，使得译文信息与原文信息达到高度对称。

[1326] 刘源甫.《红楼梦》英译本情感信息处理刍议 [J]. 外语学刊, 2003 (01): 108-111.

摘要：文学作品的情感信息与作品措辞、修辞、意境塑造、作品本身的衔接和连贯有密切关系，译者应注意解读出原文语句的情感色彩，并采用相应的翻译策略，如增添、补述、扩展、加注、白描等完成转换。本文通过对《大中华文库》1999年版《红楼梦》英译本若干经典实例的探讨，证明情感信息流失是翻译教学实践中应重视，但又常为人忽视的问题。

[1327] 张伟. 从审美效果看文学对话语言翻译——浅析《红楼梦》译本的人物语言 [J]. 天津外国语学院学报, 2003 (01): 62-67.

摘要：文学是社会审美的反映，文学语言是艺术的语言。在翻译文学作品的时候要注意原文本的语言之美，注意在特定语境下的语义内涵和修辞效果。

第十九章

2002—2000年度《红楼梦》译本研究文献汇总

[1328] 谭岸青. 论《红楼梦》两英译本专有名词的翻译 [J]. 渝州大学学报（社会科学版），2002（06）：68-70.

摘要：《红楼梦》英译本以杨宪益、戴乃迭译本及霍克思译本影响最大。杨译倾向于采用"异化"手段来处理语言中的文化因素，即在译文中尽可能地保留源语文化。霍译倾向于"交际翻译"，遵循以目的语文化为归宿的原则，即采用了"归化"手段。

[1329] 吕敏宏. "足译"与"忠实"——《红楼梦》英译本比较研究 [J]. 外语与外语教学，2002（07）：61-64.

摘要："足译"是已故学者周珏良对霍克斯在其《红楼梦》英译本中所阐述的翻译原则的总结。"足译"即"忠实"。忠实原文对于文学翻译具有深刻的含义。语义翻译法与交际翻译法是彼得·纽马克提出的两种翻译方法。任何好的译本都不可能只涉及一种翻译方法。本文试图通过《红楼梦》两种英译本的比较，略述在"足译"原则下，文学翻译应灵活运用语义翻译法与交际翻译法。

[1330] 肖菲. 浅谈《红楼梦》两个英译本对文化词语的翻译 [J]. 华中师范大学学报（人文社会科学版），2002（03）：139-142.

摘要：本文试以中国古典文学名著《红楼梦》的两个英译本做对比，举例评析制度习俗文化词、比喻性词语、物质文化词、双关词和习语的翻译，探究两位译者在处理上的得失，并总结出译者在翻译古典文学作品中的文化词语时应遵循的原则。

[1331] 韦敏. 《红楼梦》杨译本习语研究 [D]. 南宁：广西大学，2002.

摘要：本文所研究的习语出自我国古典文学名著《红楼梦》，它们主要包括四字成语、俗语、谚语及歇后语，这些习语大都生动、幽默、明理。本文通过对所抽选的习语从物质文化、制度文化及心理文化三个范畴进行系统的归类分析，发现这些习语从多角度生动地传递了中华民族传统文化的丰富内涵。翻译实质上是一项文化交流活动。由于英汉两种语言分属截然不同的两个语系，中西方文化相距甚远，把《红楼梦》习语所蕴含的中华文化特质译介给在文化传统、价值观念、审美情趣及宗教信仰等方面都大相径庭的英文读者不仅是习语翻译的重点，也是其难点所在。

[1332] 杨艳群. 翻译：架设在不同文化之间的桥梁——兼析《红楼梦》英译本对文化差异的处理 [D]. 济南：山东师范大学，2002.

摘要：本文共分四章：第一章重点介绍翻译与文化之间的关系。第二章讨论了中西文化差异给翻译造成的困难。文化差异是翻译中的障碍和难题。第三章简要分析《红楼梦》英译本对文化差异的处理。第四章也是最后一章，强调了翻译在文化交流中的桥梁作用。

[1333] 李黎艳.《红楼梦》英译本的文体研究 [D]. 成都：四川大学，2002.

摘要：本文研究《红楼梦》英译文体的特点以及与其他文体之间的比较。全文将从文体学角度来分析《红楼梦》，其中包含各个文体的文本分析。本文通过对其特点的分析与比较，研究这些不同文体在翻译中的不同处理方法，归纳翻译经验，从而达到指导翻译实践的目的。

[1334] 宋子燕. 论文化内涵的翻译技巧——以《红楼梦》两个英译本为例 [J]. 同济大学学报（社会科学版），2001（06）：89-95.

摘要：本文对照杨宪益先生和霍克思先生的两个《红楼梦》合译本，着重研究了干扰文化交流的诸因素，如语言的思维模式、价值观等，找出两个译本之间的差异及译本原著之间的差异，探讨了古典文学中跨文化翻译的不同方法及技巧，如音译、阐释、直译加注和融合等。

[1335] 王小萍. 评《红楼梦》的两个英译本 [J]. 中国农业大学学报（社会科学版），2001（03）：97-102.

摘要：本文通过对《红楼梦》两个英译本的若干译例分析，从表示概念的专有名词翻译、语言质朴自然、简洁精美、准确生动等方面，探讨了译者的翻

<<< 第十九章 2002—2000年度《红楼梦》译本研究文献汇总

译创作特点。

[1336] 刘海玲. 文化空白和杨译本《红楼梦》分析 [D]. 天津：天津师范大学，2001.

摘要：本文以杨宪益及其夫人戴乃迭这对译坛伉俪的英译本《红楼梦》(*TheDream of Red Mansion*) 为研究对象，在尤金·奈达、彼得·纽马克、劳伦斯·韦努蒂、克里斯蒂安·诺德、钱锺书、傅雷等学者翻译理论的基础上，提出了十种弥补文化空白的策略：直译法、文化对等法、增益法、文化省略法、文化解释法、加注法、概念泛化法、视点转换法、音译法以及上述方法的综合运用。并以大量的事例，从科举制度、官职名称、佛教、传统习惯、历史典故等方面对杨译本 *The Dream of Red Mansion* 中对文化空白的翻译方法进行了全面的分析，并对其中的瑕疵，提出了一些尝试性的译法。

[1337] 祁玲，马翠玲. "什么"在维译本《红楼梦》中的译法 [J]. 新疆职业大学学报，2001（02）：69-70.

摘要：本文主要通过维译本《红楼梦》中的大量实例，全面地分析了"什么"一词的疑问、非疑问用法在维吾尔语中的表达法。

[1338] 秦华.《红楼梦》及其英译本的叙事语式初探 [D]. 西安：陕西师范大学，2001.

摘要：本文从语式这一范畴着手，对红楼梦的原文本和译文本在叙事语式上的差异进行了比较研究，发现在翻译的过程中，译者只是部分地传达了原文本的语式特征，这一现象应当归结于译者对原文本中的叙事语式的独特认识和了解。

[1339] 杨英.《红楼梦》霍译本人名翻译的研究 [D]. 西安：陕西师范大学，2001.

摘要：本文对霍克斯的《红楼梦》英译本中的人名翻译做了细致深入的分类和归纳，提出本人在中国文学作品中的人名翻译上的观点。

[1340] 黄昀.《红楼梦》正册判词英译本对比赏析 [J]. 安徽广播电视大学学报，2001（01）：45-49.

摘要：本文从典故、双关和诗歌艺术三方面，就正册判词对这两种译文进行对比赏析。

[1341] 袁翠. 对《红楼梦》英译本中某些习语翻译的再思考 [J]. 红楼梦学刊, 2001（01）: 132-140.

摘要: 作者对《红楼梦》英译本中一些习语翻译进行了较为具体细致的举例分析。

[1342] 朱玲麟. 从解码渠道的角度看《红楼梦》英译本中的"扩展译法" [J]. 华东冶金学院学报（社会科学版），2000（04）: 92-95.

摘要: 翻译和处理文化信息《红楼梦》英译中就是"扩展评法"运用的一个范例。往往采用"扩展译法"，即通过"增词加评""加注补义"等手段，对译语信息进行恰当处理，以使文化信息差得到补偿，既不死守原文，又不脱离原文。

[1343] 曹道根. 质美缘于推敲——谈《红楼梦》杨译本诗词翻译中的几个问题 [J]. 苏州铁道师范学院学报（社会科学版），2000（03）: 112-116.

摘要: 本文首先对《红楼梦》杨宪益译本中的诗词翻译所遵循的原则做一总体性的评述，然后通过对部分诗联翻译中出现的失误或不足所做细致评析，指出词语推敲对传达原诗意境之美和情韵之美的极端重要性。词语选择集中体现了译者的审美能力和译语能力。

[1344] 李露. 论杨宪益《红楼梦》英译本中的习语翻译 [D]. 西安: 陕西师范大学，2000.

摘要: This thesis addresses the topic of Yang Hsian-yi's translation of the Chinese idioms from *A Dream of Red Mansions*, which is regarded as one of the best Chinese classics. It discusses the specific difficulties intranslating various types of Chinese idioms form classical works into English, and examines the techniques and princip1es applied by the famous translator.

[1345] 陈可培. 从文化比较看《红楼梦》英译本 [J]. 红楼梦学刊，2000（01）: 224-232.

摘要: 作者从《红楼梦》的英译本来论述了中西两种文化的差异。

第二十章

1990—1980年代（含1979）《红楼梦》译本研究文献汇总

[1346] 王颖. 掌握原文文化背景 准确传递原文信息——浅析《红楼梦》两种英译本对文化内容的处理 [J]. 福建外语, 1998 (04): 3-5.

摘要：《红楼梦》是我国古典小说中最伟大的作品之一，也是当今世界上相当有影响的作品。迄今在世界各地已有十六种文字的三十多种译本在许多国家发行。

[1347] 朱军. 衔接恰当，译文生辉——评《红楼梦》的两种译本 [J]. 外语学刊（黑龙江大学学报）, 1998 (04): 3-5.

摘要：译文的通顺流畅一直是译者所追求的目标，可要真正做到这一点，仅有对原作的透彻理解是不够的。一个成功的译者不仅要能充分地认识到原语为实现语篇连贯而使用的手段，以发掘原作的内涵，而且还要能熟练地运用译入语的各种衔接手段，使译文成为一语义整体的同时将"原作深层所有而表层所无"的东西呈现给读者。

[1348] 洪涛.《红楼梦》英译本中的改译和等效问题 [J]. 红楼梦学刊, 1998 (02): 3-5.

摘要：《红楼梦》英译本中的改译和等效问题。翻译《红楼梦》这样的文学名著，译者可不可以按一己好恶做出改动呢？恐怕没有人会说可以。《红楼梦》的译者霍克思（Hawkes）也认为不能越雷池半步。

[1349] 吴世儒. 试析杨宪益、戴乃迭英译本《红楼梦》中的几首诗 [J]. 四川外语学院学报, 1998 (01): 3-5.

摘要：试析杨宪益、戴乃迭英译本《红楼梦》中的几首诗众所周知，《红楼梦》真实、深刻地描绘了作者所处时代的社会生活面貌；由于思想内容上的特殊意义和艺术创造上的卓绝成就，这部伟大杰作具有极大的艺术魅力。从所有中国明清两代文艺作品来看，没有哪一部能够像《红楼梦》那样成功。

[1350] 崔溶澈.《红楼梦》在韩国的流传和翻译——乐善斋全译本与现代译本的分析 [J]. 红楼梦学刊，1997（S1）：517-536.

摘要：中国小说的传播和《红楼梦》的著录、中国小说及戏曲到了明代后期更加蓬勃发展。因此明末文人对通俗文学的肯定，也成为文学史上一种新的现象。

[1351] 洪涛. 解码者的渠道与《红楼梦》英译本中的"扩展译法" [J]. 红楼梦学刊，1997（03）：290-307.

摘要：引论《红楼梦》的两个英语全译本——霍克思、闵福德译本和杨宪益夫妇的译本，是两个翻译取向很不相同的译本。这两种英译本，借着英语这种世界语言，对《红楼梦》在国外的流传做出了不可抹杀的贡献。

[1352] 王涛. 从《红楼梦》的两个英译本中对话片段看小说翻译中对话美的再现 [J]. 中国翻译，1997（04）：23-27.

摘要：小说是一种以人物形象的创造为中心的散文体的叙事文学样式，人物、情节、环境是小说创作中不可缺少的三个要素。其中对话描写能达到塑造人物形象、描绘客观环境、推动情节发展的艺术效果。

[1353] 钱冠连. 翻译的语用观——以《红楼梦》英译本为案例 [J]. 现代外语，1997（01）：33-38.

摘要：引言语用学在翻译中的体现，可以简括为"翻译的语用观"，它是窄式语用学定义在翻译科学中的体现。

[1354] 黄遵洸. 言简意丰　整饬流畅——试谈《红楼梦》英译本的成语、俗语翻译 [J]. 杭州大学学报（哲学社会科学版），1996（03）：128-131，151.

摘要：汉语具有意美、音美、形美三大优点，而作为汉语中的精华的成语、俗语更集中体现了这三大优点。将汉语成语、俗语译成另一种语言的时候，要保留这些优点，绝非易事。杨宪益、戴乃迭合译的《红楼梦》英译本在这方面为我们提供了典范性的借鉴。该译本所译之成语、俗语：一、避实就虚，简洁明快，以少胜多；不斤斤于求形似，唯孜孜以求神合；二、形象生动，能让读者从形象中去领略其象外之旨、弦外之音；三、文从字顺，看起来整饬严谨，读起来朗朗上口。

[1355] 洪涛. 从语言学看《红楼梦》英译本的文化过滤问题 [J]. 红楼梦学刊, 1996 (02)：286-309.

摘要：本文要探讨的是翻译与文化的问题，探讨的对象以《红楼梦》的英译本为主，旁采其他中国小说的例子。本文分析原作的时候，曾运用语言学的知识；评价译文得失，则借用西方学者的翻译理论。探讨这个问题有几层意义：一、可以使我们深入了解翻译与文化的关系，尤其是跨文化翻译的问题。二、撇开印象式的翻译批评，把评论建立在语言学和翻译理论之上。三、检讨《红楼梦》英译的得失，从中吸取翻译经验。翻译与文化这个问题极大，为了缩窄范围，本文打算把焦点集中在人名这个环节上（人名跟称谓分不开，但称谓花样繁多，容他文讨论，兹不详及）。

[1356] 廖泽余.《红楼梦》维译本熟语翻译抉微 [J]. 语言与翻译, 1994 (02)：72-85.

摘要：《红楼梦》一书运用了大量的熟语，或状物写景，或描画人物，自然贴切、洗练生动，给全书增色不少。一些成语、谚语、惯用语、歇后语和俚语，出自各色人物之口，更令这些人物的面目、性格和心态跃然纸上。

[1357] 张玉兰. 杨译本《红楼梦》对民族文化因素的处理初探 [J]. 江苏外语教学研究, 1994 (01)：35-37.

摘要：名著难译。《红楼梦》这一中国古典文学名著更难翻译。幸运的是，自十九世纪中叶以来，还是有许多中外翻译家知难而上，先后翻译出版了多种节译本和缩写本。杨宪益、戴乃迭夫妇于1980年合译出版的三卷全译本（*A Dream of Red Mansins*）则是集各家之所长。

[1358] 成梅. 从《红楼梦》杨译本看比喻翻译方法的具体运用 [J]. 四川外语学院学报, 1993 (04)：76-82.

摘要：比喻翻译涉及修辞学、文艺学、美学、哲学、语言学、符号学等各个学科，是一个非常复杂的问题，历来为中外翻译理论研究者所关注。如英国翻译理论家纽马克就曾指出比喻是翻译理论、语义学、语言学的中心问题。关于比喻翻译方法的探讨，也在中外译论中时有所见。如奈达曾原则性地指出三种比喻翻译方法。

[1359] 奥尔德日赫·克拉尔，莹映岚. 《红楼梦》捷克文译本前言 [J]. 红楼梦学刊，1990（04）：267-272.

摘要：凡为女人所教养并生活于裙钗之间的男人，同其他的男子是根本无法相比的，即使我们设想他们具有同样的气质和同样的精神特性。

[1360] 梁锦祥. 翻译与视点人物——读《红楼梦》英译本札记 [J]. 福建外语，1990（Z2）：85-88，105.

摘要：人们在观察事物、认识世界的过程中，在运用语言表达时都有一个把自己安排在什么位置的问题。语言运用中的这种立足点、出发点，便是视点。文学作品中，借以传达某个视点的人物，称为视点人物。《红楼梦》时而以无所不知的作者为视点人物，时而借故事假托的叙述者"石头"为视点人物，而更多的时候是用书中的角色为视点人物，借书中人物之耳闻目睹展开情节。

[1361] 郑志光. 人物个性和小说翻译——《红楼梦》两种英译本的比较研究 [J]. 上海海运学院学报，1989（02）：126-133.

摘要：本文着重讨论了小说中人物语言的某些明显特征，以及它们受人物个性诱发和制约的情况，同时笔者还探讨了在翻译中再现这些语言特征的可能性。

[1362] 李端严. 杨宪益、戴乃迭英译本《红楼梦》技巧赏析 [J]. 外语教学，1988（03）：51-60.

摘要：中国艺术研究院红楼梦研究所为中国古典文学读本丛书《红楼梦》所写前言中，称赞"《红楼梦》是一部具有高度思想性和高度艺术性的伟大作品，具有永久的艺术魅力，足以卓立于世界文学之林而毫无逊色"。的确如此，《红楼梦》中塑造了众多个性鲜明的人物形象，甚至不同人物所写的诗词都带有明显的个性烙印。《红楼梦》的情节并不惊险曲折，仿佛全是封建大家庭里主仆儿女间生活细节的描绘，但高超之处在于作者把那么多人物的活动（包括心理活动）倾泻在一个有限的时空里来表现，显得错综复杂，五彩缤纷。

[1363] 许国烈. 汪恰＝uncia＝wangchia？——读《红楼梦》英译本札记 [J]. 中国翻译, 1988 (05)：34.

摘要：严复在翻译《天演论》时深有体会地说："一名之立, 旬月踟蹰；我罪我知, 是存明哲。"当然, 他这里指的是由于"新理踵出, 名目纷繁"之故。笔者在谈《红楼梦》英译本的过程中, 发现译家在翻译有关过去事物名称方面也存在着类似的困难。这困难就是译文要"丁是丁, 卯是卯", 要准确无误地恢复原文事物的本来面目, 但由于时代的隔阂, 要做到这一点却非易事。从这一点来看,《红楼梦》原文本给表示往昔事物的一些词语做些注释, 对译者、读者都是莫大的帮助。

[1364] 袁锦翔. 深得原意 圆活流畅——试析杨宪益、戴乃迭英译本《红楼梦》片段 [J]. 中国翻译, 1987 (03)：37-41.

摘要：几十年来, 我国著名翻译家杨宪益和他的夫人戴乃迭（Gladys Yang）两人先后合译了近三四十种文学作品, 早在抗战期间, 他们在译出《离骚》之后, 继而推出《老残游记》英译本, 一时蜚声遐迩, 读者与译界赞不绝口。他们震惊译坛最大的译品莫过于近期出版的《红楼梦》英译本。下面摘录原文与杨译中的第三回的一个片段, 试与读者共赏析, 有些地方还与霍译（附录于后）略做比较, 以汲取更大的教益。

[1365] 韩忠华. 评《红楼梦》杨氏英译本 [J]. 红楼梦学刊, 1986 (03)：279-303.

摘要：中国著名古典小说《红楼梦》, 是我们引以为傲的优秀民族文化遗产。作为人类的一份宝贵精神财富, 它不仅属于中国人民, 也属于世界人民。因此, 把《红楼梦》介绍给外国读者乃是一项意义重大的工作。很早以前, 就有人尝试把这部中国古典名著译成英文, 但由于种种困难, 有的望而生畏, 半途而废；有的避难就易, 摘取部节；有的则任意删改, 仅留下一个故事梗概而已。原有的六七种英译本, 几乎全都是很不理想的缩译本或节译本。自从杨宪益、戴乃迭夫妇合译的英文版《红楼梦》（*A Dream of Reb Mansions*）于1980年问世以来, 才有了一个较为理想的全译本。

[1366] 陈颖. 乔利《红楼梦》英译本序言（1892年）[J]. 红楼梦学刊, 1984 (03)：77.

摘要：翻译本书的动机, 并非想使自己跻身于汉学家之林, 而是由于我在北京求学时，在学完了《自迹记》以后又坠入了《红楼梦》迷宫而感到困惑。译文缺点在所难免，不仅在散文方面，译诗尤其显得拙劣，因为为了保存原作的含义，不注意音律。

[1367] 阿瑟·韦利，陈颖. 王际真《红楼梦》英文节译本序言（1929年）[J]. 红楼梦学刊，1984（03）：78-81.

摘要：大家知道，20世纪以前，中国人并不把小说和戏剧当作文学。他们的大百科全书（不是我们所说的那种参考书，而是一些按主题分类的文选合编）没有一句话提到戏剧或小说。他们卷帙浩繁的书目提要，甚至对儒家经典书籍最枯燥的注释者的著作都给予很高评价，但对小说家和戏剧家却只字未提。造成这种情况的部分原因，无疑是他们有一种我们并不全然陌生的清教徒观点。他们认为恋爱只是一种生育手段，有时为了避免有人对恋爱本身进行恶意中伤，人们索性不去描写或讨论恋爱问题。然而，中国的小说和其他国家的小说一样，坚持把恋爱描写成浪漫的激情。

[1368] 钱林森.《红楼梦》在法国——试论李治华、雅克琳·阿雷扎艺思的《红楼梦》法译本 [J]. 社会科学战线，1984（01）：318-328.

摘要：《红楼梦》法文全译本在巴黎首次出版。这是震动法国文学界、汉学界的一件大事。巴黎及近郊各大小书店都以显著的地位陈列这部译著；许多专门销售东方文学的书店，还召集了文艺爱好者及汉学家的集会，介绍中国这部古典文学名著，法国各大报部、杂志也相继发表评介文章，盛况可谓空前。

[1369] 陈常枫.《红楼梦》法文全译本出版 [J]. 红楼梦学刊，1982（02）：284.

摘要：由李治华及其法籍夫人雅克琳·阿雷扎依丝（Jacqueline Alezais）合作的《红楼梦》法文全译本，已于1981年11月间由葛利玛出版社（Gallimard）收在《七星丛书》（La Pleiade）中在巴黎出版。

[1370] 陈文伯. 理解与表达（续完）——《红楼梦》英译本学习札记 [J]. 中国翻译，1982（03）：6-11.

摘要：英语的表达是目的语言，首先要求确切表达原意，其次要求语言地道，文字流畅。两种译文在这些方面都很有成就。

[1371] 平.《红楼梦》全译本在法国出版[J]. 国外社会科学, 1982, (03): 83.

摘要：据法国《世界报》1981年12月10日和《快报》1981年第1590期报道，自1954年开始，法国学术界就一直对中国的红学研究十分感兴趣，并于同年着手翻译《红楼梦》。1981年底，法全译本《红楼梦》（上卷1,638页，下卷1,628页）终于同法国读者见面了。这是法国文学史上的一个重大事件。

[1372] 陈文伯. 理解与表达——《红楼梦》英译本学习札记[J]. 中国翻译, 1982 (02): 1-5.

摘要：这里所说的《红楼梦》英译本，指的是七十年代我国出版的杨宪益、戴乃迭译本 A Dream of Red Mansions 第一、二卷（共八十回）和英国出版的 David Hawkes 译本 The Story of the Stone 第一、二卷（共五十三回）。

[1373] 柳门.《红楼梦》法译本将在巴黎出版[J]. 读书, 1981 (12): 115-116.

摘要：中国古典文学作品《水浒传》的法译本在法国出版后，中国古典文学巨著《红楼梦》的法译本也于今年11月在巴黎问世。在法国，从事汉学学习和研究的人过去和现在都是西方国家中首屈一指的，正因为这样，《红楼梦》法译本的问世，将是法国文坛一大盛事。

[1374] 冀振武.《红楼梦》的英文译本[J]. 河北大学学报（哲学社会科学版）, 1980 (04): 87-91.

摘要：《红楼梦》作为一部小说长时期得到中外诸多读者的重视和赞赏，其感染力如此之强大，主要是由于这部优秀作品不但具有进步而深刻的思想内容，并且达到了高度精湛的艺术完美境界。

[1375] 姜其煌.《红楼梦》霍克思英文全译本[J]. 红楼梦学刊, 1980 (01): 311-322.

摘要：早在19世纪中叶，就有人用英文选译《红楼梦》，但在20世纪70年代以前，始终没有一个全译的英文本子。霍克思英文全译本的出现，弥补了这方面的不足，不能不说是一件值得庆贺的事。

[1376] 姜其煌. 《红楼梦》西文译本一瞥 [J]. 读书, 1980 (04): 120-124.

摘要：《红楼梦》的真正第一个西文译本，是1892年赫·本克拉夫特·乔利（H. Bencraft Joly）的英文节译本。乔利的《红楼梦》英文节译本，只出了两卷。第一卷24回，1892年由香港凯利·沃尔什出版社出版；第二卷32回，1893年由澳门商务排印局出版。两卷共56回，中间一回也没有删节。书为大开本，褐色绸面精装，印刷纸张都相当漂亮。

[1377] 吴世昌. 宁荣两府"不过是个屠宰场而已"吗？——论《红楼梦》英译本的"出版说明" [J]. 读书, 1980 (02): 78-83.

摘要：1979年8月5日，《人民日报》刊载新华社的一条消息，报道《红楼梦》英译本已译成，由外文出版局分三册陆续出版，并介绍了译者杨宪益同志和他夫人英国专家戴乃迭对于这一工作认真严肃的态度。

[1378] 王丽娜. 《红楼梦》外文译本介绍 [J]. 文献, 1979 (01): 152-162.

摘要：最早介绍《红楼梦》给西方读者的是德国传教士郭实猎（K. F. Gutzlaff），他所撰写的《红楼梦》一文，1842年（道光二十三年）5月，发表在广州出版的《中国丛报》第11册上。

[1379] 姜其煌. 《红楼梦》西文译本序跋谈 [J]. 文艺研究, 1979 (02): 126-129.

摘要：杨宪益、戴乃迭两同志翻译的《红楼梦》英文全译本，最近由北京外文出版社出版了。这是我国文学出版界的一件喜事，由此，我们联想到了《红楼梦》在国外出版的各种西文译本。

[1380] 王农. 简介《红楼梦》的一种英译本 [J]. 社会科学战线, 1979 (01): 266.

摘要：该书有多种文字的译本，其中有一英译本，系王良志翻译，由斯密士（Dr·Smith）博士作序，1927年出版于纽约。

后 记

《红楼梦》是我国四大古典文学名著中最为代表性的文学佳作，是在中华文化中诞生伟大作品。多年来，我国文学理论家、古代文论家和文学评论家从不同学科角度解读、阐释和论述《红楼梦》，从而形成了一门新兴学科"红学"。该资料汇编系国家社科基金重大招标项目"我国四大古典文学名著维吾尔文、哈萨克文译本的接受、影响研究及其数据库建设"（项目编号为19ZDA283）的阶段性成果，为了更好学习、参考和借鉴有关《红楼梦》译文研究领域的优秀论著，我们选编了这一资料汇编。

课题组成员阿米娜具体负责搜索和整理知网上的相关《红楼梦》资料，建立了资料目录。硕士研究生吴桐负责搜集整理中华人民共和国成立到2000年之间的《红楼梦》相关所有论著的主要内容，初步做了一个材料汇编。硕士研究生热合拉木·艾合买提江具体做了从2000年至2020年的文献资料摘要，她俩共同完成了一个《红楼梦》完整资料汇编。课题组负责人阿布都外力·克热木和硕士研究生谭月从上千份《红楼梦》相关论文数据中，筛选出《红楼梦》译文相关的文献资料，按照学术摘要规范重新对其加以简要表述。

该资料汇编包括1979年至2020年间中国知网数据库中的《红楼梦》国内外译文的学术研究文献，范围较广。虽然我们以四大名著的维吾尔文、哈萨克文作为研究对象，但是也收录了我国其他少数民族《红楼梦》译文和外文译本相关研究资料。我们认为，《红楼梦》的维吾尔文和哈萨克文译本研究途径、理论与方法可以借鉴《红楼梦》外文译本的研究范式和研究思路。《红楼梦》英文、法文和日文译本的译介学、传播学和文化学研究很有前沿性和启发性，也能够推动我们的研究进展。

我们课题得到了西北民族大学各部门的大力支持和帮助。我校领导高度重视和关心我们课题的立项和开题。校长郭郁烈教授出席我们的开题报告会，并致开幕词，指导我们课题的顺利开展。西北民族大学科研处组织和领导我们课题选题、入选和投标等一系列工作。国家社科重大课题正式立项之后，科研处督促我们课题预算、开题和期中检查等工作。西北民族大学中国语言文学学部领导为课题的顺利开题提供了有力帮助，及时解决课题所遇到的各种困难。我们单位各位同仁对课题工作的开展十分关心，并提供帮助，在此一并表示感谢。

　　需要说明的是，本成果除了国家社科重大招标项目之外，还获得了西北民族大学高校社科业务经费"《红楼梦》网络资源文献资料搜集整理与汇编"（编号：30201128301）的资助，在此表示特别感谢。

　　这一成果的编选主要以中国知网数据库为主，感谢清华同方知网 CNKI 为中国学者提供的网络资源。其实，除了中国知网之外，维普网、读秀知识库、人大复印报刊全文数据库和超星阅览器可以查阅和搜集更多的相关资料，补充这一资料库。在初步对比和浏览中国知网数据库与其他几个数据库之后，我们发现大部分有分量的论文是重复的，只是一些一般报刊的介绍性文章在中国知网中查不到，并有列入本资料汇编之中，特此说明。我们希望各位学者同仁在我们所做资料的基础上继续加工和完善这一资料汇编，以便建立一个"红学"资料库。

编者：阿布都外力·克热木
2021 年 1 月 29 日于五泉山